ZHONGGUO XIAOSHUO
100 QIANG

中国小说100强（1978—2022）

# 秀　发

梁晓声　著

北京联合出版公司
Beijing United Publishing Co.,Ltd.

## 图书在版编目（CIP）数据

秀发 / 梁晓声著. -- 北京：北京联合出版公司，2023.9
（中国小说100强）
ISBN 978-7-5596-7045-8

Ⅰ.①秀… Ⅱ.①梁… Ⅲ.①长篇小说－中国－当代 Ⅳ.①I247.5

中国国家版本馆CIP数据核字(2023)第118001号

## 秀　发

| | |
|---|---|
| 作　者： | 梁晓声 |
| 出品人： | 赵红仕 |
| 出版监制： | 张晓冬　范晓潮 |
| 责任编辑： | 龚　将 |
| 特约编辑： | 和庚方　张　颖 |
| 封面设计： | 武　一 |

北京联合出版公司出版
（北京市西城区德外大街83号楼9层　100088）
北京兴星伟业印刷有限公司印刷　新华书店经销
字数197千字　650毫米×920毫米　1/16　23印张
2023年9月第1版　2023年9月第1次印刷
ISBN 978-7-5596-7045-8
定价：58.00元

**版权所有，侵权必究**
未经书面许可，不得以任何方式转载、复制、翻印本书部分或全部内容。
本书若有质量问题，请与本公司图书销售中心联系调换。
电话：010-65868687

中国小说100强（1978—2022）丛书

# 编委会

**丛书总策划**

张　明　著名出版人
张　英　资深媒体人

**编委主任**

吴义勤　中国作协副主席
　　　　中国小说学会会长

**编　委**

吴义勤　中国作协副主席、中国小说学会会长
宗仁发　《作家》杂志主编
谢有顺　中山大学教授、中国小说学会副会长
顾建平　《小说选刊》副主编
张　英　资深媒体人
文　欢　作家、出版人

# 总　序

"中国小说100强"（1978—2022）是资深出版人张明先生和腾讯读书知名记者张英先生共同策划发起的一套大型文学丛书。他们邀请我和宗仁发、谢有顺、顾建平、文欢一起组成编委会，并特邀徐晨亮参与，经过认真研讨和多轮投票最终评定了100人的入选小说家目录。由于编委们大多都是长期在中国文学现场与中国文学一路同行的一线编辑、出版家、评论家和文学记者，可以说都是最专业的文学读者，因此，本套书对专业性的追求是理所当然的，编委们的个人趣味、审美爱好虽有不同，但对作家和文学本身的尊重、对小说艺术的尊重、对文学史和阅读史的尊重，决定了丛书编选的原则、方向和基本逻辑。

从文学史的角度来说，1978年以后开启的新时期文学是中国当代文学的黄金时代，不仅涌现了一批至今享誉世界的优秀作家，而且创造了许多脍炙人口的文学经典，并某种程度上改写了20世纪中国文学史的版图。而在中国新时期文学的经典家族中，小说和小说家无疑是艺术成就最高、影响力最大的部分。"中国小说100强"（1978—2022）就是试图将这个时期的具有经典性的小说家和中国小说的经典之作完整、系统地筛选和呈现出来，并以此构成对新时期文学史的某种回顾与重读、观察与评判。呈现在读者面前的这套丛书是对1978—2022年间中国当代小说发展历程的一次全面、系统的整体性回顾与检阅，是中国当代文学经典化的重要成果，从特定的角度集中展示了中国新时期文学在小说创作方面的巨大成就。需要说明的是，与1978—2022年新时期文学繁荣兴盛的局面相比，100位作家和100本书还远远不能涵盖中国当代小说的全貌，很多堪称经典的小说也许因为各种原因并未能进入。莫言、苏童、余华等作家本来都在编委投票评定的名单里，但因为他们已与某些出版社签下了专有出版合同，不允许其他出版社另出小说集，因而只能因不可抗原因而割爱，遗珠之憾实难避免，而且文学的审美本身也是多元的，我们的判断、评价、选择也许与有些读者的认知和判断是冲突的，但我们绝无把自己的标准强加于别人的意思。我们呈现的只是我们观察中国这个时期当代小说的一个角度、一种标准，我们坚持文学性、学术性、专业性、民间性，注重作家个体的生活体验、叙事能力和艺术功力，我们突破代际局限，老、中、青小说家都平等对待，王蒙、冯骥才、梁晓声、铁凝、阿来等名家名作蔚为大观，徐则臣、阿乙、弋舟、鲁敏、林森等新人新作也是目不暇接，我们特别关注文学的新生力量，尤其是近10年作品多次获国家大奖、市场人气爆棚的新生代小说家，我们禀持包容、开放、多元的审美立场，无论是专注用现实题材传达个人迥异驳杂人生经验、用心用情书写和表现时代精神的现实主义作家，还是执着于艺术探索和个体风格的实验性作家，在丛书里都是一视同仁。我们坚信我们是忠实于自己的艺术理想、艺术原则和艺术良心的，但我们并不认为自己的角度和标准是唯一的，我们期待并尊重各种各样的观察角度和文学判断。

当然，编选和出版"中国小说100强"（1978—2022）这套大型丛书，除了上述对文学史、小说史成就的整体呈现这一追求之外，我们还有更深远、更宏大的学术目标，那就是全力推进中国当代文学"经典化"的历程和"全民阅读·书香中国"建设。

从1949年发端的中国当代文学已经有了70多年的发展历程，但对这70多年文学的评价一直存在巨大的分歧，"极端的否定"与"极端的肯定"常常让我们看不到当代文学的真相。有人认为中国当代文学达到了前所未有的高度和水平。王蒙先生在法兰克福书展上就说：中国当代文学现在是有史以来最繁荣的时期。余秋雨、刘再复甚至认为中国当代文学的成就远远超过了现代文学。也有人极端否定中国当代文学，认为中国当代文学都是垃圾。他们认为现代文学要远远超过当代文学，中国当代文学连与现代文学比较的资格都没有。比如说，相对于鲁（迅）、郭（沫若）、茅（盾）、巴（金）、老（舍）、曹（禺）这样大师级的人物，中国当代作家都是渺小的侏儒，根本不能相提并论，两者比较就是对大师的亵渎。应该说，与对中国当代文学的肯定之声相比，对当代文学的否定和轻视显然更成气候、更为普遍也更有市场。尽管否定者各自的角度和出发点不同，但中国当代作家、作品与中外文学大师、文学经典之间不可比拟的巨大距离却是唱衰中国当代文学者的主要论据。这种判断通常沿着两个逻辑展开：一是对中外文学大师精神价值、道德价值和人格价值的夸大与拔高，对文学大师的不证自明的宗教化、神性化的崇拜。二是对文学经典的神秘化、神圣化、绝对化、空洞化的理解与阐释。在此，我们看到了一个非常有趣的悖论：当谈论经典作家和文学大师时我们总是仰视而崇拜，他们的局限我们要么视而不见要么宽容原谅，但当我们谈论身边作家和身边作品时，我们总是专注于其弱点和局限，反而对其优点视而不见。问题还不在于这种姿态本身的厚此薄彼与伦理偏见，而是这种姿态背后所蕴含的"当代虚无主义"。这种"虚无主义"的最大后果就是对当代作家作品"经典化"的阻滞，对当代文学经典化历程的阻隔与拖延。一方面，我们视当下作家作品为"无物",拒绝对其进行"经典化"的工作,另一方面又以早就完全"经典化"了的大师和经典来作为贬低当下泥沙俱下的文学现实的依据。这种不在同一个层面上的比较,不仅毫无意义,而且只能使得文学评价上的不公正以及各种偏激的怪论愈演愈烈。

其实,说中国当代文学如何不堪或如何优秀都没有说服力。关键是要进行"经典化"的工作,只有"经典化"的工作完成了才有可能比较客观地对当代的作家作品形成文学史的判断。对当代的"经典化"不是对过往经典、大师的否定,也不是对当代文学唱赞歌,而是要建立一个既立足文学史又与时俱进并与当代文学发展同步的认识评价体系和筛选体系。当然,我们也要承认,"经典化"问题是一个非常复杂的问题,并不是凭热情和冲动一下子就能完成的,但我们至少应该完成认识论上的"转变"并真正启动这样一个"过程"。

现在媒体上流行一些对于中国当代文学经典化冷嘲热讽的稀奇古怪的言论,其核心一是否定中国当代文学有经典、有大师,其二是否定批评界、学术界有关"经典化"的主张,认为在一个无经典的时代,"经典"是怎么"化"也"化"不出来的,"经典化"是一个实实在在的"伪命题"。其实,对于文学,每个人有不同的判断、不同的理解这很正常,每一种观点也都值得尊重。但是,在"经典"和"经典化"这个问题上,我却不能不说,上述观点存在对"经典"和"经典化"的双重误解,因而具有严重的误导性和危害性。

首先,就"经典"而言,否定中国当代文学早就不是什么新鲜事,对当代文学的虚无主义态度在很多人那里早已根深蒂固。我不想争论这背后的是与非,也不想分析这种观点背后的社会基础与人性基础。我只想指出,这种观点单从学理层面上看就已陷入了三个巨大误区:

第一个误区,是对经典的神圣化和神秘化的误区。很多人把经典想象为一个绝对的、神圣的、遥远的文学存在,觉得文学经典就是一个绝对的、乌托邦化的、十全十美的、所有人都喜欢的东西。这其实是为了阻隔当代文学和"经典"这个词发生关系。因为经典既然是绝对的、神圣的、乌托邦的、十全十美的,那我们今天哪一部作品会有这样的特性呢?如果回顾一下人类文学史,有这样特性的作品好像也没有。事实上,没有一部作品可以十全十美,也没有一部作品能让所有人喜欢。在这个问题上,我们应该明确的是,"经典"不是十全十美、无可挑剔的代名词,在人类文学史上似乎并不存在毫无缺点并能被任何人所认同的"经典"。因此,对每一个时代来说,"经典"并不是指那些高不可攀的神圣的、神秘的存在,只不过是那些比较优秀、能被比较多的人喜爱的作品而已。从这个意义上说,当今中国文坛谈论"经典"时那种神圣化、莫测高深的乌托邦姿态,不过是遮蔽和否定当代文学的一种不自觉的方式,他们假定了一种遥远、神秘、绝对、完美的"经典形象",并以对此一本正经的信仰、崇拜和无限拔高,建立了一整套关于中国当代文学的伦理话语体系与道德话语体系,从而充满正义感地宣判着中国当代文学的死刑。

第二个误区,是经典会自动呈现的误区。很多人会说,是金子总是会发光的。但对文学来说,文学经典的产生有着特殊性,即,它不是一个"标签",它一定是在阅读的意义上才会产生意义和价值的,也只有在阅读的意义上才能够实现价值,没有被阅读的作品没有被发现的作品就没有价值,就不会发光。而且经典的价值本身也不是固定不变的。如果一个作品的价值一开始就是固定不变的,那这个作品的价值就一定是有限的。经典一定会在不同的时代面对不同的读者呈现出完全不同的价值。这也是所谓文学永恒性的来源。也就是说,文学的永恒性不是指它的某一个意义、某一个价值的永恒,而是指它具有意义、价值的永恒再生性,它可以不断地延伸价值,可以不断地被创造、不断地被发现,这才是经典价值的根本。所以说,经典不但不会自动呈现,而且一定要在读者的阅读或者阐释、评价中才会呈现其价值。

第三个误区，是经典命名权的误区。很多人把经典的命名视为一种特殊权力。这有两个层面的问题：一，是现代人还是后代人具有命名权；二，是权威还是普通人具有命名权。说一个时代的作品是经典，是当代人说了算还是后代人说了算？从理论上来说当然是后代人说了算。我们宁愿把一切交给时间。但是，时间本身是不可信的，它不是客观的，是意识形态化的。某种意义上，时间确会消除文学的很多污染包括意识形态的污染，时间会让我们更清楚地看清模糊的、被掩盖的真相，但是时间同时也会使文学的现场感和鲜活性受到磨损与侵蚀，甚至时间本身也难逃意识形态的污染。此外，如果把一切交给时间，还有一个前提，那就是对后代的读者要有足够的信任，要相信他们能够完成对我们这个时代文学的经典化使命。但我们对后代的读者，其实是没有信心的。我们今天已经陷入了严重的阅读危机，我们怎么能寄希望后代人有更大的阅读热情呢？幻想后代的人用考古的方式对我们这个时代的文学进行经典命名，这现实吗？我不相信后人对我们身处时代"考古"式的阐释会比我们亲历的"经验"更可靠，也不相信，后人对我们身处时代文学的理解会比我们亲历者更准确。我觉得，一部被后代命名为"经典"的作品，在它所处的时代也一定会是被认可为"经典"的作品，我不相信，在当代默默无闻的作品在后代会被"考古"挖掘为"经典"。也许有人会举张爱玲、钱钟书、沈从文的例子，但我要说的是，他们的文学价值早在他们生活的时代就已被认可了，只不过很长时间由于意识形态的原因我们的文学史不谈及他们罢了。此外，在经典命名的问题上，我们还要回答的是当代作家究竟为谁写作的问题。当代作家是为同代人写作还是为后代人写作？幻想同代人不阅读、不接受的作品后代人会接受，这本身就是非常乌托邦的。更何况，当代作家所表现的经验以及对世界的认识，是当代人更能理解还是后代人更能理解？当然是当代人更能理解当代作家所表达的生活和经验，更能够产生共鸣。因此，从这个角度来说，当代人对一个时代经典的命名显然比后代人更重要。第二个层面,就是普通人、普通读者和权威的关系。理论上,我们都相信文学权威对一个时代文学经典命名的重要性,权威当然更有价值。但我们又不能够迷信文学权威。如果把一个时代文学经典的命名权仅仅交给几个权威,那也是非常危险的。这个危险表现在什么地方呢?就是几个人的错误会放大为整个时代的错误,几个人的偏见会放大为整个时代的偏见。我们有很多这样的文学史教训。在这个问题上,我们既要相信权威又不能迷信权威,我们要追求文学经典评价的民主化、民主性。对一个时代文学的判断应该是全体阅读者共同参与的民主化的过程,各种文学声音都应该能够有效地发出。这个时代的文学阅读,最理想的状态应该是一种互补性的阅读。为什么叫"互补性的阅读"?因为一个批评家再敬业,再劳动模范,一个人也读不过来所有的作品。举个例子:现在我们一年有5000部以上的长篇小说,一个批评家如果很敬业,每天在家读二十四小时,他能读多少部?一天读一部,一年也只能读三百部。但他一个人读不完,不等于我们整个时代的读者都读不完。这就需要互补性阅读。所有的读者互补性地读完所有作品。在所有作品都被阅读过的情况下,所有的声音都能发出来的情况下,各种声音的碰撞、妥协、对话,就会形成对这个时代文学比较客观、科学的判断。因此,文学的经典不是由某一个"权威"命名的,而是由一个时代所有的阅读者共同命名的,可以说,每一个阅读者都是一个命名者,他都有对经典进行命名的使命、责任和"权力"。而作为一个文学研究者或一个文学出版者,参与当代文学的进程,参与当代文学经典的筛选、淘洗和确立过程,更是一种义不容辞的责任和使命。说到底,"经典"是主观的,"经典"的确立是一个持续不断的"过程","经典"的价值是逐步呈现的,对于一部经典作品来说,它的当代认可、当代评价是不可或缺的。尽管这种认可和评价也许有偏颇,但是没有这种认可和评价,它就无法从浩如烟海的文本世界中突围而出,它就会永久地被埋没。从这个意义上说,在当代任何一部能够被阅读、谈论的文本都是幸运的，这是它变成"经典"的必要洗礼和必然路径。

总之，我们所提倡的"经典化"不是要简单地呈现一种结果，不是要简单地对一个时代的文学作品排座次，不是要武断地指出某部作品是"经典"，某部作品不是"经典"，不是要颁发一个"谁是经典"的荣誉证书，而是要进入一个发现文学价值、感受文学价值、呈现文学价值的过程。所谓"经典化"的"化"实际上就是文学价值影响人的精神生活的过程，就是通过文学阅读发现和呈现文学价值的过程。可以说，文学的经典化过程，既是一个历史化的过程，更是一个当代化的过程。文学的经典化时时刻刻都在进行着，它需要当代人的积极参与和实践。因此，哪怕你是一个对当代文学的虚无主义者，你可以不承认当代文学有经典，但只要你还承认有文学，你还需要和相信文学，还承认当代文学对人的精神生活具有影响力，你就不应该否定当代文学经典化的重要性。没有这个"经典化"，当代文学就不会进入和影响当代人的生活，就失去了存在的意义。每一个人，哪怕你是权威，你也不能以自己的好恶剥夺他人阅读文学和享受文学的权利。

从这个意义上说，当代文学的经典化当然是一个真命题而不是一个伪命题。在一个资讯泛滥的时代，给读者以经典的指引是文学界、出版界共同的责任，而这也是我们编辑出版这套书的意义所在。

最后，感谢张明和张英先生为本套书付出的辛劳，感谢北京立丰天文化传播有限公司、北京金圣典文化有限公司的资金支持，感谢全体编委和北京联合出版公司各位编辑，感谢所有对本套丛书的出版给予大力支持的作家和他们的家人。

是为序。

吴义勤

2022 年冬于北京

## 目 录
Contents

父　亲＿＿1

母　亲＿＿33

秀　发＿＿73

今夜有暴风雪＿＿82

贵　人＿＿235

灭　顶＿＿291

# 父 亲

关于父亲，我写下这篇忠实的文字，为一个由农民成为工人阶级的一员"树碑立传"，也为一个儿子保存将来献给儿子的记忆……

小时候，父亲在我心目中，是严厉的一家之主，绝对权威，靠出卖体力供我吃穿的人，恩人，令我惧怕的人。

父亲板起脸，母亲和我们弟兄四个，就忐忑不安，如对大风暴有感应的鸟儿。

父亲难得心里高兴，表情开朗。

那时妹妹未降生，爷爷在世，老得无法行动了，整天躺在炕上咳嗽不止，但还很能吃。全家七口人高效率的消化系统，仅靠吮咂一个三级抹灰工的汗水。用母亲的话说，全家天天都在"吃"父亲。

父亲是个刚强的山东汉子，从不抱怨生活，也不叹气。父亲板着脸任我们"吃"他。父亲的生活原则——万事不求人。邻居说我们家："房顶开门，屋地打井。"

我常常祈祷,希望父亲也抱怨点什么,也唉声叹气。因为我听邻居一位会算命的老太太说过这样一句话:"人人胸中一口气。"按照我的天真幼稚的想法,父亲如果能唉声叹气,则会少发脾气了。

父亲就是不肯唉声叹气。

这大概是父亲的"命"所决定的吧?真很不幸!我替父亲感到不幸,也替全家感到不幸。但父亲发脾气的时候,我却非常能谅解他,甚至同情他。一个人对自己的"命"是没办法的。别人对这个人的"命"也是没办法的。何况我们天天在"吃"父亲,难道还不允许天天被我们"吃"的人对我们发点脾气吗?

父亲第一次对我发脾气,就给我留下了终生难忘的印象。一个惯于欺负弱小的大孩子,用碎玻璃在我刚穿到身上的新衣服背后划了两道口子。父亲不容我分说,狠狠打了我一记耳光。我没哭,没敢哭,却委屈极了,三天没说话。在拥挤着七口人的不足十六平方米的空间内,生活绝不会因为四个孩子中的一个三天没说话而变得异常的。全家都没注意我三天没说话。

第四天,在学校,在课堂,老师点名,要我站起来读课文。那是一篇我早已读熟了的课文。我站起来后,许久未开口。老师急了,同学们也急了。老师和同学,都用焦急的目光看着我,教室的最后一排,坐着七八位外校的听课老师。

我不是不想读。我不是存心要使我的班级丢尽荣誉。我是读不出来。读不出课文题目的第一个字。我心里比我的老师,比我的同学们还焦急。

"你怎么了?你为什么不开口读?"老师生气了,脸都气红了。

我哇的一声大哭起来。

从此我们小学二年级三班,少了一名老师喜爱的"领读生",多了一个"结巴磕子",我也从此失掉了一个孩子的自尊心……

我的口吃,直至上中学以后,才自我矫正过来。我变成了一个说话慢言慢语的人。有人因此把我看得很"成熟",有人因此把我看得"胸有城府"。而在需要"据理力争"的时候,我往往成了一个"结巴磕子",或是一个"理屈词穷"者。父亲从来也没对我表示过歉意。因为他从来也没将他打我那一耳光和我以后的口吃联系在一起……

爷爷的脾气也特火暴。父亲发怒时,爷爷不开骂,便很值得我们庆幸了。

值得庆幸的时候不多。

母亲属羊,像只羊那么驯服,完全被父亲所"统治"。如若反过来,我相信对我们几个孩子是有益处的。因为母亲是一位农村私塾先生的女儿,颇识一点文字。遗憾的是,在家庭中,父亲的自我意识,起码比"工人阶级领导一切"这条理论早形成二十年。

中国的贫穷家庭的主妇,对困苦生活的适应力和忍耐力是极可敬的。她们凭一种本能对未来充满憧憬。虽然这憧憬是朦胧的,盲目的,带有浪漫的主观色彩。期望孩子长大成人后都有出息,是她们这种憧憬的萌发基础。我的母亲在这方面的自觉性和自信心,我认为是高于许多母亲们的。

关于"出息",父亲是有他独到的理解的。

一天吃饭的时候,我喝光了一碗苞谷面粥,端着碗又要去盛,瞥见父亲在瞪我。我胆怯了,犹犹豫豫地站在粥盆旁,不敢再盛。

父亲却鼓励我:"盛呀!再吃一碗!"

父亲见我只盛了半碗,又说:"盛满!"接着,用筷子指着哥哥和两个弟弟,异常严肃地说:"你们都要能吃!能吃,才长力气!你们眼下靠我的力气吃饭,将来,你们是都要靠自己的力气吃饭的!"

我第一次发现,父亲脸上呈现出一种真实的慈祥、一种由衷的喜悦、一种殷切的期望、一种欣慰、一种光彩、一种爱。

我将那满满一大碗苞谷面粥喝下去了,还强吃掉半个窝窝头。为了报答父亲,报答父亲脸上那种稀罕的慈祥和光彩。尽管撑得够受,但心里幸福。因为我体验到了一次父爱。我被这次宝贵的体验深深感动。

我以一个小学生的理解力,将父亲那番话理解为对我的一次教导、一次具有征服性的教导、一次不容置疑的现身说法。我心领神会,虔诚之至地接受这种教导。从那一天起饭量大了,觉得自己的肌肉也仿佛日渐发达,力气也似乎有所增长。

"老梁家的孩子,一个个都像小狼崽子似的!窝窝头,苞谷面粥,咸菜疙瘩,瞧一顿顿吃得多欢,吃得多馋人哟!"这是邻居对我们家的唯一羡慕之处。父亲引以为豪。

我十岁那年,父亲随东北建筑工程公司支援大西北去了。父亲离家不久,爷爷死了。爷爷死后不久,妹妹出生了。妹妹出生不久,母亲病了。医生说,因为母亲生病,妹妹不能吃母亲的奶。哥哥已上中学,每天给母亲熬药,指挥我们将家庭乐章继续下去。我每天给妹妹打牛奶,在母亲的言传下,用奶瓶喂妹妹。

我极希望自己有一个姐姐。母亲曾为我生育过一个姐姐。然而我未见过姐姐长得什么样,她不满三岁就病死了。姐姐死得很冤,因为父亲不相信西医,不允许母亲抱她去西医院看病。母亲偷偷抱着姐姐去西医院看了一次病,医生说晚了。母亲由于姐姐的死大病了一场。父亲却从不觉得应对姐姐的死负什么责任。父亲认为,姐姐纯粹是因为吃了两片西药被药死的。

"西药,是治外国人的病的!外国人,和我们中国人的血脉是不一样的！难道中国人的病是可以靠西药来治的吗?！西药能治中国人的病，我们中国人还发明中医干什么?！"

父亲这样对母亲吼。

母亲辩驳："中医先生也叫抱孩子去看看西医。"

"说这话的，就不是好中医！"父亲更恼火了。

母亲，只有默默垂泪而已。

邻居那个会算命的老太太，说按照麻衣神相，男属阳，女属阴，说我们家的血脉阳盛阴衰，不可能有女孩。说父亲的秉性太刚，女孩不敢托生到我们家。说我夭折的姐姐，是被我们家的阳刚之气"克"逃了，又托生到别人家中去了。

一天晚上，我亲眼看见，父亲将一包中草药偷偷塞进炉膛里，满屋弥漫一种苦涩的中草药味。父亲在炉前呆呆站立了许久，从炉盖子缝隙闪耀出的火光，忽明忽暗地映在父亲脸上。父亲的神情那般肃穆，肃穆中呈现出一种哀伤……

我幼小的心灵，当时很信服麻衣神相之说。要不妹妹为什么是在父亲离家，爷爷死后才出生的呢？我尽心尽意照料妹妹，希望妹妹是个胆大的女孩，希望父亲三年内别探家。唯恐妹妹也像姐姐似的"托生"到别人家中去。妹妹的"光临"，毕竟使我想有一个姐姐的愿望，某种程度上得到了一种补偿性的满足。

父亲果然三年没探家，不是怕"克"逃了妹妹，是打算积攒一笔钱。

父亲虽然身在异地，但企图用他那条"万事不求人"的生活原则遥控家庭。

"要节俭，要精打细算，千万不能东借西借……"父亲求人写的每一封家信中，都忘不了对母亲谆谆告诫一番。父亲每月寄回的钱，根本不足以维持家中的起码开销。母亲彻底背叛了父亲的原则。我们家"房顶开门,屋地打井"的"自力更生"的历史阶段,很令人悲哀地结束了。我们连心理上的所谓"穷志气"都失掉了……

父亲第一次探家,是在春节前夕。父亲攒了三百多元钱,还了母亲借的债,剩下一百多元。

"你是怎么过的日子?啊?!我每封信都叮嘱你,可你还是借了这么多债!你带着孩子们这么个过法,我养活得起吗?!"父亲对母亲吼。他坐在炕沿上,当着我们的面,粗糙的大手掌将炕沿拍得啪啪响。

母亲默默听着,一声不吭。

"爸爸,您要责骂,就责骂我们吧!不过我们没乱花过一分钱。"哥哥不平地替母亲辩护。

我将书包捧到父亲面前,兜底儿朝炕上一倒,倒出了正反两面都写满字的作业本,几截手指般长的铅笔头。我瞪着父亲,无言地向父亲声明:我们真的没乱花过一分钱。

"你们这是干什么?越大越不懂事了!"母亲严厉地训斥我们。

父亲侧过脸,低下头,不再吼什么。许久,父亲长叹了一声,那是从心底发出的沉重负荷下泄了气似的长叹。

那是我第一次听到父亲叹气。

我心中倏然对父亲产生了一种怜悯。

第二天,父亲带领我们到商店去,给我们兄弟四个每人买了一件新衣服,也给母亲买了一件平绒上衣……

父亲第二次探家,是在三年自然灾害期间。

"错了,我是大错特错了!"——细瞧着我们几个孩子因吃野菜而浮肿不堪的青黄色的脸,父亲一迭声说他错了。

"你说你什么事错了?"母亲小心翼翼地问。

父亲用很低沉的声音回答:"也许我十二岁那一年就不该闯关东……我想,如今老家的日子兴许会比城市的日子好过些?就是吃野菜,老家能吃的野菜也多啊……"

父亲要回老家看看。如果老家的日子比城市的日子好过些,他就将带领母亲和我们五个孩子回老家,不再当建筑工人,重当农民。

父亲这一念头令我们感到兴奋,给我们带来希望。我们并不迷恋城市。野菜也好,树叶也好,哪里有无毒的东西能塞满我们的胃,哪里就是我们的福地。父亲的话引发了我们对从未回去过的老家的向往。

母亲对父亲的话很不以为然。但父亲一念既生,便会专执此念。那是任何人也难以使他放弃的。

母亲从来也没有能够动摇过父亲的哪怕一次荒唐的念头。母亲根本不具备这种妇人之术。母亲很有自知之明,便预先为父亲做种种动身前的准备。

父亲要带一个儿子回山东老家。在我们——他的四个儿子之间,展开了一次小小的纷争。最后,由父亲作出了裁决。

父亲庄严地对我说:"老二,爸带你一块儿回山东!"

老家之行,印象是凄凉的。对我,是一次大希望的大破灭。对父亲,是一次心理上和感情上的打击。老家,本没亲人了,但毕竟是父亲的故乡。故乡人,极羡慕父亲这个挣现钱的工人阶级。故乡的孩子,极羡慕我这个城市的孩子。羡慕我穿在脚上的那双崭新的胶鞋。故乡的野菜,还塞不饱故乡人的胃。我和父亲路途上没吃完的两掺面的馒头,在故乡人眼中,是上等的点心。父亲和我,被故乡一种饥饿的氛围所促使,竟忘乎所以地扮演起"衣锦还乡"的角色来。

父亲第二次攒下的二百元钱,除了路费,东家给五元,西家给十元,以"见面礼"的方式,差不多全救济了故乡人。我和父亲带了一小包花生米和几斤地瓜干离开了故乡……

到家后,父亲开口对母亲说的第一句话是:"孩子他妈,我把钱抖搂光了!你别生气,我再攒!"

这是我第一次听到父亲用内疚的语调对母亲说话。

母亲淡淡一笑:"我生啥气呀!你离开老家后,从没回去过,也该回去看看嘛!"仿佛她对那被花光的二百多元钱毫不在乎。

但我知道,母亲内心是很在乎的。因为我看见,母亲背转身时,眼泪从眼角溢出,滴落在她衣襟上。

那一夜,父亲翻身不止,长叹接短叹。

两天后,父亲提前回大西北去了。假期内的劳动日是发双份工资的……

父亲始终恪守自己给自己规定的三年探一次家的铁律,直至退休。父亲是很能攒钱的。母亲是很能借债的。我们家的生活,恰恰特别需要这样一位父亲,也特别需要这样一位母亲。所谓"对立统一"。

在我记忆的底片上,父亲愈来愈成为一个模糊的虚影,三年显像一次;在我的情感世界中,父亲愈来愈成为一个我想要报答而无力报答的恩人。

报答这种心理,在父子关系中,其实质无异于溶淡骨血深情的稀释剂。它将最自然的人性最天经地义的伦理平和地扭曲为一种最荒唐的债务。而穷困之所以该诅咒,不只因为它造成物质方面的债务,更因为它造成精神上和情感上的债务。

父亲第三次探家那一年,正是哥哥考大学那一年。父亲对哥哥想考大学这一欲望,以说一不二的威严加以反对。

"我供不起你上大学!"父亲的话,令母亲和哥哥感到没有丝毫商量余地。

好心的邻居给哥哥找了一个挣小钱的临时活——在菜市场卖菜。卖十斤菜可挣五分钱。父亲逼着哥哥去挣小钱。哥哥每天偷偷揣上一册课本，早出晚归。回家后交给父亲五角钱。那五角钱，是母亲每天偷偷塞给哥哥的。哥哥实则是到公园里或松花江边去温习功课的。骗局终于败露，父亲对这种"阴谋诡计"大发雷霆，用水杯砸碎了镜子。

父亲气得当天就决定回大西北。我和哥哥将父亲送到火车站。

列车开动前，父亲从车窗口探出身，对哥哥说："老大，听爸的话，别考大学！咱们全家七口，只我一个挣钱，我已经五十出头了，身板一天不如一天了，你应该为我分担一点家庭担子了啊！"父亲的语调中，流露出无限的苦衷和哀哀的恳求。

列车开动时，父亲流泪了。一滴泪水挂在父亲胡茬儿又黑又硬的脸腮上。我心里非常难过。却说不清究竟是为父亲难过，还是为哥哥难过。我知道，哥哥已背着父亲参加了高考。母亲又一次欺骗了父亲。哥哥又一次欺骗了父亲。我这个"知情不举"者，也欺骗了父亲。我因无罪的欺骗感到内疚极了。我，很大程度上是为自己难过……

几天后，哥哥接到了大学录取通知书。母亲欣慰地笑了。哥哥却哭了……

我又送走了哥哥。

哥哥没让我送进站。

他说："省下买站台票的五分钱吧。"

在检票口，哥哥又对我说："二弟，家中今后全靠你了！先别告诉爸爸，我上了大学……"

我站在检票口外，呆呆地望着哥哥随人流走入火车站，左手拎着行李卷，右手拎着网兜，一步三回头。

我缓慢地走在回家的路上，手中紧紧攥着没买站台票省下的那五分镍币，心中暗想：为了哥哥，为我们家祖祖辈辈的第一个大学生，全家一定要更加省吃俭用，节约每分钱……

我无法长久隐瞒父亲哥哥已上了大学这件事。我不得不在一封信中告诉父亲实情。

哥哥在第一个假期被学校送回来了。他再也没能返校。

他进了精神病院——一个精神世界的自由王国——一个心理弱者的终生归宿。一个明确的句号。

我从哥哥的日记本中，翻出了父亲写给哥哥的一封信。一封错字和白字占半数以上的信。一封并不彻底的扫盲文化程度的信：

老大！你太自私了！你心中根本没有父母！根本没有弟弟妹妹！你只想到你自己！你一心奔你个人的前程吧！就算我白养大你！就算我没你这个儿子！有朝一日你当了工程师！我也再不会认你这个儿子！

每句话后面都是"！"号，所有这些"！"号，似乎也无法表述父亲对哥哥的愤怒。父亲这封信，使我联想到了父亲对我们的那番教导："将来，你们都是要靠自己的力气吃饭的！"我不由得将父亲的教导作为基础理论进行思考：每个人都是有把子力气的，倘一个人明明可以靠力气吃饭而又并不想靠力气吃饭，也许竟是真有点大逆不道的吧？哥哥上大学，其实绝不会造成我们家有一个人饿死的严峻后果。那么父亲的愤怒，是否也因哥哥违背了他的教导呢？父亲是一个体力劳动者，我所见识过的体力劳动者，大致分为两类。一类自卑自贱，怨天咒命的话常挂在嘴边上："我们，臭苦力！"一类盲目自尊，崇尚力气，对凡是不靠力气吃饭的人，都一言以蔽之曰："吃轻巧饭的！"

蕴含着一种藐视。

父亲属于后一类。

如今想起来,这也算一件极可悲的事吧!对哥哥抑或对父亲自己,难道不都可悲吗?

父亲第四次探家前,我到北大荒去了。以后的七年内,我再没见过父亲。我不能按照自己的愿望和父亲同时探家。

在我下乡的第七年,连队推荐我上大学。那已是第二次推荐我上大学了。我并不怎么后悔地放弃了第一次上大学的机会。哥哥上大学所落到的结果,比父亲对我的人生教导在我心理上造成更为深刻的不良影响。然而第二被推荐,我却极想上大学了。第二次即最后一次。我不会再获得第三次被推荐的机会。那一年我二十五岁了。

我明白,录取通知书没交给我之前,我能否迈入大学校门,还是一个问号。连干部同意不同意,至关重要。我曾当众顶撞过连长和指导员,我知道他们对我耿耿于怀。我因此而忧虑重重。几经彻夜失眠,我给父亲写了一封信,告之父亲我已被推荐上大学,但最后结果,尚在难料之中,请求父亲汇给我二百元钱。还告知父亲,这是我最后一次上大学的机会。我相信我暗示得很清楚,父亲是会明白我需要钱干什么的。信一投进邮筒,我便追悔莫及。我猜测父亲要么干脆不给我回音,要么会写封信来狠狠骂我一通。肯定比骂哥哥那封信更无情。按照父亲做人的原则,即使他的儿子有当皇上的可能,他也是绝不容忍他的儿子为此用钱去贿赂人心的。

没想到父亲很快就汇来了钱。二百元整。电汇。汇单的附言条上,歪歪扭扭地写着几个错别字:"不勾(够),久(就)来电。"

当天我就把钱取回来了。晚上,下着小雨。我将二百元钱分装在两个衣兜里,一边一百元。双手都插在衣兜,紧紧攥着两叠钱。我先来到指导员家,在门外徘徊许久,没进去。后来到连长家,鼓了几次勇气,猛然推门进去。我支支吾吾地对连长说了几句不着边际的话,立刻告辞。双手始终没从衣兜里掏出来,两叠钱被攥湿了。

我缓缓地在雨中走着。那时刻一个充满同情的声音在我耳边说:"梁师傅真不容易呀,一个人要养活你们这么一大家子!他节俭得很呢,一块臭豆腐吃三顿,连盘炒菜都舍不得买……"

这是父亲的一位工友到我家对母亲说过的话。那时我还幼小,长大后忘了许多事,但这些话却忘不掉。

我觉得衣兜里的两叠钱沉甸甸的,沉得像两大块铅。我觉得我的心灵那么肮脏,我的人格那么卑下,我的动机那么可耻。我恨不得将我这颗肮脏的心从胸膛内呕吐出来,践踏个稀巴烂,践踏到泥土中。

我走出连队很远,躲进两堆木棱之间的空隙,痛痛快快地大哭了一场。我哭自己,也哭父亲。父亲他为什么不写封信骂我一通啊?!一个父亲的人格的最后一抹光彩,在一个儿子心中黯然了,就如同一个泥偶毁于一捧脏水。而这捧脏水是由儿子泼在父亲身上的,这是多么令人悔恨令人伤心的事啊!

第二天抬大木时,我坚持由三杠换到了二杠——负荷最沉重的位置。当两吨多重的巨大圆木在八个人的号子声中被抬离地面,当抬杠深深压进我肩头的肌肉,我心中暗暗呼应的却是另一种号子——爸爸,我不,不!……

那一年我还是上了大学。连长和指导员并未从中作梗,而且还把我送到了长途汽车站。和他们告别时,我情不自禁地对他们说了一句:"真对不起……"他们默默对望了一眼,不知我说这句话是什么意思。

那个漆黑的,下着小雨的夜晚,将永远永远保留在我记忆中……

三年大学,我一次也没有探过家,为了省下从上海到哈尔滨的半票票价。也为了父亲每个月少吃一块臭豆腐,多吃一盘炒菜。

毕业后,参加工作一年,我才探家,算起来,我已十年没见过父亲了。父亲提前退休了。他从脚手架上摔下来过一次,受了内伤,也年老了,干不动重体力活了。

三弟返城了。我回到家里时,见三弟躺在炕上,一条腿绑着夹板,吊在半空。小妹告诉我,三弟预备结婚了。新房是傍着我们家老屋山墙盖起的一间"偏厦子"。我们家的老屋很低矮,那"偏厦子"不比别人家的煤棚高多少。

我进入"新房"看了看,出来后问三弟:"怎么盖得这么凑凑乎乎?"

三弟的头在枕上侧向一旁,半天才说:"没钱。能盖起这么一间就不错了。"

我又问:"你的腿怎么搞的?"

三弟不说话了。

小妹从旁替他说:"铺油毡时,房顶木板太朽了,踩塌掉进屋里……"

我望着三弟,心里挺难受。我能读完三年大学,全靠三弟每月从北大荒寄给我十元钱。

吃过晚饭后,我对父亲说:"爸爸,我想和你谈件事。"

父亲看了我一眼,默默地等待我说。父亲看我时的目光,令我感到有些陌生。是因为我们父子分别了整整十年吗?是因为我成了一个大学毕业生吗?我不得而知。他看我那一眼,像一匹老马看一头小牛。

我向父亲伸出一只手:"爸爸,把你这些年攒的钱都拿出来,给三弟盖房子用吧!"

父亲又用那种有些陌生的目光看了我一眼,低下头,沉默半晌,才低声说:"我……不是已经给了吗?……"

我说:"爸爸,你只给了三弟二百五十元钱呀!那点钱能够盖房子用吗?"

"我……再没钱……"父亲的声音更低。

我大声说:"不对!爸爸,你有!我知道你有!你有三千多元钱!……"

父亲腾地从炕沿上站了起来,脸色涨得紫红,怒吼道:"你!……你简直胡说!我什么时候攒下过三千元?!"

躺在炕上的三弟插嘴说:"二哥,你何必为我逼爸爸呢!爸爸一辈子都想攒钱,如今总算攒下了,能舍得拿出来为我盖房子?"口吻中流露出一个儿子内心对父亲的极大不满。

我生气了,提高嗓门说:"爸爸,你这样做不对!三弟能在那样一间煤棚似的破屋里结婚吗?那里出生的,将是你的孙子,或是你的孙女!你将在子孙后代面前感到羞愧的!……"我心中倏然对父亲鄙视起来。

"住嘴!……"父亲举起了一只拳头。拳没落到我身上,在空中僵了片刻,沉重地落在了父亲自己的脑门上。母亲、四弟和小妹赶紧从里间屋出来,把我往里间屋拉。

"你!……十年没见我,一见我就教训我吗?!好一个儿子啊!你就是这样给你弟弟妹妹们做榜样的吗?你可算念成了大学了!你给我滚!……"父亲脸腮抽搐着,眼中喷射出怒火。他那凶暴的语调中,有一种寒透了心的悲凉成分。他用手朝我一指,又吼出一个"滚"字,再说不出别的话来。

我一下子挣脱了母亲和四弟拉住我的手,大声说:"爸爸,我永远不再回这个家!"说完,冲出了家门。

我一口气走到火车站,买了一张三个小时后开往北京的火车票,坐在候车室的长凳上,一支接一支吸烟。

不知过了多久,听到有人轻轻叫我,抬起头,见母亲和四弟站在面前。

四弟说："二哥，回家吧！"

母亲也说："回家吧，妈求你！"

"不……"我坚决地摇摇头。

母亲又说："你怎么能那样子跟你父亲争吵呢？他的确是没攒下那么多钱呀！他攒下的一点钱，差不多全给你三弟了……下个月初就要给你哥交住院费……"

几个好奇的男人女人围住了我们，用各种猜疑的目光注视我。

我听到一个上了年纪的女人离开时叹了口气，说："可怜天下父母心啊！"

我分明是被看成一个不孝之子了。

我打断母亲的话，说："妈妈，您别替我父亲辩护了！我在大学时，您求人写信告诉过我，父亲已积攒下了三千元钱。他怎么能对他的儿子那么吝啬？"

母亲怔了一下，说："傻孩子，是妈不好，妈那是骗你的呀！为了让你在大学里安心读书，不挂虑家中的生活……"

听了母亲的话，我呆呆地望着母亲那张憔悴的脸，发愣许久，说不出话来。

"听妈的话，回家吧！回家跟你爸认个错……"母亲上前扯我。

我低下头哭了……

我跟着母亲和四弟回到了家里。我向父亲认了错。父亲当时没有任何原谅我的表示。

小妹那时已中学毕业，在家待业两年了，一直没有分配工作。母亲低眉下眼地去找过街道主任几次，街道主任终于给了个话口说："下一次来指标，我给使把劲试试看吧！"

母亲将这话学给父亲,对父亲说:"为了孩子,这人情,管多管少,无论如何也得送啊!"

父亲拉开抽屉,取出一个牛皮纸钱包,递给母亲,头也不抬地说:"我这个月的退休金,刚交了老大的住院费,剩下的都在里边了……"

牛皮纸钱包里,大票只有两张十元的了。母亲犹豫了一阵,将其中一张交给妹妹。妹妹就用那十元钱买了点不成体统的东西,当天拎着去街道主任家"表示表示"。怎么拎去的,又怎么拎回来了。

母亲诧异地问:"怎么拎回来了?"

小妹沮丧地回答:"人家不肯收。"

母亲又问:"嫌少?"

"人家说,多年住在一条街上,收了,就显得不好了。人家说,要是咱们非要表示表示,她家买了一吨好煤,咱们帮忙给拉回来……"小妹说罢,怯怯地瞟了父亲一眼。

父亲始终没抬头,听罢小妹的话,头更低下去了。过了好一会儿,父亲才开口说:"我和你四哥……一块儿去给拉回来……"

四弟刚巧从外面回来,问明白后,为难地对父亲说:"爸,我们厂的团员明天要组织一次活动,我是团支部书记,我不能不去呀!"

小妹急了:"什么破团支部书记,你当得那么上瘾?!明天不给拉回来,人家的煤票就过期了!"

这一节话,我都在里屋听到了,我跨出里屋,对小妹说:"明天我和爸去拉。"

父亲突然莫名其妙地火了:"谁都用不着你们!我明天一个人去拉!我还没老得不中用,我还有力气!"

头天晚上就下起了大雨。第二天白天,雨下得更大了。我和父亲借了辆手推车,冒雨去拉煤。路很远。煤票是在一个铁道线附近的大煤厂开的，距我们住的街区，有三十来里。一吨煤，分三趟拉。天黑才拉回第三趟。拉第三趟时，一只车轮卡在铁轨岔角里。无论我和父亲使出多大的力气，车轮都纹丝不动，像被焊住了。我和父亲一块儿推，一块儿拉，一个推，一个拉，弄得浑身是泥，双手处处是伤，始终一筹莫展。在暴雨中，我听得见父亲像牛一样的呼哧呼哧的喘息声。

我抹了把脸上的雨水，对父亲大声喊："爸爸，你在这儿看着，我去道班房找个人来帮帮忙！"

"你的力气都哪去了?!"父亲一下子推开我，弯下腰，用他那肌肉萎缩了的肩膀去扛车。

远处传来了火车的吼声。一列火车开过来了。在闪电亮起的刹那，我看见一块松弛的皮肤，被暴雨无情地鞭打着。是一个老年人的丧失了力气的脊梁。

车头的灯光从远处射了过来。

父亲仍在徒劳无益地运用着微不足道的力气。

我拔腿飞快地朝道班房跑去。

列车停住了。

道班工人和我一块儿跑到煤车前。

父亲还在用肩膀扛煤车。他仿佛根本没发现有火车开过来。

"你他妈的玩命啊！"道班工人恶狠狠地骂了一句。

火车车头的光束正照着煤车。父亲的肩膀，终于离开了煤车。父亲缓缓抬起了头。我看清了父亲那张绝望的脸。一张皱纹纵横的脸。每一条皱纹，都仿佛是一个"！"号，比父亲写给哥哥的那封信中还多……

雨水，从父亲的老脸上往下淌着。

我知道，从父亲脸上淌下来的，绝不仅仅是雨水。父亲那双瞪大的眼神空洞的眼睛，那抽搐的脸腮，那哆嗦的双唇，说明了这一点……

这个雨夜，又使我回想起了几年前那个雨夜。我躲在我们连队木棱堆之间大哭一场的那个雨夜……

今年四月的一天，我收到一封电报，电文——"父即日乘十八次去京，接站。"

我又几年没探家了。我与父亲又几年没见面了。我已经三十五岁了，可以说是一个中年人了。电报使我心中涌起了一个中年人对自己老父亲的那种情感。那是一种并不强烈，撩拨回忆的情感。人的回忆，是可以随着年龄的增长而改变"焦距"的，好像照片随着时间改变颜色一样。回忆往事，我心中对父亲的谴责少了，对自己的谴责反而多了。我毕竟没有给过父亲多少一个儿子对父亲的爱啊！

电报没能在头一天交到我手里，却被人从门底缝塞进我了的办公室。我头一天熬夜，第二天上班很迟。看看手表，离列车到站时间，仅差一小时十五分。马上动身完全来得及接站。我手中拿着电报，心里倏忽产生了一个念头——租一辆小汽车去接站。这念头产生得很随便，就像陕西人想吃一顿羊肉泡馍。父亲生平连一次小汽车也没坐过，我要给予父亲"生平第一次"。我给几处出租汽车站打电话，都没车。二十多分钟在电话机前过去了。乘公共汽车接站，已根本来不及。只有继续拨电话。又拨了十多分钟，终于要到了一辆车。说很快就到，却并不很快，半小时以后才到。一路红灯，驶驶停停。到火车站，早已过时。

我打开车门就往下跳，司机一把揪住我："车费！"我一摸衣兜，钱包没带！只好向司机赔笑脸，告诉他我是来接人的，接到了再给他车费。说了不少好话，最后将工作证押给他，他才算松开了手。

站内站外，都没寻找到父亲。

我沮丧地回到出租汽车跟前，央求司机再送我回家，来去车费一块儿付。

司机哼了一声，将车开走了。我见方向不对，赔着笑脸问："你要把我拉哪去呀？"

司机冷冰冰地回答："出租汽车总站。我饿了，该吃午饭了。你在总站再要一辆车吧！"

我自认理亏，不多说什么。

在出租汽车总站，又等了一个多小时，才终于坐进了另一辆小汽车里。回来倒是一路飞快，算账时，可把我吓了一大跳——二十三元！

我不由得问了句："怎么二十三元啊？"

司机瞪了我一眼："加上火车站到出租汽车总站的那一段车费！"

"那一段路也要车费？！"

"笑话！你想白坐啊？"

一进家门，见父亲已在家中了。

我埋怨道："爸爸，你怎么不在火车站多等会儿啊？让我白接了你一趟！"

父亲说："等了一会儿，没见着你，我心想你不会来接了……"

"拍了电报，我能不去接吗？真是的！"

"我心想，大概你工作忙，脱不开身……"

我说："爸，先给我二十三元钱！"

刚见面，伸手要钱，父亲奇怪，疑惑地瞧着我。

我只好解释："爸爸，我是租了一辆小汽车去接你的，司机在下边等着呢！我的钱包放在办公室了。"

仿佛为了证实我的话，司机按了几声喇叭。

父亲当时那种表情，就好像听说我是租了艘宇宙飞船去接他似的。他缓缓解开衣扣，拆开缝在衣里儿的一块布，用手指捻出三张十元的纸钞，默默递给了我。我从父亲的目光中看出他心里想说的一句话："你摆的什么谱啊！"

"爸爸，这钱我会还你的……"我接过钱，匆匆奔下楼去。

当我回到屋里，见父亲脸色变得很阴沉，也不瞧我，低头吸烟。

我省悟到，我刚才说了一句十分愚蠢的话……

父亲，不再是从前那个身强力壮的父亲了，也不再是那个退休之年仍目光炯炯、精神矍铄的父亲了。父亲老了，他是完完全全地老了。生活将他彻底变成了一个老头子。他那很黑的硬发已经快脱落光了，没脱落的也白了。胡子却长得挺够等级，银灰间黄，所谓"老黄忠式"，飘飘逸逸的，留过第二颗衣扣。只有这一大把胡子，还给他增添些许老人的威仪。而他那一脸饱经风霜的皱纹，凝聚着某种不遂的夙愿的残影……

生活，到底是很厉害的。

我家住在一幢筒子楼内，只一间，十三平方米，在走廊做饭，和电影《邻居》里的情形差不了多少。走廊脏，黑，苍蝇多，老鼠肆无忌惮，特肥大。

父亲到来的第一天，打量着我们家在走廊占据的"领地"，不无感触地说："老二，你有福气啊！你才参加工作几年呀，就分到了房子！走廊这么宽，还能当厨房……你……比我强……"

这话从父亲口中说出，以那么一种淡泊的自卑的语调说出，使我心中有些凄凉之感。

父亲当了一辈子建筑工人，盖了一辈子楼房，却羡慕我这筒子楼里的十三平米……他是被尊称为主人翁的人啊……

编辑部暂借给我一间办公室。每天晚上，我和父亲住在办公室，妻子和孩子住在家中。我虽没有让父亲生平第一次坐上小汽车，父亲却沾了我的光，生平第一次住上了楼房。

父亲每天替我们接孩子，送孩子，拖地板，打开水，买菜，做饭，乃至洗衣服，拆被子，换煤气。一切的家务，父亲都尽量承担了。

我不希望父亲，我的老父亲沦为我的老勤杂员。我对父亲说："爸爸，你别样样事都抢着做。你来后，我们都变懒了！"

父亲阴郁地回答："我多做点，倒累不着。只要能在你们这儿长住下去，我就很知足了……你妹妹结婚后，家中实在住不开了，我万不得已，才来搅扰你们……"

父亲的性格也变了，变成一个通情达理的，事事处处，家里家外都很善于忍让的毫无脾气的老头子了。

除了家务，父亲还经常打扫公共楼道、楼梯、厕所、水池。他不久便获得了全楼人的称赞和敬意。父亲初来乍到时，人们每每这么问我："那个大胡子老头就是你父亲吗？"以后我听到的问话往往是："你就是那个大胡子老头的儿子呀？"在我意识中，父亲是依附于我的人格而存在的。但在不少人心目中，我则开始依附于父亲的人格而存在了。一些从不到我家中走动，大有"老死不相往来"趋势的工人们，也开始出现在我家了，使我同一种更普遍的生活贴近了。

我惊奇地发现，不是家属洗澡的日子，父亲也可以公然到厂内浴室洗澡；没票，父亲也可以从容不迫地进入厂内礼堂看电影；忘带食堂饭菜票，父亲也可以从食堂里先端回饭菜来。而人们还都对他很客气，很友好。这些"优待"，是连我也没受到过的。父亲终于以他所能采取的方式，获得了和我并存的独立人格。我不再阻止他打扫公共卫生。我理解，人们注意到他，承认他的独立存在，如今对他来说是何等需要，何等重要！这是一个没机会受过文化教育的、丧失了健壮和力气的、自尊心极强的老父亲，在一个受过大学文化教育的、有了一丁点小名气的儿子面前保持心理平衡的唯一砝码。我告诫自己，我要替父亲珍视它，像珍视宝贵的东西一样。

父亲身上最大的变化，是对知识分子表现出了由衷的崇敬。以前，他将各类知识分子统称为"耍笔杆子"的。靠"耍笔杆子"而不是靠力气吃"轻巧饭"的人，那是他所瞧不起的。每天接踵而来找我的，十有八九是地地道道"耍笔杆子"的。我将他们介绍给父亲时，父亲总是臂微垂，腰微弯，很不自然地做他所不习惯的鞠礼状，脸上呈现出似乎不敢舒展的恭而敬之的笑容。随后，便替我给客人沏茶、点烟。当我和客人侃侃而谈时，父亲总是静默地坐在角落，一会儿注意地瞧着我，一会儿注意地瞧着客人，侧耳聆听。倘我和客人谈到该吃饭时，父亲便会起身离去悄然做饭。倘我这个主人有时竟忘了吃饭这件事，父亲便会走进屋，低声问我："饭做好了，你们现在要吃吗？还是再过一会儿？"饭后，照例抢着刷洗碗筷。

一次，送走客人后，我对父亲说："爸爸，你不必对客人过分恭敬，过分周到，他们大多数是我的同事、朋友，用不着太客气。"

"我……过分了吗？……"父亲讷讷地问，仿佛我的话对他是种指责……

几天后，我收到了友人的一封信。信中写道："昨天我到你家找你，你不在，我和你的老父亲交谈了两个多小时。他真是一位好父亲，好老人。但我感到，他太寂寞了。他对我说，连和你交谈几句话的机会都没有。你真那么忙吗？……"

这封信使我无比惭愧，无比自责。是的，父亲来后，我几乎没同父亲交谈过。即使一次不太长久的，半小时以上的，父与子之间的随随便便的交谈也没有过。父亲简直就像我雇的一个老仆役,勤勤恳恳,一声不吭,任劳任怨地为我做着一切一切的家务。

而我每天不是在写、写、写,就是和来客无休止地谈、谈、谈……

第二天晚饭后,我没到办公室去抄那篇亟待发出的稿子,见妻抱着孩子到邻居家玩去了,我便坐到了父亲面前。

我低声说:"爸爸,跟我聊几句家常话吧!"

父亲定定地看了我片刻,用一种单刀直入的语调问:"老二,你为什么不争取入党啊?"

我怔住了。我预先猜想三天三夜,也料不到父亲会向我提出这样的问题。难道这就是父亲最想同我交谈的话题吗?

我低头沉默了一会儿,抬起头又说:"爸爸,聊几句家常吧!"

"你们兄妹五个,你哥呢,就不提他了……比起来,顶数你有了点出息,可你究竟为什么不争取入党啊?听你们同事讲,你说过要入也不现在入共产党的话?你是说过这话的吗?"父亲的目光仍定定地看着我,揪住这个话题不放。

我默默地点了点头。是的,我说过。而且是在某个会议上当众说的。我并不想欺骗父亲。我对党的信仰是萌发于一种朴素的感恩思想的。这种感恩思想,毕竟不是建立在切身体会的基础之上,而是间接灌输的成果。是不稳固的,是易于坍塌的,也是肤浅的,不足以长久维系下去的。动摇过的事物,要恢复其原先的稳固性,需要比原先更稳固的基础。信仰不像小孩子玩积木,扰乱一百次,还可以重搭一百次。信仰的恢复需要比原先更深刻的思想和认识。这比给表上弦的时间长得多。

父亲的话,使我的自尊心受到了挫伤。我故意用冷漠的语调反问:"爸爸,你为什么对我入不入党这么在乎呢?你希望我能入党、当官、掌权，而后以权谋私吗？"

父亲听出来了，我的话对他的愿望显然是嘲讽。父亲缓缓站起，一只手撑着椅背，像注视一个冒充他儿子的人似的，眯起眼睛，眈眈地瞪着我。他突然推开椅子，转身朝外就走。椅子倒在地上，发出很响的声音。

父亲在门口站住，回过头，瞪着我，大声说："我这辈子经历过两个社会，见识了两个党，比起来，我还是认为新社会好，共产党伟大！不信服共产党，难道你去信服国民党？！把我烧成灰我也不！眼下正是共产党振兴国家，需要老百姓维护的时候，现在要求入党，是替共产党分担振兴国家的责任！……你再对我说什么做官不做官的话，我就揍你！……"说罢，一步跨出了房间。

在那一时刻，站在我面前的，又是从前那威严而易怒的父亲了。我怀着复杂的心情离开家，来到了办公室。我坐在办公桌前，双手捧着脸腮，陷入了静静的思考。

我理解父亲对共产党的感情。他六岁给地主放牛，十二岁闯关东，亲眼看到过国民党怎样残害老百姓。他被日本人抓过劳工。要不是押劳工的火车被抗联伏击，难想象他今天还活着，也不知这个世界上还会不会有我这位"青年作家"……

但写一份入党申请书，这比创作一篇小说更为严肃。而且，在我心灵中，还有许多肮脏得没勇气告人的欲念，还时时受到个人名利的诱惑，还潜藏着对享乐的向往，还包裹着对虚荣的贪婪，还……

"全心全意为人民服务"，这句话是庄严地写在中国共产党的党章上的。我不能够怀着一颗极不干净的灵魂在一张雪白的纸上写下：我要求加入……

人可以欺骗别人，但无法欺骗自己。

我在心中说:"爸爸,原谅我!我不,现在还不……"

办公室的门被突然推开了。父亲来了。他连看也不看我,径直走到他睡的那张临时支起的钢丝床前,重重地坐了下去。钢丝床发出一阵吱吱嘎嘎的声响。

我转过身去瞧着父亲。

他又猛地站了起来,用手指着我,愤愤地大声说:"你可以瞧不起我,你的父亲!但我不允许你瞧不起共产党!如果你已经不信服这个党了,那么你从此以后也别叫我父亲!这个党是我的救星!如果我现在还身强力壮,我愿意为这个党卖力一直到死!你以为你小子受了点苦就有资格对共产党不满啦?你受的那点苦跟我在旧社会受的苦一比算个屁!"

我想对父亲解释几句什么,却一句适当的话也寻找不到。我一言不发地望着父亲,心想:爸爸,你说得不对,不对,我并不像你认为的那样啊!……

我觉得委屈极了,直想哭。

……

父亲对我教训了这一次之后,接连几天不理我,不跟我说一句话。

一天傍晚,有一个外地的陌生姑娘来到我家中。她自称是一位文学青年,读过我的几篇作品,希望能同我谈谈。

我带她来到了办公室。

她很漂亮。身材很美,又高,又窈窕。一张白净的鹅蛋形的脸,容貌端庄娴雅。眼睛挺大,闪耀着充满想象的光彩。剪得整齐的乌黑的短发,衬托着她那张动人的脸,像荷叶衬托着荷花。她穿一件五彩缤纷的花外衣,只有三颗扣子,好像是骨质的,月牙形,非常别致。

半敞的衣襟露出里面深红色的毛衣,裤脚带有古铜色镶边的牛仔裤,奶黄色的坡底高跟鞋。她端坐在沙发上,修长的双臂微向前探,双手习惯地揽住两膝。她从头到脚焕发着浪漫气质,举止文静而有教养。

我沏了一杯茶端给她。

她接过去,看了一眼,欠身轻轻放在桌上,说:"我不喝绿茶。我从小就是喝花茶的。"

我说:"请便。"将椅子搬到她斜对面,瞧着她问:"你想和我谈些什么呢?"

她妩媚地一笑:"当然是谈文学啦……不过,也希望不仅仅限于文学。"

我说:"那么就请谈吧!不过,我也许会令你失望,我不是个理想的交谈者。"

儿子有些发高烧。走出家门时,妻正在给儿子灌药。而父亲在给我洗衣服。我尽量排除思路上的干扰,集中精力。我想她一定会首先向我提出什么问题。但她没有。她用悦耳的音调向我讲述起她自己来。

她说她离开家已经一个多月了。从南到北,旅游了不少大城市,拜访了许多颇有名气的青年作家。接着,便依次向我说出他们的名字。有人是我认识的,有人是我没见过面的。还说她崇拜某某及其作品,难以忍受某某及其作品,欣赏某某的作品但不喜欢作者本人。她很坦率。

我愿意同坦率的人交谈。我问:"你此行是出差吗?"

"噢不,"她摇摇头,又是那么博人好感地一笑,"就是为了玩,散散心。"

"你的单位竟会给你这么长一段假?"

"我现在不受任何单位管束,自由公民!"

"你是个待业青年?"

"我想有工作时便可以有份工作,腻烦了就当自由公民。"

我迷惑不解地望着她。

她揽住两膝的双手放开了,身体舒展地靠在沙发上,目光迅速地在我的办公室内环视一番,说:"你的办公室可以容得下五对人跳舞。"

我说:"我不会跳舞。大概是可以的。"

这回轮到她迷惑不解了,怀疑地盯着我,要看出我说的是不是真话。

我惭愧地笑笑。她的目光移开了,落在写字台上,又问:"自由市场上买的吧?"

我点点头:"是的。"

"样式太老。"

"不,是太俗气。但便宜。"

她的目光又盯在了我脸上,那模样仿佛我对她承认了我是一个下流坯子似的。

我说:"请接着谈下去吧,你刚才谈到自己的话还使我有些不明白。"

"是吗?"怀疑的神态,怀疑的口吻。接着,她轻轻叹了口气,平平淡淡地说:"报考过电影学院、音乐学院,都没考上。在外贸局工作了三个月,在旅游局工作了半年,这两个单位没能更长久些地吸引住我。在省图书馆混了一年,因为那儿有书,才拴住我一年。看书也看腻烦了,于是就辞职了……回去以后,也许会到省电视台,看我那时心情好不好,乐不乐意去……"

我终于明白,她是来自另一个天地的。

"你出来这么长时间,父母放心吗?"

"他们也没什么不放心的。每座城市都有父亲当年的老战友。或者住他们家中，或者住宾馆……"

我觉得没有必要再问什么了，期待着她说。

她沉默了一会儿才又开口："你一定无法理解我……小时候，我和姐姐，觉得世上任何好吃的东西都吃过了，我们就将糖和盐拌在一起，再浇点辣椒油……现在，我的心境就跟小时候似的，我觉得我丢了。我觉得我对什么都腻烦了，对生活失去了热情，就好像我小时候对食物失去了味觉一样……"

我依旧望着她那张漂亮的脸，心中对她产生了一种同情。类似对一只将要溺死在蜜中的小昆虫的同情。

她见我在很认真地听，继续说下去："本想离开家散散心，但结果心境反而愈来愈不好。每座城市都到处是人、人、人，愚昧的，没文化的，浑浑噩噩的人，许许多多的人，每天都在谈论房子问题，待业问题……"

我平静地问："你无法忍受这样一些人们吗？"

"难道你能够忍受这样一些人吗？"她坐端了身子，目光又盯在我脸上，现出一种对我的麻木不仁开始感到失望的表情。

我没有立即回答她。我又想起了我躲在木棱堆间痛哭过一场的那个雨夜。也想起了我和父亲为了妹妹早日分配工作给街道主任拉煤那个雨夜。小雨，大雨，都是下雨的夜……

为什么保留在我记忆中的都是雨夜呢？

我毕竟从我生活中的两个雨夜度过来了。我毕竟扯着父亲的破衣襟，扯着一个没有受过文化教育的，头脑中有着狭隘的农民意识的父亲的破衣襟，一步步从生活中走过来了，一岁岁长大了……

"古老的国家，古老的民族，生活在这么一种氛围中，每个人都将要被窒息而死!……"那姑娘的悦耳的声音,使我的注意力不能从她身上过久地分散。

我要求说:"让我们谈谈文学吧!"

"文学?……"她嘴角浮现一丝嘲讽,大声说,"中国目前不可能有文学!中国的实际问题,就在于人口众多。如果减少三分之二,一切都会变个样子!"

我冷冷地回答她:"好主意!减少的当然应该是那些愚昧的,没文化的,浑浑噩噩的,每天都在谈论房子问题和待业的问题的人啰?"

我情绪的变化并没引起她的注意。她皱起眉头,用一种忧国忧民的语调说:"就在今天,就在你们北影厂门口,我看到一个白胡子老头,抱着一个傻乎乎的孩子,在围观一辆外国小汽车,我心里真是悲哀极了!我要写一篇心理小说,将我内心这种悲哀表述出来!这就是我们的人民,我作为一个中国人真感到羞耻!……"她那样子悲哀得快要哭了。或者说,她是企图要将我感动哭了。然而我并没有受到丝毫感动。我已不再像从前那么易于动感情了。我在想,她那颗心一定很渺小,因此也只能产生这么一点渺小的悲哀。我已经不再同情她。

我告诉她,那白胡子老头,肯定就是我的父亲。而抱在他怀中那傻乎乎的孩子,是我的儿子。

"是你……父亲?……"她的脸微微红了,显出动人的窘态,讷讷地说,"请原谅!我……还以为你是……"

"这不值得请求原谅!因而我也不想对你表示原谅!我并不想否认,我的父亲没有文化,他在扫盲时所认识的字,绝不会比你这件花外衣上的花朵多!他还很愚昧,由于他的愚昧,由于他的农民意识的狭隘,给我们的家庭造成重大的不幸!因为他不相信医生的话而相信算命先生的话我的姐姐夭折了!我的哥哥,因为他鄙薄文化而崇尚力气，疯了！我原谅了他，但却不能忘记这些。我要比你更加憎恨愚昧！我要比你更加明白文化对于一个国家一个民族意味着什么！我诅咒造成愚昧和没有文化的落后状况的一切因素！……"我从椅子上站了起来。我的声音很高。我内心很激动。我仿佛不是在对我面前的这一位姑娘说话，而是在对众多的各种各样的人说话。

我还想对她说，她可以对我们的人民没有感情，她也尽可以像她读过的小说中那些西方的贵夫人一样，对他们的愚昧和没有文化表示出一点高贵的怜悯，这无疑会使像她这样的姑娘更增添女人的魅力。但她没有权力瞧不起他们！没有权力轻蔑他们！因为正是他们，这在历史进程中享受不到文化教育而在创造着文明的千千万万，如同水层岩一样，一层一层地积压着，凝固着，坚实地奠定了我们的九百六十万平方公里土地！而我们中华民族正在振兴的一切事业，还在靠他们的力气和汗水实现着！愚昧和没有文化不是他们的罪过，是历史的罪过！是我们每一个对振兴我们的国家我们的民族缺乏热情，缺乏责任感的人的惭愧！

我还想对她说，至于她自己，不过是我们九百六十万平方公里土地上一小片水分充足的沃壤之中的一朵小花而已。美丽，娇弱，但没有芬芳。因为她不是树木，所以她那短细的根须是触及不到水层岩层的。她所蔑视的正是她所赖以存在的。她漠视甚至嘲讽他们的最现实的烦恼，但她那种没有什么值得忧郁的事才产生的忧郁，那种一颗空泛的心灵内的微渺而典雅的悲哀，与他们可能经历过的悲哀相比，其实是不值论道的。

我还想对她说……

我什么也不想对她说了。

我又想到了发烧的儿子。我认为我应该回到儿子身边去了。

"非常抱歉，我不能再陪你交谈下去了！"我走到办公室门前，推开了门——门外，站着我的父亲，呆呆地，一动不动地像根木桩似的。一手拎着水壶，一手拿着一瓶墨水。

他是给我们送开水来的。

他分明是听到了我方才大声说的某些话。

那姑娘走下楼梯时，还回头来看了我一眼，我这样对待她，肯定是她绝没想到的。

父亲一声不响，放下水壶，默默走向他睡的那张钢丝床。

一直到熄灯，我和父亲彼此没说一句话。我静静地躺着，无法入睡。我知道父亲也是静静地躺着，没睡。

我真想翻身下床，走到父亲身边，跪下去，将头伏在父亲胸上，对他说："爸爸，原谅我那番话又无意中伤害了你，原谅我，爸爸……"

隔了一天，我从朋友家很晚才回来，一进家门，妻便告诉我，父亲走了。

"走了？上哪儿去了？"

"回哈尔滨了！"

"你……你为什么不拦他?！"

"我拦不住。"

病刚好的儿子大声哭叫："爷爷，我要爷爷！我要找爷爷嘛！……"

我问："父亲临走说了什么没有？"

妻回答："什么也没说。"

我一转身就从家中冲了出去。

我赶到火车站，匆匆买了一张站台票。

我跑到站台上时，开往哈尔滨的列车刚刚开动。我跟着列车奔跑，想大喊："爸爸……"却没喊出来。

列车开出了站台。送行者们纷纷离去了。只有我一个人还孤零零地伫立在站台上。

望着远处的铁路讯号灯,我心中默默地说:"爸爸,爸爸,我爱你!我永远不忘我是你的儿子,永远不耻于是你的儿子!爸爸,爸爸,我一定要把你再接到北京来!……"

远处的铁路讯号灯,由红变绿了……

# 母　亲

　　淫雨在户外哭泣，瘦叶在窗前瑟缩。这一个孤独的日子，我想念我的母亲。有三只眼睛隔窗瞅我，都是那杨树的眼睛。愣愣地呆呆地瞅我，我觉得那是一种凝视。

　　我多想像一个山东汉子，当面叫母亲一声"娘"。

　　"娘，你作啥不吃饭？"

　　"娘，你咋的又不舒坦？"

　　荣城地区一个靠海边的小小村庄的山东汉子们，该是这样跟他们的老母亲说话的吗？我常遗憾那儿对于我只不过是"籍贯"，如同一个人的影子，当然是应该有，而没有其实也没什么。我无法感知父亲对那个小小村庄深厚的感情。因为我出生在哈尔滨市，长大在哈尔滨市。遇到北方人我才认为是遇到了家乡人。我大概是历史上最年轻的"闯关东"者的后代——当年在一批批被灾荒从胶东大地向北方驱赶的移民中，有个年仅十四岁的孑然一身衣衫褴褛的少年，后来他成了我的父亲。

"你一定要回咱家去一遭！那可是你的根土！"父亲每每严肃地对我说，"咱"说成"砸"，我听出了很自豪的意味儿。

我不知我该不该也感到同样的自豪，因为据我所知那里并没有什么值得自豪的名山和古迹，也不曾出过一位什么差不多可以算作名人的人。然而我还是极想去一次，因为它靠海。

可母亲的老家又在哪里呢？靠近什么呢？

母亲从来也没对我说过希望我或者希望她自己能回一次她的老家的话。

母亲是吉林人吗？我不敢断定。仿佛是的。母亲是出生在一个叫"孟家岗"的地方吗？好像是，又好像不是。也许母亲出生在佳木斯市附近的一个地方吧？父亲和母亲当年共同生活过的一个地方？

我很小的时候，母亲常一边做针线活，一边讲她的往事——兄弟姐妹众多，七个，或者八个。有一年农村闹天花，只活下来三个——母亲、大舅和老舅。

"都以为你大舅活不成了，可他活过来了。他睁开眼，左瞧瞧，右瞧瞧，见我在他身边，就问：'姐，小石头呢？小石头呢？'我告诉他：'小石头死啦！''三丫呢？三丫呢？三丫也死了吗？'我又告诉他：'三丫也死啦！二妹也死啦！憨子也死啦！'他就哇哇大哭，哭得背过气去……"

母亲讲时，眼泪扑簌簌地落。落在手背上，落在衣襟上，也不拭，也不抬头。一针一针，一线一线，缝补我的或弟弟妹妹们的破衣服。

"第二年又闹胡子，你姥爷把骡子牵走藏了起来，被胡子们吊在树上，麻绳沾水抽……你姥爷死也不说出骡子在哪儿。你姥姥把我和你大舅一块堆搂在怀里，用手紧捂住我们的嘴，躲在一口干井里，听你姥爷被折磨得呼天喊地。你姥姥不敢爬上干井去说骡子在哪儿，胡子见女人没有放过的。后来胡子烧了我们家，骡子保住了，你姥爷死了……"

与其说母亲是在讲给我们几个孩子听，莫如说更是在自言自语，更是一种回忆的特殊方式。

这些烙在我头脑里的记忆碎片，就是我对母亲的身世的全部了解。加上"孟家岗"那个不明确的地方。

我的母亲在她没有成为母亲之前，拴在贫困生活中多灾多难的命运就是如此。

后来她的命运与父亲拴在一起，仍是和贫困拴在一起。

后来她成了我们的母亲，又将我和我的兄弟妹妹拴在了贫困上。

我们扯着母亲褪色的衣襟长大成人。在贫困中她尽了一位母亲最大的责任……

我对人的同情心最初正是以对母亲的同情形成的。我不抱怨我扒过树皮捡过煤核的童年和少年，因为我曾这样分担着贫困对母亲的压迫。并且生活亦给予了我厚重的馈赠——它教导我尊敬母亲以及一切以坚忍捧抱住艰辛的生活、绝不因茹苦而撒手的女人……

在这一个淫雨潇潇的孤独的日子，我想念我的母亲。

隔窗有杨树的眼睛愣愣地、呆呆地瞅我……

那一年，我的家被"围困"在城市里的"孤岛"上——四周全是两米深的地基壑壕、拆迁废墟和建筑备料。几乎一条街的住户都搬走了，唯独我家还无处可搬。因为我家租住的是私人房产——房东欲趁机向建筑部门讨要一大笔钱，而建筑部门认为那是无理取闹。结果直接受害的是我家。正如我在小说《黑纽扣》中写的那样，我们一家成了城市中的"鲁滨孙"。

小姨回到农村去了，在那座二百余万人口的城市，除了我们的母亲，我们再无亲人。而母亲的亲人即是她的几个小儿女。母亲为了微薄的工资在铁路工厂做临时工，出卖一个底层女人的廉价的体力。翻砂——那是男人们干得很累很危险的重活儿。临时工谈不上什么劳动保护，全凭自己在劳动中格外当心。稍有不慎，便会被铁水烫伤或被铸件砸伤压伤。母亲几乎没有哪一天不带着轻伤回家的。母亲的衣服被迸溅的铁水烧出一片片的洞。

母亲上班的地方离家很远，没有就近的公共汽车可乘。即便有，母亲也必舍不得花五分钱一毛钱乘车。母亲每天回到家里的时间，总在七点半左右。吃过晚饭，往往九点来钟了。我们上床睡，母亲则坐在床角，将仅仅二十支光的灯泡吊在头顶，就着昏暗的灯光为我们补缀衣裤。当年城市里强行节电，居民不允许用超过四十支光的灯泡。而对于我们家来说，节电却是自愿的，因那同时也意味着节省电费。然而代价亦是惨重的。母亲的双眼就是在那些年里熬坏的，至今视力晃错。有时我醒夜，仍见灯亮着，仍见母亲在一针一针、一线一线地缝补，仿佛就是一台自动操作而又不发声响的缝纫机。或见灯虽亮着，而母亲肩靠着墙，头垂于胸，补物在手，就那么睡了。有多少夜，母亲就是那么睡了一夜。清晨，在我们横七竖八陈列一床酣然梦中的时候，母亲已不吃早饭，带上半饭盒生高粱米或生大火饸子，悄没声息地离开家，迎着风或者冒着雨，像一个习惯了独来独往的孤单旅人似的，"翻山越岭"，跋涉出连条小路都没给留的"围困"地带去上班。还有不少日子，母亲加班，我们一连几天甚至十天半个月见不着母亲的面。只知母亲昨夜是回来了，今晨又刚走了，要不灯怎么挪地方了呢？要不锅内的高粱米粥又是谁替我们煮上的呢？

才三岁多的小妹想妈，哭闹着要妈。她以为妈没了，永远再也见不到妈了。我就安慰她，向她保证晚上准能见到妈。为了履行我的诺言，我与困盹抵抗，坚持不睡。至夜，母亲方归，精疲力竭，一心只想立刻放倒身体的样子。

我告诉母亲小妹想她。

"嗯，嗯……"母亲倦得闭着眼睛脱衣服，一边说，"我知道，知道的。别跟妈妈说话了，妈困死了……"

话没说完搂着小妹便睡了。

第二天，小妹醒来又哭闹着要妈。

我说："妈妈是搂着你睡的！不信？你看这是什么？"枕上深深的头印中，安歇着几茎母亲灰白的落发。

我用两根手指捏起来给小妹看："这不是妈妈的头发吗？除了妈妈的头发，咱家谁的头发这么长？"

小妹用两根手指将母亲的落发从我手中捏过去，神态异样地细瞧，接着放在母亲留于枕上的深深的被汗渍所染的头印中，趴在枕旁，守着。好似守着的是母亲……

最堪怜是中秋、国庆、新年、春节前夕的母亲。母亲每日只能睡上二三个小时。五个孩子都要新衣裳穿。没有，也没钱买。母亲便夜夜地洗、缝、补、浆。若是冬季里，洗了上半夜搭到外边去冻着，下半夜取回屋里，烘烤在烟筒上。母亲不敢睡，怕焦了着了。母亲是个刚强的女人，她希望我们在普天同庆的节日，即使穿不上件新衣服，也要从里到外穿得干干净净。尽管是打了补丁的衣服……

她还想方设法美化我们的家。家像地窖，像窝，像土丘之间的窝。土地，四壁落土，顶棚落土。它使不论多么神通广大的女人为它而做的种种努力，都在几天内变成徒劳。

母亲却常说："蜜蜂蚂蚁还知道清理窝呢，何况人！"

母亲即使拼尽她那残余的一点精力,也非要使我们的家在短短几天的节日里多少有点家样不可。

"说不定会有什么人来!"

母亲心怀这等美好的愿望,颇喜悦地劳碌着。

然而没有个谁来。

没有个谁来母亲也并不觉得扫兴和失望。

生活没能将母亲变成懊丧的怨天怨地的女人。

母亲分明是用她的心锲而不舍地衔着一个乐观。那乐观究竟根据什么?当年的我无从知道,如今的我似乎知道了,从母亲默默地望着我们时目光中那含蓄的欣慰。她生育了我们,她就要把我们抚养成人。她从未怀疑她不能够。母亲那乐观在当年所依仗的也许正是这样的信念吧?唯一的始终不渝的信念。

我们依赖于母亲而活着,像蒜苗之依赖于一颗蒜。当我们到了被别人估价的时候,母亲她已被我们吸收空了。没有财富和书本知识,母亲是位一无所有的母亲。她奉献的是满腔满怀恒温不冷的心血供我们吮咂!母亲呵,娘!我的老妈妈!我无法宽恕我当年竟是那么不知心疼您、体恤您。

是的,我当年竟是那么不知心疼和体恤母亲。我以为母亲就应该是那样任劳任怨的。我以为母亲天生就是那样一个劳碌不停而又不觉得累的女人。我以为母亲是累不垮的。其实母亲累垮过多次。在夜深人静的时候,在我们做梦的时候,几回母亲瘫软在床上,暗暗恐惧于死神找到她的头上了。但第二天她总会连她自己也不可思议地挣扎了起来,又去上班……

她常对我们说:"妈不会累垮,这是你们的福分。"

我们不觉什么福分,却相信母亲累不垮。

在北大荒，我吃过大马哈鱼。肉呈粉红色，肥厚，香。乌苏里江或黑龙江的当地人，习惯将大马哈鱼肉包饺子，视为待客的佳肴。

前不久我从电视中看到大马哈鱼：母鱼产子，小鱼孵出。想不到它们竟是靠噬食它们的母亲而长大的。母鱼痛楚地翻滚着，扭动着，瞪大它的眼睛，张开它的嘴和它的鳃，搅得水中一片红，却并不逃去，直至奄奄一息，直至狼藉成骸……

我的心当时受到了极强烈的刺激。

我瞬忽间联想到长大成人的我自己和我们的母亲。

联想到我们这九百六十万平方公里土地上一切曾在贫困之中和仍在贫困之中坚忍顽强地抚养子女的母亲们。她们一无所有。她们平凡，普通，默默无闻。最出色的品德可能乃是坚忍。除了她们自己的坚忍，她们无可傍靠。然而她们也许是最对得起她们儿女的母亲！因为她们奉献的是她们自己。想一想那种类乎本能的奉献真令我心酸。而在她们的生命之后不乏好儿女，这是人类最最持久的美好啊！

我又联想到另一件事：小时候母亲曾买了十几个鸡蛋，叮嘱我们千万不要碰碎，说那是用来孵小鸡的。小鸡长大了，若有几只母鸡，就能经常吃到鸡蛋了。母亲满怀信心，双手一闲着，就拿起一个鸡蛋，握着，捂着，轻轻摩挲着。我不信那样鸡蛋里就会产生一个生命。

有天母亲拿着一个鸡蛋，走到灯前，将鸡蛋贴近了灯对我说："孩子，你看！鸡蛋里不是有东西在动吗？"

我看到了，半透明的鸡蛋中，隐隐地确实有什么在动。

母亲那只手也变成了红色的。

那是血色呀！

血仿佛要从母亲的指缝滴淌下来……

"妈妈，快扔掉！"

我扑向母亲，夺下了那个蛋，摔碎在地上——蛋液里，一个不成形的丑陋的生命在蠕动。我用脚去踩，踏。不是宣泄残忍，而是源自恐惧。我觉得那不成形的丑陋的一个生命，必是由于通过母亲的双手饱吸了母亲的血才变出来的！我抬头望母亲，母亲脸色那么苍白。我内心里更加充满了恐惧，更加相信我想的是对的。我不要母亲的心血被吸干！不管是那一个被踩死踏死了的无形的丑陋的生命，还是万恶的贫困！因为我太知道了，倘我们富有，即使生活在腐酸的棺材里，也会有人高兴来做客，无论是节日或寻常的日子，并且随身带来种种礼物……

"不，不！"我哭了。

我嚷："我不吃鸡蛋了！不吃了！妈妈，我怕……"

母亲怒道："你这孩子真作孽！你害死了一条小性命！你怕什么？"

我说："妈妈我是怕你死……它吸你的血！"

母亲低头瞧着我，怔了一刻，默默地把我搂在怀里。搂得很紧……

小鸡终于全孵出来了，一个个黄绒似的，活泼可爱。它们渐渐长大，其中有三只母鸡。以后每隔几日，我们便可吃到鸡蛋了。但我在很长一段时间内不敢吃，对那些鸡我却有着种特殊的情感，视它们为通人性的东西，觉得和它们有着一种血缘般的关系……

连续三年的自然灾害使我们的共和国也处在同样的艰难时期。国营商店只卖一种肉——"人造肉"，淘米泔水经过沉淀之后做的。粮食是珍品，淘米泔水自然有限。"人造肉"每户每月只能按购货本买到一斤。后来加工"人造肉"收集不到足够生产的淘米泔水，"人造肉"便也难以买到了。用如今的话说，是"抢手货"，想买到得走后门儿。

中央人民广播电台在《为人民服务》节目中，热情宣传河沟里的一层什么绿也是可以吃的,那叫"小球藻",且含有丰富的这个素那个素,营养价值极高……

母亲下班更晚了。但每天带回一兜半兜榆钱儿。我惊奇于母亲居然能爬到树上去撸榆钱儿,那是她爬上厂里一些高高的大榆树撸的。

"有'洋辣子'吗?"我们洗时,母亲总要这么问一句。

我们每次都发现有。

我们每次都回答说没有。

我们知道母亲像许多女人一样,并不胆小,却极怕树上的"洋辣子"那类毛虫。

榆钱儿当年对我们是佳果。我们只想到母亲可别由于害怕"洋辣子"就不敢给我们再撸榆钱儿了。

如果月初,家中有粮,母亲就在榆钱儿中拌点豆面,和了盐,蒸给我们吃。好吃。如果没有豆面,母亲就做榆钱儿汤给我们喝。不但放盐,还放油。好喝。

有天母亲被工友搀了回来——母亲在树上撸榆钱儿时,忽见自己遍身爬满"洋辣子",惊掉下来……

我对母亲说:"妈,以后我跟你到厂里去吧。我比你能爬树,我不怕'洋辣子'……"

母亲抚摸着我的头说:"儿啊,厂里不许小孩进。"

第二天,我还是执拗地跟着母亲去上班了。无论母亲说什么,把门的始终摇头,坚决不许我进厂。

我只好站在厂门外,眼睁睁瞧着母亲一人往厂里走。我不肯回家,我想母亲是绝不会将我丢在厂外的。不一会儿,我听到母亲在低声叫我。见母亲已在高墙外了,向我招手。我趁把门的不注意,沿墙溜过去,母亲赶紧扯着我的手跑,好大的厂,好高的墙。跑了一阵,跑至一个墙洞口。工厂从那里向外排污水。一会儿排一阵，一会儿排一阵。在间隔的当儿，我和母亲先后钻入到厂里。面前榆林乍现，喜得我眉开眼笑。心内不禁就产生了一种自私的占有欲——要是我家的树多好！那我就首先把那个墙洞堵上，再养两条看林子的狗。当然应该是凶猛的狼狗！

母亲嘱咐我："别乱走。被人盘问就讲是你自己从那个洞钻进来的。千万别讲出妈妈。要不妈妈该挨批评了！走时，可还要钻那个洞！"

母亲说完，便匆匆离开了。

我撸了满满一粮袋榆钱儿，从那个洞钻出去，扛在肩上，心里乐滋滋地往家走。不时从粮袋中抓一把榆钱儿，边走边吃。

结果我身后随了一些和我年龄差不多的孩子。馋涎欲滴在瞅着我咀嚼的嘴。

"给点儿！"

"给点儿吧！"

"不给，告诉我们在哪儿的树上撸的也行！"

我不吭声，快快地走。

"再不给就抢了啊！"

我跑。

"抢！"

"不抢白不抢！"

他们追上我。推倒我。抢……

我从地上爬起时，"强盗"们已四处逃散。连粮袋儿也抢去了。

我怔怔站着，地上一片踏烂的绿。

我怀着愤恨走了。回头看，一个老妪蹲在那儿捡……

母亲下班后，我向母亲哭述自己的遭遇，凄凄惨惨戚戚。

母亲听得认真。凡此种种，母亲总先默默听，不打断我们的话，耐心而怜悯的样子。直至她的儿女们觉得没什么补充的了，母亲才平静地作出她的结论。

母亲淡淡地说："怨你。你该分给他们些啊。你撸了一袋子呀！都是孩子，都挨饿。那么小气，他们还不抢你吗？往后记住，再碰到这种事儿，惹人家动手抢之前，先就主动给，主动分。别人对你满意，你自己也不吃亏……"

母亲往往像一位大法官，或者调解员，安抚着劝慰着小小的我们缓解与社会那血气方刚的冲突，从不长篇大论一套套地训导。往往三言两语，说得明明白白，是非曲直，尽在谆谆之中。并且表现出仿佛绝对公正的样子，希望我们接受她的逻辑。

我们接受了，母亲便高兴，夸我们是好孩子。

而母亲的逻辑是善良的逻辑，包含有一个似无争亦似无奈的"忍"字。

为使母亲高兴，我们也唯有点头而已。

可能自幼忍得太多了吧，后来于我的性格中，遗憾地生出了不屈不忍的逆反成分。如今三十九岁的我，与人与事较量颇多，不说伤痕累累，亦是遍体伤痕。倘咀嚼母亲过去的告诫，便厌恶自己是个孽种。忏悔既深既久，每每克己地玩味起母亲传给我的一个"忍"来字。或曰逆反，或曰"二律背反"也未尝不可，却又常于"克己复礼"之后而疑问重重，弄不清作为一个人，那究竟好呢还是不好？

一场雨后，榆树钱儿变成了榆树叶。

榆树叶也能做"小豆腐"。做榆树叶汤，滑滑溜溜的，仿佛汤里加了粉面子。

然而母亲厂里的食堂将那片榆树林严密地看管起来了，榆树叶成了工人叔叔和阿姨的佐餐之物。

别了,暄腾腾的"小豆腐"……

别了,绿汪汪的"滑溜溜"……

别了,整个儿那一片使我产生强烈的占有欲并幻想以狼犬严守的榆树林……

我们是社会主义国家,按照共产主义分配原则,将可做"小豆腐"可做"滑溜溜"的榆树叶儿"共产"起来,原本也是情理之中的事儿。倒是我那占为己有的阴暗的心思,于当年论道起来,很有点儿自发的资产阶级利己思想的意味。

不过我当年既未忏悔,也未诅咒过自己。

……

母亲依然有东西带回给我们,鼓鼓的一小布包——扎成束的狗尾巴草。

狗尾巴草不能做"小豆腐"吃,不能做"滑溜溜"喝,却能编毛茸茸的小狗、小猫、小兔、小驴、小骆驼……

母亲总有东西带回给每日里眼巴巴地盼望她下班的孤苦伶仃的孩子们。

母亲不带回点什么,似乎就觉得很对不起我们。

不论什么东西,可代食的也罢,不可代食的也罢;稀奇的也罢,不稀奇的也罢,从母亲那破旧的小布包抖搂出来似乎便都成了好东西。哪怕在别的孩子们看来是些不屑一顾的东西。重要的仅仅在于,我们感觉到了母亲的心里对我们怀着怎样的一片慈爱。那乃是艰难岁月里绝无仅有的营养供给——那是高贵的"代副食"啊!

母亲是深知这一点的。

某天,放学回家的路上,我被一辆停在商店门口的马车所吸引。

瘦马在阴凉里一动不动，仿佛是处于思考状态的一位哲学家。老板子躺在马车上睡觉。而他头下枕的，竟是豆饼。

四分之一块啊！

豆饼啊！

他枕着。

我同学中有一个区长的儿子，有一次他将一个大包子分给我和几个同学吃，香得我们吃完了直咂嘴巴。

"这包子是啥馅的？"

"豆饼！"

"豆饼？你们家从哪儿搞的豆饼？"

"他爸是区长嘛！"

我们不吭声了。

豆饼是艰难岁月里一位区长的特权。

就是豆饼……

我绕着那辆马车转一圈儿，又转一圈儿，猜测车老板真是睡着了，偷儿似的动手去抽那块豆饼。

老板子并未睡着。

四十来岁的农村汉子微微睁开眼瞅我，我也瞅他。

他说："走开。"

我说："走就走。"

偷不成，只有抢了！

猛地从他头下抽出了那四分之一块豆饼，弄得他的头在车板上咚地一响。

他又睁开了眼，瞅着我发愣。

我也看着他发愣。

"你……"

我撒腿便跑,抱着那四分之一块豆饼,沉甸甸的豆饼。

"豆饼!我的豆饼!站住……"

愣怔中的老板子待我跑出了挺远才明白过来是怎么一回事,边喊边追我。

我跑得更快,像只袋鼠似的,在包围着我家的复杂地形中跳窜,自以为甩掉了追赶着的"尾巴",紧紧张张地撞入家门。

母亲愕问:"怎么回事?哪儿来的豆饼?"

我着急慌忙,前言不搭后语地说:"妈快把豆饼藏起来……他追我……"却仍紧紧抱着豆饼,蹲在地上喘作一团。

"谁追你?"

"一个……车老板……"

"为什么追你?"

"妈你就别问了……"

母亲不问了,走到了外面。

我自己将豆饼藏到箱子里,想想,也往外跑。

"往哪儿跑?"

母亲喝住了我。

"躲那儿!"

我朝沙堆后一指。

"别躲!站这儿。"

"妈!不躲不行!他追来了,问你,你就说根本没见到一个小孩子!他还能咋的?"

"你敢躲起来!"母亲变得异常严厉,"我怎么说,用不着你教我!"

只见那持鞭的车老板,汹汹地出现了,东张西望一阵,向我家这儿跑来。

他跑到我和母亲跟前,首先将我上下打量了足有半分钟。因我站在母亲身旁,竟有些不敢贸然断定我就是夺了他豆饼的"强盗",手中的鞭子不由背到了身后去。

"这位大姐,见一孩子往这边跑了吗?抱着不小一块豆饼……"

我说:"没有没有!我们连个人影也没看见!"

"怪了,明明是往这边跑的么!"他自言自语地嘟哝,"我挺大个老爷们儿,倒让个孩子明抢明夺了,真是跟谁讲谁都不相信……"

他悻悻地转身欲走。

"你别走。"不料母亲叫住他,说,"你追的就是我儿子。"

他瞪着我,复瞪着母亲,似欲发作,但克制着,几乎有点儿低声下气地说:"大姐你千万别误会,我可不是想怎么你的儿子!鞭子……是顺手一操……还我吧,那是我今明两天的干粮啊!……"一副农村人在城里人面前明智的自卑模样。

母亲又对我说:"听见了吗?还给人家!"

我怏怏地回到屋里,从粮柜内搬出那块豆饼,不情愿地走出来,走到老板子跟前,双手捧着还他。

他将鞭杆往后腰带斜着一插,也用双手接过,瞧着,仿佛要看出是不是小了。

母亲羞愧地说:"我教子不严,让你见笑了啊!你心里的火,也该发一发。或打或骂,这孩子随你处置!"

"老大姐,言重了!言重了!我不是得理不让人的人,算了算了,这年头,好孩子也饿慌了!"他反而显得难为情起来。

"还不鞠个躬,认个错!"在母亲严厉目光的威逼之下,我被人按着脑袋似的,向那车老板鞠了个草草的躬。

我家的斧头，给一截劈柴夹着，就在门口。

车老板一言不发，拔下斧头，将豆饼垫在我家门槛上嘿嘿几下，砍得豆饼碎屑纷落，砍为两半。

他一手拿起一半，双手同时掂了掂，递给母亲一半，慷慨地说："大姐，这一半儿你收下！"

"那怎么行，是你的干粮啊！"

母亲婉拒。老板子硬给。母亲婉拒不过，只好收了，进屋去，拿出两个窝窝头和一个咸菜疙瘩给那车老板。又轮到那车老板拒而不收，最后呢？见母亲一片真心实意，终于收了。从头上抹下单帽，连豆饼一块儿兜着，连说："真是的，真是的，倒反过来占了你们个大便宜，怪不像话的！"

他在围困着我们家的地基壕堑、沙堆、废墟和石料场之间择路而去，插在后腰带上的长杆儿鞭子，似"天牛"的一条触角，晃晃的……

"你呀，今天好好想想吧！"

直至吃晚饭前，母亲就对我说了这么一句话。不理睬我，也不吩咐我干什么活儿。而这是比打我骂我，更使我悲伤的。

端起饭碗时，我低了头，嗫嗫地说："妈，我错了……"

"抬头。"

我罪人一般抬起头，不敢迎视母亲的目光。

"看着妈。"

母亲脸上，庄严多于谴责。

"你们都记住，讨饭的人可怜，但不可耻。走投无路的时候，低三下四也没什么。偷和抢，就让人恨了！别人多么恨你们，妈就多么恨你们！除了这一层脸面，妈什么尊贵都没有！你们谁想丢尽妈的脸，就去偷，就去抢……"

母亲落泪了。

我们都哭了……

夏天和秋天扯着手过去了。冬天咄咄地来了。我爱过冬天。大雪使我家周围的一切肮脏都变得洁白一片了。我怕过冬天，寒冷使我家孤零零的低矮的小破屋变成了冰窖。

那一年冬天我们有了一个伴儿——一条小狗。我在放学回家的路上发现了它，被大雪埋住，只从雪中露出双耳。它绊了我一跤。我以为是条死狗，用脚拨开雪才看出它还活着，快冻僵了。它引起了我的怜悯。于是它有了一个家。我们有了一个伴儿。一条漂亮的小狗。白色，黑花，波兰奶牛似的。脖子上套着皮圈儿。皮圈儿上缀着一个小铜牌儿，小铜牌儿上压印出个"3"。它站立不稳，常趴着，走起来跟跟跄跄。前足抬得高高的，不顾一切地一踏，于是下巴也狠狠触地。幸亏下巴触地，否则便一头栽倒了。喂它米汤喝，竟不能好好喝。嘴在破盆四周乱点一通，五六遭方能喝到一口米汤。起初我以为它是只瞎狗，试它眼睛，却不瞎。而那双怯怯的狗眼，流露着无限的人性，哀哀地乞怜着。我便怀疑它不过是被冻坏的。它漂亮而笨拙，如同一个患羊痫风的漂亮的小女孩，它那双褐色的狗眼，仿佛是通人性的。我并未因其笨拙而产生厌恶。弟弟妹妹们也是。

我们那么需要一个小朋友。

而它可以被当成一个小朋友。

就是这样。

母亲下班回到家里，呆呆地瞅着那狗吃和走的古怪样子，愣了半晌，惊问："这是什么？"

我回答："狗。"

"扔出去!"母亲怒道,"快给我扔出去!"

我说:"不!"

弟弟妹妹们也齐声嚷:"不扔!不扔!"

"都不听话啦?"母亲一把抓起了笤帚,高举着首先威胁的是我,"看我挨个儿打你们!"

我赶紧护住头:"就不许我们喜欢个什么东西吗?"

弟弟妹妹们也齐声表示抗议:

"就不许我们养条喜欢的狗吗?"

"就不许我们有个捡来的伴儿吗?"

母亲吼道:"不许!"笤帚却高举着,没即刻落到我头上。

我大胆争辩:"你说过的,对人要心善!"

"可它不是人!"母亲举着的手臂放下了,"人都吃糠咽菜的年月,喂它什么?还是这么条狗!"

我说:"我那份饭分给它吃。"

弟弟妹妹们也说:"还有我们!"

母亲长长叹了口气,逐个儿瞧我们,垂下了手臂。

在一中住读的哥哥那天晚上也回家了,研究地望着那条狗说:"我知道了,这是条被医院里做过实验的狗,跑出来了!老师带我们到医院参观过,那些狗脖子挂的都是这种编了号码的小铜牌儿。肯定做的是小脑实验,所以它失去平衡机能了。生物课本上讲到这一点。不养它,它只有死路一条……"

可怜的我们的小朋友!

母亲又长长地叹了一口气。不知是因狗,还是因她的儿女们集体的发难。

宽容的我们的母亲……

那么样条狗，却也是可以和我们在雪地上玩耍的。感谢上帝，它的大脑里的狗性是没被人做过什么实验的。它那种古怪的滑稽的笨拙的动态，使我们发出一串串笑声，足以慰藉我们幼小的孤独的心灵。

雪地上留下一片片生动的足迹。我们的和狗的……

一天上午，趴在窗前朝外望的三弟突然不安地叫我："二哥你快看！"

外面，几个大汉在指点雪地上的足迹。

他们朝我家走来。

"是想抢我们的狗吧？"

我也不安了，惶惶地将"三号"藏入破箱子内，将小妹抱到箱子盖上坐着。

大汉们在敲门了，高叫："我们是打狗队的！"

"我们家没养狗！"

然而他们闯入家中。

"没养狗？狗脚印一直跑到你家门口！"

"它死了。"

"死了？死了的我们也要！"

"我们留着死狗干什么？早埋了。"

"埋了？埋哪儿？领我们去挖出来看看！"

"房前屋后坑坑洼洼的，埋哪儿我们忘了。"

他们不相信，却不敢放肆搜查，这儿瞧瞧，那儿瞅瞅，大扫其兴地走了。

"他们既然是打狗队的，既然没相信你们的话，就绝不会放过它的……"晚上，母亲为我们的"小朋友"表现出了极大的担心。

我说："妈，你想办法救它一命吧！"

母亲问:"你们不愿失去它?"

我和弟弟妹妹们点头。

母亲又问:"你们更不愿它死?"

我和弟弟妹妹们仍点头。

"要么,你们失去它。要么,你们将会看到打狗队的人,当着你们的面儿活活打死它。你们都说话呀!"

我们都不说话。

母亲从我们的沉默中明白了我们的选择。

母亲默默地将一个破箱子腾空,铺一些烂棉絮,放进两个掺了谷糠的窝窝头,最后抱起"三号",放入箱内。我注意到,母亲抚摸了一下小狗。

我将一张纸贴在箱盖里面儿,歪歪扭扭要写的是——别害它命,它曾是我们的小朋友。

我和母亲将箱子搬出了家,拴根绳子,我拖着破箱子在冰雪上走。月光将我和母亲的身影印在冰雪上。我和母亲的身影一直走在我们前边,不是在我们身后或在我们身旁。一会儿走在我们身后一会儿走在我们身旁的是那一轮白晃晃的大月亮。不知道为什么那一个晚上月亮始终跟随着我和我的母亲。

半路我捡了一块冰坨子放入破箱子里。我想,"三号"它若渴了就舔舔冰吧!

我和母亲将破箱子遗弃在离我家很远的一个地方……

第二天是星期日。母亲难得休息一个星期日,近中午了母亲还睡得很实。我们难得有和母亲一块儿睡懒觉的时候,虽早醒了也都不起。失去了我们的"小朋友",我们觉得起早也是个没意思。

"堵住它!别让它往那人家跑!"

"打死它！打呀！"

"用不着逮活的！给它一锹！"

……

男人们兴奋的声音乱喊乱叫。

"妈！妈！"

"妈妈！"

我们焦急万分地推醒了母亲。母亲率领衣帽不齐的我们奔出家门，见冬季停止施工的大楼角那儿，围着一群备料工人。

母亲率领我们跑过去一看，看见了吊在脚手架上的一条狗，皮已被剥下了一半儿。一个工人还正剥着。

母亲一下子转过身，将我们的头拢在一起，搂紧，并用身体挡住我们的视线。

"不是你们的狗！孩子们，别看，那不是你们的狗……"

然而我们都看清了——那是"三号"。是我们的"小朋友"。白黑杂色的漂亮的小狗，剥了皮的身躯比饥饿的我们更显得瘦。小女孩般的通人性的眼睛死不瞑目……

母亲抱起小妹，扯着我的手，我的手和两个弟弟的手扯在一起。我们和母亲匆匆往家走。不回头。不忍回头。

我们的"小朋友"的足迹在离我家不远处中断了。一摊血仿佛是一个句号。

自称打狗队的那几个大汉，原来是工地上的备料工人。

不一会儿，他们中的一个来到了我家里，将用报纸包着的什么东西放在桌上。

母亲狠狠地瞪他。

他低声说："我们是饿急眼了……两条后腿……"

母亲说:"滚!"

他垂了头往外便走。

母亲喝道:"带走你拿来的东西!"

他头垂得更低,转身匆匆拿起了送来的东西……

雨仍在下,似要停了,却又不停。窗前瑟缩的瘦叶是被洗得绿生生的了。偶尔还闻一声寂寞的蝉吟。我知道的,今天准会有客来敲我的家门——熟悉的,还是陌生的呢?我早已是有家之人了。弟弟妹妹们也都早是有家之人了。当年贫寒的家像一只手张开了,再也攥不到一起。母亲自然便失落了家,栖身在她儿女们的家里。在她儿女们的家里有着她极为熟悉的东西——那就是依然的贫寒。受着居住条件的限制,一年中的大部分日子,母亲和父亲两地分居。

那杨树的眼睛隔窗瞅我,愣愣地呆呆地瞅我。古希腊和古罗马雕塑神祇们的眼睛,大抵都是那样子的,冷静而漠然。

但愿谁也别来敲我的家门,但愿。

在这一个孤独的日子让我想念我的老母亲,深深地想念……

我忘不了我的小说第一次被印成铅字那份儿喜悦。我日夜祈祷的是这回事儿。真是了,我想我该喜悦,却没怎么喜悦。避开人我躲在个地方哭了,那一时刻我最想我的母亲……

我的家搬到光仁街,已经是一九六三年了。那地方,一条条小胡同仿佛烟鬼的黑牙缝。一片片低矮的破房子仿佛是一片片疥疮。饥饿对于普通的人们的严重威胁毕竟开始缓解。我是小学五年级的学生了。我已经有三十多本小人书。

"妈,剩的钱给你。"

"多少?"

"五毛二。"

## 秀 发

"你留着吧。"

买粮、煤、劈柴回来,我总能得到几毛钱。母亲给我,因为知道我不会乱花,只会买小人书。每个月都要买粮买煤买劈柴,加上母亲平日给我的一些钢镚儿,渐渐积攒起来就很可观。积攒到一元多,就去买小人书。当年小人书便宜。厚的三毛几一本,薄的才一毛几一本。母亲从不反对我买小人书。

我还经常去出租小人书。在电影院门口、公园里、火车站。有一次火车站派出所一位年轻的警察,没收了我全部的小人书,说我影响了站内的秩序。

我一回到家就号啕大哭。我用头撞墙。我的小人书是我巨大的财富。我觉得我破产了。从绰绰富翁变成了一贫如洗的穷光蛋。我绝望得不想活。想死。我那种可怜的样子,使母亲为之动容。于是她带我去讨还我的小人书。

"不给!出去出去!"

车站派出所年轻的警察,大檐帽微微歪戴着,上唇留两撇小胡子,一副"葛列高利"那种桀骜不驯的样子。母亲代我向他承认错误,代我向他保证以后绝不再到火车站出租小人书。话说了许多,他烦了,粗鲁地将母亲和我从派出所推出来。

母亲对他说:"不给,我们就坐台阶上不走。"

他说:"谁管你!"砰地将门关上了。

"妈,咱们走吧,我不要了……"

我仰起脸望着母亲,心里一阵难过。亲眼见母亲因自己而被人呵斥,还有什么事比这更令一个儿子内疚的?

"不走。妈一定给你要回来!"

母亲说着,就在台阶上坐了下去。并且扯我坐在她身旁,一条手臂搂着我。另外几位警察出出进进,连看也不看我们。

"葛列高利"也出来一次。

"还坐这儿?"

母亲不说话,不理他。

"嘿,静坐示威……"

他冷笑着又进去了……

天渐黑了。派出所门外的红灯亮了,像一只充血的独眼,自上而下虎视眈眈地瞪着我们。我和母亲相依相偎的身影被台阶斜折为三折,怪诞地延长到水泥方砖广场,淹在一汪红晕里。我和母亲坐在那儿已经近四个小时。母亲始终用一条手臂搂着我。我觉得母亲似乎一动也没动过,仿佛被一种持久的意念定在那儿了。

我想不能再对母亲说——"妈,我们回家吧!"

那意味着我失去的只是三十几本小人书,而母亲失去的是被极端轻蔑了的尊严。一个自尊的女人的尊严。

我不能够那样说……

几位警察走出来了,依然没看见我们似的,纷纷骑上自行车回家去了。

终于"葛列高利"又走出来了。

"嗨,我说你们想睡在这儿呀?"

母亲仍不看他,不回答。望着远处的什么。

"给你们吧!"

"葛列高利"将我的小人书连同书包扔在我怀里。

母亲低声对我说:"数数。"语调很平静。

我数了一遍,告诉母亲:"缺三本《水浒》。"

母亲这才抬起头来,仰望着"葛列高利",清清楚楚地说:"缺三本《水浒》。"

他笑了,从衣兜里掏出三本小人书扔给我,嘟哝道:"哟哈,还跟我来这一套……"

母亲终于拉着我起身,昂然走下台阶。

"站住!"

"葛列高利"跑下了台阶,向我们走来。他走到母亲跟前,用一根手指将大檐帽往上捅了一下,接着抹他的一撇小胡子。

我不由得将我的"精神食粮"紧抱在怀中。

母亲则将我扯近她身旁,像刚才坐在台阶上一样,又用一条手臂搂着我。

"葛列高利"以将军命令两个士兵那种不容违抗的语气说:"等在这儿,没有我的允许不准离开!"

我惴惴地仰起脸望着母亲。

"葛列高利"转身就走。

他却是去拦截了一辆小汽车,对司机大声说:"把那个女人和孩子送回家去。要一直送到家门口!"

……

我买的第一本长篇小说是《红旗谱》。一元多钱。母亲还从来没有一次给过我这么多钱。

我还从来没向母亲一次要过这么多钱。

我的同代人们,当你们也像我一样,还是一个小学五年级学生的时候,如果你们也像我一样,生活在一个穷困的普通劳动者家庭的话,你们为我作证,有谁曾在决定开口向母亲要一元多钱的时候,内心里不缺少勇气?

当年的我们,视父母一天的工资是多么非同小可呵!

但我想有一本《红旗谱》想得整天失魂落魄，无精打采。

我从同学家的收音机里听到过几次《红旗谱》长篇小说连续广播。那时我家的破收音机已经卖了，被我和弟弟妹妹们吃进肚子里了。

直接吃进肚子里的东西当然不能取代"精神食粮"。

我那时还不知道什么叫"维他命"，更没从谁口中听说过"卡路里"，但头脑却喜欢吞"革命英雄主义"。一如今天的女孩子们喜欢嚼泡泡糖。

在自己对自己的怂恿之下，我去到母亲的工厂向母亲要钱。母亲那一年被铁路工厂辞退了，为了每月十七元的收入，又在一个街道小厂上班。一个加工棉胶鞋帮的中世纪奴隶作坊式的街道小厂。

一排破窗，至少有三分之一埋在地下了。门也是。所以只能朝里开。窗玻璃脏得失去了透明度，乌玻璃一样。我不是迈进门而是跌进门去的。我没想到门里的地面比门外的地面低半米。一张踏脚的小条凳权作门里台阶。我踏翻了它，跌进门的情形如同掉进一个深坑。

那是我第一次到母亲为我们挣钱的那个地方。

空间非常低矮。低矮得使人感到心里压抑。不足二百平米的厂房，四壁潮湿颓败。七八十台破缝纫机一行行排列着，七八十个都不算年轻的女人忙碌在自己的缝纫机后。因为光线阴暗，每个女人头上方都吊着一只灯泡。正是酷暑炎夏，窗不能开，七八十个女人的身体和七八十只灯泡所散发的热量，使我感到犹如身在蒸笼。那些女人们热得只穿背心。有的背心肥大，有的背心瘦小，有的穿的还是男人的背心，暴露出相当一部分丰厚或者干瘪的胸脯。毡絮如同褐色的重雾，如同漫漫的雪花，在女人们在母亲们之间纷纷扬扬地飘荡。而她们不得不一个个戴着口罩。女人们母亲们的口罩上，都有三个实心的褐色的圆。那是因为她们的鼻孔和嘴的呼吸将口罩濡湿了，毡絮附着上面。

女人们母亲们的头发、臂膀和背心也差不多都变成了褐色的。毛茸茸的褐色。我觉得自己恍如置身在山顶洞人时期的女人们母亲们之间。

我呆呆地将那些女人们母亲们扫视一遍，却发现不了我的母亲。

七八十台破缝纫机发出的噪声震耳欲聋。

"你找谁？"

一个用竹篾子拍打毡絮的老头对我大声嚷，却没停止拍打。

毛茸茸的褐色的那老头像一只老雄猿。

"找我妈！"

"你妈是谁？"

我大声说出了母亲的名字。

"那儿！"

老头朝最里边的一个角落一指。

我穿过一排排缝纫机，走到那个角落，看见一个极其瘦弱的毛茸茸的褐色的脊背弯曲着，头凑近在缝纫机板上。周围几只灯泡的电热烤我的脸。

"妈……"

"……"

"妈……"

背直起来了，我的母亲。转过身来了，我的母亲。肮脏的毛茸茸的褐色的口罩上方，一双疲惫的眼睛吃惊地望着我，我的母亲的眼睛……

母亲大声问："你来干什么？"

"我……"

"有事快说，别耽误妈干活！"

"我……要钱……"

我本已不想说出"要钱"两字,可是竟说出来了!

"要钱干什么?"

"买书……"

"多少钱?"

"一元五角就行……"

"……"

母亲掏衣兜,掏出一卷毛票,用指尖龟裂的手指点着。

旁边一个女人停止踏缝纫机,向母亲探过身,喊:"大姐,别给!没你这么当妈的!供他们吃,供他们穿,供他们上学,还供他们看闲书哇!"又对我喊:"你看你妈这是在怎么挣钱?你忍心朝你妈要钱买书哇!"

母亲却已将钱塞在我手心里了,大声回答那个女人:"谁叫我们是当妈的啊!我挺高兴他爱看书的!"

母亲说完,立刻又坐了下去,立刻又弯曲了背,立刻又将头俯在缝纫机板上了,立刻又陷入手脚并用的机械的忙碌状态……

那一天我第一次发现,我的母亲原来是那么瘦小,竟快是一个老女人了!那时刻我努力要回忆起一个年轻的母亲的形象,竟回忆不起母亲她何时年轻过。

那一天我第一次觉得我长大了,应该是一个大人了。并因自己十五岁了才意识到自己应该是一个大人了而感到羞愧难当,无地自容。

我鼻子一酸,攥着钱跑了出去……

那天我用那一元五角钱给母亲买了一听水果罐头。

"你这孩子,谁叫你给我买水果罐头的?!不是你说买书,妈才舍得给你钱的嘛!"

那一天母亲数落了我一顿。数落完了我,又给我凑足了够买《红旗谱》的钱……

我想我没有权利用那钱再买任何别的东西，无论为我自己还是为母亲。

从此我有了第一本长篇小说……

后来我有了第二本、第三本、第四本、第五本……《钢铁是怎样炼成的》《牛虻》《勇敢》《幸福》《青年近卫军》……

我再也没因想买书而开口向母亲要过钱。

我是大人了。

我开始挣钱了——拉小套。在火车站货运场、济虹桥坡下、市郊公路上……

用自己辛辛苦苦挣的钱买书时，你尤其会觉得你买的乃是世界上最值得花钱最好的东西。

于是我有了三十几本长篇小说。十五岁的我爱书如同女人之爱美。向别人炫耀我的书是我当年最大的虚荣。

三年后几乎一切书都成"毒草"。

学校在烧书。图书馆在烧书。一切有书的家庭在烧书。自己不烧，别人会到你家里查抄，结果还是免不了被烧。普通的家庭只剩下了一个人的书，并且要摆在最显眼的地方。

街道也成立了"无产阶级文化大革命执行委员会"——使命之一也是挨家挨户查抄"毒草"焚烧之。

"老梁家的，听说你们这个院儿里，顶数你们孩子买的黑书多啦，统统交出来吧！"

"我儿子的书，我已经烧了，烧光了。现时我家只有那几本红宝书啦。"

母亲指给他们看。

他们怀疑。

母亲便端出一盆纸灰:"怕你们不信,所以保留着纸灰给你们验证。若从我家搜出一本黑书,你们批判我。"

"听说你儿子几十本书哪,就烧成这么一盆纸灰?"

"都保留着?十来盆呢。我不过只保留了一盆给你们看。"

母亲分外虔诚老实的样子。

他们信了。

他们走时,母亲问:"那么这一盆纸灰我也可以倒了吧?"

他们善意地说:"别倒哇!留着,好好保留着。我们信了,兴许我们走后再来查一遍的人们还不信呀。保留着是有必要的!"

纸灰是预先烧的旧报纸。

我的书,早已在母亲的帮助下,糊在顶棚上了。

我下乡前,撕开糊棚纸,将书从顶棚取下,放在一只箱子里,锁了,藏在床底下最里头。

我将钥匙交给母亲时说:"妈,你千万别让任何人打开那箱子。"

母亲郑重地接过钥匙:"你放心下乡去吧!若是咱家失火了,我也吩咐你弟弟妹妹们先抢救那箱子。"

我信任母亲。

但我离开城市时,心怀着深深的忧郁。我的书我的一个世界上了锁,并且由我的母亲像忠仆一样替我保管,我可没有什么可不放心的。然而谁来替我分担母亲的愁苦呢?即使是能够分担一点点?

我知道,不久三弟也是要下乡的。

接着将会轮到四弟。

那么家中只剩下挑不动水的妹妹,疯了的哥哥和我瘦小的憔悴的积劳成疾的母亲了!

我们将只能和父亲一样，从相反的两个方向，大东北和大西北遥遥地关注我们日益破败的家了……

母亲越是刚强地隐藏着愁苦，我越是深深地怜悯母亲。

上帝保佑，我的家并没失过火。却因房屋深陷地下，如同母亲挣钱的那个小厂一样，夏季里不知被雨水淹了多少次。

一九七九年，时隔五载，我第一次从北京回去探家，帮助母亲从家中清除破烂东西，打床底下拖出了那一只挺沉的箱子。它布满了滑溜溜的霉苔。

我问母亲："妈，这箱子里装的什么呀？"

母亲看着，回忆着，和我一样想不起来。

"妈，把打开这锁的钥匙给我……"

"妈也记不清楚哪把钥匙是开这把锁的了，你试吧！"

母亲从兜里掏出一串钥匙给我。

锁已锈死。哪一把钥匙也打不开。最后被我用砖头砸开了。

掀开箱盖，一股霉味直冲鼻腔。一箱子书成了一箱子发黄的碎纸。

碎纸中有几个粉红色的小小生命在蠕动，像刚刚被剁下来的保养得极润的女人手指。

我砰地关上了那箱子盖，并用双手使劲按住，仿佛箱子内有一个面目狰狞的魔鬼。

即使将世界装在那样一口箱子里也是会发霉的。

"箱子里到底是什么啊？"

母亲困惑地又问了一句……

父亲带着一颗受了伤害的心离开北京回四弟家中去住了。我致信三弟希望母亲能到北京来住。这是一九八五年的事。算起来我又六年未见母亲了。父亲的走，使我更加想念母亲。我心中常被一种潜在的恐慌滋扰，我总觉得一个不可避免的事实伏在距离我很近的日子里，当它突然跃到我跟前时，我不知我如何承受那悲哀、内疚和惭愧。

母亲便很快来到了北京。

母亲是感知到了我的心情吗？

我和妻每夜宿在办公室，将我们十三平方米的小小居室让给了母亲和安徽小阿姨秀华以及我们三岁半的儿子。一老一少两个女人和一个孩子夜夜挤在一张并不宽大的硬床上。

母亲满口全是假牙了。

母亲的眼病更严重了。

"你是她什么人？"

在积水潭医院眼科，医生对母亲的双眼仔细检查了一番后，冷冷地问我。

"儿子。"

"为什么到了这种地步才来看？"

我无言以对。我知道弟弟妹妹们为了治好母亲的眼睛，已是付出了许多儿女的义务和孝心。我也听出了医生话中谴责的意味。

"眼翳是难以去除了，太厚，手术效果不会理想的。而且也极可能伤到瞳仁……"

"那……至少，是应该植假睫毛的吧？"

可怜的母亲，双眼连一根睫毛也没有了！失去了保护的眼睛常为炎症所苦。

"应该想到的事，你不认为你想到得有些晚了吗？眼皮已经这么松弛了，植了假睫毛还是会向内翻，更增加痛苦。"

"那……"

"多大年纪了？"

"六十七岁了。"

"哦,这么大年纪了……开几瓶常用药水吧,每天给你母亲点几次,保持眼睛卫生……这更现实些……"

我搀扶着母亲,兜里揣着几瓶眼药水,缓慢地往医院外面走。

默默地我不知对母亲说什么话好。十五岁那一年,我去到母亲为养活我们而挣钱的那个地方的一幕幕情形,从此以后更经常地浮现在我脑际,竟至使我对类似踏板缝纫机的一切声音和一切近于褐色的颜色产生极度的敏感。

"儿,你替妈难过了?别难过,医生说得对,妈这么大年纪了,治好治不好的又怎么样呢?"

八岁的儿子,有着比我在十五岁时数量多得多的"书"——卡通连环画册、《看图识字》《幼儿英语》《智力训练》什么什么的。妻的工资并不高,甚至可以说是"低收入阶层",却很相信智力投资一类宣传。如是等样的书,妻也看,儿子也看。因为妻得对儿子进行启蒙式教育。倘我在写作,照例需要相对的安静,则必得将全部的书摊在床上或地下,一任儿子"作践",以摆脱他片刻的纠缠。结果更值得同情的不是我,而是那些"书"。

触目皆是儿子的"书",将儿子的爸爸的"读物"从随手可取排挤到无可置处,我觉得愤愤不平,看着心乱。既要将自己的书进行"坚壁清野",又要对儿子的"书"采取"三光政策"。定期对儿子那些被他"作践"得很惨的"书"加以扫荡,毫不吝惜。

这时候,母亲每每跟着我踱出家门,站于门口望我将那些"书"扔到哪儿去了。随后捡回,而我不知觉。

一天,我跨入家门,又见满床满桌全是幼儿读物的杂乱情形,正在摆布的却不是儿子,而是母亲。糨糊、剪刀、纸条,一应俱全。母亲正在粘那些"书"。那些曾被儿子"作践"得很惨被我扔掉过的"书"。

母亲唯恐我心烦，慌慌地立刻就要收起来。

我拿起一册翻看，母亲粘得那么细致。

我说："妈，别粘了。粘得再好，梁爽也是不看的。这些书早对他失去吸引力了！"

母亲说："我寻思着，扔了怪让人心疼的不是……要不让我都粘好，送给别人家孩子吧！这也比扔了强呀！"

我说："破旧的，怎么送得出手？没谁要。妈你瞧，你也不是按着页码粘的，隔三岔五，你再瞧这几页，粘倒了啊！"

母亲说："唉，我这眼啊，要不寄给你弟弟妹妹们的孩子，或者托人捎给他们？"

我说："千里迢迢，给弟弟妹妹们的孩子寄回去捎回去一些破的旧的画册？弟弟妹妹们心里不想什么，弟媳和妹夫还不取笑我？"

母亲说："那……我真是白粘了吗？……就非扔了不可了吗？粘好保存起来，过几年，梁爽他长大了几岁，再给他看，兴许他又像没看过一样了吧？"

我说："也可能。妈你愿粘，就粘吧。粘成什么样都没关系，我不心烦。"

于是我和母亲一块儿粘。收音机里在播着一支歌：

旧鞋子穿破了不扔做啥？
老太太老爷子他们实在啰嗦。
……

我想像我这样的一个儿子，是没有任何权利嘲弄和调侃穷困在我的母亲身上造成的深痕的。在如今的消费心理和消费方式的对比之下，这一点并不太使我这个儿子感到可笑，却使我感到它在现实中的格格不入的投影是那么凄凉而又咄咄逼人。

我必庄重。

对于我的母亲所做的这一切似乎没有意义的事情，我必庄重。

我认为那是母亲的一种权利。

一种特权。

我必服从。

我必虔诚。

我不能连母亲这一点点权利都缺乏理解地剥夺了！

我知道床下、柜下，还藏着一些饮料筒儿、饼干盒儿、杂七杂八的好看的小瓶儿什么的，对于十三平方米的居室，它们完全是多余之物，毫无用处。

我装作不知。

是的，我必庄重。

它没什么值得嘲弄和调侃的。倘发自于我，是我的丑陋。尽管我也不得不定期加以清除。但绝不当着母亲的面，并且不忍彻底，总要给母亲留下些她也许很看重的东西……

一天，我嘱咐小阿姨秀华带母亲到厂内的浴室洗澡。母亲被烫伤了，是两个邻居架回来的。

我问邻居："秀华呢？"

他们说她仍在洗。

我从没对小阿姨表情严厉地说过话。但那一天我生气了。待她高高兴兴地踏进家门之后，我板起脸问她："奶奶烫伤了，你知道不知道？"

"知道呀！"

"知道你还继续洗？"

"我以为……不严重……"

"你以为……你以为！那么你当时都没走到奶奶身边去看看？我怎么嘱咐你的！"

母亲见我吼起来，连说："是不严重，是不严重，你就别埋怨她了……"

半个多月内，母亲默默忍受着伤痛，没说过一句抱怨话。母亲又失去了假牙。一天母亲取下假牙泡在漱口杯里，被粗心大意的小阿姨连水泼掉了。

母亲没法儿吃东西了，每顿只能喝粥。

我正要带母亲去配牙那一天，妹妹拍来了电报。

我看过之后，撕了。

母亲问："什么事？"

我说："没什么事。"

"没什么事哪会拍电报？"

母亲再三追问。

尽管我不愿意，但终于不得不告诉母亲——长住精神病院的大哥又出院了……

母亲许久未说话。

我也许久未说话。

到办公室去睡觉之前，我低声问母亲："妈，给你订哪天的火车票？"

母亲说："越早越好，越早越好。我不早早回去，你四弟又不能上班了！"

母亲分明更是对她自己说。

我求人给母亲买到了两天后的火车票。

走时，母亲嘱咐我："别忘了把那瓶獾油和那卷药布给我带上。"

我说："妈，你的烫伤还没好？"

母亲说："好了。"

我说："好了还用带？"

母亲说："就快好了。"

我说："妈，我得看看。"

母亲说："别看了。"

我坚持要看。母亲只好解开了衣襟——母亲干瘪的胸脯上有一大片未愈的烫伤的溃面！

我的心疼得抽搐了。

我不忍视，转过脸说："妈，我不能让你这样走！"

母亲说："你也得为你四弟的难处想想啊！"

……

母亲走了。带着一身烫伤。失落了她的假牙。留下的，是母亲的临时挂号证，上面草率的字写着眼科医生的诊断——已无手术价值。

今年春季，大舅患癌症去世了。早在一九六四年，老舅已经去世了。母亲的家族，如今只活着母亲一个女人，老而多病，如同一段枯朽的树根。且仍担负着一位老母亲对子女们的种种的责任感。那将是母亲至死也无法摆脱的了。

我想我一定要在母亲悲痛的时候回到母亲身旁去。我想如果我不去就简直太浑蛋了！

于是我回到了哈尔滨。

母亲更瘦更老更憔悴了。真正的就好似根雕一个样子！

母亲面容之上仿佛并无悲痛。那一副漠漠然的神态令我内心酸楚。母亲其实已没有了丝毫能力担负她的责任和使命了呀！母亲好比是一只老猫，命在旦夕，只有关注着她的亲人和儿女们，然后从这个世界上平平常常地死去的份儿了！母亲她苍老的生命大概已完全丧失了体现她内心悲痛和怜悯之情的活力了吧？

在四弟的家里，只有我和母亲两个人的时候，母亲强打起她最后的尊严，语调缓慢地对我说："听着，妈和你爸从来没指望你当什么作家。你既然已经是了，就要好好儿地当。妈和你爸都这么大年纪了，别在我们活着的时候，给我们丢脸……"

那一时刻，我真想给母亲跪下，告诉母亲，我会永远记住她的话……

母亲对我已无他求。

"不会干别的才写小说"——这一句话恰恰应了我的情况。

在这大千世界上我已别无选择，没了退路！

母亲，放心吧。我记住了你的话，一辈子！

……

若有人问我最大的愿望是什么？我会毫不犹豫地回答：将我的老母亲老父亲接到我的身边来，让我为他们尽一点儿拳拳人子的孝心。然而我知道，这愿望几乎等于是一种幻想、一个泡影。在我的老母亲和老父亲活着的时候，大致是可以这样认为的。

我最最衷心地虔诚地感激哈尔滨市政府为我的老父亲和老母亲解决了晚年老有所居的问题。使他们还能和我的四弟住在一起。若无这一恩德降临，在我家原先那被四个家庭三代人和一个精神病患者分居的二十六平方米的低矮残破的生存空间，我的老母亲老父亲岂不是只有被挤到天棚上去住吗？像两只野猫一样！而父亲作为我们共和国的第一代建筑工人，为我们的共和国付出了三十余年汗水和力气。

我的哈尔滨我的母亲城，身为一个作家，我却没有也不能够为你做些什么实际的贡献！

这一内疚是为终生的疚惭。

对于那些读了我的小说《溃疡》给我写来由衷的信的，愿真诚地将他们的住房让出一间半间暂借我老母亲老父亲栖身的人们，我也永远地对你们怀着深深的感激。这类事情的重要的意义是，表明着我们的生活中毕竟还存在着善良。

我们北影一幢新楼拔地而起。分房条例规定：副处以上干部，可加八分。得一次全国奖之艺术人员，可加二分。我只得过三次全国中短篇小说奖。填表前向文学部参加分房小组的同志核实，他同情地说："那是指茅盾文学奖而言，普通的全国奖不算。"我自忖得过三次普通的全国中短篇奖已属文坛幸运儿，从不敢做得三次茅盾文学奖的美梦。而命运之神即便偏心地只拥抱我一个人吧，三次茅盾文学奖之总分也还是比一位副处长少二分，而我们共和国的副处长该是作家人数的几百倍呢？

母亲呵，您也要好好儿地活着呀！您可要等啊！您千万要等啊！

求求您，母亲！

母亲呵，在您那忧愁的凝聚满了苦涩的内心里，除了希望您的儿子"好好儿地"当一个作家，再就真的别无所求了吗？

……

淫雨是停歇了。瘦叶是静止了。这一个孤独的日子，我想念我的母亲。有三只眼睛隔窗瞅我，都是那杨树的眼睛。愣愣地呆呆地瞅我，瞅着想念母亲的我。

邻家的孩子在唱着一首流行的歌：

杨树杨树生生不息的杨树，
　　就像妈妈一样，
　　谁说赤条条无牵挂？
　　……

　　由我的老母亲联想到千千万万的几乎一整代人的母亲中，那些平凡的甚至可以认为是平庸的在社会最底层喘息着苍老了生命的女人们，对于她们的儿女，该都是些高贵的母亲吧？一个个写来，都是些充满了苦涩的温馨和坚忍之精神的故事吧？

　　我之愀然是为心作。

　　娘！……

　　遥远地，我像山东汉子一样呼喊您一声，您可听到？……

# 秀　发

现在，许多人都知道，"原始资本"指的是怎样的一种资本了。

股民们，尤其青睐"原始股"。因为一旦上市，即有大幅增值的可能。

许多人也都知道，在人世间这个大股市上，几乎谁都持有自己的原始股，或曰自己的原始资本。比如发明者的原始股是专利，求职青年的原始股是学历，官的原始股是背景，吏的原始股是后台，知识分子的原始股是智商，打工仔的原始股是力气，等等，不一而足。一言以蔽之，男人的原始股很芜杂。有将无赖天性直接发挥了成为痞子的，还有将邪恶本欲孤注一掷等做流氓歹徒的。但女人的原始股，古今中外却一直单纯着，那就是她们的容貌。虽然人世间只有男女两性，虽然世界大体上仍由男人主宰着，女人的性别优势却每每强大于男人。而恰恰的，这正是由于世界大体上仍由男人主宰着的缘故。

"穷人家的漂亮女儿是他们和她们自己的原始股。"

所以萧伯纳这句话才流传为名言。

还有一位西方名人的话更精辟——他说:"对于男人们主宰着的世界,一位美丽的女郎通常抵得上一支善战的军队,或价值一座城堡。只要她同时够幸运,她摇身一变成了它的女主人。"

……

对于嫚来说,却没有什么原始股可言的。

嫚是文学硕士。母校是北京扳着五指数得到的重点大学。她高考那一年,本是可以顺利地被北大录取的。她对自己的高考成绩未免太保守了,没敢报北大。

毕业后,嫚在北京没找到能替她解决户口的单位。她很在乎有没有北京户口。她不无自知之明,像当年不敢报北大一样,更不敢做轻视户口问题的"京漂女"。当然,她也绝不打算回到家乡那个落后的省份去谋职,觉得那样似乎特亏。何况,北京的人生机会,毕竟比家乡那个落后的省份多得多啊!

于是她只有考研,以相当优异的成绩考上了。尽管已经有了研究生学历,但要在北京谋得一份收入既稳定又较高的职业,并且还要由此而获得到北京户口的话,那也须最大限度地豁出自尊,无数次地碰壁再碰壁……

终于,她被北京某县重点中学录用了。户口问题随之迎刃而解。

遗憾的是,非是北京的,而是——乡镇的。

但她凭了这一点,毕竟可以在信中告诉母亲,并经由母亲之口告诉全村的人们——我已经在北京落稳脚跟了。在那一所重点中学的附近,有一片新开发的房地产。广告中说,离天安门广场只有不到一小时的车程。连一些老北京人,也图那儿房价便宜,举家迁至。所以她并不认为自己在信中对母亲撒了谎。这种认为包含有自我安慰的成分……

嫚在北京的谋职过程像一篇读来使人备感惆怅的散文。不，不对。其实更像是一连串小品的剪辑，一连串传达屈辱意味的小品。这不是由于她的头脑，而是由于她的容貌。无论男人还是女人，无论谁对人的容貌持怎样宽大的评价标准，都会得出这样一个结论——她不好看。

不是不够好看，而是——除了她的头发，她压根儿就再没有什么好看之点。对花季的女孩儿来说，这该是多么大的不幸不言自明。

嫚在入大学之前没太意识到这一点。她是在初中、高中时学习成绩一直在全校独占鳌头。在老师眼里她是出类拔萃的。在同学心中她是无法比肩的。似乎，她在人生的前程和自信两方面，拥有确定的美丽。

女子的容貌这一种人世间最古老的原始股，在偏远落后的农村这一个交易所里，再"牛气冲天"也并不意味着能飚升到哪儿去。正如世无丑男这一男人们的定律一样，俊女在农村吃香的程度是有限的。所以嫚入了大学以后，才渐渐地心口暗痛地明白了她的容貌实在是自己的一个问题、一种缺点，一种自己想改也改不了的缺点，更是一种不幸，一种注定了将会深刻地影响自己人生诸方面诸追求的不幸。及至毕业了，在北京疲于奔命地到处谋职而又到处受挫，才进一步意识到，那不幸比自己预估的要大得多。

在万头攒动的人才市场，有某公司的一位女工作人员看了她的档案，连道："可惜了，可惜了！"又不无恻隐地对身后的一个男人悄语："张总不是嘱咐替他物色一名学中文的女秘书吗？"而那男人瞄了她一眼，将那女人扯到一旁警告似的说："你可别没事儿找事儿惹张总生气啊，他饶不了你的！"结果那女人再坐下时，面对着她充满希冀的目光态度便暧昧起来。虽然人家安慰地将她的一份求职材料留下了，但是她却一次也没打电话询问过。她猜到了对方将怎样回答她。她有自知之明。

嫚的考研，委实地有些迫不得已败走麦城的意味——她是刚一迈出校门，就立刻从社会撤退回了校园。

嫚在那一所重点中学任教一年后，已是二十七岁的大姑娘了。有一天她交了辞职报告。

她的辞职也是那么的迫不得已。因为她怀孕了。使她怀孕的是本校的体育老师。当她试探地和他商谈婚事，他显得大为吃惊，仿佛她在问他共饮一瓶毒药之事。于是她以自己怀孕了相威胁。

对方翻脸了，冷笑道："那你四处公开吧。就你这副尊容，有哪一丁点儿能使男人稍微动一下心的？所有的人都会一致地认为，不定你运用什么卑劣的手段和方式诱惑了我呢？"

那不是事实。

然而嫚觉得他的话说得极为正确。

她只有辞职。

做了一次流产的嫚遂成"京漂女"。拥有北京乡镇户口的"京漂女"。嫚以前对中国的"改革开放"之伟大性别提多么缺乏认识了。因为家乡离那伟大性太远了。它的昨天和今天之间最大的变化无非是——青壮年男女每年都卷入到民工潮中去了，全村几乎只剩下老弱病残了。嫚做了一次人工流产后，对那伟大性的认识一下子提高了一大截。

离开手术室时她想，若在从前，她的人生完了。而现在，除了自己和那个给她刮过宫的男医生，再没谁知道，在北京，在芸芸众生中，有一个叫嫚的二十七岁的女子做了一次流产……

嫚在一家报社当了两个月的记者。她的自知之明又一次暗示她，还是不再当下去的好。因为显然的，她的容貌妨碍她成为一名好记者。

有次她正采访着一位半红不紫的姓梁的作家，另一名细眉俊眼皮肤白皙的女记者插进来也采访，于是那姓梁的作家索性转过身去，只与她的同行侃侃而谈，而将她彻底冷落一旁了。正所谓"后来者居上"……

她还当过几天房地产营销员，当过几天人寿保险推销员，都只当了几天，没法儿当得比几天长些。北京的红颜市场很大，似乎永远地供不应求。她虽然在性别上也是女，但不是红颜，所以那市场再大也没她的立足之地。

不幸中的万幸是，嫚有一头天生的秀发。母亲遗传给她的。那是多好的一头秀发啊！它们黑而柔密，盘在头顶像乌云，散披在肩像瀑布。那是她全身上下唯一的真美。

她认识了形形色色漂在北京混在北京的男女。从十七八岁到四十余岁年龄不等。他们和她们一直期待着好运。命运却又都不怎么好。

在那些人之间，几乎只有在那些人之间，她的心理才能比较平衡。因为她毕竟有北京的乡镇户口，而那些人没有。所以嫚倒挺愿意与那些人来往的。

有天那些人中一个比她小两岁的女孩子撩着她的秀发，赞美又羡慕地说："嫚姐，你有多好的头发啊！我知道一家美发店要找头发好的女人做广告，你不去碰碰运气？"

于是嫚去了。

人家说："头发倒是真不错！……"

于是几天后，嫚上了广告画页了。不过不是正面形象。人家需要的只是她的秀发。

她为此得到了三千元。

她从未那么简单那么轻易地得到过三千元钱。

她终于发现了原来自己也竟拥有一份原始资本!

她决定将自己的一头秀发变成自己的原始股。而且要相机上市,而且要不断升值。

推销是一门艺术。她毕竟是硕士,渐谙此道。

于是她的通讯录上,用户的电话号码渐多。有小广告公司的电话号码,有影视制片人的电话号码。她那一头秀发的颜色和长短也是经常地变化着。总之用户需要她的秀发是哪一种颜色的,她便任由别人将自己的秀发染成哪一种颜色,如同资本流向有增长点的地方。

有个上午她的头发刚被咔嚓咔嚓剪得像男人的平头一样短,BP响了。传呼她的人向她报信息——另一个摄制组急需一名长一头秀发的女子补拍几个背影镜头,出价高过她已拿到的钱的一倍多。她连连顿足,懊悔莫及。

放下电话她急迫地向别人要了一支烟。从那一天开始她吸烟了……

反正我的头发还会长起来的!我的头皮就是我永远拥有地契的土地,我的原始资本像韭菜!——她只有这么安慰自己。

她的收入渐多起来。她租住的房间由小而大,由平房而楼房,由郊区而市内。她每月寄给父母的钱数也由从前的二三百而四五百了。她出门舍得钱打的了。秀发拉动了她整个人的经济活力,而且朝着可持续性发展。

她已经开始出现在影视剧里了。先是一两个镜头的群众演员——因为她的头发长,可盘成各种各样稀奇古怪的样式,一个头发盘得稀奇古怪的丑女子,出现在银幕上或荧屏上,会有意想不到的荒诞的艺术效果——导演们是这么认为的。

"大都市嘛，二〇〇一年了嘛，哪能没有中国特色的朋克？她稍一上妆，天生的就是一个中国特色的女朋克！"导演们这么说。

文学女硕士听了，心就流血。

然而对于她的心，钱是特效的止血药。

她由群众演员而小角色了。专演那种刁钻古怪令人生厌的女人。

而在现实生活中，她越来越沉默寡言了，越来越离群索居了。

她却仍没有丧失掉喜欢阅读文学作品的习惯，常读到深夜。每每合了书，陷入沉思。想要沉思明白自己是怎么由文学女硕士变成影视"垃圾女"的，想要沉思明白自己那一头天生的秀发，对于自己究竟是好事还是坏事……却一直没得出明白的结论。她只明白了一点，按十三亿多人口的比例，中国的文学女硕士实在不能算多……

她去过一次整容医院，坦问如果将她的容貌改变得可爱一些，难不难？需多少钱？

一位似乎经验很丰富的男医生，一手钳着她的下巴，将她的脸扭向左边端详了一阵，扭向右边端详了一阵，蛮有把握地说："原始面骨的结构还可以嘛！只要将眼皮拉成双的，将鼻梁垫高，将两边的肋肌往上抻一抻，会变一张挺受看的脸嘛！三万元打住了。"

于是她暗下决心，为三万元而奋斗，为北京多一张受看的女性的脸而奋斗，为一个是文学硕士的女子以后顺遂点的人生而奋斗。

忽一日嫚收到速寄家信，母亲病得很重，住院了。

她当天就上了火车。隔日一下火车，直接赶到县城医院。

母亲为了他们那个家，几乎把颗心操碎了。全家为了供她上学，使她成才，有出息，过的那是什么日子啊！老屋已岌岌可危了。早就该推倒重建了。可是没一大笔钱，建不起。

她也想到了精瘦的父亲和才十六岁的弟弟。他们为了生活，不得不一年到头在外打工。每一个家庭成员都在为嫚付出，无怨无悔。以为她总有一天，不但彻底改变了自己的命运，也终将有大的能力改变家庭的现状。她的包里装着两万多元钱。她一想到那原来是攒了打算整容的，顿生罪过感……

嫚几乎没能认出母亲来。数年没见，母亲的一头好发不知哪里去了。母亲的头发已快掉光了。还长着的，全白了。旧墙那种颜色的灰白。

嫚跪在母亲病床前，抱住母亲的头，哭了。

她想问："妈妈，妈妈呀，您原先的一头好发，怎么这样子了呢？"

可是她已哭得说不成一句话。

"嫚，嫚呀，好女儿，真是你从北京回来看我了吗？你为什么戴顶帽子？快摘了让妈仔细瞧瞧你……"

女儿不得不缓缓摘下了头上的贝雷帽。

"嫚，你为什么把头发剪得像假小子似的？为什么还染成了红色？……"

女儿擦去眼泪，竭力笑了一下，竭力以一种轻松的自然的语调说："妈，北京兴这样的发式……"

"嫚，这可不好看，你别赶这种时髦……"

母亲的目光流露出了责备……

两万多元钱花光了。

母亲出院了。

嫚的头发长了一寸了。

她却没有立刻回北京。她在家里写起小说来。

她想，我不能用整整六年的时间，白白读成一名文学硕士。

几个月后，那篇数万字的小说，像当年求职的她自己一样，四处碰壁。

于是嫚为了钱，为了家，只得又匆匆赶回北京，继续经营她的"原始资本"……

## 今夜有暴风雪

一

公元一九七九年,春节后,东北松嫩平原,仍然寒凝大地,千里冰封,万里雪飘。

一辆从黑河开往嫩江的长途汽车驶入孙吴县境内不久,突然刹住了。一头羊站在公路正中,拦住了汽车。司机不停地按喇叭,它一动也不动,像具石雕。司机只得跳下车去赶它,走近才发现,它用三条腿站立着。这显然是一只被狼伤害过的羊,它失去了整条后腿,胯上血肉模糊。司机不禁骇然倒退一步。羊,却突然僵硬地倒下了。一位乘客也跳下了车,走到司机身旁,踢了死羊一脚,肯定地说:"是兵团的羊。"

司机愕然地看着他。

乘客抬起手,朝远处一指:"都走光了,放羊的小伙子连羊群都没顾上移交。"

司机朝乘客指的方向望去,雪原上,几排泥草房低矮的轮廓,不见炊烟，不见人影，死寂异常，仿佛一处游牧部落的遗址——那里几天前还是黑龙江生产建设兵团的一个连队。

乘客瞧着那只死羊："奇怪，狼怎么没把它整个吃掉呢？"看了司机一眼，又说，"不捡白不捡，够吃几顿的，羊皮也小不了，我帮你搬到车上！"

"别，别……"司机皱起了眉，他觉得不是好预兆，用手势叫乘客把死羊拖到公路边去……

这辆长途汽车又开动了。

它开出不到一个小时，第二次被拦住。

手提包和行李捆连接在一起，在公路上"筑"起两道"路障"。十几个人站在公路边，从衣着一眼就可以看出，是建设兵团的知识青年，有男有女。

司机只得将车缓缓停下。

知青们有的搬开了"路障"，有的围住了汽车。

司机打开驾驶室车门，用商量的口气对他们说："你们人不少，东西又多，先别急着上车，车上已经没有空地方了，等我动员一下乘客，给你们腾出点地方……"

一个男知青感激地说："那你可真是个好人！"

司机砰地关上驾驶室车门，见"路障"已搬开，便呼地将车开过去了。

乘客中有人扭转身，朝后车窗看了一眼，说："何必呢，大家互相挤一点，就可以让他们都上来了！"

"让他们上来，一路准没好事！"司机嘟哝一句，加快了车速。

司机忽然从车镜里看到有人骑马从后面追赶，顿时神色惊慌。骑马的人转眼赶上来，却并没有拦车，超车奔驰而去。

司机暗暗吁了口气。

汽车顺公路刚拐过一个山脚，几乎所有的乘客都和司机同时发现，三台拖拉机并列在公路上，四个人站在拖拉机前，三个抱着肩膀，一个牵着马，虎视眈眈地从车前窗瞪着司机。

这里附近也有一个生产建设兵团的连队。

"糟了！"司机叫苦一声，刹住车，双手从驾驶盘垂下，无可奈何而又忐忑不安地朝驾驶座上一靠。

一辆马车这时也从后面赶了上来，车上是刚才被甩下的十几个男女知青和他们的行李捆、手提包。

牵马的人走到车前，拉开驾驶室车门，对司机怒吼一声："下来！"他是那十几个知青中的一个。

司机脸色苍白，十分惧怕，不敢下去。

有一个知青走过来，推开了那个牵马的，对司机说："别害怕，他吓唬你，我们不会把你怎么样的。请你打开车门，让我们上车吧！车上有我们，再碰到拦车的知青，我们保你平安无事，顺利通过！"

羊剪绒的帽子底下，露出两条短辫，一双俊秀的大眼睛恳求地望着司机。是个姑娘。

车门打开了……汽车又路过了一个被遗弃在雪原上的生产建设兵团的连队。

又路过了一个……

当这辆长途汽车开到嫩江火车站，天黑了。十几个知识青年拎上手提包和行李捆，跳下汽车，奔进了车站。

那个姑娘临走时还对司机说了声："谢谢！"

车站内，站台上、候车室里，几百名知识青年在等待着列车。他们随身所带的手提包、行李捆，像小山，这里那里堆在站台上。焦急、茫然、惆怅、沉思、冷漠、凄凉、庆幸、肃穆、严峻……各种各样的神色和表情，呈现在一张张男女知识青年疲惫的脸上。他们有的人从连队到这里，需要四五天。和伙伴们失散了，大声呼唤着，奔来跑去。丢掉了什么东西的，在别人的手提包或行李堆中翻找着，惹起一片片斥责，争吵。

托运处更加混乱，吹毛求疵的手续，认真过分的查看，咒骂、哀求、抗议、威胁……

角落里，在破碎了镜子的立柜旁，一个知青和一个身份不明的旅客正做着一笔买卖：

"三十元……"

"三十元？！我从连队辛辛苦苦折腾到这儿，要不是无法托运，我才舍不得……"

"三十五！再多一元也不加！"

"好，好，三十五就三十五！"

卖了立柜的知青，接过钱就走。刚走了几步，又转回来，还给对方钱，大声说："不卖了！"抬腿一脚，大头鞋将立柜踢了个窟窿。接着又是一脚，又一个窟窿……

一个怀里抱着孩子的女知青跑过来阻拦，用上海口音嚷叫着："你疯了！好端端的一个立柜，泄啥气！"

"哇！……"孩子哭了……

列车进站了。

几百名知青像狩猎一只庞大的野兽般，包围了每一节车厢的车门、窗口。

手提包、行李捆，纷纷从打开的窗口塞进车厢。

等不及从车门挤上车的，就从窗口爬。

"孩子别从窗口……"

已经塞进去了。

车厢里传出孩子的哭声……

另一个窗口,一场难舍难分的离别!

姑娘在站台上,小伙子在车厢内。小伙子从窗口探出身,姑娘拽住他的胳膊,哭着、喊着:"我不放你走!我不放你走!我不放你……"

小伙子泪流满面。

几个知识青年同情地望着他们。

有人摇着头,轻轻地说:"北大荒姑娘……"

车站上的广播喇叭响了:"各位旅客请注意,本次列车晚点四小时……下面广播天气预报,嫩江地区,零下二十四度。黑河地区,气温继续下降,受西伯利亚寒流影响,今夜有暴风雪……"

……

这是北大荒四十余万知识青年大返城期间的一个夜晚,在东北最北边陲,在驼峰山上,黑龙江生产建设兵团某师三团工程连战士裴晓芸,今夜第一次在边境哨位上站岗。

"六号坐标"矗立在积雪皑皑的驼峰山顶。它被寒冬包裹了一层霜的外壳,远远望去,通体反射着镀银般的冷冽的光。

月,凝冻在夜空,似一面冰块磨成的圆镜,刚用雪擦过,连蟾宫的虚影也擦去了。夜空澄净,澄净得异常,令人感觉到潜伏着某种不祥,仿佛大自然正暗暗汇集威慑无比的破坏力量。偶尔,纱绢一样的薄云从夜空疾迅掠过,云影在苍茫的雪原上匆惶地追随着。稀寥的星怯视着大地。大地上的一切都显出畏惧,屏息敛气。没有风,伸出雪面的蒿草的枯叶,树木细弱的秃枝,都是静止的。荒原一片沉寂。驼峰山两峰之间的山沟里,狼嚎声不绝,引起近处村子里阵阵狗吠。狗吠声过后，愈加沉寂。这种凛峻的沉寂，是北大荒暴风雪前虚伪的征兆。

裴晓芸肩枪站在哨位上。她摘下棉手套，借着月光看手表——差七分九点。今天是她的生日，九点是她的诞生时刻。二十五年前，这一天，这一时刻，她从母腹中降生。刚生下来不会哭，护士倒提着她的身子，在她屁股上打两巴掌，她才哇地哭响。在她对这个世界发出第一声啼哭的同时，母亲猝然离开了人间，没来得及看她一眼，也许听到了她那一声哭啼……

是父亲告诉她的，在她的第五个生日，那天，父亲从幼儿园接她回家，她一路哭着闹着向父亲要一个妈妈。幼儿园的孩子们都有妈妈，为什么单只她没有妈妈呢？那是她幼小心灵首次意识到比别的孩子缺少什么，首次感到生活对她不公正，首次向生活提出抗议，用跟父亲哭闹的方式。她不愿比别的孩子缺少什么，她要一个妈妈，正如向父亲要一个布娃娃。回到家里，她哭闹得乏了噘着小嘴生闷气，不吃饭，不睡觉，不理睬父亲。父亲是大学哲学系讲师，在社会科学方面，是辩证唯物主义的忠实宣传者。但在解释自身生活时，又是个带有宿命论色彩的人。

"别哭。"父亲对她说，"从小失去妈妈的孩子，生活中不止你一个。告诉我，你为什么忽然想要一个妈妈呢？"

"小朋友都说，妈妈比爸爸好。"

父亲呆呆地注视着她，许久无言。

"爸爸，我要一个妈妈，就要！"

父亲默默地从床下拖出皮箱，打开来，找到旧相集，把她抱在膝上，一页一页翻给她看。

所有照片，都是一个年轻而美丽的女人的。

父亲合上相集后，说："她就是妈妈。"

妈妈？妈妈多年轻！妈妈多美丽！每张照片上的妈妈，都面露温柔的婉雅的微笑。那种微笑告诉别人，也告诉自己的女儿——我曾在这个世界上非常幸福地生活过。

"妈妈在哪呀？为什么从来不回家？"

"妈妈在另一个世界。"

"我要到那里去，我要去找妈妈！"

父亲苦笑了。

"孩子，我们每一个人迟早都是要到那个世界去的，但我们现在不能去找妈妈。我在这个世界上还有许多没做完的事，而你呢，还没有开始做什么……"

她不明白父亲的话。

"妈妈……死了……"

死——她明白。

她哭了。

"记住，妈妈是为生下你而死的。"

父亲轻轻抚摸着她的头，向她讲述了在她出生那一天妈妈所经受的痛苦。

"妈妈是歌唱家，你想听妈妈唱的歌儿吗？"

泪珠从她的小脸蛋上滚落下来，落在花兜兜上，落在父亲手上。

　　宝贝，你爸爸参加游击队，
　　　正在过着那动荡的生活……

唱片缓缓旋转，播放出妈妈唱的动听的歌声。她觉得唱片就是父亲说的"另一个世界",妈妈就生活在那里,在那里天天都唱歌。

妈妈的歌声冲淡了"死"这个严峻的字在她那颗幼小心灵中造成的阴霾。

父亲收起唱片说:"孩子,挑选一张妈妈的照片吧,由你自己珍藏。"

她凭孩子的意识得出判断,那些照片,不,妈妈,对于她也许还不如对于父亲那么重要。她从中挑选了一张最小的二寸照片。

从那一天开始,她那儿童的心理和情感世界,比一般孩子更早地趋于成熟,趋于丰富了。

以后,她经常在小朋友们面前声明:"我也有妈妈。"

"你妈妈在哪儿上班呀?"

"你妈妈怎么从来没到幼儿园接过你呀?"

"你是个撒谎的孩子!撒谎就不是好孩子!"

"骗人!狼来啰!狼来啰!……"

被羞辱所包围时,她就从兜里取出妈妈的照片,大声说:"喏,你们看,我妈妈!"

大声地说出这句话,她获得一种朦胧的安慰,一种空泛的满足。

渐渐长大,她才愈来愈体会到,母亲对一个人,尤其对一个人的童年和少年时期,何等重要!人,首先是从母亲身上来洞察生活,认识生活的。也首先是从母爱之中体验到自己的存在价值的。父亲往往教会孩子用理智的眼睛去看世界,母亲则往往教会孩子用情感的眼睛去看世界。从小失去母爱的孩子,生活在其短浅的视野中难以展现全貌。仅仅这一点,就意味着不幸。

上体操课,她从平衡木上摔下来,左腿骨折,在家中躺了一个多月。父亲给她洗脸,洗手,洗脚,梳头。甚至给她剪手指甲和脚趾甲。

有一天，父亲给她朗读《海涅诗选》，她突然说："爸爸，给我擦擦身子吧！"父亲怔怔地瞧了她一会儿，没有回答，没有任何表示，合上了诗集。晚上，她的三个女同学来到家里。父亲预先烧好了一大盆热水，备好了毛巾和香皂，找出了她需要换的内衣，而后对三个女同学说："麻烦你们了。"便转身走出她的房间。门，被一个女同学轻轻从里面插上了。她们开始七手八脚地给她脱衣服，脱得一丝不挂……

同学走后，她无声地哭了。她虽然感谢她们，虽然觉得身体清洁爽适了，但内心却受到一种不能明言的挫伤，萌生了一种复杂的委屈……

父亲走进房间，她用被子蒙上了头。

父亲默默地在她床边站立许久才离去。她听到了父亲离去之前轻微的叹息，不知是为他自己，还是为她……

那一年，她十五岁。

从此，夜晚九点这一时刻，对她来说就变成神圣的时刻了。每到这一时刻，她就凝视着大挂钟。久久地凝视着。她那少女的心灵便超越了时间和空间，与另一个世界中的不曾见过面的母亲的心灵贴近了，融合了，合而为一……

少女的心灵具有特殊功能，愈是感到缺少什么，愈容易靠想象来弥补。想象总是比生活本身更完美更迷人。对母爱的殷殷向往和饥渴，使她对仅有的父爱更加感到不满足。

不久之后，父亲也被从这个世界上夺走了，那是在十年动乱的第二年……

她成了一个情感方面的赤贫者。对于情感需求极其细腻，内心世界稚嫩而丰富的少女，这种赤贫状态是足以风化灵魂的。

幸而，她熬过来了。

灵魂熬过来了。

灵魂孕育着对生活的一点点的希望，便不会像肝脏一样硬化……

此刻，裴晓芸又看一眼手表——九点。

这大概是她第一百次独自膜拜这一神圣时刻了。她摘下手套，一只手伸进内衣兜，摸出一个小小的塑料夹，里面夹着母亲那张二寸照片。端详着母亲的照片，二十五岁的上海姑娘情不自禁跪下了，月光将她肩枪的身影，清晰地映在雪地上。

她心中有许多许多话要对母亲说，在这个夜晚，在这一时刻。

她想说："亲爱的妈妈，今夜我是这么高兴！我被批准成为战备分队的战士了！今夜我第一次站岗……"

她想说："亲爱的妈妈，我肩上这支枪，得来可真不易啊！别人早就发给了枪。而我，在不久前才获得这样的信任……"

她想问："妈妈，我，是同别人一样离开北大荒，还是留下呢？离开，这里有我感情上难以割舍的东西。留下，我会感到孤独，感到被遗弃……"

她想问："妈妈，即使我回到上海，谁又是我的亲人呢？上海有我可以得到关怀，可以完全信赖的人吗……"

她想问……

忽然觉得有什么东西触碰她——一只狗，一只体大如豹的狗。浑身黑毛，在月光下闪着黑缎般的光。粗颈、方头、大耳、阔嘴，样子十分凶猛。

她没受惊吓，这只狗对她有特殊的感情。它叫"黑豹"，名字是工程连的知青们起的。它的母亲一共生下六只小狗崽，连它在内。老母狗一天跟着砍柴的马车上山，被猎人设下的野猪套套住，活活喂了狼。六只小狗崽因断奶饿死五只，"黑豹"被男知青排排长曹铁强抱回宿舍，像哺喂婴儿般，养活了下来。它是男女知青们的宠物。它长大以后，看仓库、守麦场，报答知青们的恩泽。有人带它到哨位来站过一次岗，它便又增加了一项义务，每到深夜，自觉跑来，和站岗的人做伴，直至天明。

"黑豹"认出裴晓芸，两只前爪扑在她身上，伸着脖子要舔她脸，讨她的喜爱。她拍拍"黑豹"的头，又捧着它的阔嘴巴往自己冻红了的脸颊上贴一下，推开它，缓缓站起来。因刚才跪在雪地上，即使在"黑豹"面前她也难为情了。她心中顿时萌发了哨兵的神圣责任感和战士的英武气概。

"黑豹"耍着活泼劲儿纠缠她。

"'黑豹'，不许跟我胡闹！"她严厉地呵斥它，挺直身，肩正枪，目光巡视着冰封的黑龙江江面。"黑豹"听话地卧在她脚边，昂头专注地望着天空中的一颗星。

一会儿，她感到寒冷了。她后悔没穿棉大衣，棉大衣太肥，平时就不爱穿。何况今夜她第一次站岗，臃臃肿肿的，有失一个哨兵英姿！可是毕竟感到寒冷了。又看一次表，过两个小时，就会有人来接岗，坚持得了。她双手都摘下手套，放在嘴边哈了一阵，又搓了一阵，解开一个衣扣，交叉地伸进棉衣里，紧紧地夹在腋下取暖。脚也冻得有些疼了，她轻轻跺踏着。"黑豹"披着毛皮大氅，似乎并不寒冷，卧在雪窝里一动也不动，不再望星星，侧头瞧着她，眼睛流露出对她的嘲意。

"坏东西！"她骂它一句，转身向山下望去。团部机关一片漆黑，一幢幢砖房和机关食堂的高大烟囱，轮廓分明。只有团部会议室的四扇窗子，透射出灯光。

她不禁想到了他，他下午四点就到团部去开紧急会议，显然到现在这个会还没散。不知这是一次什么样的重要会议？为什么开到这样晚？

他，或许在发言吧？

或许，发过言了，正从窗口朝外望，想望到她？

傻瓜！他根本望不到她！

她微笑了……

## 二

全团各连连长、指导员聚集在团部会议室。室内烟雾缭绕，空气污浊得令人窒息。几个烟灰缸插满烟蒂，像小盆景中的假山石。不少人继续吞云吐雾。

会议从下午四点开到六点，吃过晚饭，接着开到现在。每个人都意识到，这是一次严峻的会议。

团长马崇汉，比任何一个人都更加清楚这次会议的严峻性。知识青年大返城的飓风，短短几周内，遍扫黑龙江生产建设兵团。某些师团的知青，已经十走八九。四十余万知识青年返城大军，有如钱塘江潮，势不可挡。一半师、团、连队，陷于混乱状态。唯独三团，由于地处最北边陲，交通不便，消息阻隔，返城飓风的势头还没有真正席卷到这儿。三团的知识青年们，近几天才刚刚开始从亲友、同学和家书中获得返城信息。各种迹象表明，他们也在暗中骚动起来了。

兵团总部下发了一个紧急文件：为缩短从兵团体制恢复到农场体制的过渡时期，为尽快稳定各师团的混乱局面，组建起各师各团连队新的领导机构,重新形成生产秩序,确保春播。知识青年的返城手续,必须在三天以内办理完毕,逾期冻结,春播后各师团酌情自决。

急件被马崇汉扣押,不向连队传达。

三天,三个二十四小时,只要拖延过三个二十四小时,全团八百余名知识青年,就可能被永久地钉在各连队的花名册上了。他曾同政委孙国泰就这一点交换过看法,却遭到老农场干部孙国泰的坚决反对。

"我们没有权力扣压兵团总部的急件。没有权力。"政委严肃地回答他。

"当然,我一个人是没有权力这样做的,因此才同你商量嘛。你,和我,如果我们两个人的意见统一了,在特殊情况下是可以代表党委的嘛。"马崇汉温良恭俭让地说。

凭着与对方多年共事的经验,孙国泰知道,对方越是在他面前表现得温良恭俭让,越证明根本没把他的意见当成一回事。虽然他是政委。孙国泰也明白,马崇汉所以要在决定八百余名知青命运的这一严峻大事上"征求"自己的意见,无非是要自己表明一种态度,表明一种"赞同"的态度。有了他这种态度,哪怕是一种含糊"赞同"的态度,不,哪怕是缄口不言,那么,这件严峻的事情,这一首先从马崇汉头脑中产生出来的个人意志,便可以被对方也被别人认为是"党委的决定"了。

"党委也没有权力作出这样的决定。"老政委态度鲜明。

"政委同志!"马崇汉语气强硬起来,"别忘了,你是一位团级领导,是一位思想工作者,在当前这种局面下,为生产建设兵团保留一部分青年力量,是你我的共同责任!"

老政委被激怒了。政委同志?他曾被对方当作同志看待过吗?思想工作者？多么尊重的称谓。可是在这方面，对方曾允许他充分发挥过作用吗？说什么为兵团保留一部分青年力量，说什么共同责任，真是冠冕堂皇！好听的话都叫你马崇汉挑着说了。难道你心里就一点都不感觉对这些知识青年们有愧吗？

他压下怒气，慢言慢语地说："团长同志，你不觉得为生产建设兵团思考得晚了些吗？许多知识青年是怎样来到北大荒的，你应该比我心里更清楚！"

"你！……"马崇汉一时说不出话来。

兵团组建的第二年，马崇汉作为兵团代表，乘飞机来往于各大城市之间，作了一场又一场的精彩演说式的动员报告：正规部队的性质，不但发军装，还发特别设计的领章帽徽，居住砖瓦化，生活军事化，生产机械化……如此这般天花乱坠，欺骗了多少知识青年啊！

马崇汉立了一功，但他也被多少知青诅咒啊！……

此刻，老政委孙国泰盯着团长马崇汉那张刮得发青的五官分散的脸，不禁又想到了十年前就是在这个会议室里，为他召开的"欢迎会"上的情形。那次"欢迎会"也是由团长马崇汉主持的。马崇汉向全团机关工作人员介绍他时，十分钟大摆他的老资格和革命经历，三十分钟大批他在农场时期犯下的种种"路线错误"。

他当时猛然站起来，声音洪亮地说："马团长对我的介绍，等于为我树了一个碑，立了一个传，盖棺定论。千秋功罪，自有历史评说。据我所知，我们共产党没有为活人树碑立传的惯例，马团长这番话，就算是我的悼词吧！既然我还没有死，追悼会现在可以结束了！"

从那一天开始，他就意识到，团长马崇汉是要故意在他们之间造成一种领导地位上的悬殊差异的。但十年之中，在每一个无论大小的原则问题上，他从没有向对方妥协过。虽然，他是一批被罢官撤职了的老农场干部中,幸运地获得"解放"的,时时有从领导地位上再次被打翻下去的可能。

从开会到现在,他还一句话没说,坐在角落里,一支接一支地吸烟。

马团长今天格外沉得住气。参加会议的人们沉默着,他这个主持会议的人也沉默着。他扫视着人们的脸,想从每个人的表情上,窥测他们的内心活动。

公务员小张又一次走了进来,交给他一条"牡丹"烟。他将包烟纸扯开,东甩一盒,西抛一盒,将一条烟顷刻分光,自己仅留下一盒。他抽出一支烟,在桌面上笃笃顿了半天,却没有点燃,而拿起了暖水瓶,往茶杯里倒水,只倒出半杯水。

"小张!"

小张应声而至。

他用下巴朝暖水瓶示意,小张领会地默默拎起几只空暖水瓶去打水。

坐在马团长对面的,是工程连指导员郑亚茹,她看了马团长一眼,说:"我表个态吧!"

大家的目光都集中在她身上。

团长马崇汉轻轻咳嗽了一声。

"我认为……目前……对于我是一个考验关头。我……赞同团长……不,赞同团党委……"大家都听得出来,这几句话,她说得并不轻松。

团长嘴角浮现了一丝不易被人察觉的微笑,向她投去极为满意的一瞥。

她刚抬起头,一接触到团长的目光,立刻又将头低了下去,掏出手绢擦汗。她是出汗了,细密的汗珠沁聚在她那清秀的眉宇间和端正的鼻梁上。

老政委孙国泰站了起来,用纠正的口气缓慢地说:"不,不是团党委的决定,团党委没有作出过这样的决定。"

马团长怔了一下,随即大声说:"不错,党委是没有来得及作决定。"他用一种特别加以强调的语调说出"没来得及"四个字,之后也站了起来,肩膀一耸,将披在肩上的大衣抖落在椅背上,接着说,"不过,今天在座的,除了我和孙政委,还有几位也是党委委员,其他同志,都是各连队的连长和指导员,我看,这次会议就算是一次党委扩大会议也未尝不可嘛!"他停顿了一下,将脸转向郑亚茹,换了一种亲切的安抚的口吻又说,"你刚才的发言很好,态度很明确嘛,你就算代表工程连党支部第一个表态了。"

"郑指导员只能代表她自己,不能代表我们工程连党支部。"在最后一排座位上,有人说话了。大家的脸一齐转向这个人,说话的是工程连连长曹铁强。

郑亚茹尴尬又不知所措地瞧着他。

马崇汉从桌上拿起刚才想吸而没吸的那支烟,已经划着根火柴,听罢曹铁强的话,脸色沉了下来。燃烧的火柴在手中晃了晃,熄灭了,被狠狠地插在烟灰缸里。

"这么说,你,是反对的啰?如果是这个意思,也算一种表态嘛!"他说这话时,并不看曹铁强。说完,紧接着喊:"小张,倒烟缸!"

小张立刻悄无声息地走进会议室,从桌上拿起烟灰缸。

"叫你打开水,你怎么没打来?"马崇汉又一次拿起水杯。

"开水房锁着门。"小张讷讷地回答。

"再去打一趟!"马崇汉口气中流露出愠怒。

曹铁强瞅了团长一眼,又瞅了小张一眼,待小张走出去,才说:

"是的，我反对。"

郑亚茹的脸红得像要渗出血来。

马崇汉的目光如伤人利器，咄咄地射向工程连连长。对于这个东北小子，他心中耿耿于怀地记着一笔账。此时此刻，这笔账的账簿子又翻开了……

全兵团大搞"公物还家"运动那一年，马崇汉亲自带着工作组，坐镇工程连抓试点。他是个很善于总结各种运动经验的人。在这一点上，能力要比政委孙国泰高一筹。几天内，他就总结出了一套"三字经"——一看，二查，三搜。就是：各家各户的天棚地窖要看看，所有知青的箱子要查查，凡属公家的东西，一针一线，都要搜回来。"三字经"通过电话线，由马团长亲口传达到全团三十几个连队，指示照办之，推广之。"运动"得全团鸡犬不宁。

一天，马崇汉来到男知青宿舍，发现大火炕炕头一床褥子底下，垫着三块杨木板。他亲自动手将木板抽了出来，木板着炕的一面已经烤黄。

"是谁垫在褥子底下的？"中午召开了全连大会，马崇汉指着三块搬到会场的木板，严厉追究。

"团长，是我……"小瓦匠单书文怯怯地站了起来。

"你为什么要把公家的木板垫在褥子底下？"团长瞅定他的脸，字字拖长地问。军大衣很有派头地披在团长高大魁梧的身上，风度如革命样板戏《智取威虎山》中的"二〇三"首长。

"我……我……我怕烤着了褥子……"小瓦匠脑袋耷拉在胸前，不敢正眼看团长。

"抬起头！"

小瓦匠的头沉重地抬了起来，眼睛却盯着自己的衣扣。

"你自己的褥子烤着了,你心痛。公家的木板烤着了,你就不心痛。这叫什么?这就叫——损、公、利、己!"团长的大手掌啪地在桌子上拍了一下。

小瓦匠浑身一颤。

"岂有此理!限你明天早饭以前,把检查交到工作组来,不得少于五千字!"团长声色俱厉。

晚上,小瓦匠从炕洞里往外扒炭火,一锨锨端到宿舍外,倒在雪地上。"哎,你这是干什么?"有人抗议了,"我褥子底下还冰凉呢?"

"将就点吧!"从不跟任何人发生口角的小瓦匠,憋了一肚子的气,都通过这四个字发泄出来。

抗议者二话不说,从炕上蹦下来,往炕洞里塞满了木柴。

出身于封建官僚家庭的小瓦匠由于背着个甩不掉的包袱,甘做人下人,是知青中的弱者,对别人一向逆来顺受,不敢也没有能力维护自己的尊严。他没再从炕洞里往外扒火,默默地卷起自己的褥子,无法睡觉,便将一只小肥皂箱搬到地上,坐着个木墩写检查。

写了撕,撕了写,写写撕撕,撕撕写写,一本信纸转眼扯去了大半本。五千字!自己把自己往高得不能再高的纲上线上联系,搜肠刮肚,抓耳挠腮,却无法写满一页纸!

当年的男知青排排长曹铁强从外面查岗回来,见状问:"你怎么还不睡?"

"你叫我怎么个睡法?"小瓦匠可怜巴巴地反问一句。

曹铁强摸了一下炕面,不再说什么,转身又走出去了。

一会儿,他从外面扛进了那三块杨木板。

"垫上吧!"

"我……不敢……"

"叫你垫上你就垫上,明早再扛回原处去,没人知道。"

"万一……"

"我顶着!"

马团长是一位最讲"认真"二字的共产党员。当男宿舍响起一片鼾声时,他又神不知鬼不觉地来了。

他是为那三块杨木板而来。

拉亮电灯,见三块杨木板又被垫在了小瓦匠的褥子底下,马团长愤慨极了。他不唯最讲"认真"二字,而且最讲"服从"二字。军队使他养成了坚决服从首长一切命令的习惯,他要将这一点作为优良传统灌输到知识青年们的脑袋里去。他最不能容忍对首长的命令阳奉阴违。在他本人即首长,阳奉阴违者又是他的战士的情况下,更不能容忍。

他猛地掀掉小瓦匠的被子,拽着小瓦匠的胳膊,将小瓦匠扯到了地上。

小瓦匠穿着衬衣衬裤,光脚站在地上,揉开蒙眬的睡眼,半睁半闭的,也没看清对方是谁,啪地甩手给了对方一记耳光:"开你妈的什么玩笑!"

马团长被这一耳光打愣,呆呆地站在小瓦匠对面。

小瓦匠跳上炕,钻进被窝,又蒙头睡了。

马团长一声未吭,转身就走。

这一幕,被排长曹铁强躺在被窝里看得分明。马团长一出门,他立刻爬起来,跨过几个人的身子,推醒了小瓦匠。

"你知道你刚才打了谁一记耳光?"

"打谁谁挨着!"

"你打了团长!"

"别……逗了……"

"你看,地上是谁的大衣?"

小瓦匠爬起,探身朝地上一瞧,心中不由暗暗叫苦。地上果然有件军大衣,不是团长的是谁的!

"快起来,把木板拆下!"

曹铁强帮他的忙,二人慌乱地从褥子底下抽木板。其他人被惊醒,一个个翻身趴在被窝里,莫名其妙地瞧着他俩。

"深更半夜,你们搞什么名堂!"不知哪一个,从地上拎起一只大头鞋,朝他俩扔过去。大头鞋打在小瓦匠后脑勺上,小瓦匠"哎哟"一声,双手倒捂着后脑勺,仰躺在炕上。

"谁打的?谁?!"曹铁强厉声喝问。

几颗脑袋畏惧地缩进了被窝。

这时,外面进来三个人,都是团警卫排的,是跟马团长一块儿来到工程连的。为首的,是警卫排排长刘迈克。他们,虽不属于工作组成员,但在工程连战士们面前,却显示出一种优越感。这种优越感似乎在时时表明,他们,即使算不得"高级知青",起码也是"特别知青"。因为他们是"拿枪杆子"的,是经常跟随各级团首长的。他们是半享受职业军人待遇的。

刘迈克一进大宿舍,首先从地上捡起马团长的军大衣,拍拍土,然后踢了踢小瓦匠垂在炕沿的赤脚:"起来起来,跟我们走。"

小瓦匠坐起,一见是三个警卫排的,顿时变了脸色,讷讷地问:"到哪儿去?"

"连部,马团长有请。"警卫排长一副闹着玩的样子。

"我……我不去……"小瓦匠往曹铁强身后躲。

"不去?那哪成啊!"小瓦匠的胆怯使警卫排长开心,他用命令的口气对另外两个警卫排的战士说:"带走。"

那两个便上前去拖小瓦匠。

他们被曹铁强推开了。

曹铁强抢先一步,身子挡在宿舍门口,冷冷地说:"你们,简直成了马团长养的狗了,叫你们咬谁就咬谁?"

刘迈克愣了一下,后退一步,眯缝起眼睛,咄咄地盯住曹铁强的脸,一字一句地反问:"你说什么?我没听明白。"

曹铁强讥讽地说:"你腰间扎条武装带不伦不类,劝你还是解下来的好。"

"你看不惯?"刘迈克真的缓缓解下了武装带,在手中摇晃着。

"别碰着我!"曹铁强又说了一句。

刘迈克唰的一声将武装带朝他抽过去。

曹铁强一偏头,武装带的铁卡子抽在门框上。他朝门框瞥了一眼,门框上留下了一道痕迹。

"别怕,吓唬吓唬你,闪开吧!"刘迈克的武装带仍在手中摇晃。

曹铁强动也不动。武装带第二次抽了过来。这一次,他躲闪未及,肩头挨了一下,白衬衣绽破,立刻渗出血来。

他捂着肩头,从门旁闪开了。

刘迈克也不看他,悍然往外就走。

曹铁强出其不意,照他下巴猛击一拳!这一拳那么有力,刘迈克踉跄倒退,撞在脸盆架上。一排脸盆翻落,一只漱口缸子滚到红火彤彤的炕洞里。

刘迈克爬起,惯于争凶斗狠的脸扭歪了,扑过来与曹铁强扭打作一团。

小瓦匠吓傻了,瞪大惊骇的眼睛,像只耗子似的缩在墙角。

另外两个警卫排的战士,同时上前,对曹铁强拳打脚踢。

刘迈克的霸悍早已激起工程连知青们的公愤,这时眼见自己的排长要吃亏,哪里还按捺得住!他们发声喊,纷纷从火炕上跳下地,一个个赤腿露胸地投入了恶斗。从地上打到炕上,从炕上滚到地上。战斗结束后,警卫排长和他的两个战士被结结实实地捆了起来。

刘迈克凶恶地说:"曹铁强,你不计后果是不是?"

"啪!"有人给了他一耳光。

连部里,团长马崇汉坐在椅子上吸烟。

他好生恼火!

身为团长,被知青打了一记耳光,简直是奇耻大辱!

对于知识青年,从正规部队到生产建设兵团那一天起,他就产生了一种敌对情绪。不,也许用敌对心理这个词更准确。

什么生产建设兵团?用他自己的话说,参加革命多年,到头来落了个"七〇(零)八三(散)的装甲(庄稼)部队"的团长当!幸而,没脱掉军装。当上三团团长后,了解到这个团原先不过是个劳改农场,更令他替自己愤愤不平!这么个团长和"草头王"有什么两样?

然而,"草头王"却并不那么好当。知识青年,既不同于"一切行动听指挥"的正规部队的战士,也不同于"向解放军学习,向解放军致敬"的革命群众。他们到底算什么呢?在他眼中,他们简直是"蝗祸",是"洪水猛兽",是从城市蔓延到边疆的"瘟疫"!可他们毕竟是成千上万,几万,十几万,几十万,浩浩荡荡的四十多万!一批又一批地涌来了,卷来了。是戴着大红花,敲锣打鼓地被从城市欢送来的。一来就声明:"我们要做北大荒的新主人!"不错,"最高指示"说他们是来"接受再教育的",而且"很有必要"。但实际上,他们的马列主义水平高不可攀。若要问共产主义运动发展史、巴黎公社失败的经验教训、当前中央路线斗争的营垒划分和斗争焦点，他们都能侃侃而谈。在这方面，每一个都有资格当他这位团长的教师！他们不但了解过去，而且仿佛能预知未来，中国革命和世界革命，整个儿装在他们发热的头脑里！他们是经过风雨、见过世面的，根本不把他一个小小的团长放在眼里！连中央首长，他们也敢炮轰，也敢油炸，何况他马崇汉！

他深知自己缺少驾驭他们的能力，恰如一个人，完全没有信心和气魄，但又被命运所捉弄，不得不驾驭一匹难驯的劣马。

多可悲！

有时扪心自问，他承认，他们中的一些人，是被他骗到北大荒的。但他自己不也是被骗来的吗？何况说到四十万的话，那可没他的干系。他马崇汉没这么大本事，那是一场运动的力量。

他所有郁闷在胸，积压在胸的怨气、怒气，准备痛痛快快地发泄在小瓦匠身上。他要好好调教"它"，当成一匹牲畜调教。当然，犯不上用鞭子的。

听到外面的脚步声，他坐得更端正，表情更威严，目光更冷峻，咄咄地盯着连部的门。

门开处，第一个进来的是警卫排排长刘迈克。鼻青脸肿，浑身灰土，双臂被反绑着。衣领撕掉了。衣扣只剩下了一颗。第二个进来的，是警卫排战士。第三个进来的，是警卫排战士。一个排长两个战士，他派去传带小瓦匠的，都成了狼狈不堪的"俘虏兵"。

他霍地站了起来！

跟在三个"俘虏兵"后面走进连部的，是曹铁强。

"他们，据说奉了你的命令去绑我排战士单书文的，我反对这样做。他们不听我的阻拦，首先动武，我命令我的战士教训了他们一顿。

现在我把他们给您带回来了。我自己，明天听从你的发落。"

曹铁强说完就走。已经走出门外，又转过身，对团长点了一下头，那意思好像是说："祝您晚安！"

……

曹铁强一回到大宿舍，就被他的战士们团团围住。

"我早就瞧着警卫排这三个家伙狐假虎威的样子不顺眼，今天可让他们知道咱们工程连的人不好惹了！"

"刘迈克在'文化大革命'中欠了我一笔账，今天我才出了口恶气！"

"这就叫不是不报，时候未到，时候一到，一切都报……"

七言八语，激昂兴奋。

小瓦匠满面阴云，一言不发，默默叠被子，卷褥子，叠好卷好，用毯子包上，用行李绳捆。

"你这是干什么？"曹铁强问。

"干什么？今天的事，全是我惹起来的。马团长能放过我吗？我今天夜里就扛着行李到团部警卫排去投案自首，当二劳改！"

这话，像一盆冷水，劈头盖脸朝大家泼来。

曹铁强沉默了一会儿，在小瓦匠后脑勺轻轻拍了一下，说："你犯什么案了，竟要自首去？你别怕，我一人做事一人当。"

男女宿舍是一栋房子，中间被过道分隔开。这时女知青们也都来了，询问刚才发生的事。

有人问、有人答的时候，裴晓芸挤到曹铁强跟前，神色慌张地说："不好了！马团长给团部警卫排打电话，说咱们工程连的男知青聚众闹事，要警卫排立刻派三十个人来，还说，还说……"

曹铁强迫问："还说什么？"

"还说……全副武装,一级战斗准备……"

"你怎么知道?"

"我今天夜里看麦场,刚才经过连部门口。"

身材瘦弱娇小的裴晓芸,替男知青们担惊受怕得瑟瑟发抖。

沉默。

各种表情在一张张脸上变化着,每个人都预感到面临着威胁。

"你们……快躲起来吧!"裴晓芸比谁都焦急不安。

所有人的目光,同时集中在排长曹铁强身上,那些目光是复杂的。

"躲?……"他被这个字激怒了。这个字从一个姑娘嘴里说出来,而且分明是主要针对他说的,他觉得当众受辱。

"听着。"他对全排战士说,"事态是我扩大的,我还是刚才那句话,一人做事一人当。你们可以预先把我捆起来,等警卫排的人到了,将功赎罪!"

言辞刚烈,语气豪壮。这番话,是从小说里读到过的,还是看了什么电影印象太深记住了,连自己也闹不清楚。

大家被感动了。由感动而敬佩,由敬佩而义愤,由义愤而激发起一种类似"同仇敌忾"的情绪。这种情绪抵消了年轻人们本来就易于丧失的理智。而丧失理智有时是件痛快的事。

"排长你说的算什么话?!把我们都看得胆小如鼠吗?!"

"警卫排有什么了不起?比这严重的事件我们经历得多了!"

"与其在这儿瞎嚷嚷,等着警卫排的人来,像抓犯人似的一个个把我们抓走,莫如跟他们大干一场!"

"对!咱们去打他们的埋伏。"

于是,在"文攻武卫"中培养起来的盲目英雄主义的驱使下,他们匆匆穿好衣服,拥出了大宿舍,各人找到可以当作武器的物件,集合起来，向村外而去。女知青们也不肯错过这一表现英雄主义的机会，纷纷跟了去。只有几个没有去，她们赶紧跑向连长和指导员那儿报信。

离连队十几里远的山坡下，他们埋伏在公路两旁的小树林中。

不久，一辆卡车从山路上缓驶下来，工程连的战士齐声呐喊，冲出树林，包围了卡车。车下，铁锹钢叉，横握竖举；棍棒锄头，左右相逼。车上，警卫排的枪口，也指向了工程连的战士们，双方剑拔弩张。

一触即发的关头，有人策马从山上飞奔而下。

来人是老政委孙国泰。马头几乎碰上了车头。他才猛勒马嚼，勒得那马竖起前蹄，打了个立桩。

"给我把枪都放下，妈妈的！"他两眼闪亮，样子十分可怕。

警卫排的枪纷纷挎到肩上去了，但有人还不服气，说："我们是奉团长的命令……"

"现在命令你们的是我政委孙国泰！谁再啰嗦，我叫他就地挺尸在这里！"老政委从腰间嗖地拔出了枪，用枪筒在卡车驾驶室的铁顶上砸了一下，向司机喝道，"你给老子把车开回团部去！"

司机乖乖地掉转车头，卡车顺原路开回去了。

老政委长长地吁了口气，跳下马，扫视着工程连的战士们，问："谁带的头？"

"我。"曹铁强低声回答。

老政委走到他跟前，目光死死地盯在他脸上，又问："你是谁？"

"工程连男知青排排长。"声音更低了。

啪！一记耳光打在他左脸上，他的手刚捂住左脸，右脸又挨了一记耳光！

又有人骑马从连队的方向赶到这里，跳下马，双膝跪在雪地上，说出一句震动人心的话:"你们都是离家千里的孩子,你们要互相动武,就先打死我!……"

是指导员,当地剿匪战斗中立过一等功的英雄……

铁锹钢叉,木棍锄头,从一双双手中落地。

一片哭声惊扰了林中的宿鸟。

政委孙国泰一迈进工程连连部,就指着团长马崇汉大吼:"马崇汉!老子毙了你!"

……

这件事虽然发生在知识青年刚到边疆不久,但曹铁强却永远也无法忘记。每每回想起,总还会产生不寒而栗的后怕。那时,自己多么缺少理智,多么鲁莽啊!他曾不止一次半夜三更从噩梦中醒来,浑身冷汗淋漓地想到,如果老政委那天夜里迟一步赶到,自己还会不会躺在这个知青大宿舍的火炕上?还有他们,他排里的战士,是不是也还会躺在火炕上,发出那么安然的鼾声?如果他和他们中的某些人,成了那次"英勇行动"中的不幸者,幸存的人今天将会怎样谈到他,谈到那次"英勇行动"呢?

他们会恨他的。

不幸者的父亲和母亲们也会恨他的。

如果别人成了不幸者而他自己是个幸存者呢?

那更加可怕,对他来说。

每天清晨出早操,他站在全排战士的面前,望着他们的脸,心中便会产生一种对他们的深深的内疚和愧意,恨不得跪在他们面前,请求他们的饶恕。

这种负罪感折磨了他的心灵若干年。虽然,他的任何一个战士都没有在他面前提起过当年那件事。也许大家都忘记了,也许谁也没有忘记，而是有意不提。但他自己却经常想在某一种场合，某一种时机，重提当年那件事。目的只有一个，希望大家痛骂他一顿，甚至暴打他一顿。

理智是年轻人在成熟过程中攻克的最后一个堡垒。攻克了，他们便成为能够掌握自己命运，也能对别人的命运施加影响的生活中的强者。这是要付出代价的。不过有人付出的代价惨重，相比之下有人付出的代价轻微罢了。付出代价的同时，他们也必然会丢掉对他们来说是十分有害的东西——轻举妄动和不计后果。

曹铁强正是从当年那件事中发现了自己危险的弱点，也正是从那件事之后，他成熟起来了。

当年的男知青排长成为今天工程连的连长，从某种意义上讲，"袭击警卫排事件"对他来说是一次"淬火"。经过那次"淬火"，他才成为一个具有钢一样的弹性和硬度的人。

但是其中的哲学，是不会从团长马崇汉的头脑中产生的。马崇汉因为当年那件事，受到了党内记大过的处分，而且被通报全兵团。如果将他今天主持召开紧急会议的动机再深剖一层，也是和当年那件事分不开的。

他希望，为兵团保留八百余名青壮年劳动力，能够被上级赞赏，撤销干部档案中的处分。而这关系到，兵团解体之后，他能不能重新回到部队去。档案中带着一次处分，他是没指望重返部队的。不能重返部队，他便只能落到一种无可奈何的境地——由团长变为一个农场场长。这无疑更加可悲。八百余名知识青年一走而光，将他这位团长弃留在北大荒，那岂不等于是命运对他的一种恶意捉弄和冷酷惩罚吗？

他今天的内心活动，可以用八个字概括——瞻念前程，意冷心灰。

不过这种内心活动并没从他脸上暴露丝毫。

他此时恍然醒悟,到会者们沉默的原因只有一个——在这么严峻这么重大的问题上,他们要首先知道政委是什么态度。

他意识到,自己十年来那种在任何事情上都能左右局面,举足轻重的威信,今天面临了公开的挑战!甚至怀疑他自以为曾有的威信,根本就没存在过!

他感到一种惆怅和悲哀。

而政委孙国泰刚才的发言又是对他那么不利!

工程连连长曹铁强又分明不把他这位团长的意志放在眼里!

他现在毕竟还是团长!纵然八百余人的去留他决定不了,一个连长的命运他还是可以决定的!"交代工作",只消他一句话,就可以拖住这名哈尔滨知青三天,叫他终生后悔!

难道这哈尔滨的小子就毫无顾忌吗?他怎么敢?!

马崇汉盯着曹铁强正要说句什么有分量的话,一个女人突然闯进会议室,身后跟进两个女孩。

是他的妻子和女儿。

马崇汉好不惊诧!四天前他打发她们回老家,怎么这会儿又做梦似的出现在他面前了?

"把宿舍钥匙给我。"妻子向他伸出一只手。

"你……车票丢了?"他怔怔地问。

"根本就没买到火车票!"妻子大声嚷嚷,"要不是在黑河碰上个熟人,连长途汽车票也别想买到!我们娘儿仨好不容易挤上一辆长途汽车,开出黑河镇不到两小时就被知识青年给截住了。嫩江县城、火车站,返城知青像逃荒,连大车店都住满了!我们娘儿仨……火车站蹲了两天……跟你来到兵团,可倒了八辈子霉!待不下,走不了,亏你还大小是个团长呢！呜呜呜……"

团长妻子放声哭起来。

公务员小张拎着几只暖水瓶走进来。马崇汉心烦意乱，拿起水杯朝小张递过去。好像胸膛内有干柴烈火在燃烧，他觉得口焦舌燥。

"水房锁着，到处也找不见烧开水的人。"小张嘟哝地说明没打来水的原因。

"岂有此理！"马崇汉把手中的水杯高高举起，狠狠摔在地上，啪的一声粉碎了。

小张一反往常对团长的敬畏，大声说："少来这套，我不侍候你了！"说罢，扬长而去。

马崇汉脸色青了。他的目光又瞪向妻子，从衣兜里掏出串钥匙，扔在她脚边。妻子怯怯地瞄他一眼，赶紧弯腰捡起钥匙，扯着两个孩子离开会议室。

电话铃响了。

郑亚茹也瞄了团长一眼，走过去拿起听筒，低声问："找谁？……"接着把听筒递给团长。

马崇汉皱着眉头接过听筒。

对方问："你是马团长本人吗？"

"我是马崇汉！"他粗声粗气地回答。

"马崇汉，听着！你召开的这个紧急会议，不必再开下去了！"

就这么两句，口气像"最后通牒"，一说完，对方就挂上了电话。

马崇汉拿话筒的手剧烈地抖动。许久，他才扫视着大家，沙哑地说："有人把我们开这次会的内容泄露了。"接着，严厉地问，"谁会议期间打过电话？或者，接过电话？"

"我接过一次电话。不过，是长途。"曹铁强回答。他这时站了起来。

"长途？……"马崇汉根本不相信地追问。

"是长途。"曹铁强很镇定地回答。

尽管他很镇定，尽管大家对召集这样一次会议内心各持己见，但目光还是同时质疑地射向了他。政委孙国泰，也严肃地望着他。

"好像……有什么情况！"郑亚茹突然离开窗口，走到会议室门前，同时推开了两扇门。

一股寒风灌进来，将雪粉扬在人们脸上。几扇没插上的窗子被这股寒风吹开了。开会的人们，或从窗口向外望，或从门口向外望，但见不计其数的火把，分成几队，从山坡上，从荒原上，从公路上，从四面八方，朝团部汇聚而来……

## 三

裴晓芸站岗两个多小时了，再过一小时，就该下岗了。

但她这会儿就已经快被冻僵了。

"黑豹"也感到了寒冷，它开始在雪地上兜着圈子奔跑。它身上发出的热量结成霜，染白了黑皮毛。

"'黑豹'！"裴晓芸把狗唤到身边，弯下腰对它说，"回去吧，'黑豹'，回去吧，回到连队去吧！到大宿舍去，趴在炕洞前，那多舒服，多暖和，何苦陪着我一块儿挨冻呢？"她简直是在哄它，像在哄一个人。

"黑豹"瞪着那双善于和人交流情感的眼睛瞅她，分明听懂了她的话。它的眼睛追随着她的目光,也朝连队的方向望去。

"瞧,最南边那一排灯光,就是大宿舍!"她又低下头对它说了一句。

"黑豹"却一动也不动。它的身子忽然抖了一阵,又开始在雪地上奔跑。

她望着它,拿它毫无办法地摇摇头。

月亮好像挂在原来的地方,一寸也没移动。但月面已不那么明净,变得朦胧了。夜空的蓝色加深了,深蓝混合着漆黑。夜空似乎被来自宇宙之外的某种自然力量所压低。

起风了。这风是突然刮起的,异常猛烈,而且辨不清方向,朝她迎面横扫过来。她侧转身,弯下了腰。

风过之后,四野顿时迷茫。

"黑豹"在奔跑中突然站住,昂着头,略显不安地瞭望着荒原。

在荒原的尽头,在寒夜神秘而威严的幽远处,一场大暴风雪狰狞地注视着生产建设兵团的女战士和这只狗。

然而她并没有预感到什么威胁,她在瞧着那只狗。

"黑豹"使她又想到了他……

也许因为她和他不是同一个城市的知识青年?也许因为她和他不是同一批来到北大荒的?也许因为她是全连姑娘中最其貌不扬、最沉默寡言的一个?也许因为她是一个政治上有"特嫌"的歌唱家和某个大学里的"反动讲师"的女儿?……他不曾注意过她。而她,也从来不敢主动接近他,主动跟他说一句话。因为,他是威信很高的男知青排排长,是全连最英俊的小伙子。

年轻人们,小伙子也罢,姑娘也罢,总是希望从自己身上发现某种值得自信的东西——高于别人的威望、渊博的知识、受人赞扬的品质、友好相处的人缘、家庭出身优越、政治有前途，甚至，包括俊美的容貌，等等，一点儿值得自信的东西也没有，这样的年轻人便会离群索居，产生自卑感。

裴晓芸在所有人的面前都会产生这种自卑感，她有时甚至自己鄙视自己。

她身上半点值得自信的东西也没有，连一个少女最可自慰，最起码的那点儿自信——容貌方面的自信都没有。

她到北大荒以后，从来也没有像其他的姑娘那样，偷偷拿面小镜子自己端详自己，欣赏自己。她认为自己是个半点可爱之处都没有的丑姑娘，一只丑小鸭。

是啊，她的身材那么瘦弱，小手小脚的，像是发育不良没长开似的。她那张小女孩般的脸上，永远笼罩着悲哀的愁云，一接触到什么人的目光，她便会情不自禁地立刻垂下睫毛，掩住那双怯生生的眼睛。

一方面，她因为自己是那么不引人注意而自卑。另一方面，她又但愿任何人在任何场合下都不注意到她的存在。有天中午下暴雨，男女知青跑出大宿舍，遮盖土坯。苫席不够用，她把自己身上披的雨衣也盖到土坯上了。她在暴雨中淋得像一只落汤鸡，衣服裤子紧紧地贴在身上，模样滑稽而可怜。他不禁多看了她几眼，她竟像被一只大猩猩所注视似的，吃惊地呆愣了一刻，转身而逃，令他大感不解。那天他才知道，女知青排还有这么个叫裴晓芸的上海姑娘，才十六岁，在全连知青中年龄最小。但她也并没有从此引起他多注意一点。而她，后来则更加有意地处处回避他。

就在那一年冬季的一天半夜里，全连紧急集合，男女知青都拉出了连队，一气儿跑了十多里路远。演习紧急集合，大宿舍里是不许开灯的，手电筒也不许打亮。

跑步急行军途中，又演习了一次"围山搜敌"。

曹铁强是演习行动的总指挥，在大家都已经搜索到半山腰时，他回头望了一眼，见有人刚跑到山脚下，艰难地踩着没膝的深雪向山上攀登。

"那是谁？快跟上来！"他大声喊。

落伍者摔倒了，而且没有立刻爬起。

他跑到那人跟前才认出，是她。

"跑一段路就受不了啦？别那么娇气！都像你这个样子，打起仗来怎么办？"他有些生气，对她大加训斥。他拉着她的一只手，将她从雪窝里拽起来，也不管她跟得上跟不上，几乎是粗暴地拖着她往山上跑。

她一声不响地被他拖着跑了一段山路，又一个筋斗跌倒在雪中。

"你别装熊，快起来！自己跟上去！"他更加生气了，索性放开她的手，那语气完全像在战斗中，呵斥一个无能的士兵。

"我……我的脚……"

"你的脚怎么了？"她扒开埋住双脚的厚雪，甩掉两只手上的棉手套，双手攥成拳，使劲擂自己的双脚。

借着月光，他这才发现，她穿的竟是一双网球鞋！

他怔住了，半天才说出话："你……怎么穿着这样一双鞋？"

她没有回答，她不再擂自己的脚了。她的双手忽然捂住了脸。她的肩头开始轻轻耸动着，她无声地哭了。

他猛地弯下腰，将她再次拉起，强行背上，朝山下就跑。

"不，不，我不！冻掉双脚，我也要……"她挣扎着，拳头擂着他的背。

他并没有放下她，任她的拳头一下接一下地在自己背上擂打。他背着她深一脚浅一脚地跑下山，接着跨开大步朝连队跑。十几里路，他的脚步毫不减慢，越跑越快，径直背着她跑进女宿舍，将她放在火炕上，拉亮了灯。

她那张小脸哭得如同泪人儿一般，泪水在她脸上结成薄冰，一缕鬓发冻在她的脸颊上。

他呼哧呼哧地大口喘气，汗湿透了衬衣和绒衣。

"别动！"他对她说，摘下帽子，扔在炕上，拿起一只脸盆，转身奔出宿舍。他从外面端进一盆雪，她果然一动未动地垂着双脚坐在炕沿上。

网球鞋和她的双脚冻在一块儿了，他无法替她脱下来。

"剪刀！"

她茫然地瞧着他。

"你的嘴巴也冻住了吗？我问你有没有剪刀！"

她默默地朝摆在窗台上的一只小木箱指了指。

从小木箱里取出一把剪刀，他从她脚上剪下了那双网球鞋。接着，小心翼翼地剪下了她的袜子。他将她的双脚按在雪盆中，迅速地用雪搓起来。

他一边搓她的脚，一边抬起头，瞧着她的脸，低声问："疼吗？"

她垂下了睫毛，只吐出一个字："不……"

"不疼才糟糕！"他更快地用雪搓她的脚。

一盆雪搓化了。

"这会儿开始疼了吧？"

"不……"

"还不？有没有……像被火烧一样的感觉？"

"有……一点点……"

秀　发

"冻掉双脚，在北大荒可不是没有过的事！小时候我的脚也冻过，我妈妈就像这样子给我搓。"他从毛巾绳上扯下条毛巾，要替她擦脚。

"别，那不是我的毛巾。"她用轻微的声音说，这时才怯生生地看了他一眼。

他的目光不禁注视在她脸上，心中实在不可理解，这种时候，她为什么还会对生活中的这般小事如此认真。

"那是我们排长的擦脸巾。"

"那又怎么样？"

"她会生气的。"

"是你自己这样认为吧？"

她摇了摇头："她真会生气的。她对我和对别人不一样。"

"为什么？"

"因为……因为我和别人不一样。"

他不再问她什么了。他心中明白了。他缓缓地将郑亚茹的毛巾搭在毛巾绳上。

"边上第三条毛巾是我自己的。"

他取下了她自己的毛巾。

"让我自己……"她向他伸出一只手要毛巾。

他没给她，他轻轻地替她擦干了双脚，慢慢解开自己的衣扣，撩起绒衣和衬衣，半裸出宽阔的结实的胸膛，将她的双脚暖在自己胸上。

"啊！不，不！……"

她慌乱起来，她骇然了。她欲缩回自己的双脚，他用绒衣将她的双脚包裹住，紧抱在怀里。

"别动！"语气那么严厉，同时瞪了她一眼。

她挣动了几下，没有挣回双脚。他的手那么有力！

她的脸红极了,她一下子用双手捂上了脸。

"当年我妈妈对我也是这样做的。"第二次提到他的妈妈,他的语调中流溢出一种深情。

她还能再有何种表示呢?还能再说什么呢?

她一动也没再动,双手依旧捂着脸。

渐渐地,她感到自己的两只脚恢复了知觉,温暖了,也开始疼了。他胸膛里那颗年轻人的心强有力地跳动,传导到她的心房。她自己那颗少女的稚嫩的心,也仿佛刚从一种冷却状态中复苏,怦怦地激跳。

许久许久,他们之间没有再说一句话。

一滴泪水,从她的指缝中滴落下来,随即,又是一滴,又是一滴……

是因为过分受感动?是的,当然是。但泪水绝不仅仅是因为受感动而倾涌,还因为……他提到了他的母亲,用那样一种深情的语调提到他的母亲。

而她却从未领受过母爱的慈祥和温柔。为了领受一次,她宁肯自己的双脚被冻掉!

同样的做法,这北方的小伙子从他母亲那里学到,施加于她,诚挚之中带有几分强迫。

如果是母亲的话,她起初心理上会产生慌乱和骇然?

区别就在于此。虽然深受感动,但也触碰到了她的隐衷。

她那颗少女的心不但稚嫩,而且那么细腻。所有细腻的情感都被她的双唇封锁在心里。因此,她的内心世界比别的姑娘更加丰富,也更加充满矛盾和变化。

这样的一颗心当然不是他所易于了解的。他发现她在落泪,问:"你怎么又哭起来了?"

这时，外面响起一片纷乱的脚步声，夹杂着吵嚷。紧接着，门开处，女排的姑娘们拥进宿舍。她们一见他在女宿舍中，他和她那种不寻常的样子，都呆呆地站立住，用猜疑的目光望着他们。

在众人的目光之下，她显出无地自容的样子，仿佛自己是个小偷，被当场逮住。她猛地从他怀中收回双脚，窘迫而羞涩。

"用被子包上脚。"他平静地对她说。转过身，问姑娘们："你们这样看着我干什么？"

没有谁回答他的话。

"简直是拿着弟兄们开玩笑！演习演习，半路上丢了战备演习指挥员！"

"不是丢了，咱们大排长准是叫敌人俘虏啦！"

男宿舍传来发牢骚的怪话和嘻嘻哈哈的笑声。

郑亚茹最后一个走进宿舍，她的目光在曹铁强身上差不多停了半分钟，然后，缓缓地转移到裴晓芸身上。

裴晓芸已经坐到火炕上，用被子包住了双脚。她低着头，不敢瞅姑娘们。

"哼！真丢人！"郑亚茹大声说了一句。

"你说谁？"曹铁强有点恼火了。

"我说谁，你心里明白！"郑亚茹向裴晓芸瞪了一眼。他的同班同学，当着所有姑娘们的面，对他说出这般带有侮辱性的话，使他感到格外不能容忍。他几步跨到她面前，咄咄地盯着她的脸，质问地说："我不明白！你今天非得当着大家的面对我讲清楚不可！"

"讲清楚就讲清楚！我说的不是别人，就是你！还有她！你们俩！趁着大家演习，你们两个跑回来，在宿舍里搞什么见不得人的勾当！"

"你……浑蛋！"曹铁强大吼一声，对郑亚茹扬起了拳头。但他毕竟克制住了自己,拳头并没有落下去。如果不是当着所有姑娘们的面,这一拳也许会落下去的。

"裴晓芸穿了一双网球鞋就跑了出去,你们知道不?她的脚冻伤了,如果不是我把她背回来……可你们,都想到什么地方去了!"

郑亚茹怔住了。

曹铁强指着一个姑娘说:"你,去把那盆雪水倒了!"又指着另一个姑娘说:"你,去把卫生员找来!"

两个姑娘不知是慑服于他的恼怒,还是出于同志之间的义务感,彼此望了一眼,一个服从地去倒那盆雪水,另一个立刻转身去找卫生员。

其余的姑娘,都向裴晓芸围拢过去。

郑亚茹独自站在原地,显得极尴尬。

"你和我的关系,并不比别人特殊,不过曾经是同班同学,你没有资格像刚才那样对待我!"曹铁强冷冷地对她说完这番话,愤愤地离开了女宿舍。

郑亚茹慢慢走到自己的铺位前,呆立了一会儿,突然扑倒在火炕上,抱着自己叠得四四方方的被子,哇的一声大哭起来。

"排长,都是……都是我不好,就算他刚才的话,是对我说的……"裴晓芸望着排长,心里感到无比内疚。

"你别装好人!"郑亚茹倏地坐起身,对裴晓芸狠狠地嚷了一句,之后又倒下去抱着被子哭。

有几个姑娘赶紧过来劝排长。

从那一天起,女排所有的姑娘都看得出来,排长对裴晓芸更加冷漠了,好像排里从此不存在裴晓芸这个人了似的。她们也看得出来,她们的排长和男排排长之间,以前那种比别人亲近的同学关系中,出现了一道看不见的屏障。

而裴晓芸和曹铁强之间，又恢复到了那种几乎谁都不接触谁的关系。

然而，裴晓芸多想找个时机对曹铁强说句感激的话啊！即使仅仅从情理上讲，这样的话也是应该对他说一句的。可是，每当她和他单独在一起，还没来得及开口，郑亚茹便会忽然出现。能够和他单独在一起的机会又是那么难得！

春节前，连里不知出于何种安排，对每一个请假回城市探家的知青，都毫无例外地批准。也许是出于对知识青年的体贴和关怀吧！知青先后离开连队。最后，男排只剩下了一个人——曹铁强，女排只剩下了两个人——郑亚茹和裴晓芸。裴晓芸知道，排长所以迟迟没有动身离开连队，一定是想和曹铁强结伴探家，同去同归。可曹铁强为什么迟迟不回城市探家呢？他舍不得他养的那只小狗？也许是的。他那么喜爱那只狗？她哪里知道，出于对她的同情，他决定放弃那次探亲假了。他不忍心将知青中的一个小阿妹，孤独地撇在连队。

她和排长两个人住在空荡的宿舍里，却谁也不理睬谁。在排长郑亚茹面前，裴晓芸更自卑。排长是一位军队干部的女儿，正牌的"红五类"：排长是老初三毕业生，在学校成绩优异，据说要不是因为"文化大革命"，学校要保送她上重点高中呢；排长是市红代会常委，来到北大荒之后，还被请回城市参加过一次红代会常委会；排长在全排姑娘们眼中是具有男性威严的；排长是在全团名声响亮的人物；排长是很美的，高于一般姑娘们的个子，飒爽的身姿，乌黑而浓密的短发，裹着一张椭圆形的五官端正的脸，两条眉毛不但细而长，还很英气，一双丹凤眼，总是投射出自信的矜傲的目光。

女排的姑娘们，谁都知道，她们的排长在暗暗地爱着男排排长曹铁强。天生一对，地产一双，大家都这么认为。但也有姑娘对两位排长之间的关系发表过预言性的看法："两个自尊心都太强的人，是无法结为生活伴侣的。"这话是背地里谈论过的。

姑娘们都不能理解的是，她们的排长明明爱着人家，又总是随时随地有意无意在她们面前扮演一个无穷烦恼的被追求者的角色，尽管这种角色她扮演得极成功。

裴晓芸在这一点上却自以为是能理解排长的。"不会高傲，就不懂得爱情的艺术。"她忘记了自己过去曾从哪一本小说里读到这句话的。排长一定也读过这本小说，因为排长既会高傲，必然也就对爱情的艺术深通谙达了。

她非常希望排长也能理解她，哪怕一点点。非常希望自己能和排长处好关系——一般的战士和排长的关系，对她来说就很知足了。她不敢奢望比这更进一步的友好关系。她觉得自己不配，排长是什么样的人物！

两个人，按照同样的时刻，早、午、晚活动在大宿舍里，却彼此不说一句话，不正视一眼，这是多么别扭！有几次，她想主动张口和排长说话，排长却好像能够猜度到她的心思，每每在这时候走出去了。

其实，她最想对排长说的，无非只有一句话："排长，我是敬佩你的呀！我心甘情愿处处听你的吩咐，服从你的命令！"

就像一粒沙子含在河蚌体内，久经揉磨，变成了珍珠。这句话也是许许多多话在她内心经过无数次筛选的结果，这句话无论从任何意义上都是她的心里话。

排长竟不给她说出这句话的机会。

有天晚上，排长不知到哪里去了。她一个人百无聊赖地坐在火炕上，坐在窗前，把嘴贴在玻璃上，一口接一口地用哈气暖化玻璃上的霜花。

玻璃上渐渐哈出了一个可见夜色的小洞。从这个小洞,她朝外面窥望。有两个人在月辉下向宿舍走来,分明是排长和他——曹铁强。他们走到宿舍门前那棵大杨树下,同时站住了,对望着。

她向他走近了一步。他也向她走近了一步。

他们拥抱在一起了。

他们的嘴唇相吻了。

裴晓芸的脸倏地从窗前侧转开,双手下意识地捂上了那个小小的霜洞。

少女的心狂跳不已。

这是她第一次亲眼看到男女之间的情爱举动。她仿佛看到了自己所绝不应该看到的,愧怍极了,不安极了。虽然是无意中看到的。

她赶紧展开被子,钻进了被窝。用被子蒙上脸。

一会儿,听脚步声,知道排长走进了宿舍。

又过一会儿,灯熄了。

第二天,当她醒来时,见排长在捆行李。

"你醒了吗?"排长说。

她没有回答,一时不能相信排长是在对自己说话。

排长转身看了她一眼,又说:"帮我捆一下行李可以吧?"

不是在对她说话又是在对谁说话呢?她立刻从被窝里爬起来,顾不上穿衣服,也顾不上蹬鞋子,光着脚就跳到了地上。

"你先穿好衣服,别冻着。"

排长这种从来没有施舍给她的关心,令她深深地感动了。

她匆匆忙忙地穿上衣服,趿着鞋走过去帮排长捆行李。一根绳子,一人手里攥一头。

"用不着勒太紧,捆上点就行。"排长一边勒绳子,一边说,"我也要回去探家了,今天就走,和他一起走。"

她知道排长说的"他"是谁。

内心的欢喜反射在排长的脸上和眼睛里。排长的眼睛比以往更明亮,脸上焕发着娇红的光彩,洋溢着少见的柔情。排长的心境一定像早晨的花园一样!

而她自己的内心里,却感到一种空旷和苍凉。

从今天起,两个大宿舍,只剩我一个人了,她心中不禁这么想。

别人都有家可归,她没有家了,也没有亲人。在大上海,连一个亲人也没有。

帮排长捆好行李时,他来到了女宿舍,怀里抱着小狗"黑豹"。

"我们今天也要离开连队了,大宿舍就剩下你一个人了,我把它托付给你。"他像将什么贵重之物至诚相托。

她从他怀里接过"黑豹",抚摸着,一句话也没说,只是值得信任地点点头。

他默默地环视着女宿舍,问:"你怎么不回上海呢?"

"我……回去没意思。"她故意用一种平淡的语调回答他,并且,对他微微笑了一下。

她不愿因自己的凄婉处境破坏他们此刻的良好心境。但她的微笑并没有如她所愿。因为他从她那一现即逝的微笑中,分明细心地观察到了一种苦涩的意味。

"也许,'黑豹'和你在一起,会减少一点你的孤寂。"他对她这么说,目光是怜悯的。

听了他的话,她不禁低下头,将脸贴在小狗身上。

她抱着小狗,站在大宿舍门口,久久地目送他们所坐的马车离开了连队……

从那一天，大宿舍里就只剩下她一个人，和一只小狗。白天，她并不感到特别孤独，因为她还要和老职工们一起劳动。他们对她表示了种种关怀。他们，只有他们，才公正地、平等地把她看作几十万来到北大荒的知识青年中的一个。一个从小生长在城市而如今远离城市的女孩子，到了夜晚，那种孤独之感，才咄咄逼人。当外面呼啸起西北风，小"黑豹"就跃上火炕，往她被窝里钻，它也感到了孤独。

刚过完春节，他就从城市返回连队了，是全连第一个回来的知青。

那天中午，她正在宿舍里独自吃饭，忽听外面有人叫："'黑豹'！'黑豹'！"接着，是一声口哨。

"黑豹"愣怔了一下，立刻像支箭一般蹿到宿舍外面去了。她跟了出去，看见他拎着提包，站在男女宿舍之间的过道里。

"他在叫狗，并没有叫我。"见他将"黑豹"抱起，亲爱地抚摸着，她这样想。

他对她笑笑："我应该感谢你，小狗长大了不少！离开这么几天，我还真想它呢！"

同样是离别，他心中想的只是狗，一句话也不问到她。

她的心被挫伤了。她习惯地在他面前垂下了睫毛，一声不响地退回宿舍。

一会儿，他来到了女宿舍，送给她一些从家中带回来的糖、花生、瓜子。

"我不要，你自己留着吃吧。"她拒绝收下。她把这些东西视为他给予她的报酬，因为她替他喂养了几天小狗。

"这是我的一点心意。"他把那些东西放在火炕上，转身就走。

那天深夜，外面又刮起了西北风，像是一头怪兽在嘶叫。她躺在被窝里,难以入睡。她心中产生了一种莫名其妙的委屈,仿佛又受到了什么人的欺负。她哭了,开始哭声还很低微,后来哭声渐渐大起来,无法克制。

第二天早晨,她端着脸盆走到宿舍外面倒洗脸水,他跑步回来,拦住她,问:"你昨天夜里为什么哭?"

"我没哭。"她低下头,想绕过他身边走进宿舍。

他挡在宿舍门口,固执地问:"是不是你一个人在连队的几天里,有谁欺负你了?你不告诉我?我就不让你进去!"

她摇了摇头。

他又说:"你为什么不信任我呢?像信任一个大哥哥似的。你……简直不像一个女知识青年,像一个小女孩。我是很愿意在什么事情上帮助你的,真的!"

她还是默默不语。

"世界上有一样东西,对任何人都越多越好,那就是友情。"

听了他这句话,她渐渐抬起头,第一次那么勇敢地面对面地正视他的脸。

她的目光中既有信任,也有疑问。

他脸上的表情是真挚而坦率的。

于是,她喃喃地说:"我……怕……"

"怕?……怕什么?"

"怕……夜晚……"

"夜晚有什么可怕的?你不是已经一个人度过好多夜晚吗?"

"那些夜晚,有小狗和我做伴。现在你回来了,连小狗也不肯和我做伴了。"

他的心弦被她低声说出的话语拨动了。对面前这个出于怜悯而想给予一些关照的少女,他是多么缺乏理解啊!

当天,他在男女宿舍的墙上各凿了一个小孔,将一根绳子穿过小孔,抻到女宿舍来。

"你要干什么?"她瞪大眼睛看着他在这样做,很奇怪地发问。

他将绳子引到她的铺位前,绳子的一端交在她手中,说:"我在绳子那头拴了一个小铃铛,向大车老板要的,马铃铛,就吊在我头顶上。你睡时,手里握着绳子,做噩梦也不会感到害怕了,梦中我肯定会像天神一样降临你的身边,解危救难!"他因为自己竟想出这样一个哄小孩的主意,说完有点不好意思地笑了。

"你……真逗……"她也笑了。

她果然天天晚上手里握着那根绳子睡觉,果然从此不感到孤独,也不怕夜晚,不怕西北风的呼啸了。

知青们陆陆续续地返回连队了。绳子被她收起来了,小铃铛他送给了她。

他依然是男排的排长。

她依然是女知青中最沉默寡言的一个姑娘。

生活又回到了原来的样子。

虽然如此,她还是真实地感觉到生活对自己来说发生了些什么变化。这感觉是朦胧的。正因为是朦胧的,似乎发生了但又似乎并没发生的变化,才既令她入迷,又令她感到新奇。她是怀着连自己都难以解释清楚的微妙的心理,去细细体验这种新奇的变化的。她战栗地期待着更重要的变化某一天突然发生。她究竟期待的是什么呢?期待着一种什么意义上的变化呢?将会发生什么呢?怎样发生呢?……她什么都不能回答自己,然而她又的确体验到了什么,的确在期待着什么,的确被什么诱惑了。也许什么变化都没有发生?也许什么都不存在?

也许令她内心骚动的，不过是虚幻缥缈不可捉摸的憧憬？……

女排排长郑亚茹最后一个返回连队，她超假半个月。一回到连队，她就立即向党支部补交了一张诊断书，她在探家期间生病了。诊断书证明这一点，但女排的姑娘们却都看得出来，排长绝没有生过病。并不是从排长外在精神状态得出的结论，而是她处处不自禁地有所流露的内心情绪的真实色彩告诉了她们。一个姑娘若被许多姑娘加以研究，那她内心是难以隐藏住什么秘密的。何况，女排排长早就成为她的战士们的重点"研究项目"了。她们在对她加以诸方面的研究之后，已经积累了不少经验呢！经验告诉她们，排长准是在爱情方面获得了极大成功！不，更准确一点说，是在爱情的"拉锯战"中获得了决定性的胜利。那被征服了的一方，当然是男排排长曹铁强了。她们既替曹铁强惋惜（未免被攻克得太轻松了些吧！）同时，也不无对郑亚茹的嫉妒。瞧她不论说什么话做什么事时，那种自信劲儿！瞧她那双被内心的爱情之火燃烧得多么明亮的眼睛！瞧她浮现在脸颊上的那种幸福的红晕！瞧她独自呆坐，凝眸出神时那暗暗得意的模样！唉！唉！哈尔滨的小伙子那种刚愎和高傲哪儿去了？怎么就招架不住姑娘的一二个回合呢？在她们面前，他对郑亚茹像块百炼钢，说不定背着人时，就变成了绕指柔呢！小伙子们差不多都是这德行吧！

曹铁强的确是被征服了，被情愿地征服了，在和郑亚茹一块儿探家的短短十几天中被她征服了。有谁会想到，小伙子刚愎高傲的性格的茧衣内，包裹着一颗充满情感矛盾的心呢？又有谁能真正理解小伙子对北大荒的开拓事业那种特殊的崇敬呢？他的父亲和母亲，都是北大荒的第二代创业者。父亲原是东海舰队某舰的轮机班长，母亲原是哈尔滨军事工程学院医务所的护士长。父亲是随着十万转业官兵的行列来到北大荒的，当上了开垦雁窝岛的第一支垦荒队的队长。为了给垦荒队踏勘出一条道路，他牺牲在绵亘的大沼泽里，连遗体也无法寻到。母亲哭了三天。三天后，将刚刚背上小学生书包的儿子寄养在老上级家中，自己也坐上了北去的列车。母亲一到北大荒，就坚决要求到以父亲的名字命名的那支垦荒队去。她不久成为中国最早的几名女拖拉机手之一。她驾驶着父亲生前驾驶的那台拖拉机，追随着垦荒队，驰骋在北大荒。艰苦并没有把这个刚强的女性从男子汉们的队列中甩掉。她终于像父亲一样赢得了他们的敬佩，担任了父亲生前的职务——垦荒队队长。她是中国第一名女垦荒队队长。她曾出国参加世界劳动妇女联欢节。以后，她成为中国第一名女农场场长。曹铁强永远也忘不掉九岁时看过的一部影片——《英雄战胜北大荒》。他当时比看任何电影都更加被吸引、被激动。虽然，他没有从银幕上看到爸爸和妈妈，但顶着暴风雪向荒原挺进的垦荒队出现在银幕上时，他相信其中有一台拖拉机一定就是爸爸妈妈驾驶过的。他对北大荒的向往，他对垦荒者们的崇敬，就是从那时开始的。一个五六岁的小女孩，用手绢兜着种子，跟在父亲身后，向肥沃的土地点种……这是影片的一个镜头。他对那小女孩多么羡慕多么嫉妒啊！他在寄给妈妈的信中写上了这样一句话："妈妈，我要到北大荒去！"妈妈的回信很短："孩子，你要学好文化知识，你要长大以后再来！妈妈在北大荒等待着你！"他没有因为妈妈的信写得这样短而沮丧。他完全能够理解，刚刚建立起来的农场，需要创业者们做多少事情啊！何况妈妈不但是创业者，而且是农场场长……

　　他长大了。每天都带着一种迫切希望自己早些长大的心理一年年地长大了。母亲那封信至今他仍保留着，但母亲，却已长眠在地下数载了。

　　批判会。批判修正主义建场路线，批判"黑劳模"，批判中国第一个女农场场长。第一个，这本身就是一种罪过！哥白尼是第一个向全人类大声说"地球是绕着太阳转"的人，结果支持他的布鲁诺被教皇下令烧死了。除了耶和华，教会是不能容忍人类还在其他某方面产生什么"第一个"的。中国人虽然相信上帝的不多，原来却有许多人同样具有不能容忍"第一个"的劣根性。

对中国第一个女农场场长的批判形式是别出心裁的。父亲生前开过的那台英雄的拖拉机被用黑漆画上了"×"，母亲被迫驾着这台拖拉机来到批判会场接受批判。拖拉机像坦克一般冲乱了会场，碾过会台。母亲将拖拉机一直开到山崖畔，她纵身跳下了山崖……

这就是中国第一位女农场场长的结局！这就是十年动乱中发生在北大荒的一幕悲剧！

刚满十八岁的曹铁强没有哭。他在全校第一个报名要求到北大荒去，他要见识见识北大荒那一片吞没了他父亲的沼泽！他要知道母亲是从哪一座山崖跳下去的！他要擦掉父亲和母亲都开过的那台拖拉机上的黑"×"！他要告诉每一个北大荒人，他是谁的儿子，他来了！

他的要求竟没有被批准。

他哭了。只因为此。

代替父母像抚养自己的儿子一样抚养了他十年的恩人，母亲生前的老上级，哈尔滨军事工程学院一位当时也遭到政治厄运的副院长，陪同他第二次来到黑龙江生产建设兵团驻哈联络处。

老人大声质问："你们为什么不批准他？"

得到的回答是："因为他母亲的问题……还没有最后作结论，我们政审很严。"

"可他也是他父亲的儿子啊！他父亲的烈士碑还立在北大荒！"老人的手杖使劲捣着地板。

接待人员搓着手说:"我们……做不了主啊!"

"烈士的儿子,竟连继承烈士遗志的权利都被剥夺了!"老人叹息一声,突然拉起他的手,愤慨地大声说,"我们走!北大荒不要你,我带你到五七干校去!"

"等等!"那接待人员叫住了他们,走到他跟前,拍着他的肩说,"如果你决心到北大荒去,不批准你也可以去嘛!当年转战北大荒的十万官兵,都知道你的父母,都非常怀念他们……"

得到这种暗示,几天之后,他混在第一批奔赴北大荒的知识青年中间,乘上了开往最北边陲的列车……

虽然他是"混"到北大荒来的,但并没有因此被遣送回城市去。北大荒用沉默的诚意接收了他。只有他,才能体察到这种沉默胜过热情的诚意。一下火车,多少人在那一批知识青年中寻找他,握他的手,对他说"好好干",或者"别给你爸爸妈妈丢脸"。他们,有的认识他的父母,有的并不认识他的父母。他们都是《英雄战胜北大荒》中的那一代创业者。他们从十几里,甚至几百里地外赶来,只是要在火车站见到他,握一下他的手,对他说一两句话。他一个也不认识他们,连他们之中一个人的名字都没有记住。

他要求把自己分到雁窝岛,他的要求没费口舌便如愿以偿。可是,雁窝岛并不像他在《英雄战胜北大荒》中所见的那么荒凉了。那里已经建立起了农场。荒原已经被征服,吞没了父亲的那片沼泽,已经变成水库。来到雁窝岛的第一天傍晚,他独自伫立在水库闸坝上。赤红的晚霞燃烧着淡蓝色的水面,水面浮现出了父亲的容貌。父亲生前经常用口琴吹奏《水兵之歌》,他耳旁仿佛又听到了这支歌那充满火热激情的欢快节拍。口琴是父亲任何时候都揣在衣兜里的爱物,肯定和父亲一起沉没在当年的沼泽底了。父亲的碑就立在水库闸坝的一端,他沿着闸坝走到碑前，仰望着碑顶那台石雕的翘首的拖拉机，心中默默地说："爸爸，我来了！"他心中突然产生一种悲哀的遗憾。他但愿眼前没有这水库，而仍是一片狰狞的沼泽！对于吞没了他父亲的那一片沼泽，他心中是有种强烈无比的挑战情绪，甚至可以说是复仇般的征服意志的啊！但它却已经被征服了。不是被他，而是被别人！他扑倒在岩石碑座下，痛哭了一场。附近没有一座山。不必问什么人他也知道，母亲并非是在这里遭到了那次不公正的批判。有人主动带他来到了机车库，告诉了他哪一台是他父母生前开过的拖拉机，它已经旧了，但保养得很精心。在并列的十几台拖拉机中，它最洁净，黑"×"被用汽油认真擦掉了，还看得出被什么东西认真刮过的痕迹。

带他来到机车库的陌生人告诉他："这台拖拉机仍保持着当年的作业效率。"

此话对他是多么大的宽慰啊！

第二天，他悄悄地告别了雁窝岛。

他要在北大荒做一个像父母那样的创业者，而不甘仅仅做一个继业者！

于是他被重新分配到了最边远的刚刚开始组建的三团……

他也像所有的知识青年一样想念过家吗？想念过的，不唯想念，更其惦念。虽然军事工程学院的老副院长并非他的父亲，虽然老院长的女儿并非他的妹妹，但他们与他有着父子一样的兄妹一样的感情。多少个不眠之夜，他担虑着那善良而正直的老人将会进一步遭到什么迫害，担虑着那脆弱的、因小儿麻痹而残疾了一条腿的异姓妹妹的处境。

和郑亚茹一块儿探家回到城市后，他才得知老人确诊为肝硬化后期。他不忍离开他们了。假期一天天接近，他烦躁，他彷徨，他不知道自己应该作出怎样的决定才对。一天晚上,在省军区大院郑亚茹的家中,在她的房间里,在她关心而温柔的询问下,他向她讲起了自己的父亲、母亲,讲起了老院长父女,讲起了他对他们的感恩之情,倾吐了他内心的矛盾。他想要留在城市照料老院长父女,但又怕连队里的任何一个人都不会理解他,把他视为北大荒的"逃兵"。

他讲完才发现,她早已泪流满面。她忽然像个小孩子似的哭了。她是深深地被他讲述给她听的这一切所打动了。他第一次向她讲述了这么多这么多,而且讲述的都是内心最真实的思想和感受。她不仅感动,同时感激。同学三年。她那一天才知道,他有那样的父亲,那样的母亲!他能够把这一切都毫无隐瞒地告诉她,这足以证明,她在他心目中的位置,毕竟高于所有那些他所认识的姑娘们!

她擦干眼泪,盯着他,问:"今天你对我讲的这些,从没有对任何人讲过吗?"

他发誓般地回答:"没有。"

"如果不是我,换一个人,比如,另外一个你认识的姑娘,你也会把这一切统统告诉她吗?"

他沉默片刻,摇摇头:"不,绝不会……"

她对他的回答非常满意,低下头微笑了。

当她送他走出家门时,说:"你明天有时间的话,我希望能和你一块儿到江畔去走走。"见他犹豫,她又补充了一句,"我有重要的事和你商量。"

第二天,两人徐徐漫步在松花江畔。她默默地和他并肩来回走了许久,才靠着一根栏杆站住,告诉他,省里的几所大学已经开始试行招收工农兵学员,她要尽一切努力为他争取到一个名额。如果争取到了,他就可以有三年的时间,一边在城市学习,一边照料他的恩人父女了。他感激得紧紧握住她的手,不知说什么话才能表达自己的心情。

她听凭他握住自己的手,将脸侧转向松花江,瞭望着冰封的江面,说:"你应该明白,我是因为爱你才这样做的。"

他没有回答她这句话,但他在自己心中暗暗立下了誓言:我今后要开始爱这个姑娘,我再也不能挫伤她对我的爱情!

全连只有他一个人知道,郑亚茹超假半个月,是为他在城市多方奔走。

不久,连里收到了由团部转来的一份哈尔滨医科大学的录取通知书。

曹铁强要离开北大荒,去上大学了!消息在全连传开,所有的知识青年都感到意外。他们从那一天开始用另外一种眼光审视他了。那种目光向他表明,他们怀疑他过去是否值得受到他们那么多的尊敬。

他是怀着一种悲凉的心情离开连队的。

只有一个人为他送行——郑亚茹。

当夜住在团部招待所里,已经十点多了,忽然有人敲门。

他打开门,见门外站着一个陌生的知青。

"你是曹铁强?"

他点点头。

对方走进房间,说:"我想和你谈几句话,你接到了一份哈尔滨医科大学录取通知书吗?"

他迟疑了一下,点点头。他觉得并没有隐瞒的必要。

"你热爱医生这种职业吗?"

"……"

"你愿意毕业后还回到北大荒吗?"

"……"

秀　发

"你能够成为一名北大荒所需要的出色的医生吗？"

他生气了。反问："你是谁？我根本不认识你，你有什么权利这样质问我？"

对方缓慢地从兜里掏出一盒烟，缓慢地抽出一支，叼在嘴上。缓慢地擦着火柴，缓慢地吸了几口，眯起眼镜后面一双沉静的眼睛瞧着他，用缓慢的语调说："我叫匡富春，团部的卫生员。谈到权利，我不但认为我有这种权利，而且认为，任何一个北大荒人都有这种权利。北大荒需要医生，需要出色的医生。争取到一个上医科大学的名额是很不易的，如果被一个对医生毫无职业感情的人，或者被一个仅仅想利用上大学的机会离开北大荒，回到城市去的人占有了这个名额，那未免太令人失望和遗憾了！"

对方的表情和语气，都流露出毫不掩饰的嘲讽，甚至侮辱。但对方所说的这番话，又是那么理直气壮。令人丝毫也不能怀疑这番话有任何不光明磊落的企图或动机。

他虽然感到受了难以容忍的嘲讽和侮辱，但他还是容忍了。他第一次觉得在别人面前心中有愧。

对方又开口说："这个名额本是我争取到的。我曾给医科大学写过一封信，向他们反映了北大荒缺少医生的实际情况，并向他们提出请求，允许我去自费学习。我的祖父和父亲都是医生，而且是很出色的医生。我从小热爱医生这一职业。我向他们提出请求，没有任何个人目的，我只是想成为北大荒所需要的一名出色的医生。我相信给我一次学习的机会，我可以成为一名好医生。他们回信答应了我的请求。可是最近他们给我的又一封信中解释，由于某种原因，答应了我的名额，被我们团里的另外一个人顶替了……"

他怔怔地望着对方，一句话都说不出来。

135

"我并不想责怪你,更不想和你吵架。我只是来对你说,不管你是否已决定将来当一名医生,我希望你能珍惜这一次学习机会,希望你三年后还能回到北大荒来。北大荒需要出色的医生……"对方看了他一眼,缓慢地抬起手,用食指朝鼻梁上推了一下眼镜,没有任何告别的表示,一转身走出了房间……

第二天,他又回到了连队。

可想而知,郑亚茹对他这样做恼怒到何种程度!无论他怎样向她解释,都不能求得她的谅解。

他几乎是把匡富春对他所说的话一字不差地复述给她听,一遍又一遍,但却只能愈加激起她的恼怒。

"你多高尚啊!可我是为了谁?我在城市四处奔波,拉关系,挖路子,走后门,求爷爷告奶奶,就差没给别人下跪了!整整半个月,两条腿都跑细了,舌头都磨短了,为了谁?!团长心里记着你一笔账呢,根本就不同意让你上大学!也是我一次次跑到团部替你说情,装哭、耍赖,连一个姑娘的自尊心都不顾惜了。可你!你倒成了无比高尚的人,我倒成了顶顶卑劣的人了!高尚不过是一种自我表现欲,这一套我也会。我从明天起要每月给这个匡富春寄十元钱,写一封信,要写得情意缠绵,鼓励他为北大荒好好学习!他会比感激你更加感激我!……"

她果然说到做到,第二天就给匡富春寄出了一封信和十元钱。不过信中写了些什么,是否情意缠绵,他却不知道了。

他和她又一次闹僵了……

发枪了!

随着边境局势的恶化,全团几个重点连队,包括工程连,组建了"战备分队"。真枪实弹,代替了每天清晨出操训练时的木枪木手榴弹。

枪，比镰刀，比锄头，比拖拉机和收割机更使生产建设兵团的知识青年感觉到，他们不同于一般下乡插队知识青年的特殊价值。

这种特殊价值是他们每个人自我意识的支撑点。

他们早已不满足于一年四季仅仅播种和收获了。他们渴望着浴血战场报效国家的机会！

因为他们是生产建设兵团——战士！

当初，他们中许许多多的人，正是为了这两个字，放弃了到离家较近，生活条件较好的农村插队的机会，而千里迢迢奔赴北大荒的。

他们不怕死，只要能做英雄。

他们就怕平凡的生活，艰苦他们已经习惯了。习惯了的就是平凡的，而"平凡"对他们来说是一种软性的挑战。他们没有足够的耐力应付这种挑战。渐渐冷却的政治兴奋在他们身上转化成追求那种惊天地泣鬼神的英雄壮歌的激情。

但，并不是每一个人都有资格获得战斗武器。

枪，只能发给"红五类"。

这是内定的原则，但战备形势报告会上的动员令，却是向每一个知识青年发出的。

于是一份份申请书由班排长递交到连部。连部讨论通过的申请书，附上鉴定和意见，密封后报到团军务股审批。

裴晓芸也写了申请书。

那不是一般的申请书。

那是用指血写成的申请书。

别人，钢笔写的字，尽可表达对党对祖国对人民的忠诚和献身精神。但她不可以，她是入了"另册"的，她十分清楚这一点。

只有用血来表达。她想：一腔血都洒在战场上，乃是她心甘情愿的。在烈士队伍中,也许是没有"另册"的吧?她这样相信。

她没有按正常程序将申请书交给排长郑亚茹。

晚上,连部开会,讨论确定"战备分队"的战士名单。

老指导员一份接一份地翻阅申请书,忽然问郑亚茹:"裴晓芸没写?"

女排排长点点头。

指导员又问:"是不是写了没交?"

能不能被批准为"战备分队"的战士,和有没有这种要求,意义是并不相同的,每一份申请书,都要作为一种忠诚的证物入档案的。

"根本没写,或者写了没交,对她还不是一回事吗?"女排排长不以为意地回答指导员的问话。

"这不一样。"指导员很严肃。

"你有必要去问问她。"曹铁强看着郑亚茹说。

"我认为没有必要。"郑亚茹顶了他一句,坐着不动。

裴晓芸就在这时走进连部,将申请书交给指导员,立刻低着头转身走了出去。

指导员看着她的申请书,脸色肃穆起来。

申请书从指导员手中传到曹铁强手中,又从曹铁强手中传到郑亚茹手中。

"我们就最先来讨论这份血书吧!"指导员说完这句话,开始卷烟。这是他内心不平静时的习惯动作。

郑亚茹许久都没有放下那份申请书。虽然纸上仅写着五个字:我要一支枪。

曹铁强的目光盯着郑亚茹,举起了一只手。

指导员随即举起了手。

郑亚茹仿佛受到迫使,也缓缓地举起了自己的手。

第二天，曹铁强在食堂门口碰见裴晓芸时，对她低声说了一句话："连队通过了。"

裴晓芸的脸色霎时苍白，连薄薄的嘴唇也哆嗦起来。

她呆呆地望着他，半天才说："别骗我啊！"

"真的！"曹铁强对她微笑着，肯定地点点头。

然而发枪仪式那天，公布完了战备分队战士的名单——竟没有她的名字。

眼看着别人从指导员手中接过一支支枪，没等发枪仪式举行完结，她悄悄地转身离开了。

她一跑回大宿舍，就哇的一声哭了。

曹铁强也跟在她身后来到女宿舍，他想安慰她，却找不出能够安慰她的话。

一个在伤心地哭，一个呆呆地陪坐在炕沿上。

一会儿，女排的姑娘们都回到宿舍里了。被批准为战备分队的姑娘们，兴奋地哼唱着，说笑着，一个个将枪拉得哗哗响。

郑亚茹拿着两支枪走到曹铁强跟前，说："给你枪，我替你领了！"

他双手接枪时，她一字一句地说："我判断得果然不错，那里是庄严的发枪仪式，这里是默默的儿女情长。"

"就算你说得一点不错，那又怎么样？"他瞪着她。

"我能把你怎么样？你就是爱上她了，我也管不着！"

他站了起来，将枪朝肩上一挎，走到裴晓芸面前，说："打起仗来，我要用这支枪，从敌人手里为你缴获一支枪！"

裴晓芸转身欲朝宿舍外跑，被曹铁强拦住了。他扳住她的双肩，盯着她的眼睛，说："我爱你，听明白了？我爱你！"说罢，他在她唇上吻了一下，这才放开她，挑衅地扫了郑亚茹一眼，走出女宿舍。

他刚出门,裴晓芸晕倒了……

她接连在床上躺了三天,三天内没吃一口饭。卫生员来看过她几次,认为她没有生病,但心理受到了严重刺激。三天内,她憔悴得像一株枯黄的小草。

第四天,她起来了,吃饭了,和大家一起出工了。但不说一句话,像哑巴了。

曹铁强为此深感不安和懊悔。女宿舍只有她一个人在的时候,他来到女宿舍,内疚地对她说:"请你相信,我那天对你并无恶意,半点恶意也没有,我……"

"你当众侮辱了我!"她凌厉地打断他的话,"你并不爱我,你只不过是同情我,怜悯我,仅凭这一点,你就以为自己有权当众吻我了吗?就算你真爱我,你也没有这种权利!你曾问过我,我是否爱你吗?"

他像是在被审讯,狼狈极了。

她又说:"虽然你的同情曾使我感激,但从今以后,我不再需要你的同情了,更不需要你的怜悯。"

"我……我……"他情不自禁地握住她的一只手,要进行解释。

"别碰我!"她严厉地叫了一声,从他手中抽出了自己的手。

他默默地注视了她一会儿,退出了女宿舍,郑亚茹站在过道里,显然什么话都听到了,脸上浮现着幸灾乐祸的神情,对他冷笑……

夜里,他翻来覆去,难以入睡。

是啊,我爱她吗?爱这个瘦弱的,阴郁的,内心的自卑和高傲都那么强烈的上海姑娘吗?

同时他想到了郑亚茹。她是爱他的,这一点他毫不怀疑。和许多姑娘比,她身上自然有不少超群压众之处。他曾经以为自己是爱她的,他甚至无数次地迫使自己爱她。然而他却渐渐感觉到这样的爱竟成了一种沉重的负担。他总觉得她身上缺少些什么，也许还是最重要的什么。她并不缺少姑娘的温情。尽管别人如此认为，但那是不公正的。她曾给予过他多少温情啊！天理良心！她也绝不缺少美，缺少魅力。他不能不承认，她是个美丽的姑娘，即使和一百个姑娘站在一起，她也还是会吸引任何一个小伙子的目光。他也不能不承认，她身上具有某种特殊的魅力。更不能不承认，这种魅力常常令他心动。那么她身上究竟缺少的是什么呢？他还思考不清。她似乎像一幅大写意山水画，只可远瞻，不能近观，更不能细细审看。他与她几次和好，又几次疏远，却仍对她很茫然……

这一夜晚，裴晓芸也同样多思少眠。

她为自己对他说的话而追悔莫及。

她是爱他的呀！

我的话对他是不是太过分了呢？如果我不对他说那些话，这爱情会不会变为可能的呢？如果仅仅因为我已说出口的话，伤了他的自尊心，可能而变为不可能，那我是一个多么愚蠢多么不幸的姑娘啊！他多么可恨！他为什么没有想到我也是有自尊心的呢？仅凭这一点就足以证明，他根本不爱我，绝不会爱我。啊，我太自作多情了，我和他之间根本没有什么可能……

回忆，这是一种特殊的精神享受，如果谁确有值得回忆的经历。内心的痛苦、感情的折磨、不公平的处境、破灭的希望、萌发的希望，种种希望变为种种失望后，心灵受到的极猛烈的冲击，这些经历，便是回忆对人具有的非凡魅力。尤其在谁认为自己获得了幸福之后。

今天，站在哨位上的裴晓芸，充满信心地认为自己是一个获得幸福的人。尽管此刻她正受到寒冷的威胁。

突然，她发现了出现在山林中、荒原上、公路上那几队火把。

"黑豹"竖起了耳朵……

四

最先进入团部区域的，是一辆马车。坐在马车上的人们举着数支火把，火焰被风朝后拉扯成不规则的三角形，仿佛像一面面燃烧的小旗。团部会议室门前宽阔的大道与公路相连。马车从公路拐上大道，马铃哗哗，毫不减速，带股来势汹汹、横冲直撞的劲头，有如驰骋沙场的古战车。它直抵会议室门口，老板子才高喝一声"吁"，猛刹住车，险些闯进了会议室。

二十几个青年跳下马车。火把的光在夜的胶卷上耀映出一张张若明若暗的脸，每一张脸的表情都那么严峻而冷峭，分不清男女。他们与从会议室走出来的人们对峙着。

三匹马，马腹剧烈地起伏着，喘息声短促而厚重，鼻孔喷出团团热气。它们贪婪地舔着雪。

政委孙国泰，走到一匹马跟前，在马身上摸了一下，像洗了把手似的。马身上汗如雨淋。

"你们，是哪个连队的？"他问。

他们谁也不回答。

"把马累成这样，你们于心何忍？"

仍没有人回答。

沉默，既流露出含蓄的敌意，也分明对他显示出客气。

他回头对站在身后的几位连长和指导员说:"你们认认,是不是自己连队的马车?"

"是我们三连的马车。"三连的大胡子连长说着走上前来。

"你们会后悔的!你们要对今天的行为所造成的后果负责任!你们每一个人!"他对他的战士们大声吼。

"到了这种关头,我们还考虑什么后果?"

"连长,别吓唬我们,我们不怕。"

"我们什么都不怕,我们豁出去了!"

……

这些话,在另外几位连长和指导员听来,简直等于挑战!等于公开蔑视他们所有人在连队中的威望,而且是当着团政委的面,他们都气愤了。

无论在任何情况之下,当对一个人的放肆,代表对一种领导权力的挑战时,被领导者们就将领导者们的意志统一起来了。

"我提醒你们,你们现在还是兵团战士,我现在还是你们的连长,在你们的返城手续上,还要我签字的!"三连长暴跳如雷。虽然,他不是一个知识青年,可刚才在会议上,他是准备为知识青年,为本连战士的命运大声疾呼地发言的。没想到,他的战士们此刻当众往他脸上抹黑!

"连长,你敢不签字,我们就剁掉你的手!"他的一个战士,慢言慢语地说出这话。说得那么从容镇定,说得那么轻松。但只有白痴才可能会把这样的话当成玩笑。

"住口!"三连指导员也从会议室走了出来,呵斥道,"兵团最高军事法庭还没有解散呢!"

"我把你捆起来!"三连长朝那个扬言剁掉他手的战士怒冲冲地走

过去。

"对,把他捆起来!他既然能说出这种话,就能做出这样的事!"另外两个连干部上前欲助三连长一臂之力。

"太不像话!"政委孙国泰突然极其严厉地说。

三连长站住了,转过身看着政委,不明白政委是在说自己,还是在说自己那个浑蛋战士。

"三连长,你把马卸了,牵到团部马号去喂料。"孙国泰低声对三连长吩咐。

三连长和指导员对视一眼,服从地去卸马。

孙国泰又对三连的战士们说:"大家熄灭火把,都进会议室来吧!"

他们互相望着,犹豫着。

"政委,你们不是还在开会吗?"一个细小的声音问,听得出是个姑娘。

"会议室容得下我们二十几个,容得下全团八百余名知识青年吗?"又一个声音紧跟着说,语调中不无嘲讽。

"我们没有必要进会议室!"第三个声音很强硬,口吻中透露着威胁。

政委沉吟着。他意识到,作为一个团领导,他平定眼前这种严峻局面的个人能力,也许比自己估计的还要渺小得多。

又有几路人,坐着马车、拖拉机牵引的木爬犁、卡车和二八型轮胎式拖拉机拖曳的挂斗,顺着团部大道朝这里汇聚而来。人嚷声,马嘶声,各种发动机的轰响声,粉碎了夜的暂时的宁静,搅乱了整个团部。

曹铁强发现三连的战士中有一个自己认识,便走上前低声问:"我们工程连也有人来吗?"

"全团知识青年统一行动,你们工程连的人会不来?"对方朝团部大道尽头小桥那里指了指,随后低声问他,"结果如何?"

"什么结果?"

"你们开的会……"

"无可奉告。"他应付了一句,匆匆朝小桥的方向走去。

是谁泄露了会议的内容呢?他边走边想,无论用多么充分的理由解释,这个人也要对今夜这场骚乱负责。可是,他自己却成了最被怀疑的人。开会期间,他接了一次电话。因为是长途,他才违反了会前宣布的纪律。电话是妹妹从哈尔滨打来的。先打到了连队,由连队转到团部电话总机,又由总机转到会议室隔壁的宣传股。是宣传股的小尤把他从会议室叫出去的。妹妹在电话里告诉他,父亲住院,病情险恶,很想念他,要他无论如何赶快回家一次,动身晚了,也许老人就见不到他了……虽然是长途,他也听得出,妹妹是一边哭着一边和他通话的。他很后悔,刚才在会上没有向大家作一番解释。在会上错过了解释的机会,便意味着永远错过了解释的机会。明天和后天,生产建设兵团将会在它的最后一页历史上记载些什么呢?……

小瓦匠是工程连第一个知道团部紧急会议内容的人。

他当时握着电话听筒呆住了。他立刻想到了家中无人照看的体弱多病的老母亲,半天说不出话来。

"哥哥,你倒是有什么办法没有啊!"

"消息……可靠吗?"

"绝对可靠!"

绝对可靠!他多年来连做梦都实现过无数次的返城希望,完全破灭了。

他……能有什么办法呢?

弟弟向他讨办法，莫如向自己的脚后跟讨办法。

从连部回到大宿舍，他失魂落魄地坐在炕沿上，如痴如呆。

"小瓦匠，你这又是怎么了？想老婆了吧？"

"老婆？他丈母娘还不知道在谁的腿肚子里转筋呢！"

"在我腿肚子里！"

"哈哈哈哈！……"

大家拿他逗乐开心。

"你们还笑。我这会儿想哭都哭不出来……"他的眼泪顿时唰唰地落……

生活是一个大舞台，每人都是这舞台上的角色。人与人之间的关系，按照生活的规定情景经常重新排列组合。

小瓦匠如今和刘迈克结下了亲如手足的友情。

当年的团警卫排排长，现在是工程连的事务长了。生活本欲捉弄他一次，却启迪了他对生活的悟性。团长马崇汉因为在工程连耍弄军阀作风受到兵团总部的党纪处分之后，警卫排长刘迈克也成了被奚落讥消的对象，在团部抬不起头来。团党委会上，政委孙国泰直截了当地提出，刘迈克不适合担任警卫排排长职务，并且严肃批评马崇汉用人不当。马崇汉自己也觉得，刘迈克的确成事不足，败事有余。继续将他留在警卫排，或者安排在团部机关，说不定今后还会给自己招惹什么是非。于是找他谈了一次话，婉言暗示，希望他自己能主动提出到基层连队去"锻炼锻炼"，并且向他保证，"锻炼"一个时期之后，还会把他再调到团部来。刘迈克不是傻瓜，听了团长的话，明白自己受到团长信任和器重的日子结束了。他只说了一句话："团长，您随便安置我好了！"第二天，就同时交了两份报告，一份提出辞职，一份要求下连队。收下两份报告，马崇汉内心很歉疚，他毕竟还是挺赏识挺喜爱自己提拔起来的警卫排长的。他希望刘迈克参加全团排以上干部军事常识训练班之后，再考虑具体到哪一个连队去，以此表示安抚。这样做，他觉得心头的歉疚轻松一些，面子上也抹得过去。自己提拔起来的警卫排长这么一个重要角色，岂能悄无声息地就被从团部拨拉到随便哪一个连队去？那也太有损于自己的威望了。作为一个领导者，威望乃是树立自己形象的基础，全部领导艺术的内核。只能不断增强，绝对不能稍有削减。尤其是在自己刚刚受到处分这一段"非常时期"内。刘迈克清楚团长的良苦用心，也很能体谅团长的处境。他违心地参加了军事常识训练班。训练班结束那一天，马团长作完总结报告后，似乎临时想到地说："有件与训练班无关的事，也在这里向诸位连长指导员们讲一下，警卫排排长刘迈克，主动提出要求下连队去锻炼锻炼。你们哪个连队缺少骨干，当场声明一下。晚了，小刘可就是待嫁的大姑娘，有主了！"他以为自己的话定会造成一种"争夺骨干"的气氛。朝坐在身旁的政委孙国泰瞟了一眼，心中暗想：你不是要把我提拔起来的人撸到连队去，借此机会在团机关拆我的台，不轻不重地整治我一下吗？那么就让你亲眼看到，我提拔起来的人，是很受各连队欢迎的哩！不料他的话说完良久，那些连长和指导员们，竟没有一位应声而起的，刘迈克这个知识青年鲁莽成性，桀骜不驯，他们早有所闻。何况他又无形中成了团长所推荐的人物，要了而不重用，等于扫了团长的面子。委以重任，又肯定会给自己添麻烦。权衡利弊，还是"礼让"了的好。

　　各连的连长和指导员，都沉默"礼让"起来，团长马崇汉在台上如坐针毡，尴尬极了。

　　"李连长，小刘到你们连队去怎么样啊？"马崇汉点起九连连长，慢腾腾地问。

九连连长站起来打着哈哈说:"团长,我们连……这个……这个……不是我们不欢迎,实在是这个……这个……"他并没有说出个什么来,就又坐了下去。

马崇汉皱起了眉头。

"许指导员,你们连哪?"马崇汉又点了十四连指导员。

"我们连?团长,我们连的骨干力量还比较强,是不是优先考虑一下其他连队。"十四连指导员姿态很高似的回答,连站都没站起来一下。如果团长"推销"的不是刘迈克这个知青,而是一台拖拉机,哪怕是台破的;或者一匹马,哪怕是匹瘸的,他也准不会有这么高的姿态。

这两个连队干部平时最听马团长的话,此刻却"拒人千里"之外,他坐在台上不能自持了。

"老马,这件事以后考虑吧!"政委孙国泰用商量的口吻对他说,分明在给他垫一块踏脚石,扶他下台阶。

他却不领这个情,他觉得自己不能当众领这个情。如果是别人从尴尬局面中解脱了他,他会很感激的。但对政委孙国泰,他非但不感激,而且产生了误解,认为政委不是在"拯救"他,是在有意刺激他,当众"将"他的"军"。

"小刘,刘迈克,你站起来。你自己说,你想到哪个连队去吧?你说到哪个连队,你今天就是哪个连队的人了,这个主我还是做得了的!"他不理睬政委,却把刘迈克也点了起来。

刘迈克本已处在一种如同当众受辱的地步,这时又不得不站起来。他感到自己像一件卖不出去的什么东西,在被团长"压价拍卖"。明明是"压价"也卖不出去的了,又要拿他强加于人。他紧闭双唇,一句话也不说,脸上红一阵白一阵。自尊心,被当众煎烤着。他过去以为自己是知识青年中一个非凡人物的那种骄矜的自信，在这一刻彻底被从心理上切除了！

曹铁强忽然站起来说："刘迈克，我们工程连欢迎你！"

这句话从曹铁强中口说出，使马团长大出所料，使所有的人都大出所料。连在台上点燃了烟斗的政委，也拿着烟斗忘记了吸，显出愕异的表情。马团长的目光，一会儿落在刘迈克身上，一会儿又落在曹铁强身上，他感到这么一来自己反而难于做主了。

曹铁强站起来说出这句话，也顿时后悔了。第一，他不是连长，也不是指导员，从职位上讲，他无权说这句话。连长指导员就坐在他身后，他说出这句话，既对他们很不尊重，又会使他们很被动。第二，刘迈克会怎样理解呢？所有的人会怎样理解呢？虽然，他绝非出于半点不良动机。作为一个知识青年，他不忍看到另一个知识青年当众受辱。他觉得那也是对他自己的一种侮辱，是对所有知青的一种侮辱。他必须维护知识青年的共同的人格不受亵渎。他是经常用这把尺子度量自己，也度量每一个知识青年的品格高下的。

刘迈克终于开口说话了："团长，我到工程连，其他任何一个连队也不去！"

说完，他离开了会场……

聚餐的饭桌上，刘迈克和工程连的连排干部们坐在了一起。他是心里憋着股劲，偏要和他们坐在一起的，而且偏要坐在曹铁强对面。但他并不看曹铁强一眼，像对面根本没有坐着曹铁强这个人。他的脸冷如冰霜，毫无表情。在聚餐气氛之下，这种毫无表情的表情，恰恰是一种与周围气氛形成反差的异常特殊的表情。这一桌，因为他在座，使每个人都感到很不自在。而这正是他坐到这一桌要达到的意图，给你们制造一点小小的不愉快，他心中暗暗报复地想。我刘迈克到哪儿也是刘迈克，今后领教你们！

当天下午，工程连的马车赶到公路口，有人在路边拦住了车——是刘迈克，身旁放着一只旧木箱，箱子上是行李。他将箱子和行李放到马车上，自己坐在马车最后边，不跟他今后的连长指导员说一句话，更没有理睬曹铁强，呆滞地望着团部渐渐离远……

马车进入连队，首先停在大宿舍门口。指导员对曹铁强说："小曹，你负责在大宿舍给他安排个铺位。"

"不必劳驾。"刘迈克扛着箱子，提着行李，一脚踹开宿舍门，猝然而入。

像从外面闯进来一个强盗，宿舍里的人看见他，立刻停止正做着的事，将目光投射到他身上。他们先是愕然，继而漠然，继而悻悻然、陶陶然。他分明是被"革职发配"，落魄到此。他们看出来了。他们觉得生活的安排真好玩。这令他们满意极了。

刘迈克谁也不看，如入无人之境。他那双蛮性未泯的眼睛，从北炕炕头扫到炕尾，又缓慢地转向南炕，从南炕炕尾扫到炕头。身子，未动一动。

只有南炕，还空二尺宽的位置，在炕头。那是小瓦匠的铺位。小瓦匠挪到炕尾挤了个能铺下半条褥子的地方。

刘迈克先放下箱子，接着把行李放在箱子上。走到那个空铺位前，摸了一下炕面，热得像炭火上的平底锅。炕席，蛛网似的，只剩几条席筋残连。

他犹豫着。

曹铁强走进来，他们默默对视。

"那地方好，预先给你空出来的。"谁冷冷地说这么一句。

刘迈克下了决心，将行李提起，放在炕上，慢慢解行李绳。曹铁强看他一会儿,转身走出去了。

刘迈克刚铺下褥子,曹铁强又走进来,扛着三块木板。

"把木板垫上。"他低声说。

是小瓦匠单书文在褥子底下垫过的三块杨木板。

刘迈克有点茫然地凝视着曹铁强……

工程连的男知青们,并不像他们的排长那样宽厚地对待"公敌"。晚上,一盆洗脚水从门顶扣下来,扣在刘迈克头上。

"昨晚是谁干的那件事?"第二天出早操,曹铁强向全排战士追究。

大家列队在他面前,没人承认。

"鬼干的?!"他目光咄咄地扫视着他们。

一个个都像聋哑人。

刘迈克从队列中站了出来。

"我,没必要挨冻吧?"他不卑不亢地说。

"你可以回宿舍。"曹铁强平静地回答。

望着刘迈克不慌不忙地朝大宿舍走去,曹铁强皱起了眉头。

"没有人承认,我就不解散你们!"把脸转向他们时,他又说。谁都从他的语气听出来,排长的犟劲儿发作了。

半个小时过去,有人开始搓手、跺脚、捂耳朵。

"立正!"排长高喊一声口令。

大家顿时肃立不动。

"排长……"小瓦匠怯怯地从队列跨出一步。

"你?"

"我……"

"行啊!你也从被人欺负学会欺负人了?"

"我……"

"归队!"

小瓦匠忐忐忑忑地退回到队列中。

"全排听口令,向右转,目标——宿舍,齐步——走!"

人人疑惑,不知排长会怎样惩罚小瓦匠,暗暗替他担心。

全排进入宿舍,南北两列,站立炕前。

刘迈克坐在两列之间火炉前的一块劈柴上烤破毡袜,毡袜散发出了一股难闻的怪味,他连眼皮都不撩一下。

炉盖上放只脸盆,哪个懒汉洗完脸没倒水,一截烟蒂绕着盆边作圆周运行。显然水在由凉渐热。

曹铁强将宿舍门敞开一半,从炉盖上端起那盆水,很悬乎地架在门框上。

刘迈克没抬头,目光从眼角瞥视着曹铁强,仍一动未动。

"你,去开门。"曹铁强盯着小瓦匠说。

小瓦匠朝架在门框顶上的脸盆瞅了一眼,怔怔地瞧着排长。

排长神色无情。

小瓦匠一步一步向门走去,走到门前,站住,缓缓地扭回头,眼中流露出哀求。

曹铁强表情凛然不变。

小瓦匠慢慢伸出一只手推门。

"住手!"曹铁强厉喝一声。

小瓦匠伸出的那只手没立刻收回,他像木偶似的僵立。

"把脸盆端下来!"排长又对他吼了一句。

小瓦匠一声不响地搬个木墩踏着,小心翼翼,双手把脸盆从门框顶上端下来。

"放回原处!"

小瓦匠端着脸盆一步一步走到炉前,轻轻将脸盆放在炉盖上。

"入列!"

小瓦匠看了排长一眼,站到队列中去。

所有的人都舒了口气。

"大家听着,再发生类似的事,我就以其人之道,还治其人之身!"停顿片刻,排长接着说,"我们不是被流放到北大荒的乌合之众,我们是兵团战士!以后,绝不允许谁敌视谁,绝不允许谁欺负谁,绝不允许谁坑害谁!我们应该学会自己管理自己。我们谁的父母不为我们操心?让父母和亲人少为我们操点心吧!解散!"

"哎呀,什么东西烤着了!"几个人同时叫起来。

刘迈克用木棍掀开炉盖,将烤着了的毡袜塞进炉膛……

挨饿……

兵团战士挨饿了。

一评小镰刀战胜机械化。

二评小镰刀战胜机械化。

三评小镰刀战胜机械化。

四评——小镰刀就是能战胜机械化。

第二年麦收时节,正值报纸发表社论:《发扬延安精神》,团麦收指挥部提出响亮口号——靠小镰刀夺丰收!

"靠小镰刀,可以兼收并得,既获粮食丰收,同时也获思想丰收。南泥湾时期有机械化吗?没有。解放区军民靠什么丰衣足食?靠镰刀!南泥湾精神今天过时了吗?没过时!我们就是要发扬光大南泥湾精神,通过劳动,体力劳动,而非机械化,改造我们的世界观!小镰刀和机械化相比，我们每一个兵团战士要付出更多汗水的！流汗是大好事，种种非无产阶级思想，都会和汗水一起从我们体内排出。也许有人认为，这是自讨苦吃。但这种自讨苦吃的精神，是光荣的精神，革命的精神，应该千秋万代永远继承的精神！自讨苦吃的精神万岁！……"

在麦收誓师大会上，马团长的动员报告气吞山河。广播线将他充满革命激情、革命信心的高昂而雄浑的声音，传送到各个连队。据说，又是政委孙国泰为首的几名党委委员，坚决反对。因此才产生了"四评"。又据说，文章是团长的秘书起草，团长亲自动笔修改才定稿的。每天天刚亮，《东方红》乐曲结束之后，团部女广播员甜美的声音便开始广播："全团指战员注意，全团指战员注意，下面广播重要文章，一评……"

从"一评"至"四评"，每天一评。以政委孙国泰为首的反对派，就这样被彻底评倒了。小米加步枪，不是战胜了飞机加大炮吗？小镰刀究竟能不能战胜机械化问题上存在的种种"糊涂思想"，就这样被评得人人明白了。机械收割，以手操纵拖拉机，成了很不体面的事。

《小镰刀万岁！》

团宣传队配合麦收下连演出，场场少不了这样一个赶排出来的节目。五男五女，十个宣传队员，手握镰刀，左翻右舞，伴以歌唱：

> 小镰刀，就是好，就是好，
> 思想革命化，谁也离不了，
> 发扬好传统，
> 它是一个宝，一、个、宝……

麦收战役，在《小镰刀万岁！》的歌舞中揭开了序幕。

　　喜看稻菽千重浪，
　　遍地英雄下夕烟……

汗，为播种洒下的汗水、为丰收洒下的汗水、兵团战士的汗水、廉价的汗水，渗透进北大荒的土地里。

这片土地，曾是荒凉的土地。

这片土地，也是肥沃的土地。

这片土地，吸收劳动者的汗如海绵吸水。

这片土地，报答劳动者的汗慷慨无限。

那是怎样的丰收在望的壮丽画卷啊！麦海泛金，一望无边，波翻浪涌，接天铺地。清晨，红日从麦海中跃出。傍晚，夕阳在麦海中沉落。

那是多么喜人的麦子啊！饱满的完全成熟的麦粒，整齐地排列在茁壮的麦秆上。连麦芒，也向收割者们显示出诱惑力。

那是怎样的收割啊！一人一把镰，一人一条"收割带"，用丈量尺划分。宽——一米，长——一百米？一千米？一里？一公里？两公里？……五公里，十里，最大的地块。一个连队的百十号人，分散在这样的麦地里，一到中午，赤日炎炎，前后左右，不见人影，但见麦海无边！谁也接应不了谁。手臂机械地挥运着镰刀，腰，弯酸了，疼了，麻木了。然而，谁也不敢直起腰或者躺下歇一会儿。

都怕"打浪"——成为落在最后的一个。

一旦落在最后，那你就会对丰收产生绝望，甚至产生恐惧。你会觉得被麦海所吞。尽管你不停地割、割、割，尽管一片又一片的麦子在你眼前倒下、倒下、倒下，但麦海仍然是无边无际的，你别指望有人接应你，谁也顾不了你，谁都在拼命地机械地割。即使有人只超你十米，你也休想赶上！劳动在每个人的心理上只造成一种体验——刑罚。劳动只剩下了单一的目的——摆脱这种劳动！你始终在割，你始终在追赶别人，你无论如何追赶不上，你永远是最后一个。你哭也罢，你喊也罢，你怒也罢，你骂娘也罢，你在地上打滚也罢，随你怎么样！分给你的那条"收割带"，你是必须收割完的。它那么长，那么长，你望不到头！仿佛你在不停地割，它在不断地延长！于是你会感到人的渺小、可悲、可叹、可怜，你会诅咒大丰收！你被这种惩罚式的劳动彻底异化了！

小镰刀，它像孩子抻牛皮筋一样，拽扯着人的意志，意志失去了弹性。

工程连也被拉到了麦收第一线，他们第一次参加麦收。他们握惯了锨、镐、钢钎和大锤的手，拿起小镰刀，眺望着无边无际的麦海，简直不知所措。他们割了半个月，连一块麦地的地头还没啃下来！这样的麦地划分给他们四块！

小瓦匠可悲地成为全连"打浪"的一个。第二十几天早晨，全连队都来到麦地边，一个个瘫软地坐在或者躺在麦捆子上，谁也不想第一个走入麦海。

不知哪连机务排的十几个人走过来，其中一个对他们说："小镰刀不是能打败我们的机械化吗？这会儿熊了吧？"

小瓦匠跳起来，破口大骂："放你妈的狗臭屁！是我们提出来小镰刀打败机械化的？"他是在发泄。

而他们，拖拉机手和收割机手们，何尝不更想找个时机发泄一下？他们也是和别人一样手握小镰刀战麦海的呀！他们认为他们更有理由发泄。

"这小子骂人,教训他!"他们围住小瓦匠,七手八脚将他抬起,抛向空中。小瓦匠落在几捆麦堆上,他们又将他抬起,又一次将他抛向空中。

小瓦匠爬起来,紧闭两眼,挥舞镰刀,朝他们乱砍乱劈!他们哄笑着逃走了。

小瓦匠继续发泄,从地上拖起一个个麦捆,东甩西扔,却没人制止他,大家都用呆滞的目光瞧着他。

曹铁强实在看不过眼,喝了一句:"你疯了!"

小瓦匠一屁股坐在麦捆上,呼呼地喘粗气。

有几个姑娘哼唱起来:

> 昏暗的油灯下,
> 我们想念着爸和妈,
> 迎着太阳出,
> 顶着月儿归,
> 劳累得像牛马,
> 谁来可怜我们这些城市娃?
> 爸爸和妈妈呀,
> 后悔当初不听你们的阻留,
> 到如今只有沉重地修理地球,
> 命运像苦酒,没有欢乐只有愁,
> 何日是个头?
> 何日是个头……

这支歌,当年曾在北大荒知识青年中怎样地流行过啊!它是知识青年自己谱写的。后来被批判为"反动歌曲",便没人敢唱了。

所有的姑娘们都肆无忌惮地跟着哼唱起来。

只有裴晓芸没跟着唱,但她的嘴唇也分明在动。

一个男知青扯着嗓子仰天怪叫:"啊!呀!呀!呀……"

"哈哈哈哈!哈哈哈哈!哈哈……"几个男知青搂抱在一起,狂笑着,在地上打滚,扑滚散了一捆捆麦子。

小瓦匠突然用镰刀往自己手上砍!边砍边发狠地嘟哝:"叫你割!叫你割!叫你割!……"

曹铁强倏地跳起,一把夺下小瓦匠的镰刀。

鲜血从小瓦匠手上涌出……

"我受不了啦呀!……"小瓦匠嘶哑地喊出一句,号啕大哭,像孩子般跺着两脚。

"卫生员!卫生员!……"曹铁强寻找着卫生员。

卫生员没来。他"自己解放自己"了。

曹铁强立刻从衬衣上撕下一条布,包扎小瓦匠的手。

他鼻子一阵发酸,眼泪唰地淌下来!

这时,姑娘们慌乱起来。郑亚茹呕吐一阵之后,昏倒了。

她这几天正是"例假"期……

全团耕地面积上的小麦,刚有百分之几收获到各个连队的麦场上,连绵的雨季开始了。实践证明了一条荒谬的"真理",小镰刀打败了机械化,彻底打败了机械化。几台企图发挥作用的拖拉机,一开进麦地边,就陷入了。像被剁掉了四条腿的蛤蟆,寸步难移。手持镰刀的收割者们,在每一步都深陷到膝盖的麦地里,艰难地跋涉着,抢收着。麦地一片汪洋!割下的泡湿了的麦子,只好用毯子、褥单兜回连队,摊在各家各户和大宿舍的火炕上。

收割者们眼睁睁地看着小麦在麦秆上发芽！

金色的麦海违反季节地变成了绿色的麦海！

放弃小麦！抢收大豆！麦收指挥部不得不改变原定的麦收方案，采纳了政委孙国泰的措施。

就在当天夜里，下雪了。

第二天，全团几百垧大豆被盖在雪被下，白茫茫一片大地好干净……

工程连，从麦收第一线撤下来了。知青们，一个个都折腾垮了，从精神到肉体。休息了两天，他们又接受了修筑战备公路的任务。繁重的体力劳动继续考验着他们的意志。抵御零下三十几度严寒的体内热量，靠的是每天三个馒头勉强供应着。面粉，是发了芽的潮湿的麦子，在团部加工厂连壳磨的。蒸出的馒头，是黑绿色的。生时揉不成形，熟了拿不成个，而且像切糕一样粘手。掉在泥土中，是不太容易寻找到的。

慰问信从各个兄弟团寄到三团党委，需要援助吗？精白面粉会无偿地从各条公路上运到三团来的。

不。不需要援助。

"我们绝不吃亏心粮！我们不能够靠兄弟团养活！我们要勒紧皮带。"

三团党委，代表它的指战员们，用如此有志气而豪迈的词句回答兄弟团的慰问。

马团长带头勒紧了自己的皮带，他每天都节约一顿饭。他明显地消瘦了，但是，他那革命乐观主义的精神，并没有稍减。

每天清晨,他都准时地来到团部广播室,亲口对着广播器朗读同一条语录:"我们的同志,在困难的时候,要看到成绩,要看到光明,要提高我们的勇气。"接着,播放这首语录歌。怨言,每个人都发过的,骂娘的人也不少。但同甘共苦,这种精神上和心理上的特效稳定剂,抵消掉了人们的抱怨情绪,阻碍了人们大脑的正常思考。

一天,兵团副司令员来到工程连施工工地视察。视察之后,将全连战士集合在一起,作了一次简短讲话。

副司令员说:"同志们,你们修筑的是一条很重要的公路。我亲眼看到,你们的劳动是很繁重很艰苦的。也亲眼看到了,你们吃的是什么。我,钦佩你们。我向你们致以军人的崇高敬意!"白发苍苍的副司令员,庄严地举起右手,向大家长久地敬军礼。

大家被深深地感动了。在那一时刻,大家忽然觉得,他们所受的一切苦和累,都是不值一提的了。

副司令员问:"哪位是刘迈克同志?"

刘迈克局促地站了起来。

"谢谢你,谢谢你向兵团总部反映了情况。"副司令员又向刘迈克敬军礼……

第二天起,各个连队的大喇叭里就不再听得到马团长朗读"最高指示"了。生活中忽然缺少了这种声音,人们也似乎并不觉得怎样寂寞。

第三天,一辆兄弟团的卡车开上山,车上满载一袋袋面粉和蔬菜。

公路中段,半山腰,要开凿出一个山洞,作战备油库。炸药代替了镐头。两人一组,轮番爆炸。不知曹铁强是不是有意的,将刘迈克和小瓦匠分在一组。排长这样分了,小瓦匠只好服从,不过心里挺别扭。

下班前最后一次爆炸，点了七炮，响了六炮。两人在山洞外等了许久，第七炮还没响。

"我去看看。"刘迈克钻进了山洞。

山洞里，烟雾刚消散出去，但还弥漫着火药味。刘迈克找到第七个炮眼的位置，见炮眼被炸下的乱石埋住了。

小瓦匠也跟进了山洞，冒冒失失地搬起一块埋住炮眼的大石头。已经燃烧掉一截的导火索，被乱石之间锐利的棱角切压住了，但并没完全死灭。小瓦匠刚搬起那块石头，它又嗤地冒烟了。

"危险！"刘迈克大叫一声。

小瓦匠扔下石头，拔腿就朝洞外跑，被另一块石头绊倒。

他发蒙了，不立刻爬起，反而闭上眼睛，双手捂着耳朵，身子贴地不动。

小瓦匠不知自己在地上趴了多久，却没听到爆炸声。他睁开双目，见刘迈克扑在炮眼上，口中咬着导火索。

小瓦匠赶紧跳起来，小心地抠出雷管，拔下了导火索。

刘迈克额头上沁出一层冷汗，他浑身瘫软，再也没有一点力气站起来了。他脸色苍白，头，一下子抵在乱石堆。

小瓦匠也一屁股坐在地上，怔怔地看着刘迈克。过了许久，他才慢慢站起，去扶刘迈克。

刘迈克从口中吐掉导火索，看了小瓦匠一眼，说："这件事你告诉任何一个人，我就揍你！"

一出山洞，刘迈克的双唇和半边脸肿了起来。小瓦匠扶着他回到帐篷，大家见状围住了他们，七言八语地询问。刘迈克不理睬众人，一步步走到自己的铺位前，将身子沉重地仰面躺倒，扯下枕巾盖上了自己的脸。

小瓦匠呆立了一会儿，转身跑出帐篷去找卫生员。

卫生员跟在小瓦匠身后赶来，从刘迈克脸上掀开枕巾，倒吸了一口冷气。

"被火药烧的？……"卫生员的脸转向了小瓦匠，"怎么搞的？怎么……会烧到嘴？……"

"我……"小瓦匠不知如何回答是好。

刘迈克瞪着小瓦匠，他脸上冷汗淋漓，眉头拧在一起。

曹铁强走进帐篷，走到刘迈克铺位前，俯下身看着刘迈克。

刘迈克在他的注视下，又用枕巾盖上了自己的脸。曹铁强抓住小瓦匠的一只手，扯着小瓦匠走到帐篷外。

"说！"

小瓦匠哇的一声哭了。

他心中是多么羞惭啊！扑在炮眼上的应该是他，受伤的应该是他，掩护别人的应该是他，应该是他小瓦匠！他不是对自己那么自信过，在危险的时候，自己肯定会表现得像个英雄人物吗？他不是曾经希望过生活为自己创造一次这样的时刻，让自己有机会表现出英雄的行为吗？他不是曾经对自己说过许多不怕死的话吗？这类豪言壮语不是都工整地写在自己的日记上了吗？他不是曾经那么神往地想象过，假如某一天自己英勇壮烈地牺牲了，他小瓦匠的日记，也会像张勇、金训华等烈士的日记一样，被千百万知识青年满怀敬意地去读吗？这种想象曾给他带来过多少不被人知的安慰！

小瓦匠啊小瓦匠，这个常常受到别人揶揄和奚落的弱者，这个在现实中常常对自身的价值产生悲哀的心灵苦闷孤寂的人儿，仅仅是靠着这样一种对英雄人物和英雄行为的想象，才能够在心理上获得一点点和别人平等的自我意识啊！

可是今天，连这一点点稳定自己心理天平的虚幻而又真实的东西，他都丧失了。

他的整个心理天平倾斜了。

他对自己彻底绝望了。

在危险的时刻，他成了一个可耻的逃生者，作出英雄行为的时机被别人占有了。

他简直觉得无地自容！

他哭得那么悲哀！

那是一种对自己悔恨到极点的大的悲哀。

可是排长并不能理解他的心情。

"别哭！"排长吼了一句。

小瓦匠猛然跑进帐篷，跑到刘迈克跟前，扑在他身上，边哭边说："迈克，迈克，我一辈子也不会忘记，是你救了我的命！从今往后，你，就是我的亲哥哥。我，就是你的亲弟弟。我们俩这一辈子都是亲兄弟，我要是做一件对不起你的事，天打五雷轰！……"

刘迈克的双臂，一下子紧紧搂抱住了小瓦匠。

盖在刘迈克脸上的枕巾微动着，他也哭了……

半个月后，刘迈克嘴角带着永不消失的伤疤，从团部医院回到了筑路工地。

小瓦匠对他说的第一句话就是："我把咱俩的铺位连在一起了。"

他会心地笑了。

来到工程连之后，他第一次露出这样的笑容。

曹铁强走进来之后，大家仿佛意识到了什么，纷纷退出帐篷。

帐篷里只剩下曹铁强和刘迈克两个人，他们面对面站着，默默地、长久地注视着对方。

谁也不清楚，是自己脸上的表情首先发生微妙的变化，感染了对方，还是被对方所感染。

他们同时很难为情地笑了。

生活，有时像一位父亲，有时像一位母亲，有时严厉，有时慈祥，有时不免粗暴，有时感情细腻，但它总是不忘自己的责任，开导着它年轻的孩子们。

……

马团长并没有彻底遗忘掉刘迈克。两年前，团里曾调过刘迈克一次，要他当团部招待所所长。他没有离开工程连，他已经和一个老农场职工的女儿组成了工程连的第一个知青家庭……

今天晚上，他怀了孕的妻子秀梅，安闲地靠墙坐在火炕上，一针一线地缝做小衣小裤。他自己，在给未出世的孩子做木马，他的木工手艺很不错呢。

一阵很重的敲门声将这个小家庭的宁静气氛破坏了。刘迈克放下手中的工具，开了门。

在他的小院里，站着全连的男女知识青年。他从他们脸上的表情判断不出发生了什么事情，一时并没有开口问话，而是等待着他们说明情况。

"事务长，连长和指导员都在团里开会，你是唯一的一个知青连队干部，因此，我们来告诉你，我们现在就要到团里去，都去。我们觉得……不告诉你不对。"

瞅着说话的人，他仍闹不明白到底发生了什么事，问："为什么都要到团里去？"

小瓦匠回答他："迈克，我们大家都正在被蒙骗啊！"

"蒙骗？谁蒙骗我们？"

"团里。再过三天,就停止办理知识青年返城手续了。可是团里要封锁这个消息,不让全团的知识青年知道。连长和指导员在团里开的就是这个会。对我们大家,只有明后两天的时间了!"

刘迈克不禁"哦"了一声,他想了想,又问:"团里不太可能这样做吧?"

"迈克……你,这都什么时候了,你还不信!……已经有好几个连队给咱们连的知识青年打了电话。今晚,每一个连队的知识青年都会到团部去的,这是一次统一行动。我,今天晚上要代表咱们连队每一个知识青年的意志……"

"你?……"刘迈克看着小瓦匠,一时不知自己对这样一件事该表示什么样的态度。

"是的。"小瓦匠点了一下头,"迈克,你知道,我是……非常懦弱的。但团里这样做,对我们知识青年太不公正了。你难道想象不到这意味着什么吗?会有多少像我这样的知青,他们家里正有像我的母亲一样的老母亲,或者老父亲,正在眼巴巴地盼望着他们回到母亲身边,给予父母一些照顾啊!今天,我要代表大家的意志,并非是因为受了大家的怂恿。不,完全不是,我是自愿的。迈克,你能理解我此刻的心情吗?能吗?……"小瓦匠很有感情地说出了这番话,他显得有些激动。

"我……理解……"刘迈克的目光,从小瓦匠脸上移开,逐一地注视着站在小瓦匠身后的每一个知青的脸。他们脸上,也都流露出希望得到他理解的表情。

"你们……需要我怎样做呢?"他终于找到了一句适当的话。

"好迈克,大家预先就猜到了你会说这句话的,我们什么都不需要你做,我们只不过来告诉你,因为你是事务长。而我自己,是希望得到你的理解。你理解我，我……谢谢你！"小瓦匠说完，立刻低下头，转过身，对大家说，"现在咱们走吧！"

他第一个走出了刘迈克家的小院，走得很快，头也不回。好像他怕一回头，就会被刘迈克叫住，加以阻拦似的。

"事务长，我们走了。"

"事务长，天挺冷的，你快进屋去吧！"

"事务长，不管我们到团里去的结果如何，回连队后，我们一定再上山给你家砍一车柴。"

他们一齐走出了他家的小院。

刘迈克呆呆地站在小院里，望着他们走远。

他推开家门，见妻子只穿着袜子站在门旁。

"你下地干什么？你这样子会着凉的！"

妻子退到炕沿前，缓缓地坐下了。目光，却胶着在他脸上，一刻也不离开。他拿起刨子，又放下了，呆呆地看着没有做成的木马。

"他们，都要走吗？"妻子小声问。

他抬头看了一眼妻子，似乎不明白她的话，反问："什么走不走的？"

"我全听到了。"妻的声音更细小了。

他没有回答，将木匠工具一件件归拢起来，塞到桌子底下去了。

然后，他走到窗前，出神地朝外面望去。

"我刚才问你话呢，你聋了？"

他仍然一声不响。

妻不再问什么，默默地拿起炕上的小衣小裤，接着做。但只缝了一针，便放下了，轻轻地叹了口气，不安地瞅着他。

他忽然转过身来，从炕上拿起棉衣，匆匆地穿上，衣扣也没扣好，帽子也没戴，就大步往外走。

"你……上哪儿去！"

"你都听到了还问什么？我要到团里去！"他的语气中流露出内心的烦乱。

妻从墙钉上摘下他的帽子，递给他。

他走回到妻身边，无言地接过帽子。妻，又默默地替他将衣扣扣好。

他想说什么，但张了张嘴，却什么话也没说出来。

他戴上帽子，走出了家门。

工程连的知识青年们，刚走出连队不远，刘迈克开着二八型拖拉机挂斗车从后面赶了上来。

"糟糕，事务长要来截我们回去了！"一个男青年对小瓦匠说。

"咱们等他一下，也许他还有什么话。"小瓦匠第一个站住了。

大家也都站住了，众人对他的话这样服从，很出他的意外。消息是他第一个知道的，也是他告诉大家的。因此他才无形中成了众人这次行动的组织者。十年来，他第一次体验到，能够代表许多人的意志，每一句话都能够被众人服从，这种感受是多么不一般！

然而，这是一次怎样的带头行动啊！内心充满自信的同时，又是那么空泛，甚至有点苍凉，有点苦涩。

迈克果真会是来阻拦我们的吗？倘若他很坚决地阻拦，我将如何对待他呢？他这样想，自信动摇，内心开始矛盾着。

挂斗车开到他们身旁，停住了。坐在驾驶座上的刘迈克对他们说："都上车吧，我开车送你们！"

小瓦匠一挥手，大家都爬上了车。

刘迈克将车开出一段路，忽然在野地里兜了个圈子，掉转车头，朝连里开。

"事务长,你开大家的玩笑吗?"车斗里有人嚷起来。

"迈克,你……"和刘迈克并坐在驾驶座上的小瓦匠,也不免吃惊。

刘迈克一边开车,一边大声说:"我得回家一次,跟秀梅说句话。"

"什么话,那么要紧?"小瓦匠很难相信。

"非常要紧的话!"刘迈克将变速杆推到了快挡的位置上。

挂斗车开进连队,直开到刘迈克家的小院外。他跳下驾驶座,几大步就跨进了家门。

妻仍像他临出家门时那样子坐在炕沿上,显然都不曾动过一动,低垂着头,黯然神伤,独自落泪。

"秀梅……"他轻轻叫了妻一声。

妻倏地抬起头,有些意外,赶紧侧转身,掩饰地拭去泪水。

"秀梅,我回来对你说句话。"他走到了妻身边。

"你,你别说了……我知道你要说什么,求求你,别说了。我不怪你就是了,真的。我绝不埋怨你抛弃了我,更不会记恨你的。我不是那样的女人……知青都走了,你留下也会感到孤单的……只是,只是,只是你要……给咱们的孩子起个名……"喃喃的话语变成了伤心的呜咽,妻向墙壁转过身去。

刘迈克用双手扳住了妻的肩头,将妻的身子扳正了过来,盯着妻的眼睛,说:"我不走。"

"别骗我。"泪水模糊了妻的眼睛。

刘迈克大声说:"我不骗你,我不走。我骗过你一次吗?我就是回来告诉你这句话的,即使所有的知青都走了,我也不走。"

泪水从妻的眼中溢了出来,然而那对眸子,还凝聚着疑惑。

"我不能不和他们一块儿到团里去,我不放心。我是事务长,连长和指导员不在连队的情况之下,我对他们每一个人都负有责任啊!可是,我又无权阻拦他们……"

妻终于相信了他的话,含着泪微笑了。

"去吧,快去吧,别让他们等急了。"妻低声说,轻推着他。

他双手捧着妻的脸,俯下头,在妻挂着一滴泪珠的唇上狠狠地亲起来……

曹铁强来到桥头,见"二八"已经过了桥面,挂斗却脱了钩,栽在公路旁。他的战士们,或蹲或站,围聚一起。

他走上前,分开众人——刘迈克紧闭双眼坐在雪地上。小瓦匠和另一个战士,扳着刘迈克的一条腿。活动着刘迈克的膝关节。活动一下,刘迈克皱一次眉头,吸一口冷气。

"怎么回事?"他尽量用平静的语气问。

众人都不吭声。

小瓦匠抬头看连长一眼,嘟哝:"事务长摔伤了。"

刘迈克睁开眼睛,低声骂了句什么话,被小瓦匠扶着站了起来。发现曹铁强,他顿时停止呻吟,默默地瞅着连长,仿佛有意等待对方首先开口。他已不再是多年前的刘迈克了。生活已经把他磨砺成熟了。他今天夜晚格外理智,心机格外慎细。他觉得连长此刻出现在大家前面,对连长是很不利的。倘若自己说出一句不适当的话,都可能无意之中将连长推到极被动的地位上。

不料曹铁强如此问道:"是你开车把大家拉来的?"

他点了一下头。

曹铁强紧接着说了一句欠思索的话:"你也来凑这份热闹!"语气中不无恼怒。

刘迈克默然良久，才低声回答："我能不来吗？"

从他的表情，从他的语调，曹铁强立刻领悟到，他在违心地扮演着一个多么不轻松的角色！

他惭愧了，于是又低声问："你……伤得重不重？"

刘迈克摇了摇头。

"连长，你……你们……果然开的是那样一个会吗？"

黑暗中，不知是谁大声问了一句。

曹铁强转过身，一一扫视着他的战士们，似乎想寻找出那个问话的人。但他实际上，是在心中暗暗点了一次名。全连三十二名知识青年，此刻站在周围的是三十一个人，只有一人没来。虽然，月色朦胧，辨不清这三十一人的脸面，但他知道，没来的那个人一定是她——裴晓芸。他抬起手腕，仔细看了一下表——她该下岗了。可是这沉默的一分钟，就等于他对刚才的问话做了回答。而这种形式的回答，当然不令大家满意。

有人愤怒地大声说："我们还在这儿浪费时间干什么？去砸了军务股，各人拿走各人的档案！"

"对！一不做，二不休！"

"走呀！"

"谁打退堂鼓，就他妈的是知青叛徒！"

在互相怂恿和互相鼓动下，大家一哄而走。

"站住！"曹铁强猛然喝了一声。

大家，都站住了。一个个，缓慢地回转过身。一双双眼睛，在月辉下闪烁着不驯的，甚至是敌意的目光。这一双双咄咄地盯着自己的目光，使曹铁强意识到，今天夜晚，他，和他们——自己朝夕相处的战士们之间的关系，是异乎寻常的。他们随时都可能将他——他们每一个人平时都很信任很敬重的连长，视为共同的敌人。正是由于清醒地意识到了这一点，他瞬忽间觉得，内心产生了一种奇异的自信力。他仿佛觉得，自己的身体倏然高大了许多，高大得完全有足够的力量担负今夜可能面临的无论多么严峻的事件。

"这里是生产建设兵团的团部，不是夹皮沟，你们，也不是土匪。我更不是土匪头子，而是你们的连长，我绝不允许你们每一个人胡作非为。"这番话他说得很镇定，镇定中显示出凛然的刚勇，语势中暗示出明显的潜台词——今夜我是怎样说就要怎样做的！

"今夜不服从连长命令的人，绝没有好下场！"刘迈克冷冷地说出了这句话。

曹铁强向刘迈克投去感激的一瞥，接着改换一种缓和了的语气说："也许，今天夜晚，就是兵团历史上的最后一页。兵团的历史，就是我们兵团战士的历史。我们每一个人，都应该尊重这段历史。不论今后社会将要对生产建设兵团的历史作出怎样的评价，但我们兵团战士这个称号，是附加着功绩的，是不应受到侮辱的！……"

他不能准确地判断自己的话是否打动了他的战士们，但没有人反驳。这便使他对自己的话增强了自信。他受到这种自信心的鼓舞，大声说："听我的口令，整队集合！"

大家在犹豫状态之下迟缓地排成了并不整齐的队形。

他走到队形前，面对面地望着他们，问："你们每一个人，是不是都已经作出了决定，要离开北大荒？"

"连长，这还用问吗？"是小瓦匠说出了这句话。大家用沉默表示，这句话代表他们做了回答。

"既然如此，你们到团部来，就只有一个目的，办理返城手续。我相信，团里是会作出正确的决定的。现在，全体向右转，齐步走。"

工程连的战士们，在其他各个连队的混乱人群和车辆之间，列队向团部机关区走去。

曹铁强走在大家后面，刘迈克一拐一拐地紧随在他身旁。许久，两人之间没说一句话。只听无数双脚踩着积雪，发出沙沙的响声。

刘迈克首先打破沉默："团里怎么能够召开这样的会呢？"

曹铁强没有回答。

刘迈克又问："连长，你……也要走的吧？"

曹铁强这才回答："留下来就真的那么可怕？"

刘迈克理解了连长的话，他感到慰藉地说："连长，咱俩今后就是伴儿了。"

这句话，使曹铁强的心感到异常温暖。他情不自禁地伸出一只手，轻轻搀扶着刘迈克。

一辆马车从他们身旁飞奔过去……

全团八百余名知识青年，从各个连队来到了团部。远的，几十里；近的，十几里。他们围聚在团部会议室外面，数百支火把，将团部机关区映照得如同白昼。没有叫嚷声，没有示威声，他们默默地静立在凛冽的严寒中。

团长马崇汉披着军大衣出现在八百余名知识青年面前。

"知青同志们！……"他用作报告时那种洪亮的嗓音说，但却不知道接下去该说什么，于是又重复了一遍，"知青同志们，我保证……"却同样不知道自己应该保证什么。

"滚你妈的！"

一个声音从八百余名知青中突然地迸发出来。

"我们不听！我们不受你的骗了！"数百人几乎是异口同声地说。

马团长愣怔了一秒钟，仅仅一秒钟，便低下头，转身走进了会议室。在这一秒钟里，他意识到，自己被知识青年们视为团长的历史，过去了。永远。他心中产生了一种悲哀，一种大悲大哀。但仅仅是悲哀，绝不是悔悟。悔悟是反思的结果。任何虔诚的反思，都是在一秒钟内不会萌发的。

从会议室外走入会议室内，几步路，他却觉得脚下无根，步步艰难。他感到自己仿佛像一棵大树，骤然被雷电击倒了。

他若有所失地走到政委孙国泰面前，第一次用真正恳切的语调说："孙国泰同志，我……请求你……以一个共产党员的……"他无法用语言明确地将自己的意思表达清楚。

政委孙国泰伸出一只手，像是要把对方轻轻推开去。他用这样的手势告诉对方，他完全理解了对方的话。请求他站出来扭转眼前的局面，对方要说的无非就是这句话。请求？他感到这个词对他带有一种侮辱性，尽管他相信对方是恳切的。难道不用这样的词，他会袖手旁观，幸灾乐祸吗？那他还算是一个老共产党员吗？不，连一个北大荒人都算不上了。至于能否扭转这种局面，怎样扭转，他并无把握，更缺少自信。不错，在知识青年当中，他深知自己有着比团长马崇汉牢固的根基。十年来，他的足迹遍布全团二十几个连队。他熟悉他们，爱护他们，关心他们，甚至，还很有些同情他们。他骂过他们，也挨过他们的骂。他的耳膜曾被他们的牢骚怪话几度磨起茧子，他也时时将自己胸中的郁闷烦愁借机朝他们发泄过。这种正常而又畸形的沟通，在他和他们之间架起了理解和谅解的桥梁。可是今天夜晚……

他犹豫片刻，稳步走出了会议室，目光深沉地望着知青们，良久，终于开口说出三个字："孩子们……"

他是情不自禁地说出这三个字的。

没有用"知识青年们"，没有用"同志们"或"兵团战士们"这样的称谓，而对他们说"孩子们……"，使他们被深深地感动了。

他们极安静地望着老政委。

"孩子们，"老政委说，"你们，在北大荒度过了整整十年，你们是当之无愧的一代北大荒人。我，以一个老北大荒人的资格对你们说，我感谢你们！因为，你们将青春贡献给了北大荒！……"停了一刻，他接着说，"如果来得及，我要为你们开隆重的欢送会，欢送你们……离开北大荒……你们相信我的话吗？"

经久的鸦雀无声之后，有人大声说："政委，我们相信你，但我们不相信团党委！"

"对，我们不相信！"

"我们相信你又有什么用？"

……老政委被震撼了！相信一个共产党员，但不相信党的一级组织！这是多么可悲的现实，这是怎样的错误啊！

他略加思索，转身走入会议室内，对团长马崇汉和各连的连长指导员们说："我要求给我代表团党委的权力！"

连长指导员们的目光，都集中在马崇汉身上。

马崇汉的腮帮子抽动了一下，用记录速度的缓慢语调说："一切都听政委的……"

老政委第二次走出会议室，对知青们大声说："现在，我代表团党委宣布，为了尽快办理每一个人的返城手续，各连队选派两名代表，组成一个临时小组，我任组长……"

这时，暴风雪开始从荒原上向团部区域猛烈袭击了……

## 五

像台风在海洋上掀起狂涛巨浪一般，荒原上的暴风雪的来势是惊心动魄的。人们最先只能听到它可怕的喘息，从荒原黑暗的遥远处传来。那不是吼声，是尖厉的呼啸，类似疯女人发出的嘶喊。在惨淡的月光下，潮头般的雪的高墙，从荒原上疾速地推移过来，碾压过来。狂风像一双无形的巨手，将厚厚的雪粗暴地从荒原上掀了起来，搓成雪粉，扬撒到空中。仿佛有千万把扫帚，在天地间狂挥乱舞。大地上的树木，在暴风雪迫近之前，就都预先妥协地尽量弯下了腰。不甘妥协的，便被暴风雪的无形巨手折断。暴风雪无情地嘲弄着人们对大地母亲的崇拜，而大地，则在暴风雪的淫威之下，变得那么乖驯，那么怯懦……

八百余名知识青年被突如其来的暴风雪震慑住了。许多人从连队匆匆出发，穿戴得并不暖和。一路上，差不多已经冻透了。而现在，暴风雪的无形的触手只从他们身上一抚而过，就带走了他们身体内的最后一丁点热量。火把，顿时熄灭了半数。

人群骚乱起来。

"别让火把都灭了啊！"

"快将没灭的火把扔到一起！"

"点火堆！"

……

几条具有号召力的粗犷嗓门疾呼大喊。

火把,一支,两支,三支……纷纷投聚到一起。

篝火,一堆,两堆,三堆……熊熊燃烧起来了。

有人不知从哪儿拎来一桶柴油,浇在火堆上。光焰升腾着,蹿跃着,在暴风雪中"垂死"挣扎着。

人群分散开,围向十几堆篝火旁。

一阵折裂声,一棵大树"扑通"倒下。又一棵,又一棵……有人在锯团部大道两旁的杨树——也许就是他们当年亲手栽下的杨树。

劈砍声。砰……砰……砰……听声音,不像是用的利斧,而像是用的大锤。也许根本不是大锤,而是别的什么铁器。一截截树杈连带枝丫被拖向火堆。

篝火旺烈起来。

小瓦匠见大家围在火堆旁,一个个也还是寒冷得瑟瑟发抖,忽然说:"跳舞吧!"

"跳舞?哪有这份闲情逸致!"

"大家跳吧!跳什么舞都行,比如,'忠字舞'……"

小瓦匠在火堆旁跳起了"忠字舞",跳得极其认真,像是在台上"献忠心"。

也许是受到他的蛊惑,也许是由于抵抗不住寒冷了,大家先后跟着小瓦匠跳起舞来。起先跳的还算是"忠字舞",后来跳的便什么舞都谈不上了。

围在其他火堆旁的人们,也跳起来。

所有火堆旁的人们,都跳起来。

在这个暴风雪夜,在严寒和篝火的环形夹缝之间,动作古怪地跳动着八百余名被冻得半僵的躯体。生产建设兵团团部笼罩着一种中世纪非洲土人部落的野蛮、原始而神秘的气氛。

"他妈的！这些代表们，怎么还没研究出个结果来？"有人开始咒骂。

"关系到八百余名知识青年命运的大事，总得给他们点时间啊！跳吧！不要停下来……"小瓦匠像一个消防队员，谁刚刚冒出点怒火，他就立刻说一句息事宁人的话。

哐……哗啦！

是玻璃破碎的脆响。

接着，是一阵门窗的木框被劈砍的声音。

"听！……"小瓦匠停止了"跳舞"。

大家都伫立住了。

又是一阵玻璃破碎的脆响。

"有人在砸机关食堂的门框和窗框。"一个男知青判断地说。

"准是为了往火堆里烧！"一个女青年说，"这也太过分了！"

"我们去看看！"小瓦匠朝机关食堂跑去。

"这是什么时候，还管闲事！"一个小伙子嘟哝了一句，却第一个跟在小瓦匠身后，也朝机关食堂跑去。

"他俩别吃亏啊！"到底是一个连队的，有人担心了。

"男的都去，女的留下，继续跳你们的舞吧！"

于是工程连的男知青们，都离开火堆，朝机关食堂跑去。

机关食堂的门被撬开了。知青们在食堂里翻找吃的东西。有人掀开蒸笼，叫起来："包子！"大家同时围了上去。几十双手在黑暗中抢夺着。

"生的！"

"呸！呸！呸！……"

"点火！蒸熟它！"

"别费那事,连蒸笼一块儿抬到火堆去,吃烤包子!"

"好主意,抬!"

几个人将蒸笼抬出了食堂。

"咸菜要不要?"

"要!凡是能吃的,都要!"

于是有人捧起咸菜坛子往外走,被门槛绊倒,坛子掉在地上,碎了,咸菜疙瘩滚了一地。

后来的几个人,什么吃的都没翻找到,狠狠地骂:"这伙自私的强盗,扫荡了个一干二净。"

"嘿!发面缸里还有发的面!"

"有发面也不错,火堆上烤酸面包吃!"

他们把发面团也用衣襟兜走了。

小瓦匠跑到食堂,果然看见有几个人在砸食堂的门窗。

小瓦匠跑到他们跟前,大喊一声:"住手!"

他们中的一个,身材高大魁梧,半截黑塔似的,不屑地扫了小瓦匠一眼,高高举起手中的大斧,继续劈砍窗框。

"你们这是搞破坏!土匪!"小瓦匠扑了过去。

对方一拳,就将他打得倒退数步,一屁股坐在雪地上。

小瓦匠呼地跳起,骂道:"你妈妈的!这机关食堂是我们工程连一砖一瓦盖起来的,老子今天就是不许你们破坏!"他被激怒了,又毫不畏惧地朝对方扑了过去。

他胸前又挨了狠狠一拳,又跌倒了。

"这小子找不自在,揍他!"他们团团围住了他。

工程连的男知青们赶到,一见小瓦匠果然吃亏了,纷纷动起手来。

正打得难解难分,老政委孙国泰走到了这里,喝止住了他们。

两伙知识青年虽然不再厮打，却虎视眈眈。老政委横身在他们之间，厉声问："怎么回事？"

小瓦匠一指机关食堂的窗子，狠狠地说："你问他们。"

老政委这才发现被砸毁的门窗，心中立刻明白了，问那几个破坏者："你们是哪个连队的？"

"我们，我们……"为首那个剽悍魁梧的，嘴里讷讷着，一转身想跑。

其余的几个也想跟着跑。

"都给我站住！"老政委猛喝一声。

都乖乖地站定了。

"说！哪个连队的？"

"木材加工厂的。"声音低得勉强能听见。

老政委从地上捡起一截被砸散的窗框木，盯着为首的那个破坏者，问："要投进火堆？"

对方畏怯地点了一下头。

"这不是你们木材加工厂做的吗？"

"是……"

"亲手破坏自己的劳动成果？要离开北大荒了，就一点值得北大荒人怀念的都不留下？"

"……"

"我本有权将你们一个个当作破坏分子逮起来……可是我不想这样做。拿去吧，烧吧，烧你们自己的劳动成果吧！当它燃烧的时候，你们好好想想你们的行为吧……"

"……"

"拿去，拿去烧吧！今天夜晚别让我再看见你们可耻的几个，滚！"

他们一个个默默地转过身,渐渐地走开。

"站住!"

他们站住了。

"把它拿走!"

他们犹犹豫豫地互相望着,终于有一个人扛起了那扇砸毁的窗架子。

他们走远了,消失在黑夜之中了。老政委将注视着他们的目光收回,望着身旁的这一伙知识青年,问:"你们是哪个连队的?"

小瓦匠回答:"我们是工程连的。"

老政委"哦"了一声,又问:"你叫什么名字?"

"我……单书文……"

"小瓦匠?……我知道你!想不到我们会在这样的一天认识……"他伸出一只手。

小瓦匠迟疑了一下,握住了老政委那只大手,他感到了那只手的劲力和厚厚的茧子。

"让我说一句俗话吧,后会有期!"

老政委苦笑了一下,放开了小瓦匠的手,对其他人点点头,说:"多谢了!"大步走开。

暴风雪以更加猛烈的来势扫荡着团部区域,几堆篝火一下子就熄灭了。受到严寒威胁的人们立刻分散开,围聚到仍在燃烧的火堆旁。他们像羊群似的,互相紧紧靠拢着。与其说火堆的存在才不致使他们冻僵,莫如说他们是用身体组成围墙,守护着火堆不被暴风雪扑灭。而暴风雪是那么嚣张!它嘶叫着,想将八百余名知识青年们从大地上扫荡起来,扬到空中。

聚在篝火旁的人的围墙渐渐缩小着,缩小着。

最里层的人喊:"别挤了!要把我们挤倒在火堆上了!"

"我的衣服烧着了!让我挤出去!让我挤出去!"

最外层的人,却呻吟着,蜷缩着,蹲下去了,卧倒下去了。

又一堆篝火熄灭了,引起一片恐惧的骚乱。

"有人昏倒了!"

"快!快背到火堆旁来!"

昏倒的是个女知青。

"她都快被冻僵了!得把她背到谁家里去!"

于是有人背起她朝附近的一幢房子跑去。

砸门声,狗叫声,呼喊声……

团军务股长就是当年工程连的老指导员,他和老连长调到团部后,曹铁强和郑亚茹才被任命为工程连的连长和指导员。他家住在靠山坡的最后一排干部宿舍。

他没有睡,站在家中窗前,一支接一支地吸着卷烟。卷了一支,吸上几口,就扔在地上,踏灭,再卷一支。他出神地望着外面一堆堆篝火的光焰。

他老婆也没睡,坐在炕沿上,陪伴着他。

"你,睡吧!"他说,并没有对女人转过身。

女人被烟呛得咳了起来,边咳边说:"我看,你……今晚还是找个地方躲躲吧!……"

军务股长一动也不动。

"你不听我的,要是有个三长两短,叫我和孩子们……"女人抽泣起来。

"别来这个!"股长不耐烦地吼了一声,仍不转身。

女人止住了抽泣。她从墙上摘下股长的手枪,走到股长身边,轻轻推了股长一下:"要不你身上带着这个……"

股长这才看了女人一眼,见她递给他的是枪,顿时火了,一掌将女人推了开去:"你叫我拿枪对付知识青年?!"

"你……他们来找你的时候,你也好吓唬吓唬他们呀……"

"胡说!你给我把枪挂到墙上!"

"别的团里,知识青年不是割掉过一个军务股长的两只耳朵吗?"

"谣言!"

"你亲口对我讲过的!"女人也火了。

"我……我……我揍你!"股长凶狠地对女人挥起了拳头。

"你,你打吧!给你打!用枪打!打死我!……"女人委屈地哭起来,往股长跟前凑,将手枪塞在股长怀中。

股长不得不接住了枪。

"你开枪呀!你先打死我呀!别让我亲眼看见你叫知识青年们……"女人的声音越来越高。

啪!股长打了女人一记耳光。

女人哇的放声大哭。

炕上的孩子被惊醒了,也"爸爸""妈妈"地喊叫着哭起来。

就在这时,门开了。刘迈克首先一步跨进屋来,后面跟着两名知青,三人肩上都背着步枪。

他们出现得这么突然!而且连门也不敲一下。

女人马上不哭了,从炕上拖过孩子,紧紧搂抱在怀里,目瞪口呆,神色惊恐地瞅着三个不速之客。

股长也愣了一下,随即镇定,若无其事地将枪挂到墙上,之后,从容而端正地坐在一把椅子上。

"股长,对不起,我们没敲门就……"刘迈克开口道歉。

股长看着他，问："什么事？"

"请你立刻就去打开档案柜，为知识青年办理返城手续。"

"是你们请我？"

"不，是政委。"

"政委？他为什么不亲自来？"

"这……我有政委亲笔写给你的命令。"刘迈克从兜里掏出折叠着的纸条，递给股长。

股长接过纸条，看了一眼，慢慢从椅子上站了起来。刚站起，又坐下去，问："你们是靠枪从政委那里得来的这张纸条吗？"

刘迈克赶紧解释："股长，枪，是政委同意发给我们十几个人的。今天夜晚情况特殊，我们十几个人组成了一支纠察小队。"

股长摇摇头："刘迈克，我不相信你。"

刘迈克急了："股长，你……你这是跟政委过不去呀！你不跟我们走，我们可要……"

"要怎么样？"股长瞪起了眼睛，"要用枪逼着我跟你们走？"

广播喇叭忽然响了。

"全团机关工作人员注意，我是政委孙国泰，我现在代表党委讲话，我命令你们，将知识青年接到你们各家各户去。机关食堂、礼堂、招待所，所有办公室，今夜都要容纳他们。我同时命令你们，立即担负起各自的职责，做好明晨七点开始办理知青返城手续的种种准备，不得有误。全团机关工作人员注意，我是政委孙国泰，我现在代表党委……"

股长注意聆听着政委的每一句话，从政委的声音里，没有听出违心或被胁迫的屈服语调，他暗暗吁了口气。

"我们走吧？"股长第二次从椅子上站起，披上大衣之后，想了想,从墙上摘下手枪,对刘迈克说,"我也算你们那十几个人中的一个。"

股长跟着刘迈克他们出了门,股长女人抱着孩子跟到门外,不安地目送他们。

四人从宿舍区往机关区大步匆匆地走。刘迈克走在最后,和股长三个人相隔十几步远。他的左腿开始疼痛了。从挂斗车上摔下来时受的伤并不轻,流了不少血,棉裤和伤处被血粘在一起,每迈一步,都撕扯着伤处,他都吸一口冷气。

他忽然想到了秀梅,她准是还没睡,在等待着他,从团部回去。也想到了自己还未出世的孩子,别人都说她怀的是个男孩,他也希望是个男孩。男孩才似乎更对得起"北大荒人"这四个字。他,一个城市知识青年,将要在北大荒的土地上扎下自己生活的根,并且为北大荒增添了一个小北大荒人,这不是一件寻常的事情。他这么认为,不管别人对这件事如何看待。别人都离开了,他要留下来。他在城市里的所有亲友都会替他惋惜,甚至责骂他。随他们去吧!反正他不能将妻和孩子抛弃在北大荒,只身回到城市去。他刘迈克生来就不是这样的人,做不出这样的事。

何况她对他那么好,婚后两人还没有红过一次脸呢!他不能想象,没有了她,生活还有幸福可言。他留恋北大荒,他崇拜北大荒,崇拜它的荒凉和广袤,崇拜它的严峻和粗犷,崇拜它春天的朴素,夏天的烂漫,秋天的实惠,冬天的气魄。而她,就像是整个北大荒的化身,当他拥抱她的时候,亲吻她的时候,心中也会肃然起敬,对她产生崇拜之情。她并不漂亮,但她健壮,充满了青春气息,充满了生命力,充满了对他和对生活的爱情。她又是那么温柔,那么善于体贴人,那么能吃苦,能劳动……

他，一个矿工的儿子，能够找到这样一位妻子，还有什么不称心如意的呢？

而更主要的是，在他最孤独的时候，在他被许多人视为"公敌"的时候，她是第一个同他接近的人。她，用北大荒姑娘淳朴而富有同情的心，融化了他对工程连每个人都怀有的敌意。她重新设计了他。她像给小孩子洗脸一样，洗去了他个性上的种种劣质，使他懂得了如何尊重自己和尊重别人，使他获得了人们的信任……

不但是爱情，而且是恩情啊！

这样的妻子怎能遗弃？怎能舍得遗弃？

当！……当！……当！

物资仓库方向，突然响起急促的钟声。

刘迈克抬头望去，见库房升腾起一股浓烟和火焰。股长三人，已经迈开大步朝那里跑去了。他追在他们后边跑了几步，左腿的伤处一阵剧烈疼痛，使他不由得站住了。他跪下右腿，双手紧紧按住左腿膝盖，想借此减轻一点疼痛。被血痂粘住的棉裤里子和伤处扯开了，他感觉到血又涌了出来，顺着小腿往下淌。

"妈的！"他咬紧牙关，站了起来。

忽然，他发现一幢房子里有光亮在漆黑的窗上一掠，分明是手电筒的光亮。

那幢房子是团部银行，他警觉起来。他顿时忘记了疼痛，朝银行走去。走到门前，轻轻推了一下门，门虚掩着，被无声地推开了。

他一步跨进屋去，大声喝问："谁在这里？"

他头上猛然挨了重重的一击！但他并没立刻倒下去，他的身子摇晃了一下，靠在墙上。同时，他的一只手下意识地抓住了步枪枪带。他没来得及从肩上取下步枪，匕首的寒光在他眼前一晃，刺进了他的胸膛。接着，又刺进了他的腹部。

他缓缓地贴着墙滑倒下去了。

然而，意识并没有从他头脑中消失，他心中十分清楚，自己遇到了什么事情。他看见了一个人影从自己身上跨过，蹿出门去。他双手扶着墙壁，从地上跪了起来。又拄着枪，挣扎着站了起来。一步，两步，三步，他艰难地走到了门外。月光下，银白的雪地上，一个人影慌慌张张向后山跑，拎着一只大手提包。

"妈的，跑不掉你！"他靠着门框，举起了步枪。步枪变得很沉重，手臂颤抖着，瞄不准。他遗憾地放下步枪，托枪的那只手，在衣服上擦了一下，擦到了一种温热的黏糊糊的东西。他知道，那是自己的血。

血，自己的血，令他愤怒了。怒使他倏然产生了一种力量。他第二次举起步枪，手臂不再颤抖了。人影被步枪的准星牢牢地咬住了。

他很有把握地钩了一下扳机。

砰！枪声很脆。

那家伙一跟头栽倒了，手提包落在雪地上。

一丝冷冷的微笑，浮现在他嘴角上。

他瞄的是后脑勺。

"妈的……老子打发你……"他嘟哝着，拄着步枪，像老人拄着拐杖一样，每一步都很吃力地朝那个倒在雪地上的家伙走去。

走近被击毙者身边，他首先看到的，是一双眼睛，一双瞪大的眼睛，目光已经凝滞，但全部地摄录了一颗灵魂的最后欲念——贪婪。月光反射在这双眼睛里，使它们发出幽冷的光。接着，他看清了一张和自己差不多年龄的脸，咧着嘴，仿佛在临死前要喊叫出什么。

羊剪绒的棉帽子，拆洗过的黄棉袄，崭新的大头鞋……

他不禁倒退一步。

他打死了一名知识青年。

拄在手中的步枪，失落在雪地上。

他愣了片刻，转过身去寻找手提包。手提包离他仅有几步远，但他已走不过去了。他扑倒在雪地上，一寸寸地爬了过去，张开双臂，紧紧搂抱住了手提包。他曾听人说过，临死前抱住不放的东西，死后也不会放开。

"抱紧，抱紧，抱紧……我要抱得紧紧的……"对自己的生命下达了最后一次命令，他的头，蓦然地垂了下去，垂在手提包上……

## 六

暴风雪最初的淫威发作过了，天地间从混沌状态澄清下来，四野暂时恢复了寂静。严寒，则愈加肆虐地折磨着大地上的生命。

站在哨位上的裴晓芸被冻僵了。她感觉不出身体仍是属于自己的，只有大脑还能按照神经信号进行思想。

此刻，她想到了那著名的童话——《卖火柴的小女孩》。她真希望衣兜里装着一盒火柴，不，哪怕仅仅是一根火柴！她明知这是自己的幻觉，但意志受这种幻觉的诱惑，迫使她那戴手套的被冻得硬邦邦的手，在衣兜外面碰了一下。衣兜里什么也没有。她苦笑了。她以为自己苦笑了，其实并没有任何一丝表情呈现在她脸上。

严寒"凝结"了这张脸。

要进行思考，不论想什么都可以，但一定要进行思考。要保持住意识的清醒，千万千万不要让意志也被严寒所"催眠"！这是此刻她整个人的唯一生命火种了。她一遍遍地这样警告和命令着自己。

为什么还没有人来换岗呵！……

她想转过身朝团部的方向望一眼，但她的双脚像被和大地焊住了一样，无法转动。

火，团部那里有火。有熊熊的篝火。到团部去，到篝火旁去，或者，回到连队去，回到大宿舍去……有一个人的声音，像是她自己的声音，又像是别的什么人的声音，在她耳畔催促着，劝说着。

不，不能够。我是哨兵。我站在边境哨位上。今夜是我第一次站岗。

她冷酷无情地答复了自己生命的求存的呼叫。

"今夜是你第一次站岗，你会感到害怕吗？"

"不，不怕。我很兴奋。"

"等你下岗，我来接你，在白桦林旁……"

"不……你不是要到团里去开会吗？"

"我从团部来。我有话对你说……"

"什么话呢？现在不能对我说？"

"好多话，现在……来不及了……"

她回想着上岗之前曹铁强和她的对话。

她知道他要对自己说什么。他要说的话早该对她说了。可他却非等到今夜来接她的时候才说。为什么当时不对她说呢？好多话？不，不，她只要听一句话就够了。

他要说的话，不是应该在两年前就对她说的吗？不是应该在驼峰山上那顶帐篷里就对她说的吗？

她真恨他！

# 秀 发

哦，那是一个多么美好的夜晚啊！那烧得彤红的大火炉！棉帐篷里，只有他和她。整个驼峰山上，只有他和她。整个世界……仿佛也只有他和她。

那条战备公路上，洒下了工程连队的多少劳动汗水啊！

为他掌钎，那是她最愉快的劳动。他抡着十八磅的大锤，一下接一下砸在钢钎上，声音那么有力，那么有节奏。在她听来，那简直是一种音乐。虎口都被震裂了，手都被震麻木了，手指从早到晚紧握钢钎，放下钢钎，都伸不直了。吃饭的时候，都端不住碗，拿不住筷子了。然而劳动中的心情是多么欢畅啊！她真希望那条公路无止境地向前伸延，他天天抡大锤，她天天为他掌钎。双手磨起了多少血泡？一点水也不敢沾。洗脸的时候，只能叫别人替拧一把湿毛巾，胡乱地擦擦脸了事。可是她和他一块儿采下了多少路石啊？十几吨？几十吨？上百吨？从秋季一直到第二年夏季，绝不会比女娲补天的石头少！虽然没有计算过。

那一次她是多么……神经过敏啊！

当他拄着锤柄，撩起肮脏的衣襟擦汗时，她放下了钢钎，抬头望着他。一块巨石就悬在他头顶上，瞬间就要塌落下来。她尖叫一声，朝他猛扑过去，一下子将他扑倒，搂抱住他，在刚刚铺好石头的路面上滚出十几米远。大家都被她这一迅猛的举动惊得目瞪口呆！当她和他从地上爬起，巨石并没有塌落下来。这时她才看清，巨石是不会塌落下来的，它连着半面山壁，除非用十公斤以上的炸药炸。险情不过是她的幻觉。人们哄然大笑。她尴尬极了，狼狈极了。

他哭笑不得地对她说了一句："神经过敏！"

"我……"在周围的哄然大笑中，她觉得自己像是一只耍了什么可笑把戏的猴子。她一扭身跑开了。一直盲目地跑到山背后，蹲下身，双手捂脸,哭了。

她觉得自己心底里对他的最隐秘的情感,滑稽地暴露给众人了。

而这正是她最最不愿被人所知的啊!

他竟也不能够理解她!

大家的哄笑对她是多么不公平啊!

姑娘的心受到了多么严重的羞辱啊!

虽然大家的笑声里并没有恶意,也没有嘲弄的成分,不过是劳动休息时一种驱除疲累的无谓的大笑而已……

公路一直修到第二年冬季才竣工。

最后一天,大家都从山上撤回连队去了。只剩下了一顶帐篷,没吃完的粮食、蔬菜,没用光的炸药、工具。

她没有和大家一块儿下山,主动要求留下来看守东西。她内心里有一个小小的个人打算,她要一个人留在山上,将帐篷烧得暖暖的,痛痛快快地洗一个澡。她预先就物色好了一个大油桶,用雪刷干净,在里面是可以洗得很舒服的。从第一年秋季到第二年冬季,全连哪一个人也没有洗过澡。山中有一口小泉眼,但那是炊事班做饭用水的"井"。洗脸水是按供给制限量的,每人每天一盆。在炎热的夏季也不放宽供给。冬季,大家都是用雪来擦脸的。

她,却已经整整七年都没有洗过一次澡了。知识青年返城探家,最大的享受是什么?——洗澡。谁也不会放过多在城市的浴塘里洗一次澡的机会。到家的第一天,往往最迫切要实现的愿望,便是洗澡。离开城市的那一天,最愿意再获得一次享受的,也是洗澡。

她七年内没有探过一次家……

可是,在她那一天晚上将帐篷里的温度烧暖了,并将那只大铁桶费尽气力从外面挪进帐篷,认真仔细地刷干净,和大铁炉并靠在一起后,他却回到山上来了。

那天,他清早就搭一辆顺路的汽车到团里去汇报筑路工程。她以为他会住在团里一天,或者直接赶回连队去的。所以当他走进帐篷,出现在她面前,她意外得有些沮丧。

"你……怎么又回到山上来了?"

"我以为大家不会都回连队的呢,怎么就你一个人留下来?"

"我……看守东西。"

"山上又不会有贼,真是多此一举。"

"排长……排长说……需要留下一个人。"

他在大铁炉旁坐下了,看她一眼,然后摘下棉手套,一边烘烤,一边问:"于是她就指定你留下来?"

她从他的语调中分明听出对排长郑亚茹的某种积压已久的不满,赶紧解释:"不,不是,是我自己主动要求留下的。"

他沉默了。一会儿,朝她的铺位瞅了一眼,用商量的口气问:"可不可以……把你褥子底下的草分一半给我?"

"当然,当然可以……"她走到铺位前,掀起了褥子。

"我自己来吧。"他立刻站起,走到她身边,抱起一抱麦秸草,似乎觉得抱的过多了,又放下一些,说,"足够了,这就足够了。"

他抱着草转过身,目光在整个帐篷里扫视一遍,走到帐篷口旁堆放劈柴的一个角落,将草铺在地上,满意地点点头,扭头对她问道:"我就睡这儿,不……妨碍你吧?"

她没有立刻回答,也从自己的铺位上抱起一大抱草,铺在离火炉不远的地方,然后说:"你该睡在这儿,帐篷口很冷。"

"不,我就睡这儿。"他在自己铺好的草上坐了下去,身子靠着柴堆,摆出一副舒适的样子。

"随你的便。"她一转身走到自己的铺位前,放下褥子,背朝着他坐在褥子上,从枕头下摸出笔记本和钢笔,开始写什么。

"你还写日记吗?"

听见他问,她抬起头来,侧转过身,发现他已将帐篷口那抱草抱到了火炉旁铺下,正坐在上面吸烟。

"我从来不写日记,没事儿在纸上随便画……你别乱扔烟头,烧了帐篷我可要负责任的。"她合上了笔记本,重又压在枕头下。

她和他差不多是面对面地坐着,之间距离不到三步远。她却一时找不到什么话对他说,连自己也感觉得出,自己的一举一动都极不自然。

"有什么吃的没有?"他终于又问了一句。

"有……"她从枕头旁拿起书包,从书包里掏出两个馒头,接着从兜里掏出小刀,将馒头细心地切成片,走到火炉前,放在炉盖上烤。

他显然是没吃晚饭,已经饿极了,几片馒头被他狼吞虎咽了下去。吃罢,脱了棉袄,往草上侧身一躺,将棉袄蒙头往身上一盖,似乎就要这么睡了。

忽然,他猛地掀掉棉袄,坐了起来对她问道:"有毯子吗?"

她一声不响地从自己的褥子底下抽出毯子,递给他。

他站起来,将毯子展开,搭在毛巾绳上。

毯子成为一道"墙",将他和她分隔开了。

她站在"墙"这边,问:"有这种必要吗?"

他站在"墙"那边,回答:"这样不是对你……方便些吗?"

她将毯子拉下来,抛给他:"你盖在身上不是更好吗?"

他似乎想说什么,但只张了张嘴,并没有说出一个字。他又躺下了,将毯子盖在身上。

她，将马灯的光亮拧暗，退回自己的铺位，缓缓地坐下，从枕头底下再次摸出笔记本，可是并没有打开，拿在手中一会儿，又塞在枕头底下了。她深长地叹了口气，双手捧着腮，郁郁的目光呆滞地凝视着炉膛内闪烁的火亮，脸上呈现出淡淡的忧情苦绪。

他朝她看了一眼，欠起身，盯着她的脸，低声问："你想什么呢？"

"我……真想洗次澡啊！"她回答，声音同样很低微。这句话是情不自禁地说出来的，话一脱口，她觉得自己的脸倏地火热起来。什么话呀！她追悔莫及。

他又缓缓地坐起来了。

她窘迫地避开他的目光，垂下了头。

他随即站起身，走到炉前，拨弄炉火，将炉火拨得又红又旺。他又走到柴堆前，抱了一抱劈柴，轻放在火炉旁，一块接一块地往炉膛里塞。塞满炉膛之后，他拿起脸盆，一声不响地走出了帐篷。一会儿，他从外面端进来一盆雪，倒进她刷干净了的那个大铁桶里。

"你……这是做什么？"她明知故问。

"雪很快就会化。"他这样回答，拿着脸盆又走出了帐篷。

他第二次从外面端进一盆雪倒进铁桶里时，她又问："为我？……"

他点点头。

"我不会……"她本想说，"我不会当着你的面跳进桶里去的。"但出口的话却是："我不过随便说了那么一句，你别当真。"

"你不洗，我自己洗。"他大步走了出去。

他一次又一次出出进进终于将铁桶里倒满了雪。

雪在桶内渐渐融化着。

他们都保持着沉默，仿佛各自想着心事，谁也不愿主动开口似的，目光也都尽量不去注意对方。

不知过了多久，桶内发出了水热时的响声。终于，热雾弥漫，帐篷里的空气由干燥而潮湿了。

他走到大铁桶跟前，一只手伸进桶内，试了一下水温，弯腰从铺地草上拎起棉袄，转身向帐篷外走。

她倏地站起来，抢先几步走到帐篷口，回转身，面对面地拦住他，说："既然是你自己想洗，那么应该出去的是我。"

他不回答，默默地盯住她的脸，分明用目光对她说："你心里是知道的，我并不是为自己，而是为你。别这样对待我真诚的好意吧！"

在他这种目光的注视下，她不忍再与他僵持了，从帐篷口闪开了身子。

于是他脸上浮现出一种战胜者颇得意的表情，一步跨到帐篷外面去了。

她呆呆地站立着，心中忽然竟有些生他的气。他在强迫我。他！分明是的。我为什么要对他妥协呢？我这傻瓜！

然而要痛痛快快地洗一次热水澡的欲念竟那么强烈！她简直无法抗拒桶内冒着蒸汽的热水的诱惑。她情不自禁地走到桶前去，一个手指伸进水里泡了一会儿。水，热度正好。她挽起衣袖，整只手都伸进热水里去了。泡了一会儿，她感到自己的那只手，似乎溶解在水中了似的。

她忽然从桶内收回手，走到铺位前，开始急迫地脱衣服。衣服一件一件地从身上脱下来，外衣、绒衣、内衣……胡乱地扔在褥子上。

当她光着双脚，全身赤裸地站在地上之后，她一时间对自己产生了一种莫名的惊惧。马灯的昏黄的光亮，将她的身体涂上了一层枯黄色。她那线条优美的裸体的身影，被清晰地投射在帐篷的帆布墙上。看到自己的身影，她仿佛看到了可怕的魔怪，几乎失声惊叫，下意识地从褥子上扯起一件衣服，围罩在身上。同时，她那恐惧的目光，迅速朝帐篷口一瞥。

只有清冷的月光从外面洒进帐篷。

仿佛只在这时她才发觉，周围的世界是多么宁静，一种神秘的宁静。帐篷里是多么暖和！炉火烘烤着她的身体，像夏日的阳光照耀着她。

围罩着身体的衣服无声地落在地上了，像跳舞似的，她用脚尖走到铁桶前……

啊！……

在这个夜晚，在这座山林中，在这顶棉帐篷里，在一只铁桶内，颗粒状的陈雪融化、加热的水，浸泡了她七年没有洗过一次澡的身体。

她瘫软在水中了。

水没过她的肩部，头枕在桶边上，下面垫着毛巾——一次真正的"盆浴"！

她娴静地闭着眼睛，微微张开着嘴唇，双手交替地，动作极轻缓地搓洗着身体。好像生怕将水搅浑，生怕将一滴水溅到桶外似的。她从容地，不断地朝肩上、脸上、头上撩泼着水。

她真实地体验到人的一种似乎是极端快乐的享受。

她快乐得想唱歌，想欢叫。

"啊！……"

但是从她口中只发出了一种类似叹息，类似轻微的呻吟般的声音。

她突然深吸了一口气，两臂抱着双膝，将头也沉没到水中了。她在水中潜了足有半分钟才冒出头来。身体贴着桶壁喘息了一阵，开始漂洗自己的黑发……

她洗了好久好久才恋恋不舍地出水。穿好衣服，在火炉边烤干头发，往褥子上仰面一躺，展放开四肢，她就一动也不想动了。她产生了一种奇特的感觉，好像自己的身体失去了重量，在空中飘浮着，比一根羽毛还轻……

她竟那样渐渐地睡着了。

她睡了将近一个小时，身体感到冷了，才猛然醒来。

哦！天啊！他……

她一下子跳了起来，跑到帐篷外。月光之下，她看见他站在离帐篷挺远的地方，没有戴帽子，双手捂着耳朵，不停地跺踏着两脚。

她呆住了。

两人一同走进帐篷后，他首先走到炉前，将落架了的炭火拨旺，塞进炉膛几块劈柴，这才站起身，瞧着她的脸，问："洗得还好吗？"

她很难为情地回答："好极了！"

他，微笑了。

那是非常亲近的微笑。

他第一次对她流露出这样的微笑。

她感激地望着他，说："如果今天夜里这件事，让连里其他任何一个人知道，不知会对我……和你，作何想法？"

他那双也在瞧着她的眼睛里，有某种奇特的亮光闪过。

他用平静的语调说："如果有第三个人知道，那么一定是你自己告诉这个人的。"停顿片刻，他又说，"生活中有些事情，还是永远只有两个人知道的好。"

他这句话使她的脸红了。

他走到马灯前，要拨亮灯芯。

"别……就这样，挺好。"她轻声制止他。说完这句话，她觉得脸上更加火热了。心，也无缘无故地急跳起来。她掩饰地拿起脸盆，走到铁桶边去了。

"还是我来吧!"他走到她身旁,从她手中轻轻夺下了脸盆,说,"你刚洗完澡,冷风一吹,会感冒的。"

"不,不,这……太过分了!"她要把脸盆从他手中夺回来。

他伸出一只胳膊挡住了她的手。

"难道都不给我一次报答你的机会吗?你曾救过我的命。"

她知道他提起的是哪件事,低下了头,讷讷地说:"可是,那一次……并没有危险……"

"难道那块石头果然塌落下来,我才应该对你说感激的话吗?"

"……"

"有些事情,只有过后思考,才会理解究竟意味着什么。"她慢慢抬起头,可一接触到他的目光,又立刻将头低下了,许久没有勇气再抬起头正视他一眼。

他的眼睛那一个夜晚好明亮!

他不再和她说什么,开始一盆接一盆地往外倒水。

当她坐在自己的铺位,他坐在草上,默默相对时,炉火旺起来了。

她毫无困意。他分明躺下也是睡不着。

外面起风了,帐篷帘被吹得啪啪响。

"我们谈点什么不好吗?"他终于主动开口说,语调中带着恳求,仿佛此时此刻的沉默对他是一种难以忍受的折磨。

她用勉强能令他听到的细小声音问:"谈……什么呢?"

"你觉得,你们排长是个怎样的人?"

"这……你应该比我更了解她。"

"你为什么会这样认为呢?"

"大家……都是这样认为的。"

"大家?……"

"我们女排的姑娘们……"

他忽然生起气来,大声说:"可是我并不了解她。我曾想努力去了解她,却很难做得到。如果她是你,我相信自己早就了解她了……"

她抬起头,吃惊地瞪着他:"你……"

他不容她打断自己的话,继续说:"我是一个烈士的儿子,我父亲是在这块土地上牺牲的,我在生活中处处受到另眼相看,就是犯了错误也会得到庇护,即便做了蠢事也会得到原谅,但我厌烦这个!我是我自己,我要走我自己的生活道路。我不是烈士,我不过是烈士的儿子。可是她却经常对我说这样的话:'你太不会利用你的政治资本了。你是一个政治上的浪费者!'而且摆出一副苦口婆心,谆谆教诲的样子,我不能忍受这种教诲!……"

她突然叫起来:"你不要再说下去了!"

他顿时哑然了。

"求求你,不要说了,不要对我说这些话,不要对我说到她,我不想听,我今天什么也没有听到……"她忽然双手捂住脸,侧转身,低声哭了起来。

他不能理解自己说的这些话为什么伤害了她,他怔怔地注视了她一会儿,站起来,慢慢走到她身边,握住她的双手,将她的双手从脸上移开。

她不肯仰起脸来,满怀苦衷地摇着头。

他不放开她的双手,将她拉了起来。

"不,不……"她仍在摇着头,想从他手中抽出自己的双手,但他将她的双手握得那么紧,那么紧。

"我……我……我……"他的呼吸那么急促。她甚至清楚地听到了他的心在胸膛内怦怦地跳。

"放开……我……"她呻吟般喃喃地说。她全身都失去了力量,她几乎要昏倒了。

他终于放开了她的手,扶住她,使她慢慢坐下去。

"我……我……也许,我是不该对你说……这些话……"他的语调中带有几分歉疚。

她将头垂得很低很低,交换地轻轻地抚摸着自己的手背。双手被他握得很疼,手背上留下了他的浅浅的指印。一滴眼泪落在她的手上,接着,又是一滴……自己的泪。

她感到内心里委屈极了。虽然他并没有伤害她。她紧咬着嘴唇,控制住自己没有放声哭出来。

"我并没欺负你呀!"他的话显出急躁来。

"别理我。我也不知道自己这是怎么了,过一会儿就好了。"她轻声说,抬起头看了他一眼,凄婉地一笑。

他一动不动地在她面前站了片刻,猛然转身走开了,并随手拧灭了马灯。

帐篷内黑暗了。黑暗中,她听到他在草上躺下去的声音。

一声粗重的叹息之后,黑暗邀请来了寂静。

她,也轻轻地躺下了。然而,她无法入睡。

一阵窸窣之声告诉她,他又爬了起来。炉中闪耀的火光,映照出了他的身影。他在拨火、加柴。他站起身,他呆立了一会儿。他向她走来,在她的铺位前站定了。他,小心翼翼地替她盖上了被子,大概以为她睡着了。他……双膝跪了下去。她立刻闭上了眼睛,一动不动。凭直觉,她判断他正在俯视着自己。她的脸上感到了他的呼吸,男性的缓重的呼吸。这呼吸扑到她脸上,使她心慌意乱。然而她屏息静气,仍然一动也不动。她的双唇,却微微张开了,本能地要求承受某种接触……

竟什么事情也没有发生。她感觉到他慢慢地站起来了,轻轻地离开了她。

又是一阵他重新躺在草上的窸窣声……

当她从沉睡中睁开眼睛,天已经亮了。炉火还在燃烧着,帐篷里依旧很暖和。她的毯子,盖在她的被子上面。

他已经不在帐篷内了。

她匆匆地穿好衣服,走出帐篷。昨夜下了一场大雪,松软的雪地上,留下了一行朝山下而去的脚印……

排长郑亚茹和另外两个女知青跟车到山上来拉载最后一批物品。

排长见了她的面,没跟她打招呼。她和她们共同往车上搬东西。她并非由于过分敏感才觉察到,排长异常的目光不止一次地在她身上扫来扫去。

"你昨天夜晚一个人留在山上怕不怕?"

"睡得踏实吗?"

另外两个姑娘在排长不注意她的时候,一人一句,几乎是同时问她。问过之后,似乎并不想得到她的回答,相互交换着含意玄妙的微笑。

她什么话都没有回答她们,只是默默地一件接一件地往卡车上搬装东西。

装完车,两个姑娘钻进了驾驶室,她爬上了卡车车厢。

"排长,你坐驾驶室吧?我坐车厢。"一个姑娘见郑亚茹还站在车下,打开驾驶室的门,对排长讨好,但又空卖人情,并未跳下来。

"不,我要坐在车厢上。"郑亚茹说着,爬上了车厢,坐在她对面的一捆麻绳上。

汽车开动了。她和排长虽然面对面地坐着,却谁也不瞧谁一眼。

当汽车在下坡的山路上减慢了速度,排长忽然开口问:"他昨天夜晚,和你一块儿在山上?"犀利的目光冷冷地盯在她脸上。

不待她回答,排长又说:"雪地上留下了他的脚印。"和这句话同时说出的潜台词是:"你无法否认的。"

她以同样的目光迎视着排长,只简短地回答了两个字:"是的。"也附带着一句潜台词:"那又怎样?"

"他……和你……睡一顶帐篷里?"完全是逼问的口气,但吞吞吐吐。

"山上不就剩一顶帐篷了吗?"她故用反问的语气回答,并为自己作出这样的回答感到满意。

"这一夜……你们是……怎么度过的?"

"审讯吗?"

"回答我,我有权利问你!你知道我和他是怎样的关系!虽然现在不像我们刚到北大荒的头几年那样……约束严格了,但对道德败坏的事连里还是要追查的!"排长羞恼了,语势中含着威胁。

"无耻!"她冷冷地吐出了两个字。

"你!……"排长那张好看的脸扭歪了。

她也被自己的胆量所震慑了,立刻将目光从排长脸上移开,茫然地瞭望着冬天的荒野和远山的银色轮廓。

她内心里却感到一种从来没有过的畅快。

汽车在公路上飞快地疾驰,她们时时被颠起来,碰撞在一起,彼此却再没说一句话……

回到连队,他几次迎面碰到她,都侧脸而过,不理睬她,严重地伤了她的心。

一天,全连都在大食堂看电影,只有他一个人坐在连部守着电话机,记录电话会议。

她突然闯进了连部。

他手里拿着电话机,吃惊地瞪着她。

"我……我有话和你说。"

"我在记录。"他生硬地回答。她扑到他跟前,一下子从他手中夺下电话听筒,使劲摔在桌上,大声嚷:"你……我恨你!"

"岂有此理!"他霍地站了起来。

她呆呆地站在他面前,胸脯剧烈地起伏着,嘴唇抖动着,目光盯着他,两只眼睛里渐渐盈满了泪水。

那是从心底的感情之泉涌出的泪水。

他不知如何是好了,张了几次嘴,才低低叫出她的名字:"晓芸……"

他第一次在称呼她的时候将她的姓省略了。

她猛地扑在他怀里,像一个受尽了委屈的孩子,放声大哭。

"别,别这样……"他拥抱着她,抚摸着她。

她却止不住自己的哭声。

他冲动地双手捧住她的脸,疯狂般地吻她。吻她的嘴唇,吻她的眼睛,吻她的额头……

他的双唇封住了她心中的泪泉。

桌上的电话铃嘟嘟地响着。

他冷静下来了,朝电话机看一眼,替她拭干眼泪,轻轻将她推开。

她,也理智了,难为情地背转过身。

"喂,是我。我守着电话机呢!刚才……一个家属,和丈夫吵架了,对,两口子吵架。我已经把他们劝走了……"他已经坐在椅子上,又拿起了听筒。

她转过身来看了他一眼，扑哧笑了。

他对她眨了眨眼睛。

她凝视了他一刻，悄悄地退出了连部。

……

第三天，他带着一队人到师部参加水利大会战去了。她，则留在了连队。一次长久的分离——两年半。通信是保持的，但仅仅几封，几封很短的信，他告知她水利会战的工程情况，她在信上对他讲述连队发生的种种事情……

再后来呢？再后来，再后来，再后来……

站在哨位上的裴晓芸，什么也不能够再回忆起来了。

水……

多热的水啊！

炉火……

熊熊的炉火！

她觉得自己此刻身在两年前大山林中那顶帐篷里，泡在那只大铁桶里，又潜没到雪化的热水中去了……

突然，她的两只眼睛异常明亮起来，她清清楚楚地看见他站在面前。不是别人，正是他！她的他！

啊！他到哨位来接她了。

她向他扑过去，紧紧地搂抱住了他。

"啊！亲爱的，亲爱的，亲爱的……水太热了，真烫啊！不，冷……我真寒冷啊！我眼看就要冻僵了！抱紧我，抚摸我，吻我……我觉得我的双唇好像两块冰一样冻在一起了，用你的嘴唇融化了它吧！吻我，吻我，吻……"

其实,她一个单音也没有发出来。

然而她感觉到了他的拥抱,他的抚摸,他的亲吻……听到了他的声音,像就是在她的耳畔喃喃絮语,又像是从相当遥远处,从太空对她呼唤:"晓芸,亲爱的姑娘!……"

她挺立在哨位上,像"六号坐标"一样。月光将她的黑色身影,投映在边疆大地银白色的底片上。

她面对黑龙江,大睁双眼,枪上的刺刀闪耀着寒光……

她脸上浮现着微笑……

"黑豹"像跑马场上进入亢奋状态的一匹赛马,以疯狂的速度跑回了连队,直奔知青大宿舍。它如猛兽般,撞开男宿舍的门,冲了进去。空无一人……它木立了一刻,腾跃起来,在空中反身,又蹿了出去,扑进女宿舍。女宿舍也空无一人……它在男女宿舍间窜来窜去,往返数次,发出呜呜的低吠。它彻底失望了,焦急地摇动着尾巴,站在大宿舍的过道走廊里,怒吼了两声。它发现了团部方向的火光,一动也不动了。突然,它箭一般向团部奔去……

在团部,在八百余名知识青年中,在十几堆篝火间,在物资库的救火现场,在每一处有人群的地方,这只狗横冲直撞,寻找着工程连的知识青年。

"嘿!这狗真肥,捉住它,捉住它!烤狗肉吃。"围聚在一堆篝火旁的几个男知青,四面围住了它。有的握着刀子,有的持着木棍,有的拿着石头。他们要结果它的性命,要剥下它的皮,要肢解它肌腱发达的身体,放在火上烤熟,吃掉。

他们是又冷又饿。

不知哪一个首先朝它扔出了石头,击在它头上。它嗷地叫了一声,向后退,而后胯上又挨了狠狠一棍。它摇摆了一下身栽倒了。他们立刻围上去，一个绳套套住了它的脖子，勒紧了，把它拖拽到一棵树下，吊了起来。求生的本能和兽性在这只驯良的狗身上勃发了。它侧头一口咬住了绳子，用锐利的牙齿将绳子咬断，从半空掉在雪地上。

他们又朝它围上去。它像一头真正的豹子一般跃起，扑向离它最近的一个人，它扑倒了他，朝他的脖子咬下去。他用手一挡，咬住了他的手。一声惨叫，它觉得自己从那只手上咬下了什么。它口中含着咬下的东西，龇着白森森的利牙，呜呜低吠，竖起了脖颈上的长毛，伺机再扑。

在痛叫声中，他们惧怕了，退缩了。

两根手指从它嘴里吐在雪地上。

它突破包围，向救火现场奔去。

在那里，它在纷乱的救火人群中，第一个发现的是它的主人。他扛着一箱手榴弹从火海中冲出来，刚刚放在安全的地方，它立刻蹿过去咬住了他的裤脚不肯松口。他低头看见是它，骂了一声："滚开！"用另一只脚将它踢得翻了个身。

"工程连，跟我来，赶快扛手榴弹箱！"他大喊着，又冲进了火海。

十几条人影跟随在他身后，也冲进了火海。

"黑豹"又发现了小瓦匠，蹿上去咬住了小瓦匠的裤脚。

小瓦匠蹲下身，拍着它的头说："黑豹，你到这里来干什么？你帮不了一点忙，去吧，去吧，回连队去吧！"

它迷惑地松了一下口，小瓦匠挣脱裤脚，也冲进火海去了。

"工程连的，组成人墙！"

火海中，它辨听出了主人的大喊声。

一道人墙隔立在火海之中。他们手挽着手，靠得那样紧密，火舌舔着他们的后背。更多的人在他们的掩护下去扛手榴弹箱。

"黑豹"也想冲进火海去,但大火的烈焰令它害怕。它在大火外围来来回回地奔跑着,奔跑之中俯下头啃了几口雪。

它突然又朝驼峰山上的哨位奔去……

刘迈克怀孕的妻子在家中期待着他。她安静地坐在炕上,一针接一针给未出世的孩子缝做小衣服。

孩子不会见不着父亲了。这将在北大荒出生的小生命,在她腹中轻轻地动弹呢!她为孩子而庆幸,也为自己感到了幸福。她那颗将要做母亲的心,此刻踏实极了。她内心充满了对生活的信赖和深情,也充满了感激。

听到狗叫声和狗爪子的扒门声,她愣了一下,放下手中的小衣服,下地开了门。门刚打开一条缝,"黑豹"就挤了进来,口中叼着一只棉手套。

"'黑豹'?……"她从它口中取下手套,立刻认出,是裴晓芸的。在全连的女知青中,她和裴晓芸最要好。她是连队后勤班班长,裴晓芸曾是后勤班的唯一一个知识青年。缺少友谊的上海姑娘,把她当姐姐一样看待。

裴晓芸上岗之前,还背着枪来到她家里,笑盈盈地问她:"秀梅姐,你看我像一个哨兵吗?"

这只手套破了个洞,是她当时给补好的。

"黑豹"围着她转,咬住她的衣服,将她向外面扯拽。

一种不祥的预感立刻遍布她的全身。

她慌忙地穿上大衣,扎上围巾,跟着"黑豹"走出家门。

她跑到马房,拉出一匹马,跨上马背,还没坐稳,就喝马朝驼峰山飞驰。

来到哨位上,她跳下马,见裴晓芸朝她伸着双手,似乎在迎接她。

她几步跨到裴晓芸身前,握住了她的双手,但立刻又缩回了自己的手。裴晓芸那只失去手套的手,像岩石一般硬!

她呆住了。

"晓芸,晓芸,晓芸……"她喃喃着。

微笑依然呈现在裴晓芸脸上。"裴晓芸!……"她嘶声大喊。

泪水顿时蒙住了她的两只眼睛。

她又向裴晓芸扑过去。

可是……女哨兵颓然地、僵直地朝后倒了下去,倒在铺雪的大地上,恋恋地瞪视着夜空。

"裴晓芸……"她扑在女友身上,泣不成声地呼唤着。

"黑豹"发出一声悲怆的哀吠……

## 七

黎明的曙色从驼峰山顶显现出来了。隔夜间,驼峰山耀眼的银铠甲不知被暴风雪卷到这世界的哪一个角落去了,裸露出灰色的岩质的嶙峋峰体。北面半山坡,暴风雪推到一起的积雪,顺坡呈现着波浪般的层次明显的叠状,像一位巨人缠在腰间的衣裾。"六号坐标"仍然竖立得那么笔直,这大地的立体指南,被无数次的暴风雪和暴风雨挥发尽了体内代表生命的水分,由一棵树成为了一根枯干。荒原上,鬼使神差地出现了一堆堆的雪堆,小则如坟,大则如丘。太阳也从驼峰山后面庄严而矜持地升起来了,在驼峰山巅滞停了片刻,仿佛有弹性似的，轻轻一跃，便悬在半空中了。灿烂的霞光普照大地，白雪闪耀着宝石一样的红色的柔和的光芒。

团部区域，一堆堆篝火已熄灭，但仍冒着袅袅的青烟。冬晨清新而充满冷意的空气中，飘漫着燃烧后松脂产生的特殊气味。十几辆马车、挂斗车、拖拉机，随心所欲地停在各处。昨夜没有卸套的马，身上披着霜，像古战场上的银甲马，舔着雪，猪一样地拱食着雪下的枯草。

在一片平坦的雪地上，苫布蒙盖着从火中抢搬出来的物资。桶、扁担、锨、镐，分类整齐地堆放着。

知识青年们，此刻都聚集在干部股、组织股、财物股……有纪律地办理返城手续。只有会议室空无一人，门敞开着，对流风横穿室内，将烟灰、烟头、烟盒、报纸刮落满地。小公务员在独自打扫着。他在履行自己最后的职务，他办理完了返城手续。

礼堂里，舞台上，并放着两张桌子，一摞摞的档案，将要在这里改变它们过去十年中的人格化的价值。今后它们记载些什么，那要由知识青年返城后的命运所决定了。

军务股长，郑重地坐在一张桌子后面。知识青年们在此办理最后一道返城手续——领取各自的档案。他要在他们的密封的档案袋上和准迁卡上盖章，这是他最后一次为他们履行职务。

他见人到得不少了，站起来，大声说："现在，我开始办公，首先，你们必须按照我的要求，分成两排。"说罢，他从侧梯上走下来，走到他们之中，指点着他们说，"你，站到左边。你，站到右边。你，左边。你，左边。你……也左边去。你，右边。左边，左边，右边……"

他们很快被他分成两排，一排人多，一排人少。

他环视着两排人，说："左排优先办理。"他把"优先"两字说得很重。说罢，一转身大步朝台上走去。

"你这是什么意思？有没有个先来后到了？我早就在这里等候你办公了。"右排中，有谁嚷叫起来。

"对！说清楚。"

"别以为公章在你手里握着，就可以独断专行！"

……

右排的人附和着、抗议着，甚至威胁着。军务股长在舞台侧梯上站住了，缓缓地转过身，目光盯向右排，用冷峻的语气说："你们睁大眼睛，看看左排的每一个人，然后再互相看看你们自己！"

右排的人，将狐疑的愤愤不平的目光投向左排——他们的脸，一个个都是黑的，肮脏的。还有带着伤痕的。他们的裤筒、鞋上，挂着水湿后冻结的冰。他们的衣服上，这里那里尽是烧破的洞……他们的样子都是那么狼狈不堪。

右排的人，一个个显得比左排的人更加狼狈起来，他们互相一看就明白，他们昨夜没有救火。

这是一种对比明显的排列组合。弟兄、姐妹、好朋友、同班同排同连队的，彼此有着各种关系的知识青年，被这种排列组合分隔开了。右排的人不得站到左排去，左排的人绝不会愿意站到右排去，他们只能面对面地望着。

在这种默默的持续的对望中，股长站在台上又大声说："我要求你们保持肃静。如果有谁大叫大嚷，我提议你们，就将他轰出去！"

他在办公位置坐下了，拿起一张卡，一字一字地念道："一连……李庆丰……"

右排的人，谁都无法经受等待的寂寞和左排的注视，他们先后退出了礼堂。退出时，每个人都低垂着头，脸上不无惭愧。

左排的人，他们保持着一种持久的、近似庄严的肃静。连咳嗽声，都是控制着的，没人交谈。熟悉的也罢，陌生的也罢，他们用目光彼此表达着淡微的敬意和……庆幸。此时此刻，他们昨夜自发的救火行动，受到这种特殊形式的重视，他们怎能不感到莫大的欣慰？一有人走入礼堂，他们便纷纷将目光投射到那个人身上。如果他或她身上，和他们有相似之处，他们便点头致意，打手势叫他或她排到队列中来。如果他或她的脸不是黑的，衣服是完好无损的，他们的目光，便是他或她怯于正视，难以承受的。那种目光是极其复杂的，内含着质询、谴责、惋叹，甚至包含着同情。

他或她如果不是反应迟滞的，就会意识到什么，愧然退出。

站在队列中的小瓦匠，瞧着那些领到准迁卡和档案的人欢天喜地的样子，心中产生了一种淡淡的忧郁和不满。他认为他们不应是这种样子离开，应是怎样呢？……他自己也不知道。

他觉得需要和别人交谈一下，随便交谈些什么，心情才会轻松点。于是，他问身旁的一个小伙子："你是哪个连的？"

"三连的。"对方好像也和他有同样的需要。

"你们连……也都走光了？"

对方肯定地点点头："文书、会计、卫生员、小学教员……三十几名知识青年，一锅端。"

"哪年来的？"

"我？六八年。六月十八日，正是'六一八'指示那一天到的北大荒。我们问带队的，毛主席对兵团的指示才传达下来，你们怎么会提前一个多月在对我们宣传动员时，就打出了兵团的旗号呢？带队的回答：'宣传是为了目的嘛！'他居然不怕落个编造主席指示的罪名！"

"那你是第一批到北大荒的了？"

"当然。我们那一批是北大荒的知青元老!我们都是自愿报名的。我报名后一直瞒着父母,到临走的前一天才告诉他们。母亲哭闹得天昏地暗,可我还是走了……我是独生子。后来想返城也回不去了。你呢?哪一年?"

"七一年。"

"'一片红'那一年?"

"是的,当时我母亲正瘫痪在床上,街道上山下乡动员组的人,有天敲锣打鼓将光荣花送到我们家。我和弟弟说:'我们没报名呀!'他们说:'没报名也批准了!'"

"'一片红','一片红',从城市走得干净,也从北大荒走得干净……四十多万啊!不知道留下来的会有多少?"

"想不到,我们会是这么离开的。别的都不讲,就拿我们团来说,全团百分之九十的农机具手都是知识青年,都走了,怕是今年开春连小麦大豆都播种不下去……仔细想想也真有点觉得对不起北大荒!"

"是啊,政委还说要给我们开欢送会呢,我看还是不要开的好。"

小瓦匠忽然看见弟弟走进了礼堂,弟弟身穿一件军大衣,军大衣过肥过长,弟弟穿着太不合适。脸,弟弟的脸——是清洁的。为什么是清洁的?!为什么不是肮脏的?!

他自己,他们所有这些脸上肮脏的人的目光,都投射到弟弟身上。

小瓦匠心中替弟弟难受极了!他将身子转过去了。

可是弟弟已经发现了他。弟弟不理会投射到身上的那些目光。弟弟向他走过来,走到他身边站住,轻轻叫了声:"哥……"

大家默默地注视着他们兄弟二人。

小瓦匠猛地转过身,吼道:"别叫我哥!"

弟弟吃惊地不解地瞪着他。

"你……你不是我的弟弟,你给我滚出去!"

"我……"

"我揍你!"小瓦匠猛地抓住了穿在弟弟身上的军大衣的领口。刚才和他交谈的那个小伙子,用胳膊架住了他挥起的拳头。他使劲一推,弟弟跌倒在地上。

那小伙子上前扶起了弟弟,看了当哥哥的一眼,对弟弟说:"现在办理手续的,都是昨天夜里救过火的。你……过会儿再来吧。"

弟弟的眼睛呆望着哥哥,一只手,一颗一颗地解开了军大衣的衣扣。肥大的军大衣,从弟弟瘦而窄的肩头落到地上。弟弟完全变成了另一副样子,棉袄面和棉花差不多烧光了,穿在身上的不过是破棉袄里子。裤子,膝盖以上烧得和棉袄一样,一条包皮电线穿着裤里,勉强将棉裤吊在皮带上……

小瓦匠怔住了。

所有的人都怔住了。

弟弟那双瞪着哥哥的眼睛,渐渐充满了委屈的泪水。

军务股长不知何时停止办公,从台上走下来,走到了弟弟身边。他捡起军大衣,拍去灰土,轻轻披在弟弟肩上,说:"这是马团长的大衣吧?"

弟弟点了一下头,嘟哝:"他命令我穿的。"

"快穿好,别冻着。"军务股长的手搭在弟弟肩上,目光却责备地看着当哥哥的。

小瓦匠走到弟弟跟前,像给小孩子穿衣服一样,将军大衣穿好在弟弟身上,替弟弟扣上了纽扣。

"跟我来,我现在就给你办理手续。"股长拉住弟弟的一只手,和弟弟一块走上了舞台……

党委办公室里,政委孙国泰背对着曹铁强和郑亚茹,用极低极沉重的语调说:"你们可以走了……"

隔夜之间,他苍老了那么多!两眼网满了血丝,脸上的每一条皱纹都加深了。

悲痛像一双无形的大手,挤压着他那颗在战争年代、在艰苦的农垦创业时期,锻炼得非常刚强的退伍老战士的心。

有不少人为开发和建设北大荒献出了生命。这些人的名字有的他还铭记着,有的他已经忘却了。将身躯埋葬在北大荒土地上的知识青年,也绝不止两个。但昨夜两个知识青年的死,在他心灵中造成的却是一种混合着负罪感的悲痛。

他们死了。一个上海姑娘和一个哈尔滨市的小伙子。一个二十五岁。一个三十一岁。一个,还没有结婚,没有来得及成为妻子,甚至也许——还没有来得及爱过。他这样猜想。另一个,撇下了年轻的妻子,和妻子腹中还没有出世的儿子,也许是女儿。一个,刚被连队团支部讨论通过为共青团员不久。但不知为什么,团里还没有正式批准下来。这些共青团团委的干部们!在他们看来,批准一个共青团员,似乎比批准一位中央委员还要严格!而另一个,迫切要求加入党组织而生前并没有成为一名中国共产党党员,却仅仅是由于他自己随口说出的一句话:"对于像刘迈克这样的知识青年的入党问题,审查要严,考验要久。"一句话使工程连党支部三次呈送到团里的发展党员的报告,都被团组织股长长久地压了下来……对于当年的团警卫排长,他的成见是那么深!在今天以前是那么难于改变……

对于他们的死,谁来承担责任呢?是暴风雪?还是昨夜的混乱?是团长马崇汉?还是他们的连长和指导员?或者是……他自己。作为政委,他觉得自己有推卸不掉的责任。责任……即使每一个活着的人都愿意承担什么责任,甚至处罚,他们……也还是丧失了生命。

一个死得……悲惨,一个死得……庄严。一个死得……英烈,一个死得……神圣。一个的死,换得了可见的代价。一个的死,升华了兵团战士的称号……

曹铁强和郑亚茹一齐走进党委办公室,便一言未发。刘迈克和裴晓芸的死,使他的心由悲痛而麻木了。是郑亚茹回答了政委提出的一切问题。政委问一句,她回答一句。

郑亚茹见政委不再问什么,缓慢地站起身,朝外面走。她走到门口,站住了,忽然扑在门框上,哇的一声大哭起来。

老政委走到她身边,低声说:"坚强些。"

郑亚茹突然扑到曹铁强跟前,双膝跪地,痛哭着说:"我有罪啊!会议的内容是我泄露的,混乱是我造成的。刘迈克的死,是我造成的。裴晓芸的死,也是我造成的!我……我没有指定人换她的岗……我……"

她突然跳起来,疯了一般冲出党委办公室。曹铁强一下子伏在桌上,额头抵着桌面,双拳不停地狠狠地擂着桌子。不久,一声呻吟才伴随着他的哭声爆发出来。

"我……我为什么不早一天明明确确地告诉她……我……是爱她的……"

这句话像是从他破裂了的心灵迸发出来的,带着心灵伤口的血。

老政委这才真正理解,知识青年连长的悲痛,远比自己预想的要巨大得多!

可是,他却找不出一句话来安慰这年轻人,让这年轻人痛痛快快地大哭一场吧!

他走出了党委办公室,站立在门外。泪水这时才从他眼中淌出来,溢满了脸上深深的皱纹中。见两名团委的干部远远朝他走来,他掏出手绢擦了擦眼睛。

"政委,你派人找过我们?"他们走到他跟前,低声问,表示出他们以往对他的尊敬并未丧失的样子。

他问:"你们的返城手续办理完了?"

"办完了!"他们仍然低声回答,就像他所问的是某件工作。

他眯起眼睛,注视了他们一会儿,极平静地说:"既然你们的返城手续办完了,那么,我现在就有理由宣布,解除你们共青团组织者的一切职务。"

他们互相看了一眼,以为政委派人把他们找来,就是为了当面向他们宣布这一点。他们缓缓转过身,各自怀着复杂的心情要离去。

"等一下。"政委叫住他们。

老政委又说:"我以团党委的名义命令你们,在正式移交共青团组织工作之前,批准工程连上海知识青年裴晓芸为中国共产主义青年团团员。"

两位共青团的干部又互相看了一眼,同时点点头。

"我的话还没完。"当他们第二次要离去时,老政委又把他们叫住了,接着说:"所有本连队团支部已经通过的知识青年的入团志愿书,我都要求你们在移交工作之前,全部批准,并代他们办理好组织关系,交给他们本人,不许有任何差错!"

……

办理完了最后一道返城手续的知青们,有些一拿到档案和准迁卡,就迫不及待地赶回连队去了。他们需要筹划种种返城的准备。更多的人没有回到连队去,仍留在团部,他们要等待开欢送会,因为这是老政委说过的。他们并不希望为他们召开多么隆重多么有场面的欢送会,他们只是希望在离开北大荒之前,有人能够代表北大荒对他们说些什么。他们每个人都很想通过一种仪式，哪怕是最简单的仪式，集体向北大荒告别。有没有这样的仪式，对他们来说，并不是无所谓的。

此时此刻，他们对北大荒是怀着一种由衷的留恋之情的。或者换一种说法，他们是对他们的青春，对他们当年的热情，对他们付出的汗水和劳动，对他们已经永远逝去的一段最可宝贵的生命，怀着由衷的留恋之情。

留恋，但却要离开，多么矛盾啊！

但这是时代的矛盾在一代人身上、思想上和心理上的折射。

谁不能客观分析我们过去了的那个时代的矛盾，不能得出正确的结论，便无法理解他们将要离开北大荒时的复杂心情，无法理解他们对北大荒那种眷眷的留恋。

除了工程连的少数几个人之外，他们都还不知道，就在昨天夜里，有两个知识青年长眠了⋯⋯

九点整，团部的广播喇叭传出了集合号声。各个连队，在礼堂外的广场上排好了队列。

礼堂的门，从里面缓缓打开了。

他们一进入礼堂，都惊诧得呆住了。首先映入他们眼中的，是一条横幅挽幛——

知识青年刘迈克、裴晓芸千古

老政委臂戴黑纱，肃穆地站立在舞台上。他望着大家，用流溢着感情的目光望着大家，许久才开口说道："兵团战士们，这是我最后一次这样称呼你们了！我相信，今后，在许多年内，在许多场合，这个称呼，将被你们自己，也被别人，多次提到。这是值得你们感到自豪的称呼，也是值得和你们没有共同经历的同代人、下几代人充满敬意的称呼。虽然，你们就要离开北大荒了，生产建设兵团的历史，结束了，但开发和建设边疆的业绩并没有结束，也是不会结束的！我代表北大荒，要大声对你们说，感谢你们——兵团战士们！因为你们，在北大荒的土地上，留下了垦荒者的足迹！因为你们，十年内打下过何止千百万吨的粮食！因为你们，今天是要回到城市去，而不是，要跑到黑龙江的那一边去！我相信，今后在全国各个大城市，当社会评论到你们这一代人中最优秀的青年时，会说到这样一句话：'他们曾在北大荒生活过！'"

无数双眼睛，一眨不眨地注视着老政委。

老政委那般激动！

他接着说："我昨天答应你们，要为你们开欢送会。我真心实意地想到，要像你们当年被欢迎来北大荒一样，敲锣打鼓地欢送你们离开北大荒。你们是有功绩的，虽然，这功绩不见得会被书写在历史上，但它是会被历史所公正地承认的！十年中，有不少知识青年，为北大荒献出了生命。就在昨天夜里，你们之中的两位知识青年，你们的两位兵团战友……你们要永远铭记他们的名字！他们叫……刘迈克……裴晓芸……北大荒将永远怀念他们……"

老政委垂下了白发苍苍的头。

所有的人，都垂下了头。

广播喇叭传出了哀乐声。

曹铁强、小瓦匠和工程连的两名战士，抬着用白布罩起的自己兵团战友的遗体，从外面缓缓地走入礼堂，走上舞台，将战友的遗体，轻轻地平放在桌子上。放得那么轻，像怕惊醒了他们的睡眠。

"大家，向烈士告别吧！"

老政委的话音刚落,立刻有人失声哭了起来。哭声响成一片!

这些知识青年们,在近几年中,为领袖,为敬爱的周总理,为朱委员长,为许许多多老一辈革命家的逝世,如此痛哭过。今天,为两个知识青年,为两位兵团战友,他们又一次痛哭了……

数百人组成的送葬队伍,没有戴黑纱,没有戴白花,连一只花圈也没有抬着,从礼堂出发,沿着团部大道,缓慢地走向驼峰山。

镐头刨开了冰冻得铁一般硬的土层,一把铁锹,在数百人手中传递着。北大荒的土,掩埋了两个知识青年。北大荒的土地上,又堆起了,也遗留下了,两个知识青年的新坟。

排枪响了三次。

这是工程连的战士们,遵照连长曹铁强的话做的安葬仪式。裴晓芸这个刚刚被批准为战备分队战士的上海姑娘,生前还没有机会放过一枪。排枪声震动了穹空,三次回音在驼峰山谷之间回鸣,绕着山峰,长久不断地延续。

像一支黑色的箭从半山腰的哨位上朝这里射来——是"黑豹"……

郑亚茹没参加安葬,她没有勇气。她独自一人来到石锦河边,坐在一棵树干曲扭的大柳树下。她的头脑很乱。准迁卡和档案袋放在书包里,书包背在身上。但回到城市去,还是留下在北大荒,她内心充满了矛盾,犹豫不决。而容许她进行选择的时间,竟是那么短,那么紧迫。

这里静悄悄。每次到团里来开会或参加干部集训学习班,她一有空就喜欢独自到这里来,消磨一点余暇,无论冬夏春秋。老柳树昨夜之前缀满树挂,像一株巨大的银珊瑚。冰冻的河在暴风雪前如镜子一般光洁。这里曾令人勾留忘返。然而暴风雪一夜间将这里的美好彻底破坏了。老柳树的枝条光秃得像丑怪的豪猪,河面被苍凉的厚雪所覆盖。望着驼峰山蜕了一层皮似的山峰,她对自己今后要走的人生道路那么茫然。

她明白,自己站在一个十字路口。

在昨夜之前,她对自己的生活之途充满信心。她是全团仅有的三个女知识青年提拔起来的正连职干部的一个,是唯一的一个知识青年团党委委员。在全团培养团一级青年干部的名单中,她是名列第一的。虽然,她也同许多知识青年一样,对城市,对城市生活,时时产生情不自禁的眷恋。但更多的时候,她是压制着这种眷恋,不像别人那样随时随地流露出来。她不,她从没如此过,她不允许自己那样。在对种种离开兵团的途径和去向都思考过,对比过,暗中尝试过之后,她曾放弃了返城的念头。只要默默耕种,总会有收获,她相信这一点。谁知再过十年之后,她不会成为生产建设兵团的女团政委,甚至女师政委呢?那时,她也不过才人到中年。那么再过十年呢?她五十岁的时候呢?生产建设兵团总部的领导们,是部长级,是大军区级。一切都非梦想,一切都不是不可能。一切都只有留在兵团,留在北大荒才会实现。在任何一座城市里,都不会为一个二十九岁的女青年创造这样的条件,提供这样的机遇。可是突然她和所有知识青年一样,被推到了走与留的十字路口。她根本没有来得及思考,就作了后一种选择,甚至可以说,不能算是一种选择,而只是一种身不由己的盲目的附随。后悔了吗?也许是的,的确是的。返回城市之后,她和全团八百余名知识青年,和几千、几万、几十万、几百万、全国几千万知识青年的命运,还会有什么不同?城市会像久别的情人一样张开双臂拥抱她吗?待业、临时工……她能够心平气和地忍受这些吗?不错,父母会尽快为她安排一个较理想的职业,在这一点上,她可能会比别的知识青年幸运些。以后呢?结婚,生孩子,贤妻良母加先进生产者。在北大荒的种种荣誉和资本，都将是过了时的记录。一切都得从新的起跑线上再次开始。对于这种人生途程上的竞赛，她已经感到疲倦了。她已经竞赛了整整十年啊！……何况，她已经二十九岁了，一个老姑娘。城市对于一个二十九岁的返城的姑娘，绝不会是含情脉脉的。她不由得想到了曹铁强，想到了十年来她和他之间的关系。她是爱他的，现在仍爱，可以对天盟誓！可是，他究竟为什么不爱她呢？她至今不明白。他一度曾想把爱情双手奉献给她，在这一点上他并没有欺骗她。她自己也不是一个容易感情迷乱，容易被装虚作假的人所欺骗的姑娘。不，不，他不是一个玩弄姑娘感情的人！尽管她已永远不可能获得他的爱情了，她却不能够允许自己诋毁他，不能够允许自己诽谤她和他之间过去的，那种似爱情然而又被什么东西与爱情所分割的关系。

爱情曾经环绕在她身边，她却没有捕捉住。她那么希望和企图获得，但终于还是失去了。

他把爱情给予了别人，给予了一个在自己看来完全没有可能得到的姑娘，却真实地甚至可以说慷慨地给予了！

是生活本身犯了错误？是他错了？还是她自己错了呢？错在哪里呢？

大前年探家的时候，她就开始意识到，她和他的关系中出现了最严重的一次"危机"。可是，他们并没有发生争吵啊！应该说，那一次探家还是很有收获的。她温柔地哄劝他，恳求他，甚至耍了一些小小的计谋，编造了种种借口，领着他一家又一家地登门拜访自己父亲的老战友、老领导、老下级，从省军区司令员到某某副市长，从某某局长到某某区长。不错，都是纯礼节性的拜访。但这种纯礼节性的拜访，难道不是可以积累成亲近的感情吗？难道与这些人物之间缔结下的感情韧带，可以被愚蠢地认为是没有必要，没有意义，没有价值的吗？白痴才会那么认为。不论任何一个人，要生活得比别人更充满自信，要实现比别人更大的作为，要在同代人中出类拔萃，都必须在生活中借助别人的力量。谁的生活能摆脱得了在社会上的傍依性？谁？即使非凡的人物。何况，她仅仅只是为了她自己吗？难道不也是为了他吗？不是为了她和他共同的将来吗？

如果是在这一点上他不理解她，轻蔑她，鄙视她，他是公正的吗？将来总有一天她要寻找机会质问他的，她要和他辩论明白的。他可以不爱她，但她有权要求回答。她不能既失去了，又糊涂着啊！

她又想到了团部卫生院的主治医生匡富春，收到他从哈尔滨医科大学寄给她的第一封回信，她当时多么惶然！从那封信的字里行间，她看得出来，他被她深深地感动了，他对她充满由衷的感激之情。感激一个不相识的姑娘对他的经济资助和真诚勉励。而她给他写信，寄给他十元钱，不过是出于和曹铁强赌气！而且，过后她就把这件事忘了。既然收到了回信，就不能不认真对待了。那太卑劣了！几经犹豫和思考，下个月她又给他寄出了一封信和十元钱。当然，她又收到了回信。复信，寄钱，复信，寄钱……感激之词和"希望你刻苦学习"一类话语在来往书信中渐渐被剔除了。她觉得寻找到了一个可能向对方倾吐自己内心许多忧烦苦闷的人。她也体验到了被别人信任，由信任而得到一种友情，同时给予别人信任，给予别人友情是生活中一件多么美好的事！他在信中表示，盼望和她早日相见一面了。

在又一次探家期间，他们相见了。

假期结束，他送她上火车时，郑重地交给她一封信，他向她求爱了。

那正是她和曹铁强之间的关系令她最苦恼最绝望的一段时期。

她站在列车两节车厢的过道，背着陌生的人们哭了一场。

一返回连队,她就给匡富春写信。在信中告诉他,他上医科大学的机会,当初差点是被她所断送。告诉他,她曾热烈地爱过另一个小伙子……

她是怎样地盼望着他的回信啊!不久便收到了回信。信纸上只写了一行字:因为你是一个如此坦率的姑娘,所以你便值得我爱。

……

今天,她不禁向自己发问:我爱他吗?究竟爱他到什么程度呢?他是卫生院受人普遍尊敬的医生,长得也不错。和曹铁强比较,一个英俊,一个文秀。他爱自己的职业不亚于爱她。他比曹铁强能够理解她,虽然不见得事事赞同她。

只有他,才能医治曹铁强在她心灵上造成的爱情伤痕。只有他,才能在她心目中和曹铁强并列。也只有能够和曹铁强并列的人,才能在她心目中取代曹铁强,才能最后占据她的整个心!她心目中是有一种被别人整个占据的愿望的啊!

我为什么要想到爱情?在这里,在这个时候?

她又抬起头向驼峰山看去。那里,在进行安葬,而我坐在这里……多么可鄙啊!

"留下,还是离开?我必须在半个小时内作出最后的决定。"

她看了一眼手表,从雪地上抓起一把雪。雪的冰冷的刺激,使她打了个寒战,也使她的心绪稳定了些。

"在半小时内,如果我手中的雪还没有融化,我将离开……如果融化了,我将留下……"

一滴雪水顺着她的指缝慢慢淌着,终于滴落在雪地上,在雪壳表面冻结成一颗小珍珠。

不到十分钟,她手中的雪便融化尽了。

手,太热了。

留下?……八百余名都走了,四十几万都走了,自己留下来?选择和大多数人背道而驰的生活之路,别人的经验告诉她,那是太冒险了!一个孤独的女知识青年,难道还要在北大荒经历无数次像昨夜那么猛烈的暴风雪?!不,不,不!那太可怕了。何况,此后她的双脚踏在这块土地上,心灵会感到时时不安宁的。因为,这里埋下了刘迈克和裴晓芸,在今天。

一想到这一点,她的心像是被放在炭火上烧烤着。

她同时想到了不久前的一件事:

连里有天突然收到了兵团总部的公函,上面用打字机打着十几行字——所谓裴晓芸的母亲是外国特务的疑案,纯属"四人帮"对爱国归侨的政治迫害。她父亲的政治问题,也获得彻底的平反昭雪。她在国外的姨父母,要求批准她到国外去继承遗产。如本人同意出国,连队要举行欢送会。欢送会作为一项政治任务,必须举行……

当把公函给裴晓芸看时,裴晓芸哭了。

"我在国内一个亲近的人都没有了,我需要亲人!"

凭裴晓芸的这句话,郑亚茹主持召开了欢送会。

她是这样说开场白的:"今天,我们为裴晓芸女士,召开出国欢送会。我们希望,裴晓芸女士到了国外,能够做一个红色资本家。这就算我代表全连对裴女士的临别赠言……"

这开场白是用笔起过草,背过的。为什么要用"女士"这样的称呼?话中有没有讥刺和嘲讽?她无法否认这一点。

她讲完话之后,裴晓芸站起来说:"我需要亲人,需要关心我爱我的人,但我不愿离开祖国,不愿离开北大荒!我相信在北大荒我会寻找到关心我爱我的人……"说完,便离开了会场。

欢送会没开成,人们纷纷散去,最后只剩下了她和曹铁强。曹铁强瞧着她,想说什么,却什么话都没说,只是摇了摇头,也撇下她走了。就是从那一天,她意识到,不但失去了爱情,同时,也失去了友情。他对她责备的话都不愿说了。

想到这件事,郑亚茹站了起来,匆匆朝团部走去。她要去找匡富春。

她下了走的决心。

"没有十字路口,"她在心里对自己说,"对于我,只剩一种选择,离开北大荒。"她明白,曹铁强是不会离开北大荒的了。在昨夜以前,她和他既是领导着一个连队的两个合作者,又是生活道路上的两个竞争者。就像运动场上的两个竞走运动员,比的是在北大荒坚持下去的耐力和毅力。只有爱情才能改变他们之间这种关系,而爱情早已在他们之间死亡了。剩下的,只是怨恨,也许更甚,是仇恨。难道有谁可以原谅导致他所爱的姑娘死亡的人吗?即使他亲口对她说出原谅的话,她也不能相信。即使她相信了他,她也不能饶恕自己。

离开,离开……绝不留下……要和匡富春一同离开,和匡富春一同。

走在半路,她忽然放慢了脚步。她终于……站住了。她终于……转变了方向,她朝驼峰山走去。

她来到了埋葬刘迈克和裴晓芸的地方。她久久地站立在两堆新坟前。她在雪地上跪了下去。她用双手扒开积雪的硬壳,扒得露出了地面,十指在地面上使劲抠着。扒开的雪接受到阳光,化了。坚硬的地面潮湿了一点儿。她终于抠起了极小的一捧土。指甲裂了,十指鲜血淋淋,她却并不觉得疼。她双手捧起这一小捧土,缓缓地站了起来,虔诚地将土分撒在两座坟头上。

她在心中乞求："刘迈克，裴晓芸，你们饶恕我……"

团部紧急会议的内容，是她透露的。会前，马团长找她单独谈了一次话，指示她开会时要首先发言，表明态度，并答应她，如果想离开北大荒，全部手续包在他身上。趁团长出去了一会儿，她急忙抓起电话，将关系到知青命运的这一重要情况，告诉了在水利连当文书的表姐，敦促对方赶紧采取对策……

当她转过身准备离开时，发现曹铁强站在几步远处，正望着她。

两人默默地对峙了片刻，她迎视着他的目光，向他一步步走去，走到他面前，说："你惩罚我吧，我请求你……"

他摇摇头："不，我的拳头从来也没有落在悔过的人身上……"

"打我吧，打吧，打呀！我求你……"泪水从她眼中流了出来。

"不，我不能够……我知道，你是要离开的了。希望你，今后在回想起，在同任何人谈起我们兵团战士在北大荒的十年历史时，不要抱怨，不要诅咒，不要自嘲和嘲笑，更不要……诋毁……我们付出和丧失了许多许多，可我们得到的，还是要比失去的多，比失去的有分量。这也是我对你的……请求……"他说完这番话，注视了她良久，一转身大步走了。

她望着他的背影，又回头望着两堆新坟，双手缓慢地抬起来，捂住了脸……

老北大荒人的女儿躺在团部卫生院的病床上，面如白纸。昨夜，她骑马驮着裴晓芸狂奔到团部，半途便在鞍上流产了。马到卫生院门前，她便昏了过去，滚落地上……

她在流泪，为失去了没出生的孩子和女友而流泪。在情感和心理方面，她都已具有了细微悱恻的母性的特征。而此种从未承受过的悲痛，像袭击宇宙的大雷电，猛烈地横扫着她的内心世界。

工程连的知青们来到了卫生院里。他们在走廊里被医生匡富春拦住，不许他们进入病房。

"我只能允许两个人进入病房。"他双手插在白大褂的衣兜里，用没有商量余地的口吻说，"其他的人，都请自觉到外面去。"仿佛他是一位国王，而这里是他的宫殿。

"连站在病房门外看看也不行吗？"有谁嘟哝了一句。

他没有回答，朝贴在墙上的"病房秩序"翘翘下巴。

小瓦匠大声说："这是什么时候，还来这一套？"

他看了小瓦匠一眼，回答："现在正是我值班的时候，我是医生，我在尽着我的责任履行我的职权。"

大家都无可奈何地望着曹铁强。曹铁强说："那么请允许我进入病房。"

匡富春上下打量着曹铁强，认出了他。

小瓦匠赶紧从旁说："他是我们连长。"又对曹铁强说，"连长我和你一块儿进去吧？"

曹铁强点了一下头。

匡富春闪开了，对两人说："十分钟。我看着表。提醒你们，不要谈到那个对她很不幸的事件。"

"大家，就都……这么走了吗？"当曹铁强和小瓦匠走入病房，走到秀梅的病床前，她这样问，含泪的两眼望着他们。

"不，不是都走。我留下，我不走。"曹铁强说，"大家都要来看你，被医生拦住了。"

"连长，我谢谢你。迈克有个知青做伴了。"秀梅说，又问，"他为什么不来看我？他在哪里？我多么需要他来看看我……"

曹铁强情不自禁地握住她的一只手："他在做着很重要的事情……

他要我对你说,别因此生他的气。"

秀梅微微地笑了一下,将脸转向小瓦匠,友好地说:"小瓦匠,回到城市里,别忘了给我和事务长写信,要经常写信,不然他一定会对我骂你的。他对你像对亲弟弟一样……"

小瓦匠紧紧地咬住嘴唇,点了点头。

……

卫生院的值班室里,郑亚茹和匡富春之间,也在进行着一场谈话。

他问:"你的返城手续全办好了?"

她点了一下头,反问:"你呢?"

他摇摇头。

"为什么?为什么还不去办理?"

"我……当初的决定,在今天,也还是没有改变。"

"你?……别跟我开这样的玩笑,我怕,我怕从你口中听到这样的话!"她望着他的那双眼睛瞪大了,眸子里闪现出恐惧。

他摇着头:"不,不是玩笑。"

"你……你怎么仍不改变你当初的决定?你不能这样,这太轻率了,你将后悔一辈子的!"她扑到他跟前,双手死死地揪住了他白大褂的衣襟。

他理智地分开她的手,退后一步,抚平白大褂,说:"也许会的,但那肯定是将来的事。可现在我还没有后悔,所以我还不能动摇我的决定。是兵团送我上了医科大学,是兵团为我创造了从事医生这一职业的条件。毕业的时候,我本来有可能留在大学。只因为我想到了这一点,我才回到北大荒。回来之后,我多么希望在我所生活的北大荒的这一片土地上,会盖起一所很像样子的医院。现在,这样一所医院盖起来了,我对这里的条件感到满意。我时常因为意识到自己是这所医院里很重要的一名医生而感到自豪。更重要的是，我对这所医院里的一切都产生了感情……"

"不，不，我不听！我不听这些！……"她绝望地叫起来，双手捂上了耳朵。

看了她一眼，他接着说："你不要捂上耳朵，你应该听，否则，你无法理解我……昨天夜里到今天上午，我一直在值班。当我巡视病房的时候，我从病人们的眼中看出，他们都希望用那种默默的目光挽留住我，我被他们感动了。我忽然问自己，我究竟为什么要离开这里，离开我的病人们回到城市去？一个医生不是应该在最需要医生的地方起作用吗？难道北大荒不是全中国最需要医生的地方之一吗？在我向自己提出这样的问题之后，我决心永远留在北大荒了。你刚到北大荒的时候，难道没有听说过女人因为一般性难产，男人因为患阑尾炎就发生死亡的事吗？……我不能承认我的决定是轻率的……"

她慢慢地放下了捂住耳朵的双手。她怔怔地望着他，一动不动，完全呆住了，像雕塑一般。她的双眸顿时变得异常灰暗了。

"我知道，我这样决定，会令你非常难过的。我……很内疚，觉得对不起你。我希望，能够得到你的原谅……"她那副样子，使他心里很难受。他向她跨近一步，握住她的双手，直视着她的眼睛，低声但充满感情地说："原谅我吧！"

她忽然紧紧抱住了他，仰起脸，怀着最后一线希望哀求道："别让我伤心，别叫我绝望！我需要你和我一起离开北大荒！我不能失去你，我爱你！我不能什么都遗失在北大荒啊！我在北大荒付出了那么多，失去了那么多，我一定要带着什么离开这里！我要带着你，我要带着爱情回到城市！……"她的声音颤抖不已，她的话说得那么急切，她眼睛里那种哀求的目光令他不忍迎视。

但他还是轻轻推开了她,摇摇头,说:"你们连队的人都在外面……"他忽然想起了什么,看了一眼手表,又说,"你等我一会儿,我就回来。"说罢便撇下她走了出去。

他从秀梅的病房有礼貌地"请"走了曹铁强和小瓦匠,立即匆匆回到值班室。

她,却已经不在了。

他在门口呆立了一刻,慢慢地走到桌子前,慢慢地坐了下去,慢慢地用一只手撑住了额头……

他极轻微而又极痛苦地说出了两个字:"亚茹!"

中午,一辆小吉普车从团部开出,开向公路。车内坐的是团长马崇汉、他的爱人和两个女儿。车开到公路口,司机首先看见政委孙国泰站在公路边上,减慢了速度,扭回头问:"团长,要跟政委告别一声吗?"

马团长像没有听见司机的话,阴郁的脸上毫无反应。

司机也不再说什么,加快车速,吉普车从政委身旁驰过。

马团长忽然在司机肩上拍了一下:"停……"

吉普车偏向路边,停住了。马团长打开车门,跳下车,朝政委大步走去。老政委刚刚送走一批团部直属连队的知识青年,他们是乘长途公共汽车走的,有的连铺盖和箱子都丢弃不要了。行程长达九个小时,当今夜的定更星出现之后,他们便会从此脱离了北大荒的土地。

他心中涌起了一种对他们无限依恋的眷情,和一种……失落感。

北大荒毕竟是多么需要他们啊!

马团长走到他身旁,叫了一声:"老孙……"

他转过身,见是团长,有些意外。团长那身崭新的草绿色军装上,也留下了昨夜救火时被烧的处处破绽。

马团长向他伸出一只手:"我也决定要走了。已经向师部发出了转业申请报告,要求回地方老家……今天先送家属走。"

老政委没有说什么,默默地握住了他的手。

马团长苦笑了一下,又说:"我的错误,我不会推卸给别人的。我接受组织给我的任何处分……我的检查已经写好了,放在我的办公桌上……"

老政委还是没有说话。

"老孙,十年来,我们之间在工作上配合得很不好……反思许多往事,我很惭愧。我……有些事情,积十年的教训,往往还不能一下子使人认识到自己的错误。但一次严峻的事态发生之后,便会使人猛醒。昨夜的混乱没有到不堪设想的地步,我……感谢你!"他将政委的手使劲握了一下,放开后,转身就走。

老政委完全相信,对方的这番话,是由衷的,是诚恳的。可是他却不知道自己在此时此刻应该向对方说些什么。当团长走回到吉普车前,他才叫了一声:"老马!"大步赶过去。

"老马,我有句话对你说,并且希望你能够记住。"他走到团长身边,用深沉的目光注视着对方,"无论在总结经验方面,还是在总结教训方面,我们都不能把个人的作用估计得太重,结合时代的错误来认识我们个人的错误,这也许才更客观一些。"

马团长沉重地叹了口气。

老政委又说:"知识青年的返城浪潮,绝不是我们个人的意愿所能遏止的。无论我们的意愿是良好的……还是……你,我,每一个兵团干部的最后义务和责任,不应该是想方设法阻拦知识青年返城,而应该是,认真总结各方面各种因素的经验和教训,把它记载到边疆的农垦发展史上。"他沉默了一会儿,似乎觉得还应该说几句道别的话,但又觉得最重要的话已经说了，道别的话在此刻反而会显得很不相宜，便缄口不语了。

马团长掏出烟盒，取出一支烟，递到老政委面前。

老政委本不想接，他口中仿佛刚嚼过苦艾，苦涩得很，但见对方脸上是一种"临别敬赠"的庄重表情，意识到了这支烟在此刻有非同寻常的价值，便接在手中。

马团长自己也叼上了一支，随后掏出打火机，首先给老政委点燃了烟。不知为什么，团长自己却不想吸了，取下叼在嘴上的烟，放进了烟盒。他那沉思着的缓慢的动作，使老政委觉得，似乎他这一次合上烟盒，有可能永远不再打开了。

口唇不但苦涩，而且干燥。老政委只吸了两口烟，便将烟掐灭了。

老政委替团长打开车门，马团长的目光在老政委脸上最后凝视了一秒钟，高大魁梧的身材很不灵便地钻进了小吉普车。

老政委发现，坐在车内的女人和两个女孩的脸上，流露着微微的不安。他对女人笑了笑，在小女孩的头上抚摸了一下。见小女孩没戴头巾，摘下自己的围巾，围在了小女孩颈上。

老政委轻轻地替这一家人关上了车门。他久久地站在公路边上望着小吉普车疾驰而去，拐弯后消失在驼峰山脚下……

他转过身，面对团部的方向，从这里直通往团部区域的大道上，留下了混乱后的残迹：雪地上纷杂的脚印和交叉的各种车辙、道旁被砍倒并劈烂的杨树，显然是从车上甩下或丢弃不要的知识青年们的种种用物……

他顿觉心中那么惆怅，那么空荡！

老政委回到团部，刚走进办公室，军务股长也走了进来，双手捧着一摞档案。

军务股长说:"政委,这是三十九份档案,他们从我手中领走,又交回到我手中……"见政委一时没有明白他的话,又说,"三十九名知青表示要留在北大荒。"

老政委双手接过这三十九份档案袋,像双手接过一锭世界上最大的金块,觉得此刻无论有一杆什么样的秤,都无法称出这三十九份档案袋的宝贵的重量。

他,落泪了。

他说:"不是三十九名,是四十一名,是四十一名知识青年,留在了北大荒的这一片土地上。我要重新盖起我们农场的场史馆,那两份知识青年的档案,要放在场史馆,和为了开发北大荒而献身的烈士们的遗物摆放在一起。"沉默了一刻,他继续说,"我还要建议,为两名知识青年修建一座碑,碑上要饰有石雕的象征,交叉的麦穗和枪,托举着一台拖拉机。这是四十余万知识青年希望实现而始终没能实现的兵团战士服的帽徽设计,也是当初兵团曾向四十余万知青许下的诺言。过去的十年中,曾有许多向知识青年们许下的诺言成为空话,我要为两名知识青年,实现其中的一个诺言。"

军务股长说:"政委,我第一个赞同你的建议。"

"你,替我深深地感谢这三十九名知识青年。"

"他们,也要我转告你,他们感谢你,感谢你给予他们的评价……"

这时,电话铃响了。

"是我,我是政委孙国泰。我?……是,我服从组织决定……"老政委缓慢地放下电话听筒,转过身,注视着军务股长。

"哪儿打来的电话?"

"兵团总部。"

"什么事?"

"调我到三师去任师长职务,他们的师长……回部队了。"

"那……那么我们团……"

"现在不同平常,我任命你为代理团长兼政委。"

"我?……"

"现在不是推辞的时候。从今天起,你就接替我和马团长的工作吧!不久,兵团就要恢复到农场的体制了。你,大概和我一样,是要把骨头埋在北大荒的吧?"

股长默默地点了一下头。

两位北大荒的第一代创业者,彼此用目光说出了要向对方说的许多话……

工程连的"二八"型拖拉机挂斗车,最后才离开团部。离开之前,他们将团部区域的混乱残迹清除得干干净净。

小瓦匠的弟弟找到了他,问他何时动身返城。

他回答:"为什么要跟我一起走?你不能自己先走吗?你又不是三岁的小孩子,路上需要我照顾你。"

当弟弟的,无法理解哥哥为什么发火。

曹铁强将小瓦匠的弟弟拉到一旁,说:"我请求你一件事,我的养父现在病情很严重,正住在市立第一医院,我妹妹看护着他老人家。他们虽然不是我的亲父亲、亲妹妹,但他们非常爱我,我也非常爱他们。你一下火车,先不要回自己家,先要赶到医院去,告诉他老人家,就说我请求他老人家,千万要坚持住,几天内我就会回到他老人家身边。可是我现在不能离开连队,我是连长……"

"需要我告诉他们,你决定留在北大荒吗?"

他摇了摇头:"不,只有我自己告诉他们,他们才会理解。"

……

"二八"型拖拉机挂斗车行驶在荒原上,像一艘驳船行驶在夜的海面上。

每一个人,都无语地沉思着。

不知是谁问了一句:"咦,咱们指导员呢?"

没有人回答。

郑亚茹,这时坐在长途汽车上。她不要铺在连队大宿舍里的被褥和那只伴随她十年的木箱子了。她临登上长途汽车,从北大荒的土地上装了一牙具缸雪。雪,已经化成了水,可她双手仍捧着牙具缸。

哦,北大荒的雪呀,这表现在北大荒版画上是那么美那么迷人的雪,但一离开北大荒的土地,竟是这么迅速地融化了!汽车里的温度不是和外面一样寒冷吗?她不明白,是她的手温将雪融化了。

难道我连一捧雪都带不走吗?既然带不走,就归还给北大荒的土地吧!让这雪水再冻结成冰,让这冰在春天再融化,渗进北大荒的土地吧!

她轻轻摇下一半车窗,将那半牙具缸雪水洒到了窗外,连同她落进雪水中的几滴泪水……

"驳船"仍在夜的荒原上行驶。北大荒的荒原啊!如果你也有思想,也有语言,你将对十年和两个不平静的夜晚,作怎样的评说呢?

荒原的夜"海"是那么沉寂!

坐在车上的小瓦匠,从兜里掏出什么,背着人悄悄撕碎了。

几片白色的纸片从他手中飘落在雪地上。

驼峰上,又传来一声苍凉的狗吠——那是"黑豹"的声音。

荒原是那么沉寂,那么沉寂,那么沉寂……

# 贵　人

九月的夜风已经使人感到有些凉了，像刚饮过满满一瓶冰镇矿泉水的嘴，闹着玩儿似的，迎面朝素徐徐地吹气。

这是秋天偎向北京的最初的迹象，一年四季二十四个节气间的交替，差不多总在夜里进行，而在白天呈现端倪。

素是最后一批离开图书馆的人之一。校园完全地沉寂下来了。两幢六层的学生宿舍楼的窗子几乎全黑了，还亮着的是走廊灯和厕所灯。在那两幢楼里并没有素的一张床位。因为她去年已从这所大学毕业了。当时谋不到职业。

人类早已度过了思想成熟期，因而哲学仿佛变得毫无意义了。偏偏，素读的正是哲学。这是她人生抉择的第一次失误，一次重大失误。

素的家在长春。父亲是国企工人，在她是初中生时下岗了，在她是高中生时病故了。父亲病故之后，母亲也失业了。母亲做钟点工的微薄而又不稳定的收入，是母女俩唯一的经济来源。如果五年前她第一志愿报的是吉林大学，那么以她的考分，是不至于落个学哲学的下场的。

她当年那么自信，所有志愿报的都是北京的大学。她有一个人生的既定方针——立志要成为北京某所大学的一名大学生；进而成为北京人，成为北京某大公司的白领小姐；之后将从未到过北京的母亲接到北京，和自己相依为命。素是那么爱她的母亲。她明白，为了供她上大学，患有肾病的母亲一直舍不得花钱看病，甚至舍不得花钱买些较便宜的常规药。母亲是在为她撑着活，撑着做钟点工。正因为她明白这一点，报答母亲的决心就下得大而沉重。仿佛将来不成为北京的一名白领小姐，不使母亲得以在北京，而是在中国别的城市安度晚年，算不上报答似的。当然，在素的这一种执着的意识中，也有实现自己人生目标的追求。对于她，北京是中国的纽约，是中国的巴黎，是中国的外国，是中国的西方世界。升入高中以后，中国的一概其他城市，便已容不下她的追求和憧憬了。上海也曾是她向往的城市，广州也不错，深圳也行，但都是她退而求其次的打算。北京，只有北京，才是她人生的战略目标。

高中的素，是那类学习能动性极强的极刻苦的女生。玩儿在素的字典里是犯罪的同义词。早恋什么的对于素是最最可耻之事。无须谁向她的头脑中灌输如上理念。母亲从来也不必督促她好好学习。倒是常常心疼太过用功的她，怕她累病了。是她头脑中自行生长出如上想法的。总之，"响鼓无须重捶，快马何必鞭催"一句老话，形容素是最合适不过了。

她既是如此这般的一名女生，男生们则很识趣地敬而远之。女生们则视她为一台性情孤怪的应试机器而已。那一年是高考的高峰年。按往年成绩本可以进清华北大的考生，十之七八未能如愿以偿。本可以喜上眉梢地考入北京的考生，纷尝遗憾沮丧之果。正在素终日盼望消息坐立不安的日子，她的班主任老师亲自到家里来通知她——北京某重点大学可以录取她，但前提是她放弃已报的专业，服从该校专业调配。

老师还说，其实"吉大"也对她这一分数线的考生感兴趣。倘她愿做一名"吉大"的学生，老师可以替她去疏通，并且能保证她读一门符合志愿的学科。

她却毫不犹豫地回答："我当然去北京！"

于是她就成了北京那一所大学哲学系的学生。

大学的素，一如高中的素，没有一丁点儿玩儿的激情，也没有多了任何一种爱好。初中的她和高中的她，只有一项爱好，那就是独自散步。大学的素仍只有这一项专利更属于普遍的老人们的爱好。其实她不喜欢哲学。教授副教授们在课堂上的侃侃而谈对于她如同催眠曲。而大师们曾深刻地影响过世人的种种思想要义以及"纯逻辑之美"，在她听来像高级的玄辩。尽管如此，她仍是一名学习刻苦且成绩优秀的学子。

实际上素已从少女时期便形成了一套自己的哲学——普通人的哲学，比普通人的哲学还要接近真理的穷人的哲学。那就是简单明白通俗易懂一句顶一万句的一切从实际出发为了生存的哲学，实用主义的哲学。倘谁过分认真，从她的头脑里掏出了这一种哲学，并以其人之道还治其人之身，和她辩论说她一心上大学已经脱离了她的人生实际，她应该早早地就参加工作的话，那么大错特错了。素一定会平静地回答道："那是一个高中之后只有五年生命的人的实际选择。"如果对方不懂她的意思，那么她接着会一一道来——她眼见多次没考上大学的一届届的高中生，尤其女生，其人生五年以后一败涂地。将来的五十年完全没了什么亮色。而即使在五年中，活着的状态也不过是靠着人生短暂的花季为资本。除了极少数容貌姣好的，可指望嫁给富有的丈夫做专职之妻，大多数连嫁人都成了问题。在这一点上，城里的姑娘和乡下的姑娘的命运是不尽相同的，甚而是截然相反的。一般乡下姑娘并不愁连做人媳妇的资格都丧失了。十六七岁的乡下女孩儿进城打工，抑或做小阿姨，五年至八年间总是会攒下一笔钱的。靠了那一笔钱她可以回乡下选个意中郎，嫁个好人家。而一个没有稳定职业却只有高中学历的城市女孩儿，到了该嫁人的年龄，倘其貌平平，那就越发地在城市里显得多余了。城市留给她们干的工作是越来越稀少了。连小饭馆老板雇服务员，也宁可招用比她们乖顺，年龄又比她们小的乡下女孩儿。何况后者们的要求不高，二三百元就肯干。只有极少数极少数的城里小伙子，有勇气娶一个没有学历，因而找工作难上加难的城里姑娘为妻。那样组成的一个小家庭，夫妻间的感情怎么长也长不过三五年去。三五年后，就过不下去了……

是的，素认为，只有高中学历，在乡下而论文化程度不低，在城市却几乎等于没有学历，甚而几乎等于没有文化可言。素在高中时，便冷静而敏锐地看清了这一种新的城乡差别。学历，而且最低是大学的，倘无它，在将来的中国，几乎就没有了保证一个人在城市里生活五十年的可能性。当然，如果甘于过贫穷到极点，需时常向社会伸手求助的生活，也并非不可能。但人生落到那么一种地步，活着不就没什么意思了吗？比起许多同龄人，素其实是看问题较深刻的。这是一种本能的深刻，一种贫家女的深刻。她对自己之人生，以及对现实冷静而敏锐的看法，使她感到自己在大学哲学系所学的那些知识，都更像是提供给富人们闲来无事想着玩儿的精神奢侈的方式。有次下了课，她以一副极其认真的模样请教正迈下讲台的教授："老师，梦想着买一匹马减轻自己的辛劳,而却没钱买得起一匹马的农民,白马也不是马吗?"

年轻的思想家,那么惯于俯视人世间一切现象的哲学教授,被问得一愣。

整整那一堂课,他滔滔不绝地指导学生怎样论证两千三百年前的公孙龙的"白马非马"论。而那是他顺利获得硕士学位的论文,也是他被公认的讲得最精彩的课目。

素站在他面前,平静地期待着回答。

到底不愧是哲学教授,他略一思考,回答道:"所以那样的农民活两百岁也成不了思想家。"

他正暗暗得意于自己的机智,不料素又问了一句:"所以公孙龙的哲学才显得似乎很高级是吧?"

……

从那以后,在他的课堂上,只要素的目光全神贯注地望着他,他自己的目光就有点儿不知该望向哪儿了,并且会变得语无伦次起来。

然而,素听说,当别人问他,他的学生中哪一个最有思想时,他脱口而出的是她的名字……

今天晚上,素从八点到图书馆清馆,整整三个小时里读的是尼采的《查拉图斯特拉如是说》。在做哲学系学生的四年里,她一次次接触过尼采这个具有四分之一波兰血统的德国人的名字,也听那位曾指导学生们怎样论证"白马非马"的哲学教授在课堂上情绪亢奋地高声朗读过尼采的所谓"诗性哲学"。她听了困惑不解,觉得那也算是哲学的话,那么世界上各国的精神病院里,一定关着不少哲学家。教授颂扬尼采乃是上一个世纪"最伟大的哲学家"。所用盛赞之词,仿佛一百年内全世界出那么伟大的一个人物,是奇迹,是人类的荣幸。而她当时觉得教授对尼采的热情是有那么几分病态的。他说"最伟大的"四个字时，目光无意中与素的目光一对。实际上素一直在注视着他。素看出他的脸微微红了一下。于是她赶紧将目光望向别处，免得使他不自在。素认为，大学老师和高中老师和初中老师相比，虽同为老师，但心理区别很大。高中老师和初中老师的学问肯定没有大学老师那么广博，但普遍的他们和她们没有卖弄的毛病。因为卖弄是提高不了升学率的。提高不了升学率，再怎么也证明不了自己的教学水平。教学水平不能得到硬性的证明，教学资格就会受到怀疑，甚至被动摇。而且，高中老师和初中老师们，也许比大学的教授们副教授们要无私得多。前者们巴不得自己最差的学生也能升入重点高中进而高考时榜上有名。所以他们在教学方面不遗余力，恨不得有一分热发十分光。你可以认为他们是些只会教死书死教书的典型的刻板的教书匠。但出发点委实是为着学生们的。为学生们中考顺利过关，高考如愿中第。而大学的教授副教授们则不然，他们不带班，没有升学率的硬性指标压迫着心理，完成了规定课时，便完成了教学任务。所以对学生少有高中老师初中老师们那一种息息相关似的责任感。尤其文史哲三大传统文科的教授先生副教授先生们，往往几十年如一日，讲义是不曾变过的。即使有所变，主观色彩也大得很。从古至今，从中到洋，每凭个人好恶，自成一家，率性发挥，偏见歧见，曲解误解，充斥课堂。或以仁谤智，或以智诽仁，每口出诮言，且仿佛天下第一见识，第一高论，从中获得很强烈的自我欣赏和希望被欣赏，自我崇拜和希望被崇拜的快感。所以，常常难免的在思想和观点上赶时髦，现抄现授……

　　素能够以自己四年大学的切身体会，对初中高中和大学老师的区别作出如此一番比较，姑且不论她的认为是否正确，足见她的确是善于归纳现象，并对表面现象极为敏感，由是能够独立思考的。

# 秀　发

她曾听过一次中文系某教授对外系学生开放的大课，那教授先生在谈到鲁迅时用词刻薄，谈到徐志摩、张爱玲却情不自禁地击节称奇。仿佛整个三四十年代的中国文学时期，有了徐张二位才子才女，方是中国影响深远的一个特殊的文学时代……

素在初中高中时几乎不读任何课外的文学书。上了大学，才如饥似渴地补读，还记了几本厚厚的心得。她竟将《鲁迅全集》通读了一遍。在她那所大学，在她那一届学生中，推而广之，在近年许多所大学的许多学子中，像她一样能将《鲁迅全集》通读了一遍的学子，不说绝无仅有，也肯定是极少数派之一。读了鲁迅，素对鲁迅的敬意油然而生。她甚至在日记里写下过这样一句话："倘素生逢其时，倘世无广平女士，愿代而为先生妻。"——像她的某些女同学一样，素也每在日记中仿男性之遣词用句。这一种现象，在她们大约是由于潜意识里思慕男性的心理使然。她也读徐志摩，也读张爱玲。她上大学以后，狠上心跺跺脚，首先买的两本书其实都非鲁迅的书，而是徐才子的一本诗集和张才女的一本小说集。她像她的大多数女同学一样，蛮喜欢徐张二位的才情。但仅仅是才情，仅仅是喜欢，了无敬意。那一次中文系的开放大课听下来以后，她在日记中写下了一个字的心得——"屎"。雨果的《九三年》里，滑铁卢战役中法国龙骑兵上尉就义前口中所出那个著名的字。

素在校图书馆每晚通读《鲁迅全集》的日子，曾引起过中文系另一位老教授的注意。他是位毕生研究鲁迅的学者，而且是有资格带博士的教授。他打算编一部评论各种版本的《鲁迅传》的书，那些日子也经常到图书馆去查阅资料。他忍不住将素诚邀到家里面谈了一次。

老教授问素当初为什么没报本校的中文系，而报了哲学系？

素就将自己怎么样成了本校哲学系学生的原委讲了一遍。

老教授说，只要她愿意，毕业后可以考他的研究生。他宁肯委屈一下自己，以博士生导师的资格，带她这个硕士研究生一起研究鲁迅，保证一直将她带到成为博士。

素沉吟片刻，低了头问："那以后呢？"

老教授表情庄重地回答："以后，你就是一位年轻的研究鲁迅的女性专家。中国还没有一位研究鲁迅的女性专家。"

接着，老教授就坦白、惆怅而又不无悲凉意味地抱怨，偌大一个十三亿多人口的国家，怎么竟连续数年招不到甘愿以毕生之精力研究鲁迅的人才？老先生一提到那些贬损鲁迅的言论和文章，便义愤填膺，斥骂曰"蚍蜉撼树"之行径。他说他一定要在有限之年，培养起几名，至少培养起一名当得起捍卫鲁迅之历史大任的战士。倘是女战士，则更好，更觉欣慰。否则，将会抱憾终生，死不瞑目。

素对老教授的激烈和激昂颇感吃惊。她不动声色地又问："那，在中国，哪些单位肯给一名那样的女战士发工资呢？"

"这个……这……这个嘛……我想总该是会有的吧？"老教授支吾起来。听那口气，仿佛是在问她。于是，素也就对那样的一名女战士今后的人生光景，得出了八九不离十的没有什么乐观理由的判断。

她请求给她一段时间，容她考虑考虑再作答。

数日后，素没有去那位老教授家当面告知决定，而是写了一封信送到了中文系，嘱转交之。那是很短的一封信，措辞极其委婉地感激对方的厚爱。言说自己家境贫寒，全凭母亲做钟点工的收入供自己上大学。因而唯愿毕业之后早日参加工作，以卸体弱多病的母亲的重担。继续考研之心，不敢妄存。在素，这倒也不是托词，而是她的真心话。但也非是百分之百的真心话，只不过是百分之五十的真心话，另一半真心话她只字未道。那就是——尽管她对鲁迅深怀敬意，倘奉献了一生，专做捍卫鲁迅的一名女战士，她是万万做不来的，也不怎么情愿做。其实，她对自己的人生并无大的奢想。成为一名北京的知识分子型的女公民，以后嫁一个疼爱自己的男人，有一份收入稳定的工作，相夫教子，孝养母亲，如此而已，仅此而已。倘蒙机遇成全，则觉幸福矣……

这会儿，清冽的水银灯光，将素的影子轮廓分明地印在地面上，忽而抻长在她前边，忽而扯短在她后边。校园里那一盏盏路灯，似乎对这勤奋的女学子柔情似水，恐她夜归独行，心里害怕，暗嘱了她的影子，要一直伴送她回到住处。

素在离大学三站路的地方，每月三百元租了一间平房。她走着走着，脚步慢了，站住了，一手捂腹蹲下了。于是她的影子也缩作一团，守着她。她站起再走时，脚步更慢了。走到校门口，又蹲下了。小门卫问她怎么了？她未吭声。校工从传达室出来了，也问她怎么了？她这才缓缓站起，苦笑道："大叔，我胃疼。"老校工已认出她了，将她扶进传达室，怜悯地说："我这儿也没治胃疼的药啊。姑娘，你进里间，床上躺会儿吧？"

她说："大叔，给我杯热水喝就行了。"

老校工便倒了杯热水端给她。素接杯在手，喝一口，将杯紧贴胸前一会儿。脸上的痛苦之状渐敛。

老校工说："姑娘，你哪个系的啊？"

素就回答她是哲学系的，已经毕业了，正为明年考研努力。

老校工则嘟哝："哲学，哲学，不就是你不讲我倒明白，你越讲我越糊涂的那门子学问吗？这都商业时代了，还哲的什么学啊！"

素苦笑。

老校工又说："姑娘，听我一句劝，考研重要，身体也重要啊。"

素感激地回答:"大叔,谢谢!我一定记住。"

素喝完那杯开水,觉胃疼稍轻,便离开了传达室。她慢慢地走着走着,腰间BP机猝响。一看,是该回的电话。可前后左右望了望,哪儿哪儿都没有公用电话。有心返回大学传达室去借用一下电话,却已走出一半路了,实在不想返回去了。可自己租住的平房里也没电话啊。管他呢,她决定不予理睬。尽管因自己的决定而感到不妥,不安。她甚至想几步就回到住处,服几片胃药,扑倒床上便睡。BP机又响两次之后,她索性将它关了……

走到平房前,却见窗帘没拉严,从屋里泄出一条灯光来。她以为自己出门时忘了关灯。掏钥匙开门时,手往门上一撑,门开了。心中这一惊非同小可,全身的汗毛皆乍竖起来,紧张地伫立门口,不知该如何是好。

屋内传出了一个男人嘶哑的声音:"你进来呀,我。"

素是很熟悉那个声音的,心跳遂平。然而顿起一种大的反感。

她进了屋,一脸的不高兴,冷问:"你怎么会在我这儿?"

四十多岁的男人,仰躺在她床上吸烟,鞋也不脱,脚担在床栏上。满屋的烟味,混杂着酒气。她不得不转身将门开了。

男人对她的话不作解释,反问:"我接连传呼了你三次,你怎么不回电话?"

男人倒也自觉,没将烟头扔地上,而是乱插在一小块面包上。面包在小盘里,小盘的旁边是半碗奶,是素剩下的晚饭。她由于胃疼每天吃得太少,胡乱对付便是一顿,渐渐地患了胃炎。

她又问:"你怎么会在我这儿?"

男人坚持地反问:"你怎么不回我电话?"

他们彼此目光冷冷地盯视片刻,男人下床,去关门。

她说:"别关。屋里还有烟味。"

她本能地变得理智了。她不愿把两人之间的关系搞僵到局面难以收拾的地步。她明白那对他倒没什么,对自己却是很不利的,故她的语调缓和了些。

男人还是将门关上了。但似乎是为了表示对她的话的在乎,撩起窗帘,推开了一扇窗。

"那会进来蚊子的。"

素的语调更缓和了。素得以在北京租这间平房住下来准备考研,完全依赖于这个男人。确切地说,完全依赖于这个男人每月提供给她的一千八百元钱。她在大学生的四年中靠做"家教"积攒的一点儿钱是微不足道的,三个月内就花光了。再依靠母亲也几乎是不可能的了。虽然母亲支持她考研,母亲严密地包藏起自己那方面不可能了的危机;但是素清楚地知道,那危机是咄咄逼人地存在的。母亲已不可能再像四年前一样,每天在多家干钟点工了,因而也就不可能再像四年前一样,每月寄给她三百元钱了。母亲的手脚已经不那么利落,擦阳台窗子之类站凳登高的活儿对母亲那样一个五十岁了的、体弱多病的女人,已经是容易出危险的了。母亲拖完一套三居室的地再拖两层楼道已经力不从心气喘吁吁了。母亲蹬小三轮车接送上小学的孩子,已比走路快不了多少了。

总之,愿雇母亲那样一个女人做钟点工的人家,已比四年前少了。事实上,母亲不但不可能保证每月再寄给她三百元了,而且已需要每月几百元的生活保障费了。在素这方面,不继续考研也具有不可能性。不继续考研即意味着她将面临不但短时期,也许还是长时期找不到工作的困境。考研对于素实在是一种较体面的缓兵之计,考研是一种逃避现实的最佳方式。希望也许在明天,也许在这一种方式里……

正当素身陷人生困境进退两难走投无路的时候，那个男人适时出现了。他每月提供给她的一千八百元钱使她备感万幸。一千八百元钱素是这么支配的——三百元钱付房租；每月三百元的伙食费；每月反寄给母亲六百元；每月存五百元，以备应急；剩下的一百元，以备"计划外支出"，比如买胃药的钱……

那个男人的出现，使素充分体会了什么叫无忧无虑的日子，那是她此前从未体会过的好感觉。没有这种好感觉，她不知自己能不能全力以赴地投入考研前的"备战"。

素认识那个男人，很感激周芸。芸是和她同校的历史系女生。比她早一届毕业，已经考上了本校历史系的研究生。芸也常去校图书馆。

素和芸就是在图书馆认识的。两人交往投缘，遂成密友。芸是素从初中以来的第一个密友。有天芸对素说："素啊，你这么下去，可是太难啦！"

素忧郁地说："英雄所见略同。我还剩两百元钱了。花完，就山穷水尽了。"

那是中午。两人从图书馆出来，往校外走着。

芸听了素的话，站住了。研究地注视着她，张了一下嘴，欲言又止。

素就主动打消芸的顾虑："有什么好建议，尽管直言嘛，何必吞吞吐吐？"

芸莫测高深地一笑："我请你撮一顿。"

素也笑道："的确是好建议，起码这会儿。"

于是芸将素引至一家海味自助餐馆。素从未进过海味餐馆，正饿着。这样还没吃完，已去端来了那样，津津有味，大快朵颐，怕对不起芸替她付的三十元钱似的。

待素打饱嗝了，芸的一只手，轻轻按住素的一只手，将头向她探过去，低声说："素，我帮你找个人吧。"

一瓶啤酒，素喝了半杯，芸喝了有两杯。芸的脸有些微红，素的脸却比芸的脸红得厉害。她小时候只见父亲在家里喝过啤酒，自己却是第一次喝。喝后才知，自己是那么不胜酒量，头有点儿晕晕的。

"连份工作都找不到，哪儿有心思找对象？找对象也得有起码的资格吧？"

素说着，一手端了盘子，又要起身去选东西吃。

"哎，你先给我坐下。"

芸使劲按住素的另一只手，不许她离开。

素只得乖乖地坐下了。

"你不能再吃了，别撑着。"

"我觉得我还能吃点儿什么。放心，撑不着的。"

"我对你有建议，先听我把话说完。"

"请我吃海鲜，想帮我找对象，你还有比这两个建议更好的建议吗？"

素耸耸肩，存心把话说得玩世不恭。

"你正经点儿。我跟你谈严肃的事儿……不是找什么对象，我自己还没对象呢。我仅仅是想帮你找个男人……"

素定住了眼神，顿时一脸严肃。素的思想意识，纯洁是纯洁的，但并没纯洁到弱智的程度。她马上明白了芸的话是什么意思。

"劝我傍大款？"

"你想哪儿去了！那多有失咱们的身份？"芸起身将椅子挪到素身旁，紧挨着她坐下。

芸又说："傍大款那也不是谁一厢情愿的事儿。那得有先天的优越条件。咱俩长得虽说都不丑，可也不足以吸引大款啊。"

于是芸娓娓地告诉素——她从大三实习那一年开始,就已经暗暗地和一个男人建立了一种特殊的关系。他是一个开个体照相馆的,收入颇丰。有妻子,也有儿子。他绝对不会因了芸而离婚,芸也绝对不希望他是她以后的丈夫。她觉得他人还不错。职业又沾点儿艺术的意味,和他的关系就一直保持了下来……

"他每月给我一千八百元钱。他这人在这一点上挺可爱的。该哪天给我钱,从没拖到第二天。企业单位还拖欠工资呢,他一次也不……"

"……"

"如果没有他,我一名历史系的本科生,又是外省的,找不到工作了,还不流落北京街头哇?还能进一步考上研究生?即使考上了,我读得起吗?……"

"……"

"我告诉过你的。我家的情况,不比你家的情况好哇……"

"比我家的情况好。你毕竟有父亲,有哥哥姐姐……"

"可我父亲摔瘫了腿!我母亲才是家庭的主要劳动力。我哥哥姐姐各自都成家了。而且都过着勉强糊口的日子,有什么能力资助我上大学,考硕士?"

"你家毕竟在农村,一百元省着花够花三个月的。"

"那就比你家的情况好了?大西北某些农村人家的生活,你是没见过,见过你这么善良的人一定落泪。"

芸的眼圈红了。

素反过来用自己的一只手轻轻按住了芸的手,亦安慰亦歉意地说:"芸,我不是故意要惹你伤心的。真是的,我怎么和你抬起杠来了呢?"

芸用纸巾揩揩双眼，放下纸巾，沉默了。

素攥了她的手一下："说啊。"

"不说了。"

芸觉得自讨没趣了似的。她想抽出自己的手，被素攥得紧，没抽得出来。

"说吧，说吧，别不说。"素因伤了芸的好意，反而近于请求了。

于是芸又说，从某种意义上讲，她视那个开个体照相馆的男人为自己命中的贵人。芸结合一名历史系毕业的女大学生对历史现象的消化理解，得出了一种世间观点——每个人的一生中都有贵人，好比每个人的一生中都难免遭遇几次小人。小人是那种你根本不必煞费苦心地去发现他，他某日某时定会出现在你命中的人。而贵人相反，他是那种需要你主动接触的人。没有这种主动性，你无法判断他是不是你命中的贵人。他自己也无法知道，原来他可以在你的命中的某一阶段，充当一下贵人的角色。他能充当那样的角色其实他是乐于的，也必会获得一种满足。你自己发现了自己命中的贵人，激发了他甘愿做你命中贵人的那份良好意识，并且使其心理大获满足，你何乐而不为？

在素听来，芸谈的更是一种人生哲学方面的见解。一种独到的，她学了四年哲学却闻所未闻的哲学。她甚至因自己是学哲学的而有几分惭愧了。她自叹弗如起来。

"那么，你想帮我发现我命中的贵人？"

芸点点头，之后说："谁叫咱俩是朋友。"

"那……他甘愿充当你命中的贵人，有什么具体条件？"

芸从腰间取下 BP 机，放在桌上，指着说："他给我买了这个。"

素瞧着 BP 机，又困惑了。

"他想给我买手机来着，我觉得用不着。除了他，很少有人打电话找我，我也很少给别人打电话。"

素仍困惑着。

"我们君子协定，他每月传呼我五次。也就是不到一个星期一次呗。哪一天，随他。只要我无缠身之事，一定去会他……"

"陪陪他？"

芸点头，随即补充道："他传呼我当然证明他特需要我了。如果人家每月给我一千八百元钱，还给我配了BP机，却很少传呼我，我倒成什么了？再说，我也有需要……那种事儿的时候。我们都不是小女孩儿了，什么时代了？我们有需要那种事儿的时候也不可耻吧？又非名门闺秀，又非金枝玉叶，为谁守身如玉？我们凭什么相信我们以后的丈夫肯定是处男？他们是不是处男又对我们有什么特别的意义？"

素的脸色，本已恢复正常。听了芸的话，却又红得像刚才一样了。

"素，你好好想想，如果你命中也有了一位贵人，那么你现阶段的一切困境都不再是困境了，一切难题都会理顺了，你才能全力以赴地准备考研……"

素不禁低下了头。

桌上的BP机忽然响了。芸看了一眼，以一种义务感很强的口吻说："是他。这个月的最后一次。我不陪你了。你想通了，下决心了，就找我。"

芸说"最后一次"时，语调听来有强调的意味，如同士兵说"最后一岗"那么庄重。仿佛"最后一次"，关系着一个月前四次的自我评价，是需要格外认真格外负责任地对待的。

望着芸匆匆离去的背影，素好像被定身法定在椅子上了。

她头脑中一片废墟。那是她以前的人生观坍塌了的结果。

她觉得芸才配是哲学系毕业的大学生。觉得那样的哲学，才是对具体之人的具体人生有重大意义的哲学。至于什么"白马非马",简直是一种——很他妈的哲学!……

那一天夜晚,素失眠了。素从前也常失眠,由于用脑过度。大脑皮层疲倦了的失眠症,只要服一片安眠药,便可渐渐入睡。可是那一天夜晚她连服了三片安眠药也无法入睡,头脑里不只是废墟一片,而且从那废墟间,分明的有新的东西生长了出来。她的头脑因它们拱动力很强的生长而亢奋……

几天后,素给芸打了一次电话。

她不好意思当面向芸表示。

她在电话里说,她已下了决心了,也就是采纳了芸的建议了。她说,她希望她的贵人是知识分子型的男人。年龄不能超过四十五岁。超过了岂不相当于她父辈的人年龄了吗?那会使她心理上别扭的。她说她希望那个男人的职业最好也和艺术沾点儿边。她说她也不要手机,只要 BP 机即可……说 BP 机又不贵,也就自己买了罢……

她说得很快,一句紧接一句地说。仿佛是一件迫在眉睫的任务,说慢了其任务的完成就可能失败。只有以那么快的速度说,才会出色地完成。

芸那头,耐性极佳地听,不打断。

"完了!"——素终于这么说。

芸在电话里听到了素急促的喘息声,如同一个人在水盆里憋了一分钟气,刚一下子抬起头。

她才要说几句话,又听到了素的一句补充:"但是有家有老婆孩子的不行。真的芸,那可不行!"

芸忍笑道:"明白。不给你找一个那样的。可你还没说最重要的事儿呢!钱呢?"

"……"

"说话呀！你要求每月多少钱？"

"我……我的要求当然应该比你低……一千……一千五……一千六。一千六，行吗？"

素的口吻，谦虚得自卑。在芸听来，是自卑得没了基本原则。

芸略显生气地回答："不行！"

结果电话那一端，完全地没了素的声息。

芸三娘教子似的说："素，素，你听着我的话吗？我生气是因为你太没身价！别忘了我们是大学生！你除了个子稍微矮点儿，皮肤挺白的，五官挺端正的，哪点儿也不比我差，更不比一般女孩子们差，你倒是自谦个什么劲儿？你也每月一千八！也和我一样，每月五次！只许少不许多！能不能多，那得看以后感情处得如何！总之，你这方面的条件，我替你做主了！"

素沉默有顷，以芸仅能听到的声音回答："拜托。"

素放下电话，觉有什么东西挂在自己唇上。用手指抹了一下，手指尖湿了。始知自己一直在流着泪……然而她却径自噙泪笑了一下。

她心里对自己暗说："素，你这是做的什么景致？有什么可流泪的啊？你看人家芸，那样子乐乐观观地读着研究生，你该向人家学习才对……"

又过了几天，经芸引荐，素的贵人就出现在素的面前了。几天里，素一直没去图书馆。她有一种再不好意思见芸的心理。素说到做到，果然自己买了 BP 机。她又给芸打了一次电话，告之自己的 BP 机呼号。于是芸也就领会其意，不断在电话里向她"汇报"进展。而素对于她的贵人，预先也就了解了些情况——他身高一米七〇，AB 血型。芸认为素自己身材矮小，不适合找一个太高的男人。又不是找丈夫，多少得为下一代的身体基因负责。他离过婚,有一个儿子,归前妻抚养。他长方脸,相貌不难看。性格也还好,挺内向的。芸认为,同样性格内向的素,不适合找一个性格太活跃太张扬的。而且,他是位文学男人。虽然没上过大学,但在外省的一家刊物当过几年编辑。后来辞职了,闯到北京,当自由撰稿人。出了两本书,不按太高的标准要求,也算是作家吧。而且,与人合编过几部电视剧……

芸对他的条件还比较认可。

她尤其满意他是位文学男人,觉得使他们之间的事似乎多了点儿浪漫的色彩,减少了交易的成分。素已经很能接受芸的哲学了。只与一个男人有此种关系,那么性质不是大大地不同于发廊和按摩场所那些职业可疑的姑娘了吗?即使别人知道了也没什么的呀!和她有此种关系的男人是位作家呀!不丢什么脸啊!

及至见了,素对他又有些不甚满意起来。觉得他黑,觉得他一脸的倦意,刚经历艰苦的长途跋涉似的。他右嘴角明显下垂,上下唇廓看去瘪陷了一处,那是悠久烟史造成的。他眼神里忽而掠过一种游移不定的迷惘和深隐的沮丧。那是素较为熟悉的一种眼神。大学里学科偏冷的,毕业后不改行很难找到工作,即使改行找工作也特别不容易的男生们眼里,每每便不禁地流露那么一种眼神。

素和他是在芸的住处见面的。芸租住一幢旧楼的一居室,房租每月才比素租住的平房贵两百元,而且有电话,有淋浴。芸将她的住处布置得挺温馨的。那是素第一次到芸的住处。素暗生羡慕。

男人话不多,送给了素两本薄薄的书,一本是他的散文集,一本是他的诗集,都签了他的名——"尼尔采",分明是笔名。写在他签名上边的一行字是——"送给素素"。他的字和他人相反,写得很花哨。签名尤其花哨。

素谢过了,没话找话地说:"你还写诗?"

他说:"我是诗人。首先是诗人。"

芸插言道:"人家多少年以前,还曾是迷倒过好些女孩子的诗人呢!"

他说:"在中国,诗死了,诗人苟活着。"

素听了不由一愣,随之心生悲悯。为诗,也为他这个首先是诗人的男人。

显然,为了证明芸的话非是恭维,他低吟了几句诗:

> 我是裸着脉络来的
> 唱着最后一首秋歌的
> 捧着满掌血的落叶啊
> 我将归向,我最初萌芽的土地
> ……

素顿时被诗意打动,以欣赏的口吻问:"你写的?"

首先是诗人的男人矜持地点头,并谦虚之至地说:"被诗评家们认为很好,被爱诗的人们认为是经典,但我自己认为很一般化的一首小破诗,想听完吗?"

素发自内心地低声说:"想。"

于是他往下背:

> 风,为什么萧萧瑟瑟?
> 雨,为什么淅淅沥沥?
> 如此深沉漂泊的夜啊,

> 欧阳修,你怎么还没赋个完呢?
> 我还是更喜欢那位宫女写的诗,
> 御沟的水缓缓地流啊,
> 我啊,像一艘载满爱的小船,
> 一路低吟着来在你的面前
> ……

他那嘶哑的声音,在吟诵一首诗的时候,被运用得那么高超,抑扬顿挫,听来恰到好处。如同一架缺键的琴,在大师的指下,被弹出了行云流水之曲。

素甚至觉得那简直是一种奇迹。

她又对他刮目相看起来了。

她情不自禁地为他鼓掌,欣赏之情溢于言表。连自己也不清楚,是对诗,对他的吟诵,还是对他这个男人。

芸却很漠然,仿佛诗对于自己是讨厌的广告。

芸说:"真酸。"

接着埋怨他不将自己打理一番就来,太不郑重了。

素说:"没关系。"

又忍不住替他的诗和他的吟诵讨了几句公道。而他庄严地说:"即使形秽,也要真实。"

芸立刻驳道:"那可不对。邋里邋遢的真实,不是人应该的真实。"又转对素说,"你别见怪,写诗的男人,十之八九不修边幅。把他交给你了,以后你改造他。"

素没接触过一个写诗的男人,不知十之八九的他们究竟怎样,嘿然而已。

芸想请素和他吃午饭，他看了一眼手表，说还有两张十二点半的电影票，美国大片。说罢，眼望着素。

芸便也将目光望向了素："那么，由你来定。"

素犹豫了一下，只得这么说："芸，不让你破费了。我好长时间没看过电影了。"

她看得出，他是非常希望她这么决定的。

于是芸严肃地说："那么，我也不勉强你俩了。理解万岁。关于你们双方应该为对方履行什么义务，你们都认可了吧？"

他点了一下头。

素赶紧也点头。

芸又严肃地说："我是一肩挑着对你们双方面的责任，谁若对不起对方，甚至伤害对方，等于对不起我，等于伤害了我。都听明白了吗？"

素抢先点头。

他随之点头，一脸诚信。

离开芸的住处，他说其实电影票是两点半的，说该吃点什么为好。素又没吃早饭，已有点儿饿。一饿，胃又隐隐作痛。

素说："听你的。"

两人在一家清静的小店各吃了一碗牛肉面。

他本想点几样菜的。素说算了吧。于是他就不点了，连要的一瓶啤酒也退了。他听话的表现，使素觉得自己宛如家长，心理上顿获异样的从未有过的满足。

小吃店离电影院不远。两人吃罢，溜溜达达地往电影院走。起初是素跟着他的感觉走。她暗想，既然他已是自己的一个贵人，而且是自己预先作过必要的了解，又当面"考核"过的一个，就跟着贵人的感觉走吧。却不知怎么一来,变成他跟着素的感觉走了。

在过街天桥前,他驻足问:"是从这儿过天桥,还是在前边过地下通道?"

素说:"我不喜欢过地下通道,还是从这儿过天桥吧。"

于是他拉着她的手踏上天桥的台阶。

素的手,第一次被一个男人拉着,而且是一个刚刚才见过面的男人。她的手刚一被他拉住时,心脏速跳了一阵。全身的血液,仿佛由那只手开始,一下子循环得慢了似的。循环到另只手,已经变活了。脸上的血液却恰恰相反,连自己也能觉得,把脸儿烧红了。她下意识地抽了一下手,他便松开了。

她歉意地说:"对不起,我不太习惯。"

他体恤地说:"没什么,能理解。"

下了天桥,没往前走几步,他问:"我有点儿渴,你呢?"

素说:"我也是。"

"你看那儿有家冷饮餐厅,电影院里也有冷饮,咱们在哪儿解渴?"

"还是在冷饮餐厅吧。"

于是,两人双双进了冷饮餐厅。

"吃冰激凌,还是喝点儿什么?"

"冰激凌太甜了,还是喝点儿什么吧。"

"喝什么?"

"我来杯雪碧吧。"

"那,我也要雪碧。"

两人喝罢雪碧,他吸了一支烟。他吸烟时,素望窗外,其实是从茶色玻璃上,间接看他吸烟的样子。素希望将来的丈夫是不吸烟的男人。却希望将来的丈夫像坐在对面这个男人一样,凡事听自己的,顺着自己。她暗想，那才好。

离开冷饮餐厅，经过一家小通信器材门市部。

他又驻足，征求地说："时间还绰绰有余，我想进去瞧瞧。"

素说："可以。"

素说完之后，猛地一愣，暗想这叫什么话？素，你以为你是谁了呀？就是他老婆就是他妈，也没你这么说话的啊！难道你说不可以，人家就不能进门？

她赶紧又说："我也想了解了解有什么新产品。"

两人进去后，"尼尔采"并不逛，并不旁顾，直奔一柜台而去。

显然，那里是他来过的。素跟着他到了柜台前，才见是卖BP机的。

素明知故问："你要买？"

他说："给你买。"又扭头看着她，反问，"芸没跟你讲过？"

素说："讲过的。讲过BP机的事儿。"她撩起衣襟指指腰际，低语，"你看，我已经买了。"

"多少钱？"

"不贵，才一百多。"

"你哪儿来的钱？"

"向芸借的……"

"这怎么行！该我买的！"

于是他从钱夹里抽出两百元钱，往素手里塞。素哪里肯接呢？在服务员小姐的冷眼旁观之下，两人你给我拒的，都涨红了脸。最终，还是素被女服务员小姐瞪得难为情，只得接了。

……

他们看的是老美大片《垂直惊险》，尽管是大片，尽管是老美制造的惊险，尽管放映厅是立体声的，沙发坐儿，从炎热的外边一进去，凉沁沁的，使人浑身上下顿时为之一爽，但却只坐了三四成的观众。如果是和别人看电影，比如没毕业时和同学，比如毕业后和芸，观众越少素心里会越加暗喜。因为那可以随时换座位也不至于影响他人。有次素和芸看一部午场的国产电影，算上她俩才五六个人。灯一黑仿佛就她俩似的。素说没坐过专车专机，却总算看上了专场电影。芸则说她俩像最高级别的审片官员了。影片结束时，素还在很酣地睡着，是芸把她推醒的。可和一个才见了第一面的男人一块儿看电影，不知为什么，素却希望座无虚席才好。她有种近乎惴惴不安的感觉。灯一黑，那种感觉更强了。倒不是怕他在黑暗之中对她非礼。素觉得他还不至于是那么轻薄的男人。何况毕竟是在电影院里。前后左右毕竟还有一些观众。倘素不悦，他是强暴不了她的。这一点虽然明摆着，但她心里那种惴惴不安就是驱之不去，像毛虫一样蠕着她的心。怕黑暗中她和他之间会发生什么不堪之事。

电影刚演了十几分钟，素有几分预感的事果然发生——他的一只手伸向了她，放在她膝上。那天素穿的是长裤，不是裙子。否则，她想，他也许会撩起她的裙子。素对他的手佯装不觉地接受了几分钟，终于还是感到不习惯起来。她用自己的手，将他那只手放回他膝上去了。过会儿，他的手又伸过来，握住了她的手。她尝试着抽了两次，都没能抽回。转而一想，他们的关系已然那样子确定了，自己又不打算毁约，何必在乎被人家捏着一只手呢？何况他是自己的贵人，是保障自己顺利考研读研的衣食父母一般的人啊！何况不是在大庭广众之下，手被他握握也没别人的眼睛注意着啊！自己也不能对人家太那个了呀！这么一想，就乖乖地任由他握着，不再抽回了。她既顺从，他则适可而止。只不过由一只手握着她的手，变为两只手上下合捂着她的手。如同捂着一只蚂蚱之类会蹦的昆虫。却也就那样而已，再没什么得寸进尺的举动。当然也不仅仅是捂着。他的眼睛一边盯着银幕，一边把玩她那只手。一会儿将她的手指依次折屈，一会儿又将她的手指依次掰直。电影散场时，素那只手被弄出了一手心汗。素的表情并没因此而不自然，却看出他倒有点儿不好意思似的……

他说："到我住的地方去吧！"

素说："不了，改日吧。"

希望他能照顾她的感觉。

不料他说："就去我那儿坐坐，我不久留你。"

话语带点儿请求的意味，也有点儿坚持的意味。素犹犹豫豫地还没来得及表态，他又说："你总得知道我住在哪儿吧？以后我不能反过来到你那儿找你吧？那对你多不合适？"

他一副设身处地替素着想的样子。

素感到他的坚持是理由完全正当的坚持，于是点点头，低声说："那好吧。"

于是他招手拦了一辆出租车。

"尼尔采"住的是一套两居室。那楼的外观已很老旧，地处三环四环之间，偏近于四环。装修过，墙漆还新着，大概也就装修不到两年光景。他住得却相当杂乱，被子根本不叠，就那么省事地一卷；旧报俗刊堆得扔得哪儿哪儿都是；窗台桌面的灰也久日未擦了。总之一切一切都符合一个没有自理意识，或虽曾有过，后来不知为什么丧失了进而连自理的能力也一并退化了的单身男人之住所的显著特征。然而素还是细心地发现，在自己之前，有别的女性光顾的痕迹。因为在抽出一半的桌子抽屉内，有一个打开的粉盒，里边一应化妆什物俱全。"尼尔采"倒十分敏感，见素朝那抽屉瞥了一眼，立刻省悟到那抽屉里有不该被素发现的东西，走过去，用背一抵，将抽屉抵上了。

他请素在沙发上坐下后,就那么抵桌而立,侧脸俯视着素跟素说话。说真不好意思,最近忙,没心思收拾,让素见笑了。说以后她接到他的传呼,那么他一定是在这儿期待着她。说既然两个人的关系已经确定,他一定会好好待她。而她来了,也应该像女主人那样才对……

素被他俯视得又不自在起来,反客为主地说你坐呀!

他摇摇头说,在芸家,在冷饮店,在电影院里,加起来坐下三四个小时了。回到自己家里,倒愿意站会儿了。

他既不坐,素便一心想赶快起身离开。

她又说:"差点儿忘了,我还没告诉你呼机号呢!"

他说:"对了对了,告诉我吧。要不我想你了,又得通过芸找你。"

于是转身拿起笔,在一页纸片上记下了素说的号码。

他说"想你"二字,说出很强调的意味。仿佛他们是特别亲密甚至亲爱的关系,即将长久分离。

素脸红了,以叮嘱的口吻说:"就记那么一张小纸片上,可别弄丢了。"

他说:"怎么会呢。你一走,我就背在心里。这个号码是一定要熟记于心的。"

素说:"那,没别的什么事儿,我告辞了。"嘴上这么说,却不起身。问从他那儿回自己的住处,该怎么坐公交车。

他说:"别坐公交车啊,那转乘来转乘去的,回到她那儿要两个小时左右呢。说还是打的吧。一个月里才到这儿五次,总数也不过才花一百多元钱。"

素说:"那我可舍不得,一百多元对我很重要。"

他说:"难道时间对你就不重要了吗?我知道对于一个准备考研的人,能节省几小时的话,花一百多元是值得的。"

素却说：" 不，还是一百多元重要。"

她心里暗暗有些生气。她想，我若接到你的传呼，我的时间从那一刻起还是我的吗？就算我打的到你这儿了，我还可能在你这儿看书记笔记吗？我用三个小时才赶到你这儿，那浪费的也是属于了你的时间！我才不会因为你用短信号传给我"想你"两个字，我就出门打的，风风火火地为你的需要支出一笔出租费呢！我此刻兜里连打的的钱都不够了你他妈的知道吗？

"我兜里的钱不够打的了……"素顺口竟将心里想的话说了出来。

"是吗？唉，你这种求学精神，也真是……"

他一脸的同情，同情之中包含着肃然起敬。

素打断他道："不是什么求学精神，是求生存的精神。房东前天又提醒我该交房租；借芸的钱，也答应了她尽快还她的……"

他又替她长叹一声。

"那一千八百元钱，我的意思是……芸跟你交代过没有？……"

素终于不得不提。脸一直红到脖子，红得几乎要从皮肤下渗出血来。

"啊，她交代过，交代过了。她说该分两次给你，月初九百，月底九百。可我想，何必那样呢！……"

于是他从腰间摘下钥匙串，打开另一抽屉的锁，从中取出了一个崭新的信封，那是某杂志的信封……

素的眼看着信封，像一只馋猫的眼看着一条鲜鱼。

"给你，不是九百，是一千八。"

"这……这……要不还是按芸向你交代的那样，先给我九百吧……"

素的一只手伸过去，欲接欲拒的样子。她反倒非常过意不去了。

"按芸说的那样不好。一位自我放逐的先锋诗人，一名为了生存而求学的贫困女学子,咱们俩应该相互体恤。"

他弯腰抓起她一只手,将信封放在她手上。她的手感觉到了些微的分量。那是一千八百元钱的分量。她暗想,大约三百克重。她本能地轻轻攥了一下,同时判断出了那是一沓钱在一个崭新的信封里应该有的重量。那沓钱肯定也是崭新的,否则边缘不会有那样一种具弹性似的硬度。那时刻,直至那时刻,她才承认了他确是一位贵人,一位真正的贵人,她命中的,像一切出现在解危救难的别人命中的贵人一样。看上去仿佛其貌不扬,但对别人的命运的转机产生重大影响。某些情况之下,甚至可能直接就是仁慈的上帝所派遣的,化了装的神祇。甚至可能直接就是上帝本人。

她的脸又红起来,又发烧起来,由于激动,那种竭力想要抑制不使外溢的激动。她侧转头,仰望着他,目光不禁地开始流露出一种柔情。

他也正俯视着她。他的眼神也异样起来。分明的,是欲念所至。

他说:"别点了吧,不会错的。"

她说:"当然不点了。当然不会错。"声音很低,喃喃地,流露着对他的话所作的娇嗔般的反应。

他微笑了一下。

而她又说:"我信你。难道你还会用一沓白纸骗我不成?"

结果他笑出了声。

她也不禁地笑了,感到自己的话说得太露骨,难为情。

"瞧我这里乱的!"

他不知为什么,忽然开始收拾起房间来。扫一下床,擦一下桌面的灰,像要转眼就将房间收拾得干干净净,却顾此失彼。

"我得走了。"

她低声说着，缓缓站起来。

"走？"

"你说过的，不久留我。"

他愣愣地望着她。

"今天不能算。今天……我毫无心理准备。我没经历过这事儿……下次你呼我……我……我就是你的……"她一说完，拔脚便走。

"等等。"

她已走到了门厅。

他几大步跨到门厅，瞪着她，仿佛她偷了他的什么宝贵东西。

"别这样看着我……我害怕……"

她的声音细小得如耳语。

他猛一下子搂抱住她，企图吻她。

而她不但深深地低下头，且将头左右扭动。

他将她挤到紧贴着墙了。他腾出一只手，横按她的额。那是有几分粗暴的做法。于是她的头被按在墙上，动不得了。

"别这样。求求你……下次一定……"

她快急出了眼泪，其声哀哀。

他的唇已凑近着她的唇了。听了她的话，他忽而不忍了。

他只在她眉心轻吻了一下。

他替她拧开了门锁……

素走在路上时，又不免责备自己。他不就是要吻自己吗？为什么都不许他？自己那样对他公平吗？……

素从小长到大第一次打的了。车费比自己估计的要高。二十二元。付钱时，不禁说了几句抱怨的话。抱怨北京的大，抱怨北京交通的堵塞。说如果在长春，最多十四五元。

司机说:"那你不在长春待着,还来北京干什么?"

一句话抢白得她干眨眼睛。

晚上素破例没看哲学书,而看一本色情成分很大的外国畅销小说。她情绪特别好时才看闲书。她因已经有了一千八百元而情绪特别好。

没看多一会儿,素睡着了。衣服没脱,一觉睡到大天亮。醒来,才见昨夜没关灯。她从此觉得自己似一个无忧无虑的人了。以往她常失眠。她终于享受到一觉睡到大天亮的幸福了。

素在小摊上吃过一根油条喝过一碗豆浆后,所做的第一件事是——心情迫切地到邮局去给母亲寄了六百元钱。一回到家,她就伏在桌上给母亲写信。告诉母亲她找到了一份每月两千元的工作。如果她表现得好,不但准备考研这个阶段会在北京生活得不错;考上了,读研的两年也肯定会生活得不错。告诉母亲北京是可以在职读研的。劝母亲千万不要担心她什么,而她最担心的是母亲的身体。劝母亲不要再强干那么多家钟点工了。干一两家就可以了。她说,在以后的一两年内,她几乎可以保证每月都给母亲寄六百元钱……

她废了几页信纸。因为泪水滴在信纸上,自感欣慰的泪。但那也不愿使敏感的母亲发现信纸上有泪痕啊。

素没再换租住处。她觉得自己还是不要学芸那么奢侈的好。毕竟,暂时无忧无虑了,她因而有好情绪将那一间平房收拾得更加整洁,一切摆放得更加有条不紊……

她收到了"尼尔采"的两次文字留言——"你好吗?关心你!""祝你快乐,何必非在生日"之类。她没回电话,认为大可不必。因为他们的君子协定中没那么一条……

一个星期后,她第一次收到了他的正式传呼——"想你!等待着!"

她去了。再也舍不得花钱打的,怕比二十二元还多。他是晚上七点多传呼她的。到他那里,已快八点半了。他的房间也整洁了。他说是雇钟点工打扫的。两个小时,十元钱。说他所付出的十元钱,最充分地体现了人民币在国内币值的坚挺。

素听了,心一疼,像被锐器划割一般。

接下来她向他奉献了自己,很义务地,无怨无悔地。之前几乎没有什么铺垫。因为他是那么迫不及待。像要以自己的迫不及待,证实他真的有多么想她。由于几乎没有什么铺垫,在她这方面,就毫无相应的冲动。毫无。只不过老老实实一声不吭地任其作为罢了。她之所以能够那样地听凭摆布,全靠充分的心理准备一再默默地要求自己。她没料到,并不强壮的他,要起来那么凶猛,竟能那么持久。素以为该结束了,他却又一遭亢奋蛮进……

素便又一阵疼,肉体。

素流血了,心也是。

素流泪了,不知不觉的。

她紧咬枕巾一角,忍着。

她想到了母亲。如同替他打扫过房间的不是别的一个做钟点工的女人,而正是自己的母亲。而母亲清楚,在自己亲手打扫过的房间,自己的女儿将被怎样。所以才打扫得格外认真,格外仔细。是的,他没说错。他那十元钱花得很值。哪儿哪儿都一尘不染……

终于结束。他仍伏在她身上,用自己的指尖抹去她脸颊上的泪。

他说:"我理解。"

素说:"你什么也不理解。"

素的眼泪又往下流。

他坚持说:"我理解。"

素问:"那又怎样?"

他反问:"是不是觉得我其实一点儿都不合你意?"

素只有沉默。

素明白,自己再也不是从前的素了,生理上如此,心理上也如此。虽然她已全盘接受了芸关于所谓贞操的观点,或曰哲学。细想想,可不就那么回事儿嘛。但她还是有种怅然若失之感。好比一件什么东西,别人说很普通,自己也不再珍惜,也随着认为很普通,然而一旦被掠夺了去,仍如秀发遭剪,且是贴颊的那一缕,从根部。对于性事,素自然也是在心里暗暗向往过的。她在这方面没什么问题,不冷淡。像她的大多数女子同龄人一样,她的向往极富想象色彩。但那一种想象之中,还是保留了足够的浪漫元素。哪怕谈不上什么浪漫,却毕竟是不失缠绵不失温柔的。那是素的一个梦,梦中之梦。耳鬓厮磨、儿女情长、卿卿我我、心心相印,是她对那梦中之梦所寄托的一份人生甜蜜。她认为那该是人人有份的,体现着上帝普遍赐给众生的仁爱。

"尼尔采"撕破了她的梦中之梦。

"尼尔采"改写了它的情节和情境。

他的改写没有细节。

他使它更像一件仓促开始草草收场之事,之间的过程却又特别长,特别单调。如亲自下厨的主人毛手毛脚忙忙乱乱而又非排场一番不可,所做的一桌菜,却没有一道是正味儿。"尼尔采"不是素向往的梦中之梦的男主角。

这一点是使素感到完全不对头的一切原因的主因。

她内心里最清楚地明白这一点。从见到他那一刻起,她就清楚地明白着。她想不正视,想回避。想欺骗自己那纯粹是某种意识性的原则。只要意识改变,原则也便不成其为一种原则。想说服自己那并不重要。但是当它实实在在地发生了，她又最清楚地明白，那主因是重要的。正因为它是重要的，她的心所感到的疼，比她的肉体所感到的疼还要疼。

他的话告诉她，他不像她希望的那么傻。也许恰恰相反，他心里比她还清楚还明白。

于是素不仅怜悯自己，也怜悯着他了。觉得他的清楚明白，对他的贵人地位进行了一次无情的轰击。

她的手摸索到了他的一只手，轻轻握了一下，低声说："别胡思乱想。"

除了她的手有那样的举动，她仰躺着的全身如石而陈。

他也是。

他低声说："你没回答我的话。"

"你多心了。"

她答非所问。她只能答非所问。她觉得自己的不坦诚听来是那么显然，但她决定一味虚伪下去。首先用虚伪保护他，保护他的自尊心。进而也间接地保护自己。坦诚将使他俩同时受到严重的伤害，她深谙此理。

她又说："你何必多心呢？那不好，很不好。"

她企图要求自己说："我爱你。"

怎么也说不出口。

退而求其次，又要求自己说："我喜欢你。"

张了张嘴，还是不能。

她终于克服困难地说出了一句心里话，而那句话是："我感激你。"

觉得不够安慰他，又说："你是我命中贵人。"

觉得还是不够，再说："没有你的出现，我现在的境况肯定很难。"

这句话是素的肺腑之言，听来已说得比较由衷了。

她随之将他的手放在自己唇上，吻着，吻着。吻得挺有感情，但绝不是柔情。

他说："我刚才是不是像强……"

她立刻明白他要说自己像什么，急用他的手，连同自己的手，一齐压在他的嘴上。

素没如他所愿留宿下来。

她无论如何也要走。

她回到她的住处，十一点了。她庆幸自己赶上了末班车，省了二十元。

她倒头便睡，软如塘泥。

第二天上午，素再次被他传呼。"速回电话"一句后，是三个带惊叹号的"急"。

他在电话里开门见山地说，她走前忘了给她服避孕的药了。说怕她怀孕。说他替她买了整整一瓶。叫她别紧张，那药几天内服也有效的，是新产品。问是亲自给她送一趟呢，还是她去他那儿取？

素将话筒紧紧贴在耳上，左右四顾，怕他的话被别人听了去。她甚至不安地回了一下头，却吃惊地发现身后果有一个男子，手中摆弄着话卡，不耐烦地也等在那个路边话亭旁。

她简短地说："我明白，你别操心了。"将电话一挂，低着头逃之夭夭。像一个偷了超市东西的人侥幸通过验货卡……

明白是明白的。那话一听，初中女生也明白。但素一时还是不知该怎么替自己操心。她不愿让他来给她送什么避孕药。于她一方面，这是自然的。她尤其不愿他出现在自己"家"里。尽管事情的性质和已婚女人在自己家偷情完全不同。可也不能在马路上一给一接那种东西呀!自己去买?自己又怎么好意思去买?

她没了主张,就给芸打电话。

芸在电话里说:"他这家伙!"

她说:"你别这家伙那家伙的了,你快告诉我怎么办吧!"

芸在电话那端咯咯笑。

"你还笑!"

"不过是怀孕不怀孕,又不是马上要生了,至于急成那样吗?"

一个小时以后,芸大驾光临到她的住处。各种各样避孕的药,都给她带了些。

她过意不去起来,因芸又一次为自己破费。

芸说别客气,都留下吧都留下吧。

听来像男人说烟酒不分家,抽吧抽吧,喝吧喝吧。

芸还说反正也不是她自己的钱买的,是她的那一个贵人买的。

芸笑道,自从告别了处女身,不知为什么,弄成了一种古怪的收藏癖好,对各种各样避孕的药,总想收藏一点儿。对新产品,尤其情有独钟。如同从前年代的少年们喜欢收集形形色色的烟纸,或少女们喜欢收集形形色色的糖纸。

芸有一个观点令素听了又一番刮目相看。

芸说:"现而今的时代,中年妇女买避孕药确实是让别人犯寻思的事,我们这种年龄的买,不但是正大光明之事,简直是天经地义之事!我们不买谁买?我们不用谁用?反过来的时代,不是太不正常了吗?让那样的时代见鬼去吧!"

素觉芸说的话很不正经。但不得不暗自承认,又很哲学。芸倘若学哲学,将来必有望做哲学家、哲学教授。而自己当初若分在了历史系,肯定不至于落在目前这么一种不尴不尬的处境。因为芸的心太高,人生目标也就高不成低不就的。而自己特别现实,当哪一所北京中学的历史老师,便一辈子随遇而安,知足常乐了。尽管一名外地大学生想要当北京哪一所中学的历史老师,那也得托很硬的关系,有很近便的后门才行。

芸的话说完,素眯起眼瞧着她,满脸的肃然起敬。

但素说出的话却也与表情不相对应。她说:"你真不要脸。"

她一说完,自己先愣住了。一时不能明白,自己何以会说出那么使任何人都难以担载的话,而且根本不是开玩笑那种语调。

芸当然也愣住了。

芸那双本来就不小的眼睛一下子睁大了。芸呆呆地瞪着素,脸唰地红了。倏忽间,红晕速退,转为苍白。

芸的唇在哆嗦,双手在抖。

芸猛地站起,昂头向外便走。芸转身时,素看见芸眼里泪光闪闪。

"芸,芸……"

素叫着,几步抢在芸前边跨到了门口。她挡在门口,反手插上了门,这样,她就和芸面对面了。

芸的眼泪,断了线的珠子似的,一滴接一滴,滚过双颊,落在衣襟上。

"芸,别生气,你千万别生气啊!我不是想那么说的,那也不代表我的心里话呀!我其实是想说你真不害羞来着。你知道我是感激你的。我是个好赖不知的人吗?你还不许别人顺嘴说错了一句话吗?还不接受别人的道歉吗?"

素一句接一句,很快地说着说着。总之重复地说着些悔之不及的话。

芸始终在瞪着她,始终流泪不止,始终不言语。

素说着说着,自己也泪流满面了。仿佛只要芸口中不吐出一句原谅的话，她就将一直反复地那么说下去；一直和芸比赛下去，看谁的眼泪最后流干似的。那情形，真有点儿杜鹃啼血的样子……

素不仅流泪，而且哭泣了，却仍说。

她双手已捂在脸上了，还说。怎么说也超不出那几句话的内容。

她的背，紧贴门，随着双膝的弯曲，缓缓地，缓缓地下滑。在她就要哭着说着跪在地上的时候，芸伸出一只手抓住了她一条胳膊，结果她没跪下去，又站起来了……

"素……"

芸轻轻叫了她一声，张开双臂，一下子紧紧搂抱着她，也悲哭难抑……

两个可怜人儿就么相互搂抱着在门口哭够了一通儿。接着你给我抹一把泪，我替你抹一把泪的。再接着，都不好意思地笑了。遂和好。

芸关心地问素，和"尼尔采"之间的感觉怎么样？

素诚实地回答，不怎么样。没什么好的感觉。但也不至于不好到不能继续那一种关系的程度。

芸说："要不，换一个？"

素不禁又是一惊。

芸说："素你别那样看着我。我不是坏女孩儿，我不是皮条客，更不至于堕落到靠干那种事儿拿回扣的地步。我不过为了眼前的生活，以后的人生，迫不得已先闯市场罢了。世上有我们这样不靠贵人相助就衣食无保的女大学毕业生，就有渴望获得我们的安慰肯于大方回报的男人。双方的需求是一个很大的市场。那些男人备感缺失的也不只是性事。解决性事在中国已比较地容易。百八十元一次，在不少地方就可以解决。他们备感缺失的……"芸停顿了一下，一只手伸向素的脸，轻托素的下巴。斯时素低垂着头，默听，一缕长发掩面。而素的一只手，在床上画字，画三角。芸托她下巴的手，托得很优雅，不似些个男人那样，用拇指和食指钳住对方下巴，钳疼着对方的颏骨硬往上托，粗蛮的举动。芸是用手心托素的下巴，轻轻地缓缓地往上托，如同举高一个球，不小心会掉了，掉了会失去什么比赛奖品似的。当素的脸被渐渐托平，她们的目光就对视着了。

芸问："你是在听着我的话吗？"

素答："是。"

"我认真说，别人不认真听，我就觉得自讨没趣了。"

"我也是的。"

"那你真是在认真听了？"

"嗯。"

素的脸保持正对不动，乖乖地任由芸的掌心托着。芸眯起了她的双眼，看素的样子，便有几分端详的意味。

素却大睁着双眼，眼珠都不转一下，也不眨。

芸自言自语地说："素，其实你挺经得住仔细端详呢！标准的鹅蛋脸，杏核眼。眼皮儿单得那么薄，瞧谁，使谁觉得你是在睥睨谁。素，你挺有一股特别的女人味的。"

素嘴角微微一动，似笑非笑，表示出一种由衷又感谢的谦卑。类似芸的话，素也听别人当面或背后说过。只不过从没有像芸说得那么具体。而"经得住仔细端详"，是几乎一致的说法，也是素听到过的别人对她的容貌的最高评价。是她身为女人不十分沮丧的理由之一。

"我刚才说到哪儿了？"

"你说，他们备感缺失的……没说完。"

"我自己都忘了，还得问你。对，是说到那儿了……他们备感缺失的其实有时也是咱们女人的柔情,往往更是柔情罢了。哪儿哪儿都获得不到,便以为自己要的仅仅是性,只不过是性。所以呢,你若不愿自己在性方面代价太高,那你就只能多给他们些柔情。好比母亲厌烦了已经长牙的孩子还整天磨在身边闹着吃奶,那么只能为孩子将饭菜做得合乎胃口一些。我这可不是存心教你坏。我是在传授经验啊!否则,我们苦读了四年,又找不到工作,家庭又供不起我们继续考研,我们可怎么办?"

素说:"是啊,我们。"

说完,长长地,长长地叹了口气。

芸告诉素,自己的经验也不是从天上掉下来的,不是头脑中固有的,更不是经别人传授的,是实践中来的。

"你是学哲学的。实践出真知的道理你应该比我懂。我靠了我的经验,少义务了许多次。不过他们也不大会不高兴,往往也应付得他们挺满足的……"

芸说到这儿,同样长长地,长长地叹了口气。

"他们?"

"我们也不能一棵树上吊死啊。有时我们一厢情愿地指望关系长久,兴许对方还索然了呢。回到开头的话,我再郑重地问你一句,换不换一个?"

"……"

"这没什么忸怩的。你若觉和他太委屈自己了,我出面替你了结。解铃还须系铃人嘛!"

"……"

"说话呀!"

"我……不换了吧!就他了……"

素又长长地，长长地叹了口气。

芸则又眯起了她的双眼，又端详起素来。

于是芸接着开始评说"尼尔采"的优点。说他这个人最大的优点那就是比较专一，不搞多边关系。说他即使有那个野心，也没那个实力。

"哪个实力？"

素竟显得很敏感。

这次轮到芸被问得一愣，但那只是瞬间的事。

芸随即笑了："瞧你往哪儿想去了？想黄了吧？我是指他的经济实力。"

芸还认为"尼尔采"比较诚实。在以后的关系中，是绝不至于欺骗素的……

到今天，素和"尼尔采"的关系已经快半年了。素已在他那儿留宿过不少个夜晚了，大约总有七八次了吧。有时是出于照顾他的愿望，有时是担心赶不上末班车，偏回去就得打的。而打的又舍不得花钱。素对于在他那儿留宿已习以为常。他那儿有暖气、有热水器。素的平房里两样都无。如果她回去晚了不生火，四月以前的那些日子，就像在冰窖里。她半夜多次冻醒过。在他那儿留宿的另一个好处，是可以痛痛快快地洗热水澡。有几次她留宿，目的只不过为洗澡。但是他却从未到她的住处来过。不是他无此念。事实上他提出过，照例带点儿请求的意味，都被她婉拒了。芸传授给她的经验，也就是以多些的柔情折成性的给予的经验，几番尝试，均告失败。失败的原因不在他那方面，而在她自己，她无论怎样努力，都不能从自己心里挤出哪怕少许柔情。她甚至暗暗怀疑过，自己作为女人是不是根本缺少柔情？她最大限度，只能要求自己在和他共处的时间里，尽量对他待以平常心。

好比一个老太婆全面包容和自己过了大半辈子的老头。没有了脾气，也没有了亲昵。甚至连主动的话语也不多，有的只是义务，被岁月打磨得习以为常了的义务。而且，那么善于将每要形成的对立情绪和心理，彻底地消除在萌芽状态，处之泰然，处之淡然。就是没有柔情。于是便干脆在和他做那种事时，还是简单地回报以性了事。但是她婉拒他打消他光临自己住处的念头的经验，却相当之丰富起来。

素曾对他说："给我留一处单独享有的人生的港湾，成全我。让我拥有完全属于自己，而对别人是禁区的一个空间，好吗？我特别需要那样一个空间。如果你能理解我，我发自内心地感激你。"

她的话，也带有请求的意味。不是带有一点儿，而是非常明显。

结果他就不忍固执了。

结果他说："那么，理解万岁。"

以后他再也不提想去她的住处。

素竟真的有些发自内心地感激"尼尔采"了。她因而在以后的一个月里，反倒主动多到他那儿去了三四次。并收拾屋子，为他洗这洗那，命他买东买西，以便为他做顿好饭菜。那时她确乎像一位能干的家庭主妇，像一位贤妻。对他的示爱，也能相应地反应给一些温存。比如一个微笑，一次贴脸，几句玩笑。于是他发自内心地感激着了，且显得是受宠若惊的孩子似的。纵然那一种情况下，她也是难以从内心里挤出柔情的，但她又非是逢场作戏虚与周旋。素从不逢场作戏，更不善虚与周旋。不，绝不是那样的，实际上素那时真是愉快的。想象自己是一位母亲，他是她唯一的儿子。虽然他无优秀之点，但他对她的依恋使她感到自己重要。愉快纯粹由感到自己重要而生。却也仅仅就是单方面自生自灭的那一种愉快，以及适当的，有节制的，为了维护良好气氛和良好关系的明智和温存。与柔情实在是没什么关系……

然而此刻他却使素大为意外地出现在她的住处了。他闯入了他不该光顾的禁区。

他违背了他的承诺。还穿鞋在她的床上躺过,吸得满屋都是烟味,不得不开门开窗地换空气。

"你怎么会有我这儿的钥匙?"

素的话听来像审问。

"你上次到我那儿,我偷了你的钥匙,配了一把。"

他说着,又四仰八叉地仰躺于床。

"你!……你怎么可以?!"

他一下子坐了起来,惴惴的,以为素因他那样子躺在床上而生气。

"你那是一种什么行为?!"

素的语调听来特别严厉。

他这才明白素的话另有所指,讪讪地说:"是啊是啊,很不好的行为。我心里知道不好。挺可耻是吧?"

素一言不发,默默瞪他,仿佛与他已无话可说。

"所以,我来向你坦白。"——他从兜里掏出他偷配的钥匙,用掌心平托着。他那只手的五指并得很紧。每一根手指都像手臂一样尽量地伸直。似乎想根本不可能地将手心拱起,以便使她更能看清那一把钥匙。他脸上的表情同时变得极为严肃。仿佛那不是一把普通的钥匙,而是一把储有千万元钱的私人保险柜的钥匙,而他在交付给她保管。

在素看来,他的样子,他的手势,都是那么做作。包括他的表情中的隐隐忏悔,也分明是伪装的似的。

素厌恶地将头一扭。

是的,此时此刻,素对她的"贵人"倏起厌恶之感。在这一个夜晚,在这一个只有芸来过的小小空间里,他的不期而至,令素分外恼火。她多想一进门就躺倒在床闷头便睡啊!他却占据着她的床。她的单人床!

素斯时联想到了另一件事——有天她闲读一本抒情的诗选,读到了一首题为《落叶》的诗。心中一动,为他的诗居然收录在那么一本精美的诗选而替他高兴。在他们的关系中,诗是起着维系作用的。却发现自己听他吟诵过的那一首诗,非是他写,而是一位叫羊令野的台湾诗人写的。

素顿觉包裹着他们的关系的绸布剥落了,暴露出了那关系的唯一的形态——赤裸裸的钱钞关系的形态,丑陋而又极为现实的形态。

从那一天起,她再也无法自欺欺人。

然而她没当面戳穿过他。无论对他还是对自己,她都那么不忍。

除了继续那一种关系,她别无选择。

倘不是他,关系还不同样是那么一种关系吗?她认命。

……

他伸直的手,默默地缩回去了,五指攥拢了。

"那,我就留作纪念了。"

他自言自语,遂又将钥匙揣入兜里。

素不理睬他。素吸了吸鼻子,觉屋里的烟味确实淡了,撩起窗帘将窗啪的一声关严了。

他说:"你轻点儿,吓了我一跳。"

素已走到门口,正打算插门。听了他的话,素落在门闩上的手没再动。她暗想,他并没明明白白地说他要留宿下来。自己反而主动插了门,岂不是等于愿意他留下来了吗?虽然以他们之间的特殊关系而论,他硬要留下来,也算是他的一种权利。

"你看到了,我这可是单人床。"

## 秀 发

　　素背对他，面对门，尽量以平常语调说她的话却连自己也听得出来，自己的话其实说得仍冷冰冰的，意思再明显不过——你什么时候走？

　　胃还在隐隐约约地疼，头也有些疼。素暗暗埋怨自己，不该在图书馆里啃书本啃到这么晚。如果不是因为胃疼头也开始疼了，素是断不会以丝毫也不欢迎的态度对待他的。即使他不明明白白地表示要留宿下来，素也是会考虑到他的心理要求和生理要求的。毕竟，他不是一个和她有一般关系的男人。他每个月按日给她一千八百元钱啊！否则，她还能准备考的什么研啊！何况，时间已很晚了……

　　"其实，我是来向你告别的……"

　　他的声音很低，很低。

　　素的手，缓缓地，缓缓地从门闩上垂落了。她一时还没完全理解他的话。仅仅明白了一点，那就是他也许不至于硬要留宿下来，自己也就大可不必现在便违心地插门。

　　然而她仍背对他，并未马上向他转过身去。

　　"我儿子病了……"

　　"……"

　　"是白血病……"

　　素的心倏然一紧。对于白血病，她当然并非一无所知。她之所以本能地感到恐慌，不是由于他的儿子，而是由于自己。

　　"孩子已经初三了，学习挺好的……可是突然……我买了明天的火车票……我这一去，今后也许再也不会来到北京混了……"

　　他的声音，使素觉得出乎意料地，不可思议地平静。他明天就要离开北京了，而且，很可能一去不返，那我以后依靠谁在北京考研读研呢？那可是二三年之久须得一门心思苦读的日子啊……素这才明白了自己,原来自己的心之所以本能地恐慌,起因竟是那么自私。

素不由得向他转过了身,几乎将自己心中所想说了出来。自然,并没有,只不过张了张嘴。

他显然也一直在望着她。见她转过了身,他的目光刚与她的目光接触,便立即有意识地移避开,望向别处。仿佛他的儿子得了白血病,是件太对不起她的事,因而是件特别难以启齿之事似的。

"在北京,无论哪一个阶层,都比生活在中国其他城市要不容易得多。北京的官场比中国一切其他的官场更复杂;北京的商场比中国一切其他城市的商场竞争更激烈;北京的大学比中国一切其他城市的大学收费都高;北京下岗了只拿基本生活费的人,一点儿也不比中国其他城市少……真不知道人们为什么还鬼迷心窍了似的以生活在北京为福为荣……"

素听来,他简直已经是在没话找话地东拉西扯。她哪里还有心思听他说那些!

她冷嘲热讽地问:"这就是你预先不打一声招呼就来到我这里,告别之际想跟我说的?那么不劳赐教,我的体会比你深刻。"

他的目光又望向她了。然而,仍有那么点儿游移不定,不敢正视她似的。

"是啊是啊,我说了些什么呢?是不该说些没用的话……"

他靠床头坐直了上身,苦笑一下,干咳一声,将十指交叉在一起。于是素的目光从他脸上望向他双手,看出这男人的双手在相互用着一股力。显然,他陷入了大的尴尬,一时不知再说什么好了,真的无话可说了似的。

"如果你来,只不过是为了通告我,我们的……关系彻底结束了,那么你现在可以走了。因为你不必说,我已经完全猜到了你的意图。

而且，请你放心，尽管北京是一座不相信眼泪的城市，但我可以不靠眼泪也在北京打理好我的人生。"

素此一番话说得特别快，说得特别酣畅，背过文字稿似的。只停顿了一次，在"关系"和"契约"两个词之间犹豫了一下。她最终放弃了"契约"一词而选择了"关系"一词，是觉得后一个词不仅对于他，而且对于自己的自尊心也有某种程度的损伤。

这次轮到他张了张嘴，想说什么，没说。

一阵对两个人都相当难堪的沉默。

素感到了难堪的沉默对自己的尊严也是一种无形的压迫。

她觉心头暗燃屈辱之火。

她高抬手腕，低头看了一眼手表，以那么一种夸张的大幅度的动作，暗示对方应该识趣地走了。她这样的时候，心内不无自责。她问自己，素，素，你是不是待他太冷太不近人情了呢？毕竟，你和他的关系，是你自己首先的一种人生决策啊。在你和这个叫"尼尔采"的男人的关系中，他并没亏待过你，更没欺负过你啊！而且，你得凭良心承认，他是一直想使你和他的关系朝亲爱的程度发展的呀！

"尼尔采"终于比不过素对难堪的沉默的耐受力了。

他吭吭哧哧地说："我儿子真的得了白血病，真的。我不骗你。我儿子的日子已经不多了……医生说最长拖两年……这两年我要……当一位好父亲，这孩子亲近大自然，我一定得陪他全国各个自然旅游景点住住……我……我……"

此时，直至此时，这男人的眼中才唰的一下子淌下了眼泪。

他的眼泪使素毫无准备，也使素更加自责了。

此时，直至此时，素才倏忽间感到，对方是多么需要安慰和怜悯啊。正如她曾倏忽间感到恐慌。而一分钟之前，安慰和怜悯，尤其是她所渴望的。

素不忍看他泪流满面的脸。她低垂了头,小声说:"对不起,我刚才有些不冷静。"

而他说:"没什么对不起的。"比她的声音还小。

又是一阵沉默。他掏出烟盒,想吸烟,瞟了素一眼,见素目光定定地看他,忍住了没往外弹出一支来。他用左手的拇指和中指像卡尺那样卡住着烟盒上下的斜对角,用右手的一根手指不停地在烟盒上画圈儿。

她又小声说:"你实在想吸,就吸吧。"

他说:"不了。"——随即又说:"不惹你讨厌了。"仿佛先说的话她不一定听得明白,于是要来一番自白式的注解似的。素说:"你还是吸吧。"——她说完,一只脚向他迈出了半步,但同时显得那么犹豫,不情愿向他迈出另一只脚似的。而他在望着她,显然正期待着她接近。于是素因自己那会儿的犹豫又产生了自责。觉得自己的犹豫实在是冷漠得有点儿可怕。她轻轻走到他跟前,从他手中掠过烟盒,取出一支替他塞在嘴里,按着了打火机……

"吸呀!"

他这才吸了一口,烟着了。一缕青色的烟雾,熏得素想立刻退开去。他的一只手抓住了她的一只手。

素欲抽出手。那是一闪念,实际上她没那么做。她的手臂微微后掣了一下而已。她以为他感觉不到的。他却感觉到了,遂将她的手握得更紧。素便由他,且索性在床边坐下。素长长叹口气,之后说:"何必非忍着不吸呢,再开窗放放烟就是了嘛。我不是讨厌你啊。我是讨厌烟味。为了自己的身体,你也还是少吸的好……"

素尽量地语调温柔。企图通过那一种对自己的刻意的要求,将自己留在他心里的冷漠一举消除干净。

他仍握着她那只手。另一只手从嘴角取下烟,斜扭腰,长舒臂,够着往床那一边的小碟里点了一下烟灰,以一种大人向孩子做交代的口吻说:"你听明白,那房子我已经又预交了两年的租金,是为你。我和房主签的一份协议夹在《尼采传》里。还有,我以你的名字,存了一个一万元的存折,是活期的,为你取用方便,也夹在那本书里。我很愿意为你考研做得更多,但我力不从心。"

他的话里竟完全没有了自卑和自鄙。其口吻的变化,使素顿生困惑。那又是一种别人命中贵人的口吻了。一种习以为常了的,他自己似乎从没意识到过的口吻。仿佛没有他的关怀,她的命运不知会落到多么糟糕的地步。尽管这一点基本上是一个不争的事实,素的心还是像被电了一下似的,麻过一缕不快。

素的目光不由得望向书架。分明地,《尼采传》确被抽出过,没有很齐地插回。两年内住的问题解决了,而且不必再花一分钱;而且将住上和芸一样的两居室楼房;而且是装修过的;每天想洗多少次澡就可以洗多少次澡了;而且拥有了一个一万元的存折!一万元啊!素清楚,即使那些已获了北京户口,有一份稳定工作了的大学毕业生,普遍而言,最初的工资也不过每月一千五六百元。工资再高的只是极少数。以月薪一千五六百元来说,攒够一万元也非轻松实现之事啊!

素眼望着书架,内心随之涌起一阵大激动,混合着一半大感动。那一缕被电了一下似的不快,如洪水冲击逆向的溪流,将其化为泡沫了。

她嘴上却说:"那怎么行?那怎么行?"

"尼尔采"反问:"怎么不行?"

"我不能接受。我坚决不能接受。"

"为什么?"

"因为……因为……我可以接受你的好意……仅仅接受你的好意……"

"为什么?"

"我不接受施舍。"

"你为什么非要认为是施舍?"

"因为……因为我们的关系……还没到我可以心安理得地接受的程度……"

素已经难以将话说得连贯了。

"还要到怎样的程度?"

"尼尔采"的口吻,更加是别人命中贵人的口吻了。能救并愿救别人于水火的人,大抵以那么一种近乎强迫的口吻力图彻底打消对方的一切顾虑。

"我……可是你的儿子……你比我更需要钱……你特殊情况之下,我怎么能……"

"儿子反正是那么回事了,再多的钱也救不了他的命了。而且我也为我和儿子留了一笔足够用的钱。我毕竟是中国的尼尔采,不是百年前德国的尼采。尼采要扮演丝毫也不随俗的角色。所以他后来穷困潦倒他活该。我是明智的,该清高便清高,该随俗即随俗……"

他又斜扭腰,长舒臂,将烟蒂按灭在小碟里。之后一手掰着另一只手的手指,细数他漂在北京的几年内干了多少"俗事",一笔笔挣下了多少钱。他说为了挣钱,他甚至不惜为些个末流的"星"们写吹捧文章,而且敢于狮子大张口,索价极高……

他脸上泪痕未干。他那由于烟史太久而变形的嘴角,浮现一抹半得意半自嘲的笑。

素任他喋喋不休,一起身去毅然决然地插上了门。

她重新坐在床边后，凝视着他的脸，缓缓向他的脸伸出了一只手。当她的手指替他抹去脸上的泪痕，接着抚摸他的脸时，他才终于不说了。眼神发呆地也凝视着她，身子像被浇铸了般一动不动。素觉得他不认识自己了似的。

她温柔地、声音很轻很轻地说："那别走了，住下吧……"

他发呆的眼神仍没灵活过来。

"我要给你……不……不是这个意思……我的意思其实是……我想……我要你……"

素喃喃着，连自己也不知道自己究竟说了些什么。而她的一只手，已开始解他的衣扣。

他还是如同被浇铸了一般……

当素醒来时，天已大亮，由于胃疼而醒。起身服过了药，重新躺在床上。一缕明晃晃的阳光，从窗帘没拉严的缝隙挤进屋，照在书架上，相当之集中地照在《尼采传》插齐回去的书脊上。

她这才回想起昨夜之事。他什么时候竟走了呢？她不禁转脸看他睡过的地方，同一只枕的另端，尚留有他的头压过的凹痕，还有从他头上掉下的几根头发，几根灰色的看去很不柔韧的头发。

小碟干净了。

他偷配的那一把钥匙放在小碟里，似乎是供人专用来放钥匙的。

昨夜素和他之间并无性事。她没那种欲望。事实是在素和他的关系中，她从没产生过那种欲望。她一向仅尽两人协议所要求于她一方面的义务而已。尽管昨夜她对他心怀大的感激和感动，但是没有和他发生性事的欲望可言。与以前多次相比，她不过主动了而已，不过情愿了而已。那仅仅是自我要求的促使罢了。他竟也很奇怪地没有欲望。他被动地任由主动了的她脱光衣服，既不配合，也不反对，如同她以前多次的表现。赤裸的素，依偎在侧卧在他身旁，一只手臂搂着他，期待着配合他做一次最情愿的奉献。而他的手臂，却规规矩矩地贴身而放，不拥抱她，不抚摸她，具有同枕不淫、坐怀不乱的高超定力似的，反倒十二分地不情愿似的。是素关的灯。关灯后不久，一阵困意袭来，她睡着了，而且睡得那么酣沉……

素还是困，头脑中闪回着昨夜之事的片刻，心灵里盛装着满满的感激和感动，蒙蒙眬眬地仰躺着又睡过去了……

她一直睡到十点多才再次醒来。起床后的第一件事，就是走到书架那儿，深怀着又庆幸又急迫又有些受之愧疚的心情抽出了《尼采传》。

那一本书里什么都没有。

她数遍地翻它，抖它，没有就是没有。

她呆住了。

书掉在地上。

接着她一本一本地从书架上抽下别的书，一本一本地仔细翻，没有就是没有。

再接着她将屋里一切可能藏着一份重要的协议和一个一万元存折的地方全认认真真地找了一遍，抽屉、枕下、褥下、墙缝、桌缝、床缝……仍一无所获。她终于不得不承认一个事实，那就是昨夜自己被耍弄了。

她受伤害的程度是难以形容的。

她心头腾地燃起对"尼尔采"大的憎恨，还有对芸的友爱的大怀疑。

她愤怒之下推倒了书架。

那一天她没出门，没吃东西。

她病了。夜里胃疼得缩成一团。觉得是胃在疼，也可能是心口疼。

第二天她病了……

素在没人照料的情况下病了三天。第四天她往"尼尔采"住的地方打电话，没人接，打手机，关机。她没有别的想法，只不过想痛骂他一顿拉倒。

却被芸紧急传呼了四五次。她没给芸回电话。她怀疑芸在她和"尼尔采"的关系中，实际上扮演着什么很对不起她的很可耻的角色。

素决定和芸断交。

她回到那平房所在的院子里，见芸伫立门外，一脸的惴惴不安。

她说："你来干什么？"

芸反问："你怎么不回我电话？"

她说："我不愿再见到你了。"

说着开了锁，看也不看芸一眼便进了屋。芸无视她冰冷的态度，跟进了屋。芸一进屋，就紧紧搂抱住她，流着泪说："你不回我电话，可吓死我了！你平安无事就好！就一万个好！就大吉大利！"

素使劲儿推开芸，怒视着芸说："你那个'尼尔采'哪里去了？他是个王八蛋？！"

芸低了头回答："他被公安局押送到一家精神病院去了……"

素愣住了。

芸告诉她——"尼尔采"是在四天前天将明未明的时候，被巡逻的公安人员拘留的。当时他徘徊在一座立交桥上，看上去有从桥上往下跳的自杀倾向。他们审讯了他一通儿，听他的回答怪异荒谬，判断他可能有精神病，便将他押送到了精神病院。经院方进行精神测试，果然是精神分裂了，而且早已分裂了。只不过患的是潜伏期较长的那一种，在潜伏期难以被觉察。但已转化到了发作期。一旦发作，每有自残或伤害他人的暴力行为……

芸说公安局从"尼尔采"的手机上获得了她的电话，以为她是他的亲人，已传唤过她了。否则，她们蒙在鼓里。

"素，素，天地良心，我当初把他介绍给你，真的不知道他精神方面已经有问题了呀！如果我知道我能那样做吗？我又图的什么呢？我可是百分之百好意啊！我……连我自己也曾和他有过一段那样的关系啊，我……我对不起你，你恨我……我也没办法了……"

芸亦泣亦诉，终于泣不成声，一转声往外就跑……

素横伸双臂挡住了芸，随后紧紧搂抱住芸。

她们一阵有声一阵没声地哭了个痛快……

十几天后，素租住的房子到期了。她没再租住。芸将她接到自己那儿去住了。

芸鼓励她一定要好好备考，一定要争取考上。

芸发誓地保证："素，你放心吧。今后，在北京只要有我住的地方，就有你住的地方；只要有我吃的，就有你吃的；只要我芸还剩下一百元，一百元是属于咱俩的！我妹妹已经嫁人了，嫁了个经商的，我爸妈的日子已经不必我再挂念着了。我要当你是我另一个亲妹妹。怎么说我也是每月有一份钱的人，你要给我赎过的机会啊！"

她们一块儿买了些吃的用的衬衣衬裤去精神病院看过"尼尔采"一次。

院方说，除了她们，再没人看过他。说他儿子真的患了白血病。

说他肯定是由于收到那封告知的家信，受到严重刺激，精神才一下子彻底分裂了……她们没有见到他本人。

院方说，他属于一名接受福利治疗的病人。一入院病情骤重了。

为了有效地治疗，她们还是别见他为好。

往回走的路上，芸说，"尼尔采"其实真的是一个本性挺善良的人。诗也曾真的写得挺有才情。如果一个中国人靠写诗能维生，他是不会变成疯子的。

素默默点头，表示同意芸的话。

"你还恨他吗？"

素默默摇了摇头。

有天下午素和芸照例到图书馆去，远远的就见那儿围了一大群人。走近后听围观者们议论——是历史系的一位博士，从图书馆三层的一个窗口跳下来，摔死了。一所北京的大学曾表示愿聘他任教，不知为什么，又不聘了。本校也曾考虑留他，但一直拖而未决。他想不开，留下封信轻生了……

芸转身就跑。

素跟着跑回芸住的地方——那一天素知道了芸人生的一大隐私——芸和那位历史系的博士彼此深爱。她既隐瞒着他，也期待着他工作以后，有钱将她的肉体从她不情愿的契约中赎出来……

芸因而也病了一大场，多亏有素照料。

芸刚从巨大的悲伤中缓过，素刮了一次宫。

她说不清楚究竟是哪一次忘了服药导致的了。

是芸陪她去的医院。

两天后竟是冬季考研的日子。

芸坐在床边，素躺在床上仍看书，面无血色。

芸夺下了书，忧郁地问："素，两天后，能行吗？"

素低声而坚定地回答："行。"

两天后芸陪素到了考场外。

那一天北京特别冷，寒风凛凛。

目光镇静地望着那些男男女女的竞争者,素在心里对自己说:"芸,一切谢了!"

没人注意她的脸色是多么苍白,也没人注意她的样子是多么虚弱,更没人会想到,她两天前经历了一次怎样的肉体和心灵的苦楚……

她不由得回望芸,并且缓缓举起了手,向芸伸出食指和中指。

芸也向她作出了那样的手势。同时,向她微笑。

那是激励的微笑,也是怜悯的,好像会因寒冷被冻僵在嘴角。

素毅然地一转身,步入了考场……

# 灭 顶

## 一

夕阳西下时的一片彤辉,均匀地涂在胭脂河上。帆儿是去远了,歌儿是渐弱了。胭脂河呢,浮着妖娆的红晕,显出动人的羞容,悠悠地徜徉着。满世界静极了。

秀秀最喜欢这会儿到河边来洗衣服。河水晒了一天,温温的,很舒手。河东河西两村的孩子们,像眷恋母亲的怀抱一样眷恋这条河。整个夏季,差不多天天泡在河里嬉戏玩耍。不过此刻他们都乏了,回家吃饭去了。

秀秀最喜欢这会儿到河边来洗衣服,还因为这会儿这条河仿佛只属于她自己。

像那些孩子们眷恋这条河一样,她更眷恋自己内心里占有了这条河的满足情绪。二十岁的姑娘一个月后就要嫁人了。她期待着结婚的日子。一种幸福的期待。却说不上是在渴望。这种幸福如同需要喝很多碗才能醉倒人的米酒。她只是闻到了,更准确地说是想象到了它的醇香而已。所以她尽管是在期待着,心儿没醉。她好比一个买到了预售票的旅客,从容地坐在候车室里,等着上车。

女人迟早要出嫁的。区别仅仅在于嫁给一个什么样的人,中意的或不中意的。她觉得明贵很中自己意。河东河西两村的小伙子们加在一起,明贵无论与谁比,怎么比,都是个比不败的人。身高一米八,浓眉大眼的,肩膀宽,胸膛厚,是个堂堂的男子汉。而且呢,还十分正经。面对面和姑娘们说话都脸红,不会打情骂俏那一套。靠自己能吃苦和能干,三年来成了收益殷实的万元户,盖起了四间新砖房。河东河西一心想嫁给他的姑娘多了!他却主动央媒人来她家提亲,这不能不算是她的福分。

不定有几个姑娘嫉妒我呢!她蹲在河边儿,轻轻揉搓着自己的一件上衣,庆幸地这么想。肥皂泡儿一簇一簇被河水捎走了。浮着红晕的河面上开着一朵朵白莲花,好看极了。

泼啦一声,一条鱼儿跃出水面。

泼啦一声,又一条鱼儿跃出水面。

平静的水面上分着几道水纹,想必有几条鱼儿在水下追着一簇簇的肥皂泡儿。

秀秀住了手,呆呆地望着出神。

她忽然觉着自己就是一簇肥皂泡儿,而明贵是一条鱼。或者反过来,自己是一条鱼。无论是肥皂泡还是鱼,在她和他之间,总该发生过点什么不寻常的事儿才对劲。哪怕像鱼儿追肥皂泡儿呢!

可她和明贵之间还什么事儿也没发生过。

开春时,媒人提亲。爹说考虑考虑再回话。爹先跟娘商议。娘说明贵能做个好女婿。爹和娘又一块儿跟她商议。她也说考虑考虑。她考虑了一夜,相信明贵将来能做自己的好丈夫。于是第二天她就给了爹和娘个回话——听凭爹和娘做主。于是当天爹就给了媒人个回话——年底成亲。于是从那一天起,她便很本分地将自己看成是明贵的人了。明贵也将她看成是他自己的人了。一切自然而然,顺理成章。

她从前和明贵没什么接触。走对面说过几遭话,暗暗打量过他那堂堂男子汉的容貌和身体。她成了明贵的人之后,跟明贵也没什么接触,走对面依旧是说几句话而已。明贵到她家来,她依旧是只有暗暗打量他而已。

明贵忙,很忙。忙养鸡的事儿。明贵并不常有空儿到她家来。来了找的也是爹,不是她。找爹谈养鸡的事儿,谈完了就走。养鸡的事儿不唯对明贵是头等大事儿,对她家也是头等大事儿。

两家都是养鸡个体户。

她也忙,也很忙。也忙养鸡的事儿。明贵家养了六百多只鸡。她家养了四百多只鸡。弟弟才十二岁,帮不上家里养鸡的活儿。母亲体弱多病,一天强撑着做三顿饭。四百多只鸡是全家的活祖宗,她和爹是它们的奴婢。她和爹为它们起早贪黑,累死累活。它们使她一家发财致富。

她也不常到明贵家去。去的往往是爹。爹去不了,才吩咐她去。去了也是代爹谈养鸡的事儿,也是谈完了就走。家里还有永远也做不完的养鸡的活儿,拌第二天的鸡食啦,修鸡笼啦,配防鸡瘟的药啦,数蛋啦,编蛋筐啦,宰杀不下蛋的鸡啦,等等,等等,永远也做不完,永远也做不完。每隔五六天往县里送一次蛋。一年三百六十多天,永远是这么忙这么忙。有几次她在明贵家,本可以多待一会儿,谈完了养鸡的事儿,再谈些别的什么事儿,别的什么话儿,可明贵却正忙,在做着她刚做完或回家后也要做的事儿。

"我都听明白了,还有别的事儿吗?"明贵就会这么问。

或者说:"你今晚没事儿吧?那就帮我把这些蛋装了筐吧!"

鸡……蛋……两家之间似乎永远是鸡永远是蛋。两个人之间也似乎永远是鸡永远是蛋。除了鸡和蛋，蛋和鸡，他们似乎就再没别的话可谈，再没别的事儿可做。

无论是蛋还是鸡，明贵家的一点儿也不比她自己家的使她感到可爱。相反，蛋越多，她越烦。不要说用手一只只数着小心在意地往筐里一层层码了，就是光看着，也别提有多碍眼了！

有时她觉得自己分明不是为自己活着。那些鸡也不是为她而活着，为她而一天下一个蛋。一切刚好反了过来。她分明是为那些鸡而活着，为那些蛋而活着。鸡们一只只倒活得十分惬意，吃饱了就在肚子里育蛋，育成了一个就下出来，下出来就"咯咯嗒（个个大）咯咯嗒"地叫，好像劳苦功高。

有时她更觉得自己是被出卖在一个鸡的世界一个蛋的世界里了。被谁出卖的呢？被爹吗？这么想当然太冤屈爹了！爹又是被谁出卖的呢？爹不也整日和自己一样为那些鸡为那些蛋从早忙到晚吗？再说，没有那些鸡没有那些蛋，她家的旧泥草房怎能像明贵家一样推倒了盖成窗是窗门是门的新砖房呢？家里又怎能看上电视呢？从前受尽了穷日子摆布的母亲，脸上又怎能像如今常常浮现出笑容呢？

天地良心，她，她的一家，似乎又有一百条理由感激那些鸡和它们每天下的蛋。

可是她真希望有一天能从那些下蛋的母鸡和那些母鸡下的蛋中解脱出来啊！这一天隐藏在日历的哪一页后面呢？她不知道。知道了也有个盼头；有个盼头那希望也算有个影子。可不知道。那希望连影儿也没有，根本是没影儿的希望！明贵还雄心勃勃地计划着明年起再多养四百只鸡，养够一千只！往前看，她的生活里是更多的鸡更多的蛋！不消问，明贵一定是希望她给他做个能干的养鸡的好帮手哪！看来明贵比她生活得充实，还有这么个希望！

有好几天夜里，她躺在蚊帐中睡不着。听蛐蛐叫，心里想明贵，做梦梦见明贵。

二十岁的姑娘，她那由于劳动而早已成熟了的身体内，时时产生一种无法自抑的欲望。这种欲望只有被一个男人紧紧地搂抱在怀，不停地亲吻不停地爱抚，才可能得到些微的满足。与其说是在想明贵，毋宁说她是在如饥似渴地想一个男人。然而她自己并不能区别想一个男人和想明贵是多么的不同。她认为自己已是明贵的女人，便也认为自己是在想明贵了。想得有多焦躁，便也认为自己对明贵是爱得有多强烈了。想得无论如何睡不着，她就悄悄爬起来，将数过了的一层层码在筐里的鸡蛋，再数一遍，一层层码进另一个筐里。有一天夜里，倒完了两筐鸡蛋，她还是睡不着。她竟穿好衣服，蹑手蹑脚溜出房间，一路小跑，跑过桥去，一直跑到明贵家小院外才站住。

明贵屋的窗还亮着。她的心在心窝怦怦跳。是因为跑的，也不完全是因为跑的。她真想立时就扑进明贵怀里啊！那些日子，爹的脚扎了，行动不便，养鸡的活儿全落在她一个身上，几乎把她累垮了啊！

她是更需要明贵给她些爱的啊！她将是他的媳妇了啊！他是应该理解，她多么需要和他单独在一起，偎在他怀里，说说贴心话儿，撒撒娇，给予些温存获得些温存啊！

她轻轻推开小院门，走至明贵屋窗前，见明贵正和他娘在屋里数蛋。

"多少啦？"明贵问。

"八百八。"他娘回答。

"不对。早就数到八百多了嘛！娘你又数错了！"

"那你不是也在数着来？"

"我哪数？见你在数，我怕和你数重了，就没往下数！"明贵将手中的一个蛋使劲往地上一摔，鸡蛋碎了。

"有火朝我发，你摔鸡蛋干什么？一个鸡蛋一毛七！"他娘从桌上拿起茶杯，将那碎鸡蛋双手捧到茶杯里。

"明天一早就要交蛋，你越帮越乱！"明贵气呼呼地吸起烟来。

"那就别数啦！你数得再仔细，人家收时不还是过秤的吗？"他娘火了。

"不数？不数人家在秤上捣鬼，十斤二十斤地骗你也白骗？那些家伙，都变着法儿想喝养鸡个体户的血哩！"明贵气呼呼地抛了烟，一脚踏灭，从墙角拎过只空筐，又重数。

"我越帮越忙不是？我不帮你数了！你一个人数去！"他娘嘟囔着离开了他的屋。

"四、六、八、十……"明贵只顾埋头认真数着。

她又不想见他了。

她知道，进了他的屋，他准会要她帮着数蛋。八筐，两个人也够数一阵子的。数错了，他也准会对她发火。

她转身悄悄离开了他家小院。而她急匆匆来时内心里那种强烈的欲望，变成了一股恼怒。恨不得闯入他屋去，将那八筐蛋统统砸碎。

她带着这股恼怒走到河边，在桥头旁坐了很久很久……

从小学校的方向，传来了一阵音乐声。大概那个省城里来的大学生，又在伴着这种使人情绪骚动的音乐独自跳什么"迪斯科"了。她真羡慕这个大学生啦！人家可无须跟那么多鸡那么多蛋打交道！人家活得是多么轻松多么自由！放暑假了，独自一个人骑辆自行车，爱到哪里去就到哪里去，仿佛满世界都任他去似的。什么"运动旅行"。到了村里，听说小学校的女教师生孩子教不了课，就表示愿意留下来给小学生们代一个月课。村里的小学比省城里的大学迟一个多月才放假，好像那个女教师就是为了给这个大学生创造一次代课的机会，才不早不晚偏赶着他"运动旅行"到村里的前几天生孩子。村里人从没见过一位省城的大学生，对他的到来人人感到新奇，自是百般地尊敬着他。还答应给他五十元代课费。据说他随身带了一台价钱很贵的录音机，一有空儿就装上一盘"迪斯科"独自跳哇扭哇，村里人围住看他也丝毫不觉难为情。

秀秀听得入了神。她听不懂音乐，但她爱听音乐。什么音乐都爱听。她好几次央求爹买一台录音机，可爹就是不肯买。爹手里有了一笔钱就往银行里存。

"买那东西干啥？能吃还是能穿？"爹这么问。

"听呗！"

"听？谁听？"

"我听呗！"

"你有闲工夫听吗？"

"当然有！"

"你还有闲工夫？那就证明你爹整日是在一个人受累哩！往后我再多养它二百只鸡，看你还有没有闲工夫！"

爹吹胡子瞪眼地训斥她。不是没钱买不起，是有钱不给买。鸡下蛋，蛋变钱，爹究竟已经在银行里存了多少钱？她不知道准数。算起来总该有两万了吧？爹认为，有台十二英寸的黑白电视机看着就不错了，还想听音乐?! 简直是"烧包"！

"你买这也舍不得花，买那也舍不得花，钱存在银行里到底想派啥用场？将来给你陪葬呀？"

她憋气，用当女儿的不该说的话抢白爹。

爹扬起巴掌要扇她,她慌忙躲开了。

"没眼光的东西!"爹骂道,"才养了四百只鸡你就觉着富得不行了吗?离我的奔头差远了呢!总有一天我要养到四千只!外国有这个大王那个大王,中国咋就不能有个养鸡大王?我才五十多岁,离死早着呢!不扑奔成一个养鸡大王,我死不瞑目!"

听了爹的话,她觉得自己今后的日子是一点迷人的色彩也没有了。她只盼着早日嫁过明贵家里去。她要劝明贵卖掉所有的鸡,小两口再对生活重新作一番打算。她和他都还年轻呀!她和他的生活可不该每天总是鸡啊蛋啊的呀!为了鸡为了蛋,累死累活,到爹那年纪,成了个养鸡大王和富婆,又怎么样呢?青春是一去不复返了呀!明贵存在银行里的钱肯定比爹要多得多。小两口趁着年纪轻轻都去上学不好吗?考不上正牌大学,业余学校也行啊!剪裁班、摄影班、美术班、音乐班、外语班……这一行那一行的辅导班,如今县城里多着哪!只要交得起学费,谁都可以去学。学费花不了多少钱啊,明贵肯拿出他存款的十分之一就足够足够了!她相信只要她和明贵结了婚,明贵是会听她劝的……

她想得越来越远了,竟忘了洗衣服。她是把自己对未来生活的一切憧憬都寄托在明贵身上了。那憧憬是不明确的,然而是五彩缤纷的。反正不是鸡也不是蛋。她像爱美的小女孩希望将自己打扮得更美一样,本能地幻想着将自己年轻的生命和这样的生命所感受着的生活设计得美妙一些。人不靠自己来设计自己的生活那么靠谁来设计呢?

她怅怅地叹了口气。

不知什么东西落在手背上。她垂头一看,是一对儿交尾的红蜻蜓。孩子们管这种蜻蜓叫"红辣椒"。这样的一对蜻蜓,有时被孩子们捉到手了仍不分离。于是孩子们就会争论哪一只是公的哪一只是母的。

她不动手,唯恐惊飞了它们似的。它们的翅膀都垂了下来。它们是将她的手背当成一处安全的地方了。在下边的那只,吮着她手背的水珠儿。在上边的那只,身子一耸一耸的,似乎什么危险都不在乎。

上边的那只该是只公的吧?她想。多么小个东西,竟也会男欢女爱!"快活"得个情浓劲儿的!

村人们,将男女间事习惯地说成"快活"。也不知从哪辈子传下来的说法。初省人世的女孩子,听了"快活"两个字是要脸红的。如果不脸红,不被认为痴傻,便被认为轻佻。

她记得自己十一岁那一年,表哥成亲,夜里许多小伙子猫在新房窗下听"快活"。她当年对这种事儿是那么好奇!也猫在那些小伙子们中一块儿偷听。尽管竖起耳朵偷听,却一句话也没听到。只听到了一阵极轻微的床框的吱呀声,表哥扛着一扇磨似的喘息声和表嫂发高烧说呓语似的哼唧声。

那些小伙子们便一哄而起,大嚷大叫:

"听到了,听到了!"

"俩人正在快活劲儿上哪!"

有一个小伙子甚至对着漆黑的屋里喊:"日子长着呢,一辈子的快活别一晚上享受尽了呀!留点滋味给往后呀!"

她莫名其妙,不解自己听到的那一切为什么就算是"快活"。

后来,没谁点示她,她也想明白了。明白了,也就本能地避讳着这两个字。

结了婚的男人女人们却是不避讳的。

"大嫂,大哥不在家,今晚我给你点快活吧?"

"滚一边去,狗东西!要找快活,牵头母驴到玉米地里快活去,老娘怕你脏了老娘的被褥!"

没正形的男人和不在乎他们的女人之间经常开着诸如此类的粗俗玩笑。

"快活"两个字成了专用形容词。其他的一切快活之事，人们就只好另造新词了，而说成是"悦不悦"、"火不火"、"畅意不畅意"什么什么的。

她刚上中学那一年，河西村有个男孩，每天和她结伴而行，有天放学回家的路上，他问她："和我一块走，你咋啥话都不说呢？"

她回答："没那么些话说嘛！"

"我可是心里有啥话都想对你说。"

"你说我听着还不行？"

"只有和你在一起我才快活呢！"

她倏然羞红了脸。那完全是一种少女要证明自己纯洁无邪的本能。随即她就认定对方是将自己看成一个不正经的女孩子用下流语言进行挑逗了。于是她由羞而怒，骂了一句："你不要脸！"头也不回就往家跑。她觉着自己是受了奇耻大辱，一跑回家，就哇的一声哭了。

娘问明了是怎么一回事，怒冲冲奔过桥，站在那男孩子家门外破口大骂了一通。那男孩子三天没上学，被他爹一巴掌打肿了脸。后来上学，再也不敢正视她一眼了，仿佛她是妖魔鬼怪。一直到他长大参军前，她和他再走对面，仍谁也不看谁，更不说话。

他留在部队上了，当了连长。有一年他回村探家，带回来了媳妇，还是个医生。看见过的人都说挺俊。她却没看见过。

县里的放映队来放电影的时候，在河西村的晒场上，她发现了他，由于一直铭记不忘的内疚，她没上前跟他说话。他也发现了她，看了她几眼，仿佛认不出她了，也没走过来跟她说话……

一对忘乎所以的红蜻蜓，一直在她手背上"快活"着。"快活"……那是一种什么样的快活呢？这世界上的一切：人啦、兽啦、鸟啦、虫啦，为什么就都懂得"快活"呢？上边那只红蜻蜓的身子仍在一耸一耸的……下边那只红蜻蜓服服帖帖的，一动也不动，她的手背感觉到了它的身子也在一下一下鼓缩……

她好像听到某种极轻微的声音，类似一个男人扛着一扇磨似的喘息声，类似一个女人发高烧说呓语似的哼唧声……

其实她什么声音也没听到。

只有河水汨汨地流。而她连河流的声音也根本没有听到。四周寂静。她想象出来的那两种声音，似乎在这寂静之中变得愈加清楚，愈加强大了！她觉得她整个身体的血液，如同饮了烈酒一样在每一根血管里奔涌。她的心里又产生了某种渴望。更准确地说，是她的整个身体都本能地被引发起了某种渴望。她那早已成熟了的女性的身体，是被那四百只母鸡和它们所下的一筐一筐的蛋每天劳累得疲竭极了！而那种渴望也就显得更来势汹汹，咄咄逼人，使她自己根本无法转移。除非这种渴望得到满足。她却从未得到过任何方式的哪怕一点点满足。她觉得不唯她的血液连同她整个的身体都渐渐被这种难捺的渴望燃烧起来了似的。她想要呻吟，想要躺在地上肆意扭动。

那一对"快活"着的红蜻蜓飞起了一下，又缓缓落在她手背上，翅翼复垂。弓起的一耸一耸的红身子使她联想到了明贵强壮的裸体。而下边那一只，她恍然觉得就是她自己。

她的心智简直迷乱晕荡得不行！她全身像通了电似的发颤不止。

她仇恨起那一对"快活"着的红蜻蜓来。她猛地将手拍入水中，企图淹死它们。

它们刚一沾水就飞起，盘绕了一小圈，飞走了。

她这才发现水面映着一个人的影子，吃一惊。慢慢扭过头去，见是那个省城里来的大学生。她第一次见到他，便立刻就能确定那人正是他。不知他站在自己身旁默默观察自己多久了？她认为她内心里那种强烈的饥渴般的欲念早已被他洞悉得透彻而无遗了。她感到万分羞耻，无地自容。一时不知应作出怎样的反应才不甚狼狈。

夕阳已经沉落了。夜幕正悄悄地降临。河面上的红晕消失了。水波闪着瓷般的亮光。四周是更寂静了。只有隐藏在附近的一只青蛙，不时呱地叫一声。

"洗衣服啊？"他用一种亲昵的语调问，像是问一个他很熟悉而且很喜欢接近的人。

"嗯。"她不自然地笑笑，就回过头，从水中捞起那件没洗干净的衣服，只顾洗，不再看他。

"怎么不白天洗啊？"他又问，走近她，蹲下了。

"白天没空呗！搭一晚上，明早太阳一出，晒会儿就干了。"她一边洗一边回答。仍未看他。

"你们这地方景色挺美呀！"

"是吗？"

"女孩子们也都长得挺秀，而且都挺爱干净，不像有些农村的女孩子们，没模没样，土里土气的！"

听他赞赏自己生长的这个地方和这里的女孩子们，她心里怪得意的，自己也受到赞赏似的。

"人生水土鸟生林呗！凡是外地人来了，也都说我们这儿的女孩子们长得挺秀，沾了好水土的光呗！"她低言低语回答。

"你们这儿的人语调也不土。"

"和城里人比起来，各方面总归是土哇！"

"城里人？哼，如今城里没几个好人……"他轻蔑地说。那种轻蔑，仿佛包含着对自己的诽谤。

她不由得停了手，侧转脸看着他问："那你自己呢？"

"我？……"朦胧的暮色之中，他苦笑了一下，坦率地说，"我也算不上一个好人……"

她呆呆地望着他，对他产生了种种迷惑和狐疑。

"我帮你洗一件吧？……"他说着，从水中捞起一件衣服。

"别，别！弄湿了你的衣服……"她慌忙放下自己正洗的那件，夺他捞起的那件，反倒弄了他一身水。

"真对不起……"她很有些窘。

"没关系，没关系……"他掏出手绢拭去了自己衣服上的水，然后替她拭胸襟上的水。

她的乳房感觉到了他那只手不经意间的触碰，她的脸又倏地一阵发烧。

"不用擦，不用擦……"她本能地向一旁躲闪着身子。

"真静啊！"他自言自语地说，揣起了手绢。

她坐正了身子，接着洗那件衣服。

他一动不动，若有所思地坐了一会儿，摸一块石子，打了一串儿水漂儿，随即站起身，说："我走了。"就走了。

她没吱声。等他走远了，她才望他。

　　你问我爱你有多深
　　我爱你有几分
　　你去想一想你去看一看
　　月亮代表我的心
　　……

他一边走,一边唱着这样的歌。她看不见他了,还能听到他的歌声:

> 深深的一段情
> 已经打动我的心
> 轻轻的一个吻
> 叫我思念到如今
> ……

他的歌儿又使她的心迷乱起来。她不禁地抬头看天,圆圆的一个月亮悬在夜空。她心里忽然产生一种自哀自怜的巨大的委屈,像一个被生活也被生活中所有的人遗弃了的孤儿。她想哭。

谁正走在桥上,肩着一副担子,一前一后两只扁箩筐忽颤着。从那身影,她认出了是明贵。

他从哪儿回来呢?他那箩筐里是什么呢?

她无心继续洗衣服了,全从河里捞出来,三把两把拧去水,胡乱装进盆里,端起盆就奔他走。

"明贵!"离他十几步远,她叫他。

他走到她跟前了才认出她,奇怪地问:"你……端个盆儿干吗?"

"我在河边洗衣服呗。望见你打桥上过我就迎来了!"

"我今天可是没少走路!"他边说边往前走,连站都没站一下。

"你上哪儿去了呀?"她只好跟随在他身旁。

"出远门了!"他步子大,她不紧走,就跟不上。听了他的话,她顿时想到,自己十几天没见着他了。

他身上散发股男人的大汗通身的气味。

"你……一直从县里走回来的呀？"

"那是！"

"还挑着这？"

"那是！"

七十多里呀，她心疼他，嗔怪道："没赶上车，就在县里住一夜呗！"

"前几天发那场大水，两处公路桥都冲坏了，三五日通不了车！我惦记着我那些鸡！"又是鸡！

"不是有雇的那个外地人吗？再说，我爹也会去你家照应啊！"

"雇的那个外地人我根本信不过。连你爹我也信不过！六百多只鸡，喂不好，一天少下多少蛋？又是多少钱？"他只管大步往前走，生怕站下跟她说几句话的时间里，他的鸡们又少下了许多蛋似的。

除了鸡，就是蛋。除了蛋，就是鸡。横着说是鸡和蛋，竖着说还是鸡和蛋。他们之间的话，无论怎么着说，总归是脱离不开鸡和蛋。无论怎么着说，也总归是落在一个"钱"字上。人啊，人！怎么越是有了钱，越是心里边除了钱就再也不装点别的了呢？

她气了。站住了。发现他走在桥上时那种激动的心情低落下去了。

他一个劲儿地往前走，也不回头看她一眼。

"你站下！"

他终于站下了，掮着担子半转过身，有些不耐烦地说："跟不上啊？亏我已经走了七十多里，还掮着担子呢！"

她小跑几步，追到他跟前，又是心疼又是赌气地瞪着他。

"有啥正题话你倒是说嘛！"

"你……箩筐里是什么？"她找话说。

"鸡雏子。"

鸡！鸡！鸡！永远是鸡！仿佛他自己也是只鸡，所以只能想到与鸡有关的事，不能想到与人有关的任何事。

"明贵，我真有些话跟你说。"

"我听着。"

"到前边小树林里我再对你说！"

"这儿说就不成？"

"不成。"

"还得多绕一段路……"他虽有几分不情愿，然而领先朝小树林走去。

天这会儿是完全黑下来了。村后的那片小树林，在月色下被神秘般的恬静捧住着。透过林隙，这里那里点缀着光亮，是户户人家的后窗。

她又叫住他，走到他跟前，用极温柔的声音说："你拿盆儿，我捎担子吧！"

他一声不响，就放下担子，接过了盆。

她心里那一时刻充满了欢悦，脚步悠悠地和他并肩走着。从春季他央媒人到她家提亲算起，至如今她和他就没空儿单独在一起过。她不肯失去今天的机会。多好的月亮，多好的夜晚呢！

*轻轻的一个吻*

*叫我思念到如今*

*……*

省城里来的大学生唱的那歌儿，别的词儿她全忘了，只记住了末尾这两句。

吻……亲嘴儿……

她真愿告诉他，自己是多想被他亲呀！可这样的话怎么说得出口呢？羞死人了！

走入小树林，她放下担子，用更加温柔的声音说："你放下盆呀！"

他弯腰放下了盆，站在离她五六步远处，望着她，期待她再开口。

"你……过来呀！……"

"能听见你说啊……"他嘟哝了一句，但还是走到了她跟前。

她像只狸猫子似的，一纵就扑到了他怀中，同时伸张开两条胳膊，下死劲儿搂抱住了他那宽厚的胸膛，并将她火热的脸贴在他胸上。

"你……"

"我想死你了！梦里都想……"

他终于明白了她带他到这里的真实用意。受她那种迫切的情欲的怂恿，他也冲动起来了。他便也紧紧搂抱住她丰满的身子，俯下头，在她脸上、颈上乱亲一阵。

"你……抱着我啊……"她讷讷地说。

"不是……在抱着你吗？……"他一边亲她，一边也讷讷地说。

"紧抱着……"

他便将她搂抱得更紧更紧了。她是全身都瘫软在他怀中了！

他猛地抱起了她，原地转了一圈，没寻找到更中意处，就抱着她坐下了。他将她横揽在怀，继续亲她。他的一只大手，抚摸着她皮肤滑润的脊背。

她在他怀里扭了个身，抓住他那只大手，撩开自己的衣襟，急迫之下解不开自己胸罩的别带儿，干脆一把扯断了，将他的手放在了自己的乳房上。

她终于是获得了自己梦寐以求的那种满足。似乎获得到了很多很多，又似乎仅获得到了一点点。她在那种满足与不满足的状态之中，尽情品尝着感觉上的享受。她不停地在他怀里扭动着，呻吟着，一忽儿紧紧与他互相搂抱在一起，一忽儿又放开他，如死一般软绵绵地任他肆意摆布。此刻，只有此刻，那些鸡，那些蛋，她家的，他家的，才与她毫不相干，也与他毫不相干了！鸡和蛋，蛋和鸡，两年多来，操劳得她都忘了自己是一个人，更忘记了自己是一个女人！养鸡赚的钱，以及由此带来的最初的欣慰，早已被她失去的种种人的日常生活中的欢乐抵消了！如今她家是日益富起来了，日益有钱了，在别人看来，她是应该欢乐的了，可是她却没了欢乐的精气神儿，没了欢乐的好情绪，没了欢乐的一会儿空闲！她整个儿成了养鸡的机器人！连一些日常生活中微不足道的小欢小乐也失去了！这种有了钱而没有了欢乐的日子，和穷日子又有些什么更大的区别呢？在她那种由于感受到并觉悟到作为一个女人的天经地义的权利、需求，被限制，被出卖，被漠然置之地剥夺了而更饥渴更强烈终于爆发了的火热的情欲中，分明是包含着盲目的挑衅和反抗意识的。

"我要……"她喃喃着，在他怀里又翻了个身，一口咬在他那粗壮结实的胳膊的腱子肉上。

"什……么？……"他在喘息的间歇中低问。

"我要……快……活……"最初的使她眩晕的满足在她遍身扩展开来，又聚拢了形成更大的痛苦般的某种不满足。这会儿她是全没了羞耻心，"你……给……我呀……"她在他怀里扭动着，呻吟着，仿佛要撕碎自己的身体，也仿佛要将他的身体撕碎一样。她卑下地哀求着、乞怜着，一手就去扯他的裤带……

他是彻底被她这般来势凶猛的情欲俘虏了，不可抗拒地扑倒在地，将她压在身下……酥麻的被电棒击了一下似的感觉带着微微一丝疼楚，她"啊"地叫了一声，那一种无法形容的满足几乎使她休克了过去……

就在这一时刻，他双臂撑地，支起了身子，警觉地说："别出声，听……"

"不会有人……到这里来……"她闭着眼睛，双手搂着他的脖子，不放开他。

"不是人，可能是黄鼠狼！嘿，你放开我呀！……"

她硬是不肯放开她。

他粗暴地一巴掌打落她的手臂，立即从她身上爬起。

"哎，你快起来！就是黄鼠狼嘛！把箩筐都咬破了，听见没有？起来帮我找找，兴许有小鸡儿钻出来了！"

她半裸着身子仰躺在地上不动。

"咕……咕咕咕咕，咕……咕咕咕咕……"黑暗中，他轻声唤着。

她从一种迷幻般的涅槃跌到了眼前的现实中。她缓缓坐起，先穿好衣服，怔怔坐了几分钟才慢慢地觉醒过来。她怀疑自己是做了一场放荡的春梦。

"咕……咕咕咕咕，咕……咕咕咕咕……往哪儿跑！果然有小鸡钻出来了不是？肯定不止钻出一只！"

她望着他蹲在地上的黑影，一时恨得咬牙切齿。

他将捉住的那只小鸡儿塞入箩筐，走回到她身边，掏出烟吸起来。吸了几口，说："这两筐小鸡雏子都是新品种，我这趟专程从外省买回来的。先是要一块八的价，我就耐下心和人家讨价还价，末了人家降到一块五，再不肯降一分钱了。娘的，道上死了五只，把我心疼得不行！"

她一句话也不说。一句话也不想对他说了。

"有一筐是替你家买的。你爹若不高兴得眉开眼笑才怪哩!养好了,秋尾巴就能下蛋。两天下三个蛋!再养上几只好公鸡,渐渐地将来把我那六百只鸡都换换种儿,你算算能多下多少蛋,多赚多少钱?娘的,到那光景上,河东河西谁也甭想比我明贵更趁钱!……"他喜滋滋地滔滔地说罢这番话,将烟头往地上一丢,奇怪地问,"你干吗一句话不说?我们走呀!小鸡雏子们今晚可得好好喂一顿呢!"

她用极低的声音回答:"你先走吧。"

"对,对,碰上个人,不尴不尬的。咱俩到底是还没结婚哪!……我这件衣服你替我洗了吧!……"他说着,脱下衣服扔给她。

她未接,衣服落在地上。

"背心都黏了,也给我洗了吧!"他连背心也脱了下来,和衣服扔到一块儿,光着脊梁,捎起担子,大步流星地走出林子去了。

她又缓缓坐在地上了。

月光这一片那一片洒进林中。满世界悄没声儿没点动静。

过了许久,她听到一只小鸡儿在她身旁叫,接着蹦到了她腿上。

她一把抓住它,它反而不叫了,老老实实地在她的把握之中。

一种仇恨,也是一种报复,从她心底突起!

"你怎么就两天能下三个蛋呢?你想操劳死我吗?你以为你能下蛋就该是我的祖宗,我就该是你的奴婢了吗?叫你两天下三个蛋!……"

她用另一只手一下子便把小生命的头揪掉了,它在她手掌中连动都没来得及动一下,就成了她那种仇恨和报复心理的祭物。

一细股发黏的东西淌到了她手上。

小学校的方向,隐隐传来了节奏疯狂的"迪斯科"音乐……

## 二

每个星期六上午十点半至十一点半的一小时之间,差不多总会有一个五十三四岁的人走入县城最大的一家储蓄所。他身材不高,一张黄面皮瓦刀脸,络腮胡子刮得黄中泛青,穿一件咖啡色的确良小褂,一条铁灰的卡裤子。他那件的确良小褂,早洗掉色,洗糟了,被叫作"的确良"的那种物质已不存在,只剩下机织的横经竖纬稀稀松松地连成衣服的样子。与其说这件小褂穿在他身上,毋宁说是一条"纱巾"裹在他身上更恰当。他又偏不将小褂扎在裤腰里,仿佛你对他吹口气,他那因为只剩下了稀稀松松的横经竖纬而显得肥肥大大的小褂就会扬一扬,俨然使他具有了些仙风道骨的飘逸劲儿。遗憾的是这种飘逸劲儿与他那张一看就知道没有文化但很有些农民式的狡黠的脸难以统一,反而显得滑稽可笑。他那条裤子并不比他的小褂强些,膝盖处打了两块补丁,两条裤腿却短了半尺,露出两截腿杆子,是从两条裤腿上各剪下来半尺补在膝盖处了。可谓农民式的聪明吧!

储蓄所的人们都认得他。写在存折上的"徐有德"三个字便是他的名字,这位徐有德便是秀秀的爹。这几年的夏季里,无论刮风下雨,他们老见他穿那一身衣服。

他差不多每个星期六都来存入三百元。其实他本不必到县城里来存钱。河西村有一个储蓄点,专为河西河东两村服务。他舍近而求远,是唯恐村里的人们知道他有钱。存折别人看不见,四百只鸡是看得见的,怎么能瞒得过人呢?这又足见他那农民的头脑中有狡黠也是有愚蠢的。他不仅怕本村熟人知道他有钱，也怕许多陌生人知道他有钱。所以他专赶十点半至十一点半这一个钟点内走入储蓄所。来的次数多了，他摸出规律了，知道这一个钟点内存钱取钱的人少。储蓄所的人们却是无法瞒过的。只要是有一个什么法子可瞒过，他是绝对想连他们也瞒过的。若说他是怕那笔血汗钱（也包含着女儿秀秀的一半血汗）被偷、被抢、被骗吧，存在储蓄所又是极安全的，断不会发生钱被偷走被抢走被骗走的事儿。而且他早已数次严峻地向储蓄所的人们交代过，除了他亲自来，任何人拿了他的存折来取钱都不许付给，一分也不许付给。即或他的存折果然被偷了被抢了被骗走了，也是没用的东西。而小偷要想偷他的钱，歹徒要想抢他的钱，是很难的，除非先杀了他。他每次来存的钱，都是锁在一个小铁盒里，一根有力的手用钳子才能费力钳断的铁链儿，将那小铁盒拴在皮带上，而铁盒又是放在拎兜里的，拎兜又是提在手中的。

连他自己也无法解释清楚，为什么那般害怕人们知道他有钱。这一点与有些由穷而富的农民时时处处事事喜欢显富夸富的心理恰恰相反。有待心理学家们去分析。

若说他是怕别人知道他有钱而向他借钱，借了难还甚至根本不想还吧，自从有些人，其中包括他自己的和秀秀娘那一面的亲戚登门向他借钱，都碰了扎脑门的钉子后，再就没人登门向他借过钱了。

储蓄所的人们知道，他存的那笔钱，在本县的农民存户中，并非数目最大的，但也并非是不值得羡慕和向往的数目。二万九千元——只要他再到储蓄所来三次，就是三"大夯"了。本县的人们把一百元叫作"一锤"，一千元叫作"一耙"，一万叫作"大夯"。这意味着每月有二百余元的利息——相当于本县县长的工资。他妈的很有资格抖抖神气啦！

可这个徐有德依然伪装一副穷样子，真叫他们百思不得其解。

"老徐这次存多少哇？"

"嗨，咱一个养鸡个体户，还能存多少哪！还是上次那个数呗，都不好意思拿出手哇！"他嘿嘿一笑，真不好意思拿出手似的。

他妈的，财神爷扮花子，谁看不出你富贵在心里呢！

他们暗暗咒骂他。像许多人一样，他们看着那些有了钱就故作腰缠万贯模样的家伙不顺眼，也看着那些有了钱仍唱穷的家伙不顺眼。

徐有德每次存钱后，照例到县百货公司逛一圈。什么也不买，只看。最吸引他的，是卖烟、酒、家具、服装，以及录音机、电视机、摩托、洗衣机、电冰箱什么的高档商品柜台。对其他柜台，毫无兴趣，连站也不会站一下。

他烟瘾不小，平时自己却一向吸的是叶子烟，不逢年过节或跟某些与他的养鸡事业有特殊关系的人们打交道，轻易不肯买盒烟。非买不可，选顶便宜的买。

"有德，存那么一大笔钱啦，也不买盒带嘴的烟吸吸？别太抠门儿了呀！这年头，物价飞涨着呢，有钱不花是大傻瓜！"

某些人难免向他说这类听似劝告实则挖苦的话。

他听得出来这类话中的挖苦意味，并不生气，嘿嘿一笑，慢条斯理地回答："你咋知道我存一大笔钱哪？谁存一大笔钱谁是王八蛋！养鸡赚那几个血汗钱，去了买饲料，又盖了新屋，早折腾得屌尽腚光啰！唉！……"

其实，他见了好烟如同馋嘴的孩子见了巧克力一样，而见了好酒如同见了好烟一样。在烟酒柜台前，他常常像块铁被吸铁石吸牢了似的：双臂放在柜台玻璃上，低俯着头，一寸一寸地移动身子，目光贪婪。

"你到底买不买？"售货员当然瞧不起像他这样的人。

"太贵了，一盒烟，四五元，简直不是人吸的呀！"他嘿嘿一笑，并不离去。

"不是人吸的是狗吸的吗？买不起一边凉快去！"售货员训斥他。

"哪能是狗吸的呢？神仙吸的，神仙吸的……"他又是嘿嘿一笑，试探地问，"零卖不？"

人家不稀搭理他，没好脸色地甩给他一盒。他拿在手中横过来看竖过来看，还将鼻子凑上去闻闻，说："我的意思是，不买一盒，买几支卖不？"

人家火了，一把夺回去："还掐几截卖呢！外边捡烟头儿吸吧！"

他只好恋恋不舍地离去，心里暗骂一句："娘的瞧不起穷人！"

有时他觉得自己是一个很有钱的人，有时候觉得自己仍是一个很穷的人。觉得自己是一个很有钱的人，乃是因为他过去特别穷过，所谓纵向比较。觉得自己仍是一个很穷的人，乃是因为他本能地想到：如今政策放宽了，猪往前拱，鸡往后刨，发家致富，各有一着。八成比他更有钱的人多的是了吧？八成他们也像他似的，存着七万八万的平常照旧唱穷吧？会不会某一天他自己在做着富梦，而实际上富起来了的他到了儿还是个穷人呢？这又所谓横向比较。他常常怀着这种不安的心理观察生活，观察别人，十分害怕别人们也都像他一样富了起来，甚至变得比他更富。那他那种富了起来的欣慰，不但将被大大冲淡，而且可能不再是欣慰，倒是悲哀了。这种心理日日夜夜苦恼着他，使他不知该怎么办好。显富不妥，唱穷别扭。两种心理交替摆布他。富起来了的好心情是靠周围尚存大批大批的穷人维持的。比方是运动场上竞赛的运动员们，那冠军非有第二、第三和根本沾不上名次的竞赛者衬托着才能感到得意。

他对那些高档商品的占有欲非常之强烈。二十英寸的大彩电，他想占有；二百立升的双开门的电冰箱，他想占有；一千多元的双缸洗衣机，他想占有；像备齐了华彩鞍蹬的骏马一般的摩托车，他想占有；女儿秀秀几次苦苦哀求他买一台的录音机，他想占有，不过不是女儿所说的那种二百多元的，而是那种最高级的。一切代表现代化生活水平的东西，不论对他自己对他的家需要不需要，他都想占有。但又都舍不得花钱买下来。他对那些东西的占有欲的确是非常之强烈的。但他对钱的占有欲又十倍百倍地强烈过对那些东西的占有欲。钱一旦买了东西，他则会觉得自己的占有欲不但没能满足，反而大大落空了。只要有钱就好。只要有钱就是真富。钱能买下那许多东西，因而钱显然比那许多东西更重要，因而怎能将更重要的钱换成那些与钱相比又不甚重要了的东西呢？他对那些东西的占有欲在完全可以买回家去的一个有钱人的心态的安抚下游弋着，萌动着。他喜欢体味这么一种心态。有足够的钱完全可以买下那每一样价格很贵的东西，时时想买而又终于不买，终于不买而又特别想买，对自己这种心态的无休无止的体味、抑制与鼓励，给他的内心带来别人没法揣摸没法理解的乐趣。他认为这正是一个有钱人的真正的乐趣。兴许正是怕失去体味这种乐趣的条件，他才不买那些东西。这是一种精神占有术。但又不能说就是阿Q那种精神占有术。阿Q对吴妈的及赵家女人们花床的那种占有欲，毕竟只能实现在梦中。而他的占有欲，要什么时候实现，就能什么时候实现。那是有钱的人才有资格获得的精神上和心理上的特殊的享受。不错，是一种特殊的享受。因为他可以设想那些东西，他欲占有的一切东西，包括那些好烟好酒，已经是他的东西了，不过暂时存放在百货公司罢了。正如他那笔钱存在储蓄所里。

他的头脑还常犯猜疑：这些高档商品怎么不见有人买呢？难道都

买不起？不可能吧？据我所知，富了起来很有些钱的人，县里是另有几位的呀？我徐有德不买，他们为何也不买呢？哦，是了是了，他们八成是单等着我来买！我买了，我的钱便少了！岂不显出他们更有钱了吗？他们岂不在我面前会显得要多神气有多神气，而我与他们相比岂不矮一头了吗？人心真是太狡猾太奸诈了呀！

他仿佛看到了生活向他设下的一个大陷阱似的。

我徐有德才不会上他娘的这个当呢！便觉得自己在一场战役中胜利了。

这一战役上的胜利却并不能终止他逛百货公司的瘾。因为他那种特殊的精神上和心理上的享受，也早已成了瘾。

"在战略上藐视敌人，在战术上重视敌人。"新屋是盖起来了，旧院墙还未推倒。"文革"中用白灰写在旧院墙上的一条"最高指示"还依稀可辨。那时他的"敌人"是队长、支书，斗他们是"文革"中天经地义的事儿。全村人都斗他们，他也跟着斗。不斗白不斗啊。斗了总归能证明自己是"革命"的，也就同时保护了自己不被别人斗。如今队长和支书倒对他不记前仇，反而刮目相待，时时套点近乎。因为他富了，有钱了。

他老觉着如今他的"敌人"无疑是比"文革"中多了起来，而且日渐其多。所有一切那些已经像他一样富起来的、正在富起来的和想要富起来的人，他认为可能都是他的"敌人"或将成为他的"敌人"。他老希望那些像他一样富起来的遭到什么天灾人祸而由富再变穷，希望那些正一天天富起来的永远不能像他一样真正富起来，希望那些想要富起来的永远是痴心妄想，全县永远只有他一家真正富并永远永远都是最富的户。必然地，他认为那些已经像他一样富了起来，储蓄所里存入了几万元的人，也不容置疑地有着与他相同的野心，也不容置疑地暗暗将他视为"敌人"。在县储蓄所里,他以自己那种农民式的敏锐发现,存钱的人是越来越多了,相比之下取钱的却越来越少。他不能不认为这是一个值得十分提高警惕的"新动向"。而县百货公司那些高档商品,可以说出现了滞销。这是又一个明证,有许多看不见的"敌人"确实存在着。他们处心积虑地预备以他们的暗地里的更富,有朝一日将好不容易富了起来的他挤出行列,比成穷人。这种危机感,这种担忧,使他的心理负荷越来越沉重,压迫着他,不断地催促着他:存钱,存钱,赶快存钱!并告诫着他:别花,别花,千万别花!唉唉!富起来了有富起来了之后的苦恼和郁闷啊!忧情愁绪何人晓?

今天,他存了钱,又信步来到百货公司。在一楼,烟酒柜台的那个售货员姑娘,没等他走过去就发现了他,顿时耷拉下那张擦了过多的什么"增白露"之类的柿饼脸,操起鸡毛掸子掸柜台,两眼活像瞪着个贼似的瞪着他,那意思是:你再敢往我柜台上趴?再敢我就豁出这个月的奖金不要了给你几下!

他迟疑片刻,没走过去。人有脸,树有皮,我五十多岁的人了,才不在你这个小丫头片子面前自讨没趣哩!他想。打鼻孔里轻蔑地哼出一声,心说:"眼浅的东西!我徐有德存着的那笔钱,若是全取出来往你柜台上一堆,想要把你买下来,八成你也会乐得不得了!"

他倒背双手,俨然一位中央商业部门光临视察的大干部派头,晃着膀子,不慌不忙地踏上了二楼。

二楼的情形今日不比往常,不少人争相选购高档商品。

嗯?……

他颇犯疑惑。一问才知,今日那些滞销的高档商品削价处理。县城里的人们自有他们应付商品价格浮动的策略。你不是又涨了吗?好吧,你涨你的,我干脆来个不买!你有千条妙计,我有一定之规。县百货公司吃不消了。他们犯了主观主义的错误，片面相信了报上、广播里关于"人民群众购买力大大提高"的宣传，到头来还是斗不过这个县城里的"人民群众"，只好削价处理。"群众是真正的英雄"嘛！

"有钱就买吧！大削价了还不买，那是真傻瓜！过这村没这店啦！听小道消息传，一个月后这些东西的价格还要涨呢！"

还要涨？……娘的腿！

物价继续涨，意味着徐有德存在银行里那一大笔钱将继续地不值钱！他并非根本不在乎这一点，他是在乎得很哪！生活在县里城里的人们还有涨工资这一说，乡下的农民哩？娘的腿！鸡蛋咋就不涨到七元八元一斤呢？他是在乎得很而又丝毫没法儿想！平日里只好不去想。今日身临其境，再不想可是白扛着一颗半点也不愚蠢的脑袋啦。

他呆呆地想了想，终于下决心也要买一件什么东西。买削价商品，能使人们普遍获得一种占了便宜的心理满足。

便宜摆在眼前不能都让别人占去了！他想。

接着就往柜台前挤。

二十英寸的大彩电，国产的，削价三百元——恰恰等于他今天刚存入储蓄所的钱数。削价三百元也还是一千八百多元的价格呀！买了，又等于支出他五六次才能存到的钱数！五六次！娘的腿！还是太贵！家里那台九英寸的黑白电视一样看！何况他也根本没工夫看电视，不买！

电冰箱……削价二百元，也算个可以考虑占不占的便宜。不过一个农民家里摆电冰箱干吗？放剩菜剩饭？若剩了，全家每人多吃几口就打扫了——不是从来如此的吗？用不上，不买。

洗衣机——闲着秀秀娘那双手干吗？再说还有秀秀忙里偷闲帮

着。再说全家每人的衣服都有限的几件，洗次数多了，没穿坏倒洗坏了！……

最后，他的目光落在一排录音机上。他又一次想到了女儿秀秀。女儿的双手不仅忙里偷"闲"能再干点什么其他的活儿，两只耳朵也确实需要听到"咯咯嗒"之外的某种更好听的声音吧？对于他自己来说，"咯咯嗒"是世界上最好听的声音，是无比悦耳的音乐。但女儿的耳朵，似乎就跟他自己的耳朵有些大不相同了。他是明白这一点的。

唉，唉！女儿也真是个好女儿，真是个能干的女儿啊！半个家，甚至大半个家，是担在女儿肩上的呀！四百只鸡，也是全靠女儿养着哩！他不过是隔几天往县里送一次蛋，从县里往回拉一次饲料。女儿还要帮她娘做饭，还要洗衣服，还要侍弄菜地……从小长这么大，女儿就没跟他这个当父亲的过上一天悠闲自在的日子。生活很穷那些年如此，生活富了这三四年还是如此。他心里竟有几分内疚，有几分酸楚起来，觉得对不起女儿。

唉，秀秀，秀秀，爹今天就豁出这一把，给你买台录音机吧！他心中涌起一股对自己女儿的大慈大悲之情，打定了主意。

"同志，同志，哪台削价顶多？哪台？哪台？……"他扯住售货员的一只袖口，不让售货员走向别人。

"削价顶多的一台刚卖出去！这一台削价也不算少，三百来元呢！买不买？不买一会儿也卖出去了你可别后悔！……"

迟了一步：最大的一个便宜让别人占去了！他不无失落感，连声回答："买，买！我买下了！"生怕这第二大的一个便宜又被别人抢占去。

人家就将那台录音机从货架上搬下，放在柜台上："进口的，六个喇叭，双音箱。哪儿都没毛病，就是摆的时间久了点不那么崭新了。

县城里的人不识货，这在省城想买还买不到哩！原价一千六百七十元，现价一千三百九十元，老乡掏钱吧！"

那售货员很懂得买卖心理，热情饱满地向他推荐。

一千三百九十?！……娘的腿！削了三百多元的价还这么贵！

他犹豫起来。一千三百九十哇！而且并不是货架上最大的一台。

"你到底买不买？"人家催促他。对方为什么又那样急切地想要推销给自己呢？……这就可疑！他自认为也是懂得一点买卖心理学的。有些商店，为了卖出长期积压的存货，故意到处张贴削价告示，其实并没削价，欺骗人们买罢了！这样的事儿他是听说过的。稳住心思，千万莫上了当！他暗暗对自己说。不仅犹豫而且警惕起来。

"我……再考虑考虑……"他嗫嚅道。

"那你别扯住我袖子好不好？"对方扫了一大兴，挣开了他的手。

"哎，我买，我买定了！"一个小伙子，看那衣着是县城里的人，一只手也扯住了售货员的袖子，同时另一只手就拉开了小黑皮包链儿。

他眼睁睁地看着人家数清钱，一手对一手交了。

什么东西！钻空子占便宜！……

虽然他已经根本不想买那台录音机了，但见第三者当着他的面儿买了去，心里总不免别扭。

"县城里没识货的人？埋汰我们县城里的人！"那小伙子抱起录音机要走时，眉飞色舞地说。

"别挑礼，没指你！"那售货员赔个笑脸，而后横了徐有德一眼。

他心里那个气！

"你把旁边儿那大的给我搬来！"他又看中了一台。

售货员就从货架上搬下来。不过没搬给他，搬给别人了。

"哎，你怎么不搬给我?!"他急了。

"人家比你先看中的。"售货员爱理不理地说，"我又不是为你一个服务的!"

"你没开口前我就跟售货员说过好几声了!"那人替售货员向他解释。

得了便宜卖乖!他心里又一次暗骂。却只有眼睁睁地看着别人将这台录音机也买走了的份儿。

"红梅牌的!……"

"我要红梅牌左边的那台，对，对，就是那台凯歌牌的!……"

一只只手指向货架。

售货员不理睬他，忙于应对那些人们去了。

货架渐空。人也渐少。

他突然大吼一嗓子："嗨你!……"

售货员吃一惊，扭头瞪着他冷冷地问："吼什么你? 吼什么你?……"

他一指售货员，雷霆大发起来："我告诉你听着，我可不是那买不起的主儿! 老子存得有一大笔钱哩，能把你货架子买光! 你看人下菜碟儿，不理我光理别人? 我不过就是想买台称心如意的，挑选挑选!……"

售货员倒被他逗得喷儿一声笑了，说："好，好，先理你这位财大气粗的!"说着走过来，平心静气地问，"您要挑选一台什么样儿的? 您讲吧，我帮您参谋。"

"我……"他的嗓门儿降低了，难为情地嘿嘿一笑，"就把削了价也是最便宜的一台搬给我吧!"

"原来如此。"售货员又笑了笑，转身靠着柜台，朝货架上扫了一遍，将最不起眼儿的一台搬下放在他面前，"原价三百四十，削价四十，三百整，声音还可以。"

才削价四十！最小的一个便宜。价钱他倒十分满意。秀哇秀，爹今天可完全是为你豁出这一把的呀！

"能不能……再削点儿？……"他商量道。

售货员耸了一下肩膀："这可不是我能做主的事儿……"又显出不耐烦的样子来。

"中，中！再一点不削我也买了！……"他这才想起自己身上只有一元多钱。"哎呀，你看我，没带钱！这么着好同志，我求求您啦，这一台您千万替我留着别卖出去！我现在就到储蓄所取钱去，十分八分钟准回来！"他涨红着脸说。

"好吧，快去快回！"售货员重新将那台录音机搬起放回货架。

他一转身就噔噔噔下楼了。

好在县城不大。百货公司离储蓄所不甚远。他一溜小跑，来到储蓄所。若迟几步，储蓄员们就关门午休了。

"徐有德，你怎么又回来了？"见他那种慌慌张张的样子，储蓄员们皆诧。

"我取钱，我取钱……"他一迭声地说，"取钱。"

"我们还以为你在我们这儿丢了多少钱呢！"

"你可是光存不取的啊，今天太阳从西边出来啦！"

"刚才逛百货公司去了吧？见着啥非买不可的东西了？"

储蓄员们七嘴八舌地问他，觉得他这个人取钱对他们来说简直是一大新闻。

他挠挠头嘿嘿嘿笑道："给我那女儿买台录音机！"

……

他终于拎着那台录音机离开了百货公司。一边往长途车站走去，一边想象着女儿见到录音机时的高兴劲儿，心情挺愉快。对女儿怀有的那种潜在的内疚感消失得无影无踪。他认为自己该是很对得起女儿的啦。

车站有十几个等车的人。其中一个小伙和一个姑娘，老瞥他的录音机。看他们那挽着胳膊握着手的亲昵劲儿，准是刚刚开始相好不久的一对。

那小伙子搭讪着问："刚买的？"

"刚买的。"他显耀地将录音机拎高了一些。

"声音好吗？"

"当然好喽！不好我能买？"

"多少钱？"

"原价三百四十，削价四十。我倒不是因为削价才买，我女儿早就喜欢这么个东西！"

那小伙子笑笑，不再问。

那姑娘将小伙子轻轻扯到一旁，嘀嘀咕咕又是埋怨又是怂恿地说了些什么。小伙子似乎有点不愿意，姑娘就扭身不理小伙子。

小伙子回头看他一眼，哄了姑娘几句，又走到他跟前，十分恭敬地说："大叔，想跟您商量个事儿……"

"嗯？……"他看出他们是在打他这台录音机的主意，将录音机双手抱在怀里，暗暗提防对方一下子夺了去就跑。

"咱们到一旁说吧！"

"不！……"

"那……在这儿说也行。我想买您这台录音机！"

"我刚买的，干吗卖给你呀！"他躲开了小伙子几步。

小伙子凑过来，继续说："大叔，您别急！您也别躲我，我绝不会抢您的。是这么回事儿，我们今天专为到县城来买录音机，可没承想赶上今天大削价，空手而归，您想我们有多扫兴呢？……"

他仰起脸，佯装看天。心说：那是你们运气不好，与我什么相干？

小伙子不死心，恳求道："大叔，您把这台录音机卖给我，我俩事成之后，我天天祝祷着您长命百岁还不行吗？"

他无动于衷。心说：我活一百岁干吗？能活个七十来岁就活够了！

"大叔，我可是想按原价买您的！"

"嗯？……"他不再仰脸看天了，不由得瞅了对方一眼，半信半疑。

"真的！"

"这……"他沉吟着。

周围的人们都在瞧着他们，默默听着他们之间的话。

"咱们一边谈……"这回轮到他腾出只手，将小伙子扯一边去了。

"你刚才怎么说？"

"按原价买。"

"一言为定？"

"一言为定！"

"你……不用再跟她……商议商议了吗？"若是他接过了钱，对方接过了录音机，那姑娘再觉着吃了亏，对方再反悔，当着那些人的面演一出戏，多么臊得慌！他是极护脸面的人，不能不提防这一招儿。

小伙子一笑，说："大叔，用不着商议。花的是我的钱，又不是花她的钱。我们还在谈着看的阶段呢，这时候我在她身上花多少钱她也不会责怪我的。您若真肯照原价卖给我，我心里就非常非常感激您啦！"

"你的钱可带在身上的吗？"

"带在身上，带在身上！"

"好，那我卖给你啦！算是我积一次小德吧！"

小伙子便探手兜内，取出一个牛皮纸信封，从中抽出一沓钱，急切地数起来。

他将录音机挟在腋下，从小伙子手中接过钱，又细数了一遍，三百四十——三十四张"大团结"。

"录音机归你啦！你今天碰到我，算你运气！"他说着，将录音机递给了小伙子，抽身便走。

三百元，存了，又取出来，这中间就变成了三百四十！实实在在不大不小的一个便宜啊！虽说跑了几趟腿吧，那也太值了呀！他不等车了。他要再把这三百四十元存到储蓄所去。他头也不回，越走越快，怕那小伙子忽然反悔追上来。

小伙子没反悔。

他再次出现于储蓄所，存那三百四十元时，使储蓄员们一个个又是一番诧异……

他回到村里，已是下午四点多了。刚走入小院，他站住了。一阵"乞赤咔嚓乞赤咔嚓"的音乐，响自女儿的房间。从敞开的窗口，他看见了女儿半截身子，在"乞赤咔嚓"的音乐声中仿佛也"乞赤咔嚓"似的扭摆着。他不相信自己的耳朵，不相信自己的眼睛，不相信那疯疯癫癫扭摆着的是自己的女儿。然而那无疑是自己的女儿。她那苗条的身子好像马上要在"乞赤咔嚓"的音乐声中扭摆得"乞赤卡嚓"地散架了！她的头随着腰胯的扭摆，一忽儿低下去，一忽儿扬起来。她那披散的长发就一忽儿瀑布般地遮面而"泻"，一忽儿乌云般地冲天而"飞"！她分明是陷入了一种忘乎所以的境界。

此时此刻的秀秀，的的确确是陷入一种忘乎所以的境界。她感觉那"迪斯科"音乐如同一股猛烈的飓风，而她自己如同一根羽毛，一片叶子，被啸卷在它的旋涡中心，悠悠地扶摇直上，疾扬迅转，飘飘地自在降下，徐舒慢展。她整个儿是身不由己。她并不会跳什么"迪斯科"，她不过是伴着那猛烈的音乐猛烈运动着罢了。在如此这般猛烈的运动中，鸡和蛋以及一切一切与鸡与蛋相关的事，统统从她的头脑中甩到十万八千里外去了！她没了思想，也没了思想的羁绊，没了欲望的冲动，没了愁烦的苦闷。她但愿那猛烈的音乐别停止别停止永远也别停止，但愿自己任情任意地跳下去跳下去跳下去永永远远地跳下去。

从鸡的世界蛋的世界解脱出来了，她感到是多么称心愉快多么称心愉快啊！

啪！一截劈柴突然飞进屋里，险些砸到她身上。

她顿时停止了，气喘吁吁，汗湿面颊。长发垂在脸上。她将长发撩到颈后，一眼瞅见爹站在院当中，怒目金刚似的瞪着她。

像个什么样子！快做媳妇的大姑娘了，疯疯癫癫也不怕外人看到了耻笑！

徐有德气得不行，他是个要脸面的人！他不能容忍女儿给他也给她自己招致众口非议！

秀秀慌忙关上录音机。飓风般的音乐戛然而止。

满世界原来是无边无际的燥热，可她跳着的时候却一点儿也不觉得热，倒觉得风凉。

徐有德几步跨到女儿窗前，铁青着脸问："鸡喂饱了吗？"

"喂饱了。"女儿怯怯地回答。

"鸡房打扫过了吗？"

# 秀 发

"打扫过了。"

"下的蛋都收了吗？"

"收了。"

"一麻袋鸡毛挑拣过了吗？"

"这……没腾出空儿……"

自从县农副产品公司开始收购鸡鸭鹅毛，那些下蛋少的鸡被他毫不怜悯地杀掉之后，拔下的鸡毛已渐渐积攒了充充实实的一大麻袋。如果不经挑拣就卖，只能卖个平价。挑拣后再卖，绒毛、羽毛、翅翎论等分价，能多卖些钱。他今天在县里路过农副产品公司时，看见了告示——一个星期后不收了。积攒许久才一大麻袋之多的鸡毛，这星期内不挑拣出来送到县里去卖，就换不成钱了！他一路都在想着这件事儿怕回到家里又忘了。

"你！……没腾出空儿？那你倒有空抽羊角风！……"他厉声怒斥。

唉，唉！二十岁的大姑娘了，怎么就不知道钱是何等重要的哩？怎么就不知道和他这当爹的两股心劲儿拧成一股心劲儿赚钱哩？女儿若是再小几岁，他真恨不得扇她几巴掌！

秀秀一声不吱，垂下头去。

秀秀娘从西屋走出来，双手粘着面，息事宁人地说："他爹，你刚回来，不进屋喝杯水，歇歇脚儿，对咱秀秀大吼大叫什么呀！"

他这才跟随秀秀娘走入西屋。

秀秀缓缓坐在床沿发起呆来。总是这样。多少次了总是这样。每当她刚刚觉得从鸡的世界蛋的世界挣脱出一会儿，哪怕是一小会儿，爹就将她连推带搡非训则骂地驱赶回鸡的世界蛋的世界。

不是爹便是明贵。

爹认为，她不在鸡的世界蛋的世界里从早忙到黑，是大逆不道的。

"咱秀都二十的大姑娘了,年底就是明贵家的人了,你当爹的对她有什么火气不好强压点吗?"娘的声音。

"正为这,我一想便烦!她嫁过去后,鸡靠我一人养?"爹的声音。

"雇个人呗!明贵家不是雇了个人吗?"

"雇个人每月得给人家工钱哩!还得管吃!你当我不知明贵那小子的如意算盘?将咱秀娶了过去,他准辞去雇的那个人!养鸡的活咱秀样样通了,打着灯笼他也再难找咱秀那么个好帮手!"

"我不信明贵是这么个算盘!"

"你不信就等着瞧!"

"那当初咱俩商议时可你先点的头!"

"你愚哩!我能不点吗?不点头,明贵那小子若是娶了别人家女儿,河东河西,他是养鸡个体户的头一个能人了,日后还不和咱们处处争高下啊!"

"你别说了!越说越诡谋!让咱秀听了,心里咋个想法?"

"这些话哪天还非得对她说穿不可哩!明贵那小子有他的如意算盘,我有我的长远打算!等咱秀当了他的家,劝他将他家那六百只鸡合过咱家这边来,他就掉进我的陷阱了!"

"你!……老东西!你是一心以少吃多哩!"

"我养育这么大个女儿,白嫁给他就对理吗?"

秀秀听着,吧嗒吧嗒落下了泪。

一会儿,爹走入她屋里,问:"录音机哪来的?"

她不回答,也不拭泪。

爹一再逼问。

"买的。"她伤心地别转脸。

"买……的?……你哪来的钱?!"

"我……我自己攒的贴己钱……"

"贴己……钱?!好哇!你是越长大越有出息了!倒会背着我攒钱!……"

当爹的痛心疾首地吼叫。女儿背着他搞起自己的"小钱库"来,使他觉得女儿简直如同"内奸"如同"叛徒"一样可恨!

"你说!你今天给我从实招来,你平日里昧了多少钱?怎么昧的?啊?!……"他双手抓住女儿的肩膀摇晃着。

秀秀被摇晃得火了,使劲儿推开爹,倏然站起,大声说:"我就是个长工,也得拿工钱!"

娘也慌慌地奔进来了,插身于父女二人之间,袒护地对一家之主说:"哎呀,你想把秀怎么着哇?她能昧你几多钱?还不是背着你偷偷卖了几次蛋吗?总共才积攒下一百五六十元钱,对人家省城里来的那大学生的录音机喜欢得不行,人家见她喜欢得怪可怜的,愿折半价卖给她,回家跟我商议,我点头了,孩子她才敢买下来,刚听没多会儿,你就喝五吆六地不让她安静!……"

一百五六十元!一百五六十元啊!他进县城一次,也不过就能存三百元!在老伴和女儿眼中,一百五六十元居然算个小数!他瞥了那台录音机一眼,不大个东西,而且旧了,值一百五六十元才怪哩!他今天舍下老脸,赚了四十元,女儿却舍下嫩脸,手一撒花掉了四个四十!怎么花的时候手就不打抖呢?

"你给我退回去!"

"不退!"

"不退我揍死你!"

"揍死我也不退!"

他这会儿的心理，恰与在县百货公司要给女儿买下一台录音机时截然相反。当时他心中涌起的是一股内疚的温情，这会儿他心中往上蹿着恼怒的火苗，觉得背着他搞"小钱库"的女儿才更应该感到内疚，感到对不起他。当时那种争先恐后地买与卖的氛围影响着他，那种生怕没占到什么便宜的心态支配着他。这会儿他自认为面对的是一个无可辩驳的吃亏上当的典型事例，反面教员是自己的女儿，受到真正损失的又是他这当父亲的。什么别的损失他都可以忍受，精神的、心理的，乃至他所十分看重的脸面的。唯独钱上的损失，他无法忍受！是可忍，孰不可忍？！

他是非要打秀秀不可了！

老伴却像母鸡护小鸡似的，伸展着双臂，勇敢无畏地将秀秀保护在身后，一边着急地说："秀，快跑呀！傻孩子你快跑出去躲会儿呀！"

这时，家庭的第四个成员像后边有只狗追咬着似的冲进了姐姐屋，气急败坏地说："还吵哩，你们还吵哩，都快看看去吧，明贵哥替咱家买的那些小鸡雏，被黄鼠狼子咬死了一大半哩！"

徐有德脑袋嗡地一响，两腿一软，扑通坐在地上，两眼瞪得直勾勾的，那如果如痴的样子十分吓人。

唬得个老伴慌乱了手脚，拽住他一条胳膊，要把他扯起来，哪里扯得起来！

"秀，秀！还不帮我把你爹搀到床上去呀？"

秀秀哇地哭了，一扭身跑出屋去，直往河边跑。

只有它，才能给予她的内心一些平静和安慰。只有它是永远不跟她说鸡说蛋的……

秀 发

## 三

河东河西两村，原本是一个村，在河东。三年自然灾害期间，全村半数以上的人家，拖儿带女，背井离乡去逃荒。他们归来时，泥屋土墙受着风蚀雨侵，颓败得没法住了。又赶上胭脂河那一年发大水，将河东泡在一片汪洋之中。河西地势高些，比起河东来，能寻到个不陷腿的落脚处，他们便在河西重打井另建村。如今两村人口倒也发展得差不多相等了。

明贵家与秀秀家原本是一墙之隔的近邻。明贵家在河西落脚生根后，秀秀爹便推倒那堵墙，占了明贵家的院落。以后就连明贵家的旧屋也"征用"了。明贵他爹赵长福是个老实厚道的人，碍着两家曾是近邻的情面，从未置一词。两家河东河西经常走动着，关系一如既往。

农村大搞"一打三反"那一年，赵长福从麦场上偷了半麻袋麦子。看麦场的人揭发了，被民兵们五花大绑逮到"反省队"去了。

"你偷几遭了？"

"只此一遭。"

"胡说！你要老实交代！"

"只此一遭，信不信由你们！"

民兵们审问时，他态度极不"老实"。

"你偷的麦呢？"

"早磨成面了。"

"面呢？"

"全家早吃进肚里了!"

"你知罪吗?"

"饿急了,不知什么叫罪!你们爱怎么发落就随你们怎么发落!我赵长福今儿个一百多斤反正是交给你们了,要我跪地求饶办不到!"

老实厚道之人一旦豁出去了,那是会变得比石头铁块还硬几分的。他在民兵们面前,一副任剐任割,但请速死的气概。

和他一样,腰带也是将瘪肚子勒得紧而又紧的民兵们,那年头因为饥饿变得更凶。他们将他吊起来毒打。他们越是毒打他,企图将他打服,他则越不服,反而破口大骂他们。

明贵娘扯着小明贵,前去替丈夫求饶。她跪在民兵们面前,磕头如捣蒜。拽倒了儿子,也迫使儿子跪在民兵们面前磕头。

"你娘俩给我起来!"吊在半空的赵长福怒吼。

"他爹,你就说句软话,认个错吧!"明贵娘跪行过去,托着丈夫的双腿,哭哭啼啼,苦苦哀求。

他一脚将女人蹬开,瞅定儿子那张恐惧的小脸儿说:"明贵,你若是爹的好儿子,你就为爹站起来!"

小明贵便慢慢从地上站了起来。

"爹问你,白面馍好吃不?"

"好吃……"

"还想吃吗?"

"还……想吃……"

"那爹往后就还要为你偷!只要我儿能吃饱肚子,爹不怕他们打!……"

民兵们气得没法儿想,可又毕竟不忍心下狠手打死他,只好对他的女人说,限三天交五十元"赎罪钱",便放了她。

五十元，在那年头，对河东河西两村的人家来说，都不是一笔小数目。明贵娘扯着小明贵挨户求爷爷告奶奶地借。村人们中有许多从内心里怪可怜赵家的，但大抵都拿不出十元或者五元一张的人民币来。能借给娘俩的，也不过是毛票凑起来的三两元而已。有点压箱底儿钱的，又不肯多借给他们，怕赵家日后赖账不还。而且有一个想法大大削减了他们的同情心：你家孩子知道白面馍好吃，我家孩子就不知道白面馍好吃？偷了队上的麦子，还不等于偷了我们的一样？吃饱了你们娘俩的肚子，我们凭什么借钱给你们娘俩？赎出你们那个丈夫那个爹，他不扬言还要继续偷的吗？……

娘俩最后过了河，借到了徐家门上，徐家当年养的一口肥猪，已长到了三百来斤。

"有德兄弟看在俺娘俩分上，你家就把那口猪宰了吧！半扇猪能换回明贵他爹一条命啊！日后还不上你半扇猪的钱，明贵长大了给你当干儿，报答你的恩……"

"老嫂子，这个……这个事儿，咱们再慢慢合计，兴许托个人情，就不需交那五十元'赎罪钱'了呢！我出这个主张，也全是为你们家好……"徐有德吞吞吐吐，不松口宰那口猪。他实在舍不得为赵家"贡献"出半扇猪。那口猪从二十来斤的小猪娃养到三百来斤，在那年头有多么的不容易啊！他家也欠了队上一笔债，单等着宰了那口猪顶债呢！

明贵娘拽着儿子又给秀秀爹跪下了，并对儿子说："快给你有德叔磕头，帮娘求你有德叔救救你爹呀！"

小明贵就磕了几个响头，哭起来说："叔，你救救俺爹吧！……"

在民兵们的面前，他并没哭，心里更多的是恐惧。他那幼小的心灵中，认为别人救不了爹，所说的那些怜悯话也是虚情假意的。但却相信有德叔是会真心救爹的,也是能够救爹的。那口三百来斤的猪的半扇肉,肯定可以交换回爹来。

半扇猪肉还抵不上半麻袋麦子吗?

秀秀娘在一旁鼻子发酸,看不过去,扶起这娘俩,好言安慰道:"明贵他娘,你放心,这口猪杀定了,我做主啦!明日就杀!后日保证让明贵他爹和你们母子团圆!拿出半条命,我家这三口(当时秀秀的弟弟还未出世),谁我也舍不得,拿半扇猪还舍不得吗?多年的好邻居,这个节骨眼上不相帮一把,什么时候相帮……"

明贵娘听秀秀娘说得信誓旦旦,有情有义,千恩万谢地领着明贵回家去了。

娘俩走后,徐有德将自己的女人臭骂了一顿:"什么时候也少不了你多嘴多舌!我就不信,我徐有德不舍出半扇猪,他们敢将明贵他爹打死!再说挨打那是他自讨的!谁叫他充硬?我们为他舍出半扇猪去,别人还会猜疑他偷的麦子也分给我们了呢!就你有菩萨心肠!等到年底再杀,那猪还能长三四十斤肉!……"

秀秀娘从来当不了这个家,更做不了什么主,被骂得连声儿也不敢吱。

第二天,徐家并未杀猪,明贵爹并未被放回。

第三天,徐家还未杀猪,明贵爹自然还是未被放回。

娘俩盼着第四天第五天……

第四天第五天仍未听说徐家张罗杀猪……

明贵娘跪也跪了,求也求了,没个脸再到徐家问,打发小明贵问。秀秀娘对他说:"你有德叔出门了,待他回来我催他!"

第一次秀秀娘是这么说。

第二次秀秀娘是这么说。

第三次秀秀娘还是这么说。

小明贵三次都看见徐家那口大肥猪躺在院子里晒膘,没看见"有德叔"。其实"有德叔"三次都在家。不过见他进了院,躲在另屋不露面儿。

徐有德倒确是说得不错,"赎罪钱"没交,民兵们并未敢将赵长福打死。

半月后,他终于被用门板抬着送回了家。

他已被折磨得不成个人样。他跟民兵们闹"绝食",奄奄待毙。

他一病在床起不来。

又过了半个来月,年根儿底下那几天中的一天,赵长福将儿子唤到床前,用颤巍巍的手抚摸着儿子的头,说:"儿,你要记住爹的话。爹从没在人前栽过跟头,只为听你夜里叨咕梦话都想白面馍吃,才一时糊涂动了做贼的心,结果落这么个辱没祖宗的下场!你长大了,要有志气,河东河西两村人中,替爹将脸面争回来,爹就是死了也安心,要不,爹没脸面见咱赵家阴曹的祖宗……"

当天下午,赵长福大吐几口鲜血,死了。

娘哭得天昏地暗中,河西村的人们都往河东村跑——徐家杀了那口猪,现割现卖……

小明贵将这个世界看透了。

他谁也不恨。连那些打过爹的人也不恨,单只恨"有德叔"。

因为这个人欺骗了娘,欺骗了他。幼小的他暗暗发誓,长大后一定要对这个曾使他感到很亲切的人实行报复。报复了这个虚伪的人也就是报复了整个虚伪的世界。

一种恨,除非有种忏悔催化,才会从一个人的心中渐渐根除。而忏悔,其实质首先是人对自己的心灵的宽恕,然后才是对他人的心灵上的补偿。只有某些博大胸怀内的高贵的心，才能原谅一切，将积恨转变为仁慈。从来没有一个人的心是不会恨的。不会恨的心便也不会宽恕，便也没有仁慈。高贵的心不过是不愿长期怀恨的心，与其说是以仁慈替代了报复，毋宁说是以明智替代了仇恨。长期怀恨对人的心灵是一种有害的损伤，尤其对从小就种下一颗恨的种子的人的心灵是这样。明智的人懂得这个从根本上说是对自己有益的道理，而我们大多数人在大多数情况下是不够明智的。所以忏悔是我们大多数人在大多数情况下求救于自己的心理行为。

长大成人的明贵，很想摆脱对徐有德的怨恨。这怨恨如同溃疡一样，经常扩散开来，遍布他的心间。可是从小种下的一颗种子，根须已经深深扎在心里，得靠别人帮助他刨掉。除了娘，没有另外一个人知道他心里种下过这样一颗种子。娘不但不帮助他从心里刨掉对徐家的怨恨，而且常常提醒他别忘了这一点。娘和他一样，早宽恕了打过爹的那些人，唯独对徐有德不宽恕。

"当年我们娘俩双双给他跪下哀求他，他都不怜悯，都舍不得半扇猪！无情无义的东西！我们赵家的后代永不能再同徐家的后代有交往！……"娘经常对他说诸如此类的话。可是娘又打心眼里喜欢秀秀。

明贵也是喜欢秀秀的。所以他要娶她。他却无法做到因喜欢秀秀而从内心深处消除对徐有德的怨恨和实行报复的念头，所以他更要娶她。娶了徐有德的女儿，将徐有德的女儿变成自己的老婆，既能满足他爱的愿望，也同时能满足他报复的愿望。这两种愿望都是他的大愿望。这两种愿望并非交替活跃在他心中，而总是同时活在他心中。看见了徐有德，他便会想到搂抱着秀秀那成熟得诱人的身子睡在被窝里该是怎样的一番欢乐。看见了秀秀，他便会想到有朝一日对徐有德这个人实行了报复该是件多么痛快的事。两种愿望，都因其中一种的存在而难以泯灭,也都因其中一种的存在而难以增长。它们形成他内心深处无法排除的痛苦。而这痛苦之上,是他的六百只鸡和鸡们每天下的一筐筐的蛋带给他的真实的寄托。他的鸡是他的上帝。他甘愿做它们的奴仆。他觉得它们比人更有良心。只要好好饲养它们,它们就一天下一个蛋。蛋是他的信仰,蛋是钱。靠什么他使自己成了河东河西两村的一个人物?靠的是蛋,靠的是钱。靠什么他没有辜负爹临终的教诲?靠的是蛋,靠的是钱。靠什么使似乎早已被人们遗忘掉了的爹在死了十几年后又被肃然起敬地经常挂在人们嘴边了?靠的是蛋,靠的是钱。

那些当年吊过打过爹的人们,是在他成了河东河西两村的一个人物后才纷纷登门向他们娘儿俩请罪的,不是在这之前。

"瞧人家长福的儿子,不显山不露水地就将日子过得发起来了!"

"长福要是活着,现在多抖神儿呢!"

"唉,要论长福,那可是个老实厚道的人!当年只为半麻袋麦子,唉,唉!……"

这些言论,是在他成了河东河西两村的一个人物后人们才故意当面说给他听的,带有明显的巴结讨好的内涵,不是在这之前。

没有了鸡和蛋,他便没有了爱的权利。徐有德那么个人,肯把女儿嫁给穷户吗?就是肯,秀秀甘愿吗?

没有了鸡和蛋,他便没有了实行报复的可能性。徐有德会把他放在眼里吗?他又能怎么去实行报复呢?除非趁黑夜去烧徐家的房子或往徐家水缸里投毒。那是要犯法的。他天生没有敢犯法的胆量。

而如今,靠了那六百只鸡和鸡们每天下的一筐一筐的蛋,徐有德分明认识到了他是一个竞争能力大大超过自己的对手,又嫉妒他又不得不讨好他,联络他的感情,还不得不答应把女儿嫁给他。这已经是一种报复了。

对于他,鸡和蛋是比娘更重要的。使他时时觉得自己如同一个王国的国王。他要不断地扩展这个王国的规模。他活着的最高使命,首先是为了这个王国的存在。他活着的最高形式,是做六百只鸡的奴仆。眼前是六百只,将来则是一千只,二千只,三千只,一万只!

一万只两天下三个蛋的鸡!先是成为全县,其后成为全省乃至全国首屈一指的养鸡大王。他知道徐有德连做梦都想成为一个养鸡大王。但他的野心要比徐有德大何止一百倍!他已渐渐地在他的王国里变成了一个中性的人,可是他自己并不能悟到这一点。对女人来说,他是个相貌堂堂、身强力壮的伟男人。对他来说,女人已很难引起他心理上和生理上的冲动了。让他选择一个女人或一只母鸡,他完全可能选择后者。但这并不意味着他已丧失了作为一个男人的性的本能。他不过是在一种性本能的迷失状态中逐渐"移情"了。"移情"在母鸡们身上。

他全心全意地爱着它们,饲养着它们。在它们中间,他如同一个国王在六百个妃嫔中间一样。那种占有的快感对他来说,是超越人的一切欲念之上的。

一些体态壮大的,从不需要"歇蛋"日子的母鸡,尤其倍加受到他的宠爱。他时常将它们抱在怀里,抚摸它们的羽毛,将脸贴在它们身上,喃喃地对它们说:"小亲亲,我的小亲亲,你们可不知道我有多么喜爱你们呢!好好儿给我下蛋,我是不会亏待你们的……"而当它们一旦下蛋日渐减少,他杀它们的时候,是毫不犹豫也毫不手软的。杀得多了,便杀得利落了。一把逮在手中,将鸡头掐在鸡翅下,熟练地几下拔去鸡颈上的毛,快刀一抹,一分钟内足可结果两只……

而当那种男人的纯本能的需要,有时夜里也纠缠着他睡不着觉的时候，他便以纯本能的方式满足自己那种本能的需要，想象着秀秀就搂抱在自己怀里。事过之后，鼾然入睡。秀秀在他的意念中便也消失。他只在夜里想到过秀秀几次，很偶然地想到了。比如看见挂历上什么外国女郎的两条裸腿，便会想到秀秀的腿，进而想到秀秀身体的其他部位，进而睡不着觉，进而……偶然，也挺自然。

那挂历是县农副产品公司赠送的。他是舍不得自己花钱买那玩意儿的。

白天他没闲工夫想到秀秀。白天他彻底是中性的。白天活脱脱站在他面前的秀秀也是中性的。白天有性别的生命在他只一类——母鸡。

徐有德养鸡比他早，可以认为是他的"导师"。徐家靠养鸡富起来后，他嫉妒得要命。一天夜里他曾揣了几包耗子药，潜入徐家鸡舍。那是他唯一的一次受报复念头驱使的犯罪行为。但他及时想到了宣判、手铐、监狱、无依无靠的娘，终于没敢将耗子药拌入徐家的鸡饲料中。这件事只有他自己知道，一回忆就后怕。

"徐有德，你靠养鸡富起来的，我也要靠养鸡富起来！要比你还富！我要比得你在我面前低下头来！……"

那天夜里他立下了这个雄心。

他对徐有德的报复计划，现在不但已在进行之中，而且已实现了一半，尚待实现的那一半计划是——娶了秀秀之后，通过秀秀动员徐有德，将四百只鸡委托他代养，使徐有德这个养鸡个体户名存实亡。逐步地他要侵吞徐家的四百只鸡。到那时，徐家的人都将成为仰仗他赵明贵而衣食的人了。他绝不会在衣食方面亏待他们，而且每月赏赐他们零用钱。只不过要时时提醒他们，他们是靠他养活的。他也绝不会不再养活他们。只不过要时时威吓他们。他想不再养活他们，就完全可以不再养活他们。没有哪一条法律规定他必须承担这样的义务。

当然了,更要时时提一提半扇猪的事儿,比如在饭桌上就最应该有意无意地提一提。有意无意地,才其味无穷。他认为自己是个很宽厚的人,这样做简直算不上是报复嘛!即使也算报复,那也是极文明的报复嘛。别管什么事儿,只要做得文明,就无可指责。

还有些时候呢,他也曾放弃自己的报复计划。这个计划一步步实行起来也够累的。累心。但每当这时,他和娘双双跪在徐有德面前那"历史的"一幕,就像电影似的出现了。

十几年来,他一直期待着某一天徐有德亲自向他忏悔一番,那么沉淀在他心底的怨恨便会冰消雪化了。他是非常之需要徐有德帮他一把的。

徐有德却似乎早把当年的事忘了,根本不记得了。

"明贵,哪去啊?"

"明贵,吃了没有?没吃到我家吃顿吧?现成的!"

"明贵,你娘近来好吧?也不过河来串门儿!"

"明贵,进县城吗?给我捎几包鸡药,我家有几只鸡打蔫了呢!"

徐有德碰见他的时候,总是摆出副亲近长者的面孔,主动打招呼。河东河西两村,与赵家关系顶顶密切的人,非他徐有德莫属似的。这使沉淀在他心底的怨恨更加难以消除,更加认定了徐有德是个虚伪之至的人。便以虚伪回报虚伪。

其实徐有德并没忘记当年的事。他很想忘记,却忘记不了。倒是希望赵家娘儿俩彻底忘记了。他对明贵那种亲近劲儿,不过是试探。给他的印象是,明贵这孩子仍将他视为"有德叔"。这对他是很大的安慰。

徐有德是个最没有忏悔意识的人。他的大半辈子生活经验告诉他,人人都是他妈的自私透顶的东西!好人是坏在骨子里的人。坏人是坏在表面的人。好人亦是坏人。乐善好施的人亦肯定是有所图谋的人。人人如此。他为当年那半扇猪肉忏悔个屁!犯得着吗!何况明贵那孩子（有时他也背后叫明贵是"那小子"，因思维趋势的不同而叫法不同）已然是他的半个女婿了！更犯不着啦！

明贵给他买的那批两天能下三个蛋的小鸡雏被黄鼠狼咬死了多半，他心疼得整整在床上闷躺了两天，滴水不进。他这辈子没吃过什么大亏上过什么大当，没被谁坑过骗过，也没被谁欺负过，也就没怎么恨过。黄鼠狼给他补上人生这一课。

第三天，他爬起来了。他要进行报复。做了一个套，舍出一只活母鸡当诱饵。却没套住黄鼠狼。那只母鸡也赔上了。他几乎气炸了肺。母鸡死了好吃肉。开膛破肚，鸡腹内嘀里嘟噜一串蛋茬子，他竟落泪了。眼泪不是为那只母鸡而落的，是为那些没下出来的蛋。秀秀娘将炖的整鸡首先用盆儿端给他。他撕巴撕巴，大吃特吃一顿，又喝了半盆汤。觉着两天来身体的亏损有了些滋补，更精心地又做了好些巧妙的套子。

那只黄鼠狼终于被套住了。是只白尾巴尖的老黄鼠狼，身子有一尺多长。他蹲在被套住的黄鼠狼跟前吸了三支好烟——大前门的。正如有人看书看到精彩之处忍不住也要吸烟一样，报复的快感使他忍不住也要吸烟，且要吸好烟。他用烟头烫黄鼠狼的鼻子、眼睛、脚爪。不能往身上烫，他想。烫坏了毛，它的皮就不值钱了。黄鼠狼并不老老实实地被他烫。它抵抗，甚至反扑。结果烟头就掉在了它身上。他急忙用手去拂。他是真怕它那身闪着光泽的好毛皮被烫坏了一点点。它的脚爪很迅速地往他手背上来了一下，他手背上顿时出现了三道血痕。这使他更加痛恨。按他的逻辑，它咬死了他那么多外省买来的小鸡雏（主要的是它们都将长成两天能下三个蛋的母鸡），又咬死了他一只正在下蛋的母鸡，就该老老实实地被他用烟头烫才对。

手上受了伤，他感到它并非是那么好摆布的。也摆布腻烦了。于是将它吊起来,活剥了它的皮。那真真是一副好毛皮,卖二三十块钱是不成问题的。减少了他的一点损失,却丝毫没减少他对它的痛恨。他先不理它,从容不迫地,更准确地说,是故意不慌不忙地,将它那血淋淋的温暖的皮钉在了屋墙上。而那被活剥了皮的,光溜溜的"仙姑"的身子,在半空扭动抽搐,打悠旋转。钉好了它那张皮,他才同样不慌忙地来对付"一丝不挂"的"仙姑"。他落下套子,仍用套子拎着它,走到剁鸡食的木樽那儿,放下它在木樽上,双手紧握剁鸡食的旧菜刀,横七竖八一通乱剁。剁了足足有半个时辰,剁成了一木樽肉馅。然后他往这个鸡食槽子拨一点那个鸡食槽子拨一点,不偏不向,非常之平均地分配给他心爱的母鸡们吃了。

他方觉得出了一口恶气。

夜里,他突然肚子疼起来。说疼时,便疼得凶了,满床打滚儿,喊疼不止。秀秀娘问他究竟是肚子疼还是胃疼,他哎哎哟哟地说不明白,一会儿说是肚子疼,一会儿又说是胃疼。秀秀娘赤着双脚下了地,翻箱倒柜一通,找出两片药。不知是什么药,不敢给他瞎吃,便连声喊秀秀。秀秀慌慌张张地披件上衣奔过这屋里来,看那药,说不是管胃疼或肚子疼的,是管头疼或牙疼的。村里原先那个"赤脚医生"如今赶时代之潮流,"跑单帮"发财去了,两年多没回村了。也不知是在外边发了横财买下房屋过富贵生活呢,还是犯了什么经济案被公安局逮起来了。卫生所早不存在了。半夜三更的,也没处去找个懂医道的人来看个明白。秀秀娘没辙,只好再上床,跪在床上揉他的肚子,权当他是肚子疼。秀秀不便看着,默默退了出去。

那一夜,在爹哎哎哟哟的呻吟声中,秀秀再没合上过眼睛。她提心吊胆,怕爹挺不到天明,疼得一命呜呼。她很有些后悔,觉得这几天中一连串不愉快的事,全与她这个当女儿的有极大的关联。

录音机是退还给省城里来的那个大学生了。

他奇怪地问:"你听出什么地方有毛病了?"

她摇头。

"你又不喜欢了?"

她仍摇头。

"你觉得不合算了?"

她还是摇头。

他更奇怪:"这是进口的。日本原装的。虽然小,但音质很好。我半价卖给你,其实吃亏的是我,不是你。我的一个同学曾想用原价买我都没卖。因为我简直离不开它……"

她终于低声说:"我知道你自己很喜欢,也知道你是很吃亏地卖给了我……是我爹,不许我买……"觉得非常对不起他的好意。

"你爹?为什么?不是你自己的钱吗?"

"我的钱也是我爹的钱。"

他更糊涂:"这村里的人都说你家起码在银行存了两三万,你爹怎么连一台录音机也舍不得给你买?"

她便又沉默。

"那我白送给你吧!还有这些录音带……"

"不,我不要,我怎么能白要你的呢?"

"不是你白要,是我白送给你。"他纠正地说,"要和接受是两回事儿,你接受了,我心里高兴!"他说着,将那台录音机捧到她面前,样子十分虔诚。

她默默地接受了。她定定地看了他几秒钟,一转身拎着录音机跑出了他的房间……

徐有德的肚子,疼到天快亮的时候,像疼起来那么突然地不疼了,昏昏沉沉地睡了过去。

秀秀娘是个迷信的女人。

她认为丈夫的肚子疼得有些蹊跷,进而认为肯定与那只白尾巴尖的老母黄鼠狼的死有关。"她"毕竟是位"仙姑"啊!分明是"仙姑"的魂灵不散,在丈夫身上作起祟来了。

她去请本村的"神婆"姚三奶。这姚三奶既是"神婆",也算得上是半个"女郎中",会号脉,会扎银针,还会配些一般头疼脑热的土药方。自从赤脚医生"跑单帮"去以后,河东河西两村男女老少有个小灾小病的都找她。她本已改邪归正,不再"跳大神"了。但是听秀秀娘说了一遍徐有德怎样活剥了一只白尾巴尖的老黄鼠狼,又怎样将它剁成肉馅喂了鸡后,感到问题实在太严重了。

"是白尾巴尖的吗?"

"是白尾巴尖的。"

"肯定是只母的吗?"

"肯定是只母的。"

"还剁成了肉馅?"

"还剁成了肉馅。"

"还喂鸡吃了?"

"还喂鸡吃了。"

"我的天!可不得了,秀秀她娘,可不得了呀!又是白尾巴尖的,又是母的,你就没法儿猜'她'有多大辈分啦!还不儿孙成群呀?秀秀她爹可闯大祸了,'她'的儿孙们不把你家闹个天翻地覆才怪呢!……"

唬得个秀秀娘魂飞魄散,张大着嘴,半晌说不出话。

"别怕。别怕!好歹有我,好歹有我姚三奶呢!常言说得好,救人一命，胜过积八辈子德。同村住着，我能袖手旁观吗？你先头里回去，我收拾收拾随后就来！……"

秀秀娘慌慌张张地就往家赶。

姚三奶倒并非想诈取钱财。她是信黄鼠狼会得道成仙这种说法，也非常自信她那套驱邪的本领。她完全是凭着侠肝义胆要为救徐有德一条活命而重操旧业，赴汤蹈火在所不辞。

她怀里隐藏个布卷儿，一双小脚向前移动得如急急风律，身子扭扭搭搭地就来到了徐家。她先命秀秀娘拉严窗帘，随后从怀里抽出布卷，展开来，呈现一柄尺长的小桃木剑（原有的那把在"文革"中被没收了，至今仍是队长家孩子的玩物。这一把是新近让儿子削的，尚未"血刃"）。她又命秀秀娘燃上香。秀秀娘说家中无香。她说蚊香代替也行。秀秀娘便遵旨燃上了一盘蚊香。这时间内，她已抹了把锅底灰涂在自己脸上，皱巴巴的脸变得吓人倒怪的。

于是她让秀秀娘出去，倒锁上门，休放跑了黄鼠狼精。口中念念有词，一把桃木小宝剑上三下四，左五右六，仿佛要决一死战。徐有德被蚊香烟熏醒了。昏暗中，他看到一张"鬼脸"和手舞足蹈的肥胖丑陋的人形。他以为自己是在做噩梦，翻了个身。

姚三奶却以为是自己的法术灵验，叫道："妖孽！你怕也不怕？不怕奶奶就上床了！"便往床上爬。无奈身子肥胖，爬不上去，一手拽徐有德的胳膊："你拉我一把！"

徐有德方知不是在做噩梦，一个鲤鱼打挺坐了起来，一胳膊将姚三奶甩倒于地。

"妖孽！你好大胆！着奶奶一剑！"姚三奶笨拙地爬起来，舞着涂了锡粉的小桃木剑向他做砍杀状。

徐有德怪叫一声："有鬼！"蹦下地，扑到门上，使劲推门。推不开。"妖孽！你哪里逃！"姚三奶围着他乱跳乱叫，如怒目金刚，其声却又雌而不雄。

徐有德推不开门，便夺窗而逃。

但听哗啦一声，裹着窗帘布跌到院子里去了……

受这一场惊吓，他的神经便有点错乱，也以为自己果然是被黄鼠狼"迷"了，白日时常胡言乱语，自谓姓黄，乃九世修成正果的大仙，不建仙庙则誓不罢休云云。夜里时常猛醒狂呼"有鬼"，从窗口往外逃。

秀秀和娘在明贵的帮助下，不得不将他送进县医院就医。大夫并不视他为一个严重病人，只不过每天给他打一针镇静剂，睡前给他服两片安眠药而已。

一个星期后，幻觉消除，黄鼠狼的灵魂也不知从他身上悄悄遁往何处。他惦着那四百只鸡，怀疑秀秀"贼心不死"，又偷他的蛋私自去卖，昧他的钱，更心疼每天所付的住院费，心急火燎地出院了。

回到家里后，他开始想到了死的问题。对一个养着四百只鸡，银行里存下三万来元一大笔钱的人，死无疑是一个十分严肃的问题。天有不测风云，人有旦夕祸福。说不定哪一天自己会很突然地死去吧？比如这一次，不就是个凶兆吗？一旦死了，那些鸡靠谁养？指望秀秀吗？秀秀年底便是赵家的人了，指望不上。指望老伴？如今连一天三顿饭都有点指望不上老伴了。指望儿子？可惜儿子年纪太小，撑不起他那四百只鸡的辉煌事业。他如亿万富翁，因后继无人忧郁得唉声叹气。

有天晚饭后，他将秀秀娘和秀秀召到跟前，自己正襟危坐在一把旧椅子上，问："你们说，如果我明天死了，你们怎么办？"

秀秀娘听他的话大有"临终嘱咐"的意味，顿觉感怀伤心，红了眼圈儿回答:"秀他爹,咱又养四百只鸡,又存着那一大笔钱,富贵日子还在今后呢,你可千万别有什么想不开的,往死道上琢磨呀!"

秀秀也扑簌簌落下泪来,低声说:"爹,都是我不好,惹您生了那么大的气!往后我再也不提买录音机了,我再也不昧您一分钱了,我……我给您下跪保证……"就跪在了他面前。

"你起来!真是养女白嫁人,养子才防老啊!唉,唉!……"他俯视着女儿,绝望得要命。

秀秀愧得无地自容,垂着头站了起来,寻思半晌,又说:"爹,那我就不嫁明贵了!谁也不嫁!我这辈子在家帮您养那四百多只鸡!……"

"混账的话!"他瞪了秀秀一眼,将脸转向秀秀娘,没好气儿地说,"我才不想死呢,我还没活够呢!"

秀秀娘连声道:"那就好,那就好……"

他思考成熟地说:"秀秀是要嫁给明贵的,日子也不能往后推。但要明贵那小子当众立下一个字据,表示他甘愿改姓!"

"改姓!"秀秀娘坠入五里雾中。

秀秀说:"爹,你这不是为难人家吗?"

"当然是有点为难他。他一定得改姓。姓徐。还要当众叫我一声爹。他若肯,有他明贵小子的好处……"

"啥好处?"秀秀因爹这想法与自己的终身大事有直接关系,忍不住打断爹的话冷冷地问。否则,她便不问了,随爹咋想咋做去。她觉得黄鼠狼的灵魂并未遁去,仍在爹身上作祟。

"嘿嘿,我那四百多只鸡合过他家去!"徐有德用充满牺牲精神的语调回答。

"你这又是何苦哩?我越听越糊涂!"秀秀娘撇撇嘴道,"明贵就那么听你摆布?"

徐有德成竹在胸地说:"明贵那小子眼里,我那四百多只鸡比咱秀秀要紧多哩!他心里早就谋算我那四百多只鸡了!这一步棋看不出,我徐有德也白活五十多岁了!我成全他这一步棋!但是,我的鸡,那就像我的血脉!我死了,也不能归了旁姓人家去!它们也还是要姓徐!我让他小子不管将来发到什么份上,永辈头上顶着我的姓!……"

徐有德几乎是恶狠狠地说出这番话。

秀秀和娘面面相觑,目瞪口呆……

果然不出徐有德所料。他托人将条件过给明贵,明贵虽当着那人的面破口骂了他一通"老浑蛋",第二天却亲自登门道歉,爽快应承,一切照办。

于是,徐有德选了个吉祥日子,在当院摆了一桌酒菜,请了十来个公证人,立下了一份字据。

"明贵,你从今往后,愿姓徐吗?"一个公证人煞有介事地问。

徐有德一手拿着自己的印章,两眼眈眈地盯着明贵,单等往字据上落下去。

明贵也瞅着他,嘴唇动了一下,却没说出声音。

"我们都没听见啊!"其他的公证人一个个特别认真负责。

"愿意!"明贵大吼一声。

公证人们被吓了一跳,一个个表情愈加严肃。

"现在进行第二项。明贵,徐明贵同志,你叫徐有德一声爹吧!"

"爹!"——气冲霄汉。

徐有德手中的印章,高高举直,缓缓落下。双手护着印章,将身体的重量也倾压了上去。

"好!"

公众证人喝彩不已。

两份字据，徐有德自己揣起一份，另一份无比庄严地交给明贵，然后斟了一盅酒，双手擎着，用似乎很动感情的语调说："好儿子，你喝了爹这一盅！"

明贵接过，一饮而尽。手背抹下嘴唇，也斟了一盅酒，双手擎着，对徐有德说："爹，你也喝了这一盅！"

徐有德更不含糊，同样一饮而尽。

众公证人就又喝彩。

那热闹的时刻，秀秀躲在河边哭……

## 四

晚风裹着河上游的凉爽，撩人心思地吹来了。河东河西两村，宁静地笼罩在绛紫色的暮霭中。炊烟在人家屋顶上徐徐地长。

一条载满猪草的无帆船顺流而下。驾船的小伙子，赤膊站在船尾，不慌不忙地扭动着橹。两眼打远处就盯着秀秀，直盯到近处，油腔滑调地唱道：

掩绣窗，剪银灯，羞把罗帏放。
一对鸳鸯，宽衣解带，上了牙床。
喜坏女红妆。
细端详，只见郎君拿醉样儿，故意装腔。
白日里缠人，夜里又拿唐，丧心病狂。

秀秀背过了身。

一船绿悠悠地飘去。

　　快些还奴的风流账，奴心里着忙。
　　你不依，俺就闹到东方亮，给你个不在行
　　……

挑逗的歌声无赖似的仍缠着她。

"狗剩！狗——剩——哎——"

河西村里，一个女人扯着嗓子召唤小孩。

一船绿是越去越远了。

"狗——剩——哎——"

女人的嗓音，叠入小伙子的歌声。

要是嫁给那么一个小伙子命运又会怎样呢？她想。

望着越去越远的一船绿，秀秀兀自发起呆来……

没有不散的筵席。

明贵敞着衣襟，浑身发着酒气，脚步踉跄地沿河边往家走。

他是真醉了。不过头脑倒还清醒。

"老混账！老狐狸！……"心中咒骂着徐有德。觉着自己像一个黄花大姑娘，被徐有德当众扒光衣服糟蹋了个够，自己还得当众说乐意！

不过四百多只鸡是毕竟归我了！他想。我的愿望毕竟实现了！

谁能不承认，那是很好的野心？

不承认的人就准是个嫉妒！

这么一想，他又觉得虽然当众叫了徐有德一声"爹"，虽然从此姓徐了而不再姓赵了，却并不吃亏。

姓……姓有什么用处呢？姓是换不成钱的。

徐有德啊徐有德，你从此被我明贵攥在手心里了！

而躺在家中的徐有德，打着饱嗝，用笤帚糜子剔着牙缝，也在醉醺醺地作如斯想。得意之极，忍不住哼哼呀呀地唱戏文。

在同一个秀秀身上，他们似乎都看到了自己实现了的野心和成功的计谋，都认为自己比对方聪明得多，也都同样感到失落了些什么。究竟是什么呢？同样也不清不楚。也都不愿寻思清楚。

明贵走着走着，发现了秀秀。

"秀……秀……到……到年……底……我把你……和……和你家的四……百多只……鸡……一块儿……娶……娶过来！……"

"赵明贵！你……"

秀秀手指着他，气恨得说不出话。

"我……不姓……赵了！……从此……姓徐……徐了！……亲上……加……亲……"

"我瞧不起你！"

"瞧……不起……我？……就为……就为我当了你……你爹个……儿……儿……子？……"

秀秀一句话，又扇起了明贵心里那种当众被糟蹋的心理。这种心理上升着，迅速压倒了吃小亏占大便宜的心理，迅速演化成一种报复的念头。这念头夹杂着他在家里偶尔联想到她才产生的那种男人的本能的冲动，使他觉得此时此刻必须在她身上发泄一通才舒坦。

他朝前一扑，将她抱住了。随着冲劲儿，他抱住她倒在了地上。秀秀挣扎着，却徒然地挣扎不脱。

他们就在地上滚着,搏斗着。像一头熊和一只狸猫子在拼命。

她的衣服在滚打中被他撕破了。

他们从岸上滚到了水中。

他终于将她压在身下,她的身体浸泡在浅水中。

他呼哧呼哧地喘息着,就扒她的裤子。

她在梦中都无数次地期望过的这件事,她曾不顾一个未嫁的年轻女子的自尊诱惑他给予她而从未满足过她的这件事,今天是以动物般的野蛮的方式实现了。

两个人扑腾起的水花溅到她的脸上,呛了她一口水。

她在他身下咳嗽。

他不管。

眼泪从她眼中淌了出来。她抓住他的一只手,狠狠地一口咬下去!

明贵惨叫一声,放开了她。

她趁机爬上岸,系好水淋淋的裤子,连看也不看他一眼,跑了。

夜里,徐家的鸡舍着起大火来。

火好凶!根本没法儿扑灭。

徐有德望着大火,瘫在地上。他觉得他的一座辉煌的宫殿是彻底完了!

疯狂的"迪斯科"音乐从大火中传出。

秀秀娘呼天抢地:"秀秀!秀秀!我的秀呀!……"

那是很著名的一首"迪斯科"……